ESE INSTANTE DE FELICIDAD

🌐 Planeta Internacional

FEDERICO MOCCIA

ESE INSTANTE DE FELICIDAD

Traducción de
Maribel Campmany

 Planeta

Obra editada en colaboración con Editorial Planeta - España

Título original: *Quell'attimo di felicità*

© 2013, Federico Moccia
© 2013, Maribel Campmany, por la traducción,
© 2013, Editorial Planeta, S.A. – Barcelona, España

Derechos reservados

© 2013, Editorial Planeta Mexicana, S.A. de C.V.
Bajo el sello editorial PLANETA M.R.
Avenida Presidente Masarik núm. 111, 2o. piso
Colonia Chapultepec Morales
C.P. 11570, México, D.F.
www.editorialplaneta.com.mx

Primera edición impresa en España: octubre de 2013
ISBN: 978-84-08-12015-5
ISBN: 978-88-04-62979-5, Arnoldo Mondadori Editore, Segrate, Italia, edición original

Primera edición impresa en México: enero de 2014
ISBN: 978-607-07-1958-5

Impreso en los talleres de Litográfica Ingramex, S.A. de C.V.
Centeno núm. 162, colonia Granjas Esmeralda, México, D.F.
Impreso en México - *Printed in Mexico*

A Maria Luna, mi pequeña princesa

Un día le pregunté a la cebra:
«¿Eres una cebra blanca con rayas negras
o una cebra negra con rayas blancas?»
La cebra, mirándome, me preguntó:
«¿Tú eres un hombre inquieto con momentos tranquilos
o un hombre tranquilo con momentos de inquietud?
¿Eres un tipo descuidado de maneras ordenadas
o un tipo ordenado de maneras descuidadas?
¿Eres un hombre feliz con momentos tristes
o un hombre triste con momentos felices?»
Nunca más le preguntaré a la cebra sobre sus rayas.

SHEL SILVERSTEIN

Un día. Un día todo esto habrá pasado.

No, no era así. Ah, sí, ya me acuerdo: «Un día, de todo esto, sólo quedará una nubecilla.»

O al menos era algo parecido. Me lo dijo mi padre, sonriéndome, en aquella cama de hospital, guiñándome el ojo, dándome fuerzas, convenciéndome de que no habría ningún problema, de que todo se arreglaría. Pero no fue así. Al día siguiente él ya no estaba en el hospital. Ya no estaba en el mundo. Ya no está ahora, lo busque donde lo busque. Sí, es como si yo saliera de casa y fuera dando vueltas por Roma, incluso más lejos, hasta Milán, Turín y luego Francia, y todavía más allá, por Tailandia, Malasia o yo qué sé, pero antes sabía que de una manera u otra podría encontrarlo. En cambio, ahora no. Ya no está. No está sobre la tierra. Lo único que espero es que por lo menos Dios exista, si no esta vida resulta ser un verdadero fraude. ¿Una ocurrencia genial de mi padre? Ésta: «La vida es una enfermedad mortal.» ¿Otra que me hizo reír muchísimo? «El Alzheimer tiene un lado positivo: cada día tienes la sensación de hacer un montón de nuevos amigos.»

Cada día. Sí, mi padre me hizo comprender la importancia del «cada día». Cada día es distinto, cada día cuenta, es único, aunque a veces nosotros no lo valoramos.

A veces vivimos de manera tan distraída, por decirlo de alguna forma, que es como si ese día no nos pareciese importante. Sin embargo, un día puede hacer que todo cambie, que ése sea el nuevo día. Hoy, por ejemplo, siento que es un día importante.

«Tengo que hablar contigo.»

Cuando abrí el celular esta mañana sólo me había escrito eso. Nada de «Buenos días, cariño», ni «Buenos díaaaaaas» como a veces me escribe Ale con su entusiasmo. Ale es Alessia, mi novia. Hace un año que salimos juntos y hoy es su cumpleaños. Cumple veinte. Ahí está, he visto su coche, un Mini azul oscuro último modelo, de esos grandes, con las ruedas gruesas, el viejo *vintage* que ahora está tan de moda, ese que «sólo» cuesta cuarenta mil euros, pero bueno, ella puede permitírselo.

Está estacionado en el pequeño parque de la piazza Giuochi Delfici, delante del monumento. Hay algunas mamás por allí, paseando a sus pequeños. Una niñera envía mensajes con el celular mientras el niño al que debería estar vigilando se cae al suelo. No lo levanta. No se preocupa por él lo más mínimo; total, tampoco es suyo. Levanta la mirada, lo ve, pero lo deja allí, después de todo no se ha hecho nada, ya se levantará como pueda, y continúa escribiendo como si nada.

Alessia está sentada en un banco, hojea el periódico de prisa, de una manera casi frenética, y nunca acabo de saber si con esa manera de pasar las páginas puede leer o entender realmente algo, pero ella es un poco así. El pelo castaño oscuro le cae por delante del rostro. Está sentada en el respaldo del banco y apoya sus largas piernas donde lo natural sería sentarse. Pero nada me parece natural en ella. Sin embargo, todavía me gusta, muchísimo, como el primer día, incluso más. Como cada día.

—¡Ale! —la llamo.

Me busca a su alrededor, después me ve a lo lejos, entonces levanta la barbilla como diciendo «Sí, ya te vi». Cierra el periódico, lo dobla y lo deja sobre el banco. Pero no sonríe.

—¡Hola! ¡Muchas felicidades, cariño!

Nos damos un beso rápido. Demasiado rápido para mí, ella se aparta en seguida. Está distante.

—Toma... —Intento no pensar en ello—. Éste es tu regalo. —Le paso la bolsa y Ale parece asombrada. Y, sin embargo, hoy es su día y por tanto es normal que le haya traído un regalo.

Alessia lo saca de la bolsa y retira el papel lentamente, en silencio, sin mirarme. Quizá esté enojada porque en vez de enviarle un mensaje anoche, justo después de las doce, lo hice esta mañana, y a ella le gustaría que siempre tuviera detalles así, continuamente. Sin embargo, a lo mejor sólo es una impresión mía. Ahora se apresura. Quita todo el papel. Ya está, lo abre, sonríe, pero es un instante.

—¿Te gusta?

Se echa el Moncler sobre los hombros pero no dice nada.

—Es el último modelo, el deportivo, es muy ligero. Pruébatelo, a ver si te va bien.

Se lo pone, le va perfecto.

—A ver cómo quedas con las manos en los bolsillos.

Como me imaginaba, mete primero la derecha y en seguida encuentra el pequeño paquete. Es una sorpresa. Lo saca, le da vueltas entre las manos, lo mira como si nunca hubiera visto nada igual pero no sonríe, no levanta la cabeza, no me mira. Y yo permanezco en silencio. Entonces empieza a desenvolverlo despacio. Después deja caer el papel al suelo y se queda mirándolo, entre sus manos, sin decir nada. Lo que le he regalado es una tontería, pero lo he hecho a propósito. Una bola de nieve con un pequeño muñeco que sujeta un cartel en la mano en el que dice TE QUIERO. Esas cosas tontas que en realidad se hacen cuando no consigues hacer cosas serias. Nunca he sido capaz de decírselo. Te quiero. Una vez estuve a punto de gritárselo. Estábamos debajo de su casa y ella de repente se dio cuenta.

—¿Qué pasa? ¿Qué ocurre? —me preguntó.

—Nada. —Eso le contesté, «Nada». No lo dije, no me atreví. Ya hace un año que salimos juntos y no he podido decírselo ni una sola vez.

Alessia toma la bola y le da vueltas, la sacude un poco. La nieve del interior cae sobre el muñeco con el cartel en la mano y ella empieza a llorar en silencio. Grandes lágrimas le caen lentamente y se queda así, con la cabeza gacha, y aunque quedan escondidas por el pelo, yo las veo. Se deslizan una tras otra por las mejillas, le tiemblan los labios, no dice nada, tiene las manos pegadas al cuerpo. Me siento fatal, noto ese inmenso disgusto de cuando provocas un dolor a alguien, y encima a alguien a quien nunca habrías querido causárselo.

—Oye, es una broma, era para hacerte reír, éste no es el regalo de verdad.

Sonrío, busco en vano las palabras, pero no sirven de nada. No pierdo el entusiasmo.

—¡Mira, mira en el otro bolsillo! —Sí, me parece que es la única solución.

Alessia mete la otra mano en el bolsillo izquierdo y saca otro paquete. Es pequeño y lleva el nombre de la joyería: Villani. Pero ella sigue sin sonreír. Retira el papel, luego abre el estuche.

—Son del color de tus ojos.

Mira los aretes azules, pero es sólo un segundo. Vuelve a cerrar el estuche y por fin levanta el rostro. Es la primera vez que me mira desde que ha abierto los regalos. Y yo la observo buscando desesperadamente una sonrisa. Se seca los labios con el dorso de la mano. Después lo mete todo en la bolsa. Me mira por última vez y finalmente esboza una sonrisa, aunque parece que esté dibujada a medias.

—Lo siento...

Y se va. Y entonces, en ese instante, recuerdo perfectamente la frase: «Llora, medita y vive; un día lejano, / cuando estés en la cumbre de tu futuro, / este feroz huracán / te parecerá una nubecilla.»

Eso es, ésa fue la última frase de mi padre. Es de Arrigo Boito, y además la incluí en mi tesina sobre la *Scapigliatura* en bachillerato, por eso me acuerdo de quién la dijo. Con esa frase él me dejó. Hoy, en cambio, se ha ido Alessia. Pero quizá sólo sea un momento, quizá cambie de idea, quizá esté enojada porque no le mandé un mensaje ayer a medianoche. O quizá sea que no está enojada, sino que es feliz y que quizá incluso tiene a otro. Todo es un quizá. Sólo una cosa es segura, o mejor dicho, dos: estoy hecho pedazos. La otra es que ella no me ha dejado ninguna frase, sólo me ha dicho «Lo siento...». Y se ha ido así.

2

—Buenos días.

Ilaria de Luca me sonríe, es una mujer guapa, tendrá más o menos cincuenta años. Viste de manera clásica, pero por sus modales, por su manera de andar, no se ve mayor.

—¿Qué le doy?

Toma *La Repubblica*, después *Dove* y me los pone delante. Por un momento se queda en silencio, con una sonrisa un poco incómoda, como si tuviera que decirme algo pero no se atreviera. Hago ver que no me doy cuenta, tomo sus diez euros, cuento rápidamente y le doy el cambio.

—Aquí tiene, que tenga un buen día.

Se queda todavía un momento en el quiosco, como si de repente le hubiera venido algo a la cabeza, como si buscara las ganas, el valor de hablar. Pero luego lo piensa mejor.

—Sí, gracias, igualmente.

Toma los periódicos, los dobla y se los mete en la bolsa. La veo alejarse. Camina despacio, tiene un bonito trasero y me quedo mirándola perdiéndome en mis pensamientos.

«Lo siento...» Alessia me ha dicho «Lo siento». Lo siento. Pero ¿qué puede significar «Lo siento»? Lo siento, pero tu regalo no me ha gustado. Lo siento, pero tengo un problema. Lo siento, pero necesito estar sola. Lo siento, pero ahora quiero a otro. Lo siento..., pero bueno, ¿estás bromeando? Eso sí que no puede ser. Y en un instante me pasa toda la vida por delante. Eso es, dicen, lo que sucede cuando alguien muere. Pero nosotros no estamos muertos, ¿verdad, Alessia? No se ha acabado, dime que no se ha acabado. Miro el celular. Ningún mensaje.

—Buenos días, Nicco, *Il Tempo*, gracias.

Edoardo Salemi es el propietario del restaurante de más abajo, en corso Francia, donde voy a comer algo de vez en cuando, y hasta me hace descuento. Le paso el periódico y desaparece en un instante. Sí. Trabajo de quiosquero. Primero estaba mi padre aquí en el quiosco, de vez en cuando incluso escribía artículos para algunos periódicos no muy importantes, esas revistas de barrio que aun así le pagaban algo. También podía ser que dibujara algún buen chiste que luego vendía, hasta en eso era bueno mi padre. Ahora nos lo combinamos mi tío, mi primo y yo. Yo estoy por la mañana y ellos por la tarde y por la noche, de vez en cuando nos cambiamos el turno, pero no sólo hago esto. Nada, ningún mensaje. Ha pasado un día y es la primera vez en un año que no nos enviamos ni un mensaje. Nunca se había dado el caso de que pasara un día sin habernos escrito algo, aunque fuera una estupidez. El amor está hecho de cosas estúpidas, de cosas que no tienen sentido, quizá, que hacen sonreír o negar con la cabeza, pero que en esos momentos parecen preciosas. El amor son esos mensajes que no quieren decir nada pero que lo dicen todo, a los que no prestas atención cuando llegan a diario pero que se convierten en una obsesión cuando empiezan a faltar. Si todos estuviéramos enamorados, este mundo sería precioso. Qué idioteces estoy diciendo. Pues sí, el amor te vuelve idiota pero generoso, la falta de amor te vuelve idiota y destructivo.

Extraño a Alessia. La extraño de manera exponencial, me parece imposible, pero cada momento que pasa la extraño más. Vuelvo a mirar el celular, me gustaría llamarla, enviarle un mensaje, que me encontrara debajo de su casa con un ramo de rosas rojas, larguísimas, tan largas que casi no se me viera. Pero yo nunca he hecho esas cosas. ¿Acaso no he hecho lo suficiente? Siempre las he pensado, y muchas, pero siempre me he dicho «Un día... Un día haré todo eso». Pero no he hecho nada. Un día en realidad equivale a nunca. Nunca. Y ahora tal vez sea demasiado tarde. Nuestra vida está hecha de limitaciones, siempre pensamos que habrá un momento mejor, que valdrá la pena vivir, que las cosas cambiarán. Mañana, siempre esperamos un mañana que incluso podría no llegar, como aquella noche que me despedí de mi padre y me fui a casa.

Me fui a cenar como si nada, incluso me acuerdo de lo que comí, jamón curado y mozzarella, y también una ensalada de jitomate, y me metí en la cama como si no pudiera suceder nada, como si todavía hubiera tiempo para decirle algo, para contarle con detalle mi historia con Alessia, que ya duraba desde hacía un tiempo. Como si todavía pudiera disculparme por todas las veces que me había portado como un estúpido, un rebelde, un chiquillo, por todas esas veces que no había sabido escucharlo hasta el final. Cuando le dije: «Vete a la mierda, no dices más que idioteces...» Pero era porque me gustaba plantarle cara por cualquier tontería, así, sólo por hablar, porque quedaba bien y punto. En realidad, muchas cosas no las pensaba en absoluto, al menos eso es lo que me parece recordar.

Entra Bruno, el de la gasolinera, no saluda, no dice nada, como de costumbre, toma *Porta Portese*, deja el dinero en la bandejita y sale. Lo meto en la caja. Él es así, pero me da completamente igual. Cuando estás mal, consigues valorar las cosas en su justa medida y, de hecho, a mí me entran ganas de reír. ¿Cómo puede comprar *Porta Portese* todas las semanas? Y, además, ¿qué debe de estar buscando? Siempre está allí, con la misma camisa desde hace años, con el mismo saco gris de gasolinero y los mismos zapatos. En efecto, si te paras a pensar, estamos

16

hechos de costumbres repetitivas. Estar mal, en cierto modo, me hace ver mejor la realidad, hace que pueda enfocarla, que pueda darme cuenta de las cosas ridículas de la vida. Y todo me parece dramáticamente ridículo. Menos ella. ¿Qué estará haciendo ahora? Estará en casa, se habrá levantado, sí, ya hará rato, si es que anoche no volvió tarde. ¿Y si volvió tarde? Porque podría haber vuelto tarde, ¿no? Habrá salido con sus amigas. Sí, seguro, sus amigas Laura y Silvia. Habrán hablado de mí. Le habrán preguntado. No, sólo en el caso de que hayan salido con sus novios. Se habrán preguntado: «¿Y Nicco? ¿Qué hacía Nicco?» Y ella, astuta como es, se habrá excusado. Nicco tenía cosas que hacer... Ha salido con sus amigos, tenía un partido de futbol rápido. Luego me paro y de repente me lo tomo muy mal. No, ellas lo saben. Las amigas siempre lo saben todo. Cada vez que la gente ve a la amiga o al amigo de alguien piensa: «Sí, él lo sabe..., él lo sabe todo. Yo no sé lo que él sabe, pero él sabe cuál es la verdad. La verdadera verdad. La última verdad, la versión más sincera.» Me gustaría pescar a Laura y a Silvia e interrogarlas por separado o bien torturarlas como en *Saw I, II, III, IV* y *V* (¿o tal vez también ha habido *VI*?) y ver si sus versiones concuerdan. Obligarlas a hablar. Aunque a veces es mejor no saber.

«No busques la verdad. A veces no hace falta.»

Eso me dijo un día mi padre mientras íbamos al futbol. Me quedé callado. No sé qué quería decirme exactamente con esa frase, pero se me ha quedado grabada. Lo bueno es que nunca he sabido nada de ellos, de mis padres, de si cortaron alguna vez, si se fueron infieles y luego se perdonaron. Sólo los vi así: queriéndose. Y luego él la dejó para siempre, pero sin querer, y es como si no fuera a dejarla nunca, y eso es lo más bonito. Por fin encuentro un mensaje.

«Me enteré y lo siento muchísimo. Ahora mismo voy.» Ya está, justamente lo que no necesitaba.

3

Gio entra en el quiosco con toda su corpulencia. Tiene el pelo largo, negro, espeso, y lo lleva recogido detrás con una extraña y llamativa liga, como las que usan las mujeres, aunque las de ellas por lo menos suelen ser bonitas.

—Ya me enteré. No lo puedo creer... Aunque a mí ya me parecía que había algo que no estaba claro, ¿eh?...

Sigue hablando y no entiendo lo que dice. Quizá porque en realidad no quiero escucharlo. Mueve las manos de manera frenética, casi como si quisiera dejar claro que alguien de su familia es de Nápoles, que tenían una importante fábrica por aquella zona y que ahora se la han quitado, o secuestrado, o el abuelo la ha perdido en el juego. Nunca se ha acabado de entender bien esa historia. Será porque en alguna ocasión la ha modificado.

Gio en realidad se llama Giorgio Sensi, está inscrito en Economía y Comercio pero sólo ha hecho tres exámenes.

«Ya lo recuperaré.» Es su lema. Pero también lo usa para referirse a la dieta, meterse al gimnasio, cortarse el pelo, cambiar de look o dejar a una de las dos mujeres con las que sale desde hace más de un año. Sí, porque sale con Beatrice y Deborah desde hace todo ese tiempo. Las conoció a las dos el 27 de abril y ha estado indeciso desde aquel día. Al principio siguió adelante con las dos durante una semana, besando un día a una y otro día a la otra. «Ya decidiré. Es que las dos son divertidas y simpáticas.»

Después, quince días más tarde, todavía estaba más indeciso: «Hacen el amor de manera distinta pero en realidad igual.»

Y eso, sinceramente, no acabé de entenderlo, como tantas otras cosas suyas, la verdad. A los amigos, por otra parte, no hay que entenderlos, hay que aceptarlos; a veces los conoces desde primaria, pero es difícil que pueda durar. En cambio, con los del bachillerato es más fácil, prescindiendo de si te pasabas la tarea o no, de si ibas bien o mal y de las asignaturas. Se crea una especie de triple ese, simpatía, solidaridad y supervivencia, y después ya no se pierde. Al menos, así ha sido para Gio y para mí.

—¿Y qué, Nicco?, ¿cómo estás? Pero ¿me estás escuchando?

—Sí, claro. Bueno, ¿cómo estoy? ¿No tienes ninguna pregunta de reserva?

—Sí. ¿La extrañas?

Ha pasado un día y la respuesta es sí, ya la extraño. Pero no digo nada. Total, ya se encarga él, sigue asaltándome a preguntas.

—Qué raras son las mujeres, ¿verdad? Son unas lunáticas, parece que el sexo no les interesa, prefieren el afecto, los detalles, el príncipe azul. ¿Tú has hecho todo lo que había que hacer? No será que te has olvidado de algo, ¿verdad?

—¿Como qué?

—Yo qué sé... Un aniversario, el día que se conocieron, el mes, la canción que escucharon la primera vez. ¿La has llevado siempre al mismo restaurante? ¿Te ha pescado en falta con algo? No, porque cuando menos te lo esperas ellas te cazan, ¿sabes?... ¿Qué te crees? No son mujeres. ¡Son monstruos!

Y prosigue con una avalancha de palabras desbocadas.

Entra un cliente, toma un periódico, lo mira con curiosidad y sale, otros ni siquiera reparan en él.

Gio se ha sentado en una pila de revistas puestas en el suelo y lo bueno es que la que le sirve de taburete casualmente es *Salute*.

Sigue moviéndose mientras habla. Se fija en una señora indecisa delante de los libros.

—Tome éste, es realmente bueno.

Le aconseja «El amor es un defecto maravilloso», de Graeme Simsion. A mí me parece que lo hace adrede y seguro que no lo ha leído. Nunca lo leería. Pero la señora se lo cree, se deja aconsejar, lo compra y se va.

—¿Lo ves?, te hago hacer negocio, soy una buena influencia para ti.

Gio prosigue. Lo bueno de un quiosco es que cada día tienes de todo y más y leer no te cuesta nada. Tienes miles de noticias que ni siquiera te habrías imaginado y periódicos que nunca habrías leído, como *Internazionale*, por ejemplo, que tiene una parte buena y naturalmente es la única que leo: el horóscopo de Rob Brezsny. Siempre acierta o, si no, te dice cosas que de una manera o de otra tienen que ver contigo. Ah, pero ahora que me acuerdo, si no he leído el último horóscopo... Mientras finjo escuchar lo que me dice, voy a buscarlo. No, no dice nada que pudiera haberme hecho sospechar lo que iba a pasar con Alessia. Entonces decido leérselo a Gio en voz alta para que se calle.

—Escucha, escucha lo que decía el horóscopo de Rob Brezsny...

Gio se calla y me escucha.

—«"Para salvar el mundo, debes empezar salvando a las personas de una en una", decía el escritor Charles Bukowski. "Todo lo demás es puro romanticismo y política." Te invito a que hagas de esta reflexión uno de tus pensamientos conductores de la próxima semana. Traduce tus elevados ideales en acciones que tengan un resultado práctico. En vez de hablar simplemente de las buenas acciones que te gustaría hacer, hazlas en serio. Y, dentro de lo posible, asegúrate de que todos los detalles de tu vida cotidiana reflejen tu visión de la máxima verdad y belleza.»

Gio permanece en silencio por un instante, como si estuviera pensando en todo lo que le he dicho, luego hace como siempre, empieza a hablar de algo que no tiene nada que ver.

—¿Sabías que han arrestado a Kim Smith, alias *Kim Dotcom* o *Kimble*? Vivía en una especie de búnker, he visto las imágenes: un montón de tipos del FBI fueron a su mansión de dieciocho millones de dólares en las afueras de Auckland, con las lanchas inflables como en las películas, y lo sacaron afuera. Y después dicen que el dinero lo puede todo. ¡Mis huevos! ¡No pueden curarte según qué enfermedades ni tampoco impedirte que acabes en la cárcel, carajo!

Pocas ideas pero claras. Lo mejor para alguien al que acaban de dejar.

—Hola, Fabri.

Llega mi primo, le paso al vuelo las llaves de la persiana y me escabullo del quiosco.

—¿Puedes hacer el turno de mañana por la noche?

—No sé...

Casi no me da tiempo a terminar de decirlo cuando entro de un salto en el Opel Tigra cabrio de Gio, que arranca derrapando como de costumbre. Mi primo Fabrizio se asoma por el quiosco.

—No. Tienes que venir mañana por la noche porque yo...

Ya no oigo nada y levanto la mano al cielo, algo parecido a lo que hacen esos surfistas llenos de rizos rubios, tatuajes raros y coloridos y abdominales esculpidos, con la sonrisa fija y una tipa buena en el coche como mínimo. Yo sólo tengo a Gio y encima maneja mal. Aunque, en realidad, ese gesto sólo era para decirle: «Te llamo luego.»

—¿Adónde vamos?

Gio ha puesto a los Police, lleva una camisa negra con una camiseta debajo, un dije de plata en el cuello y unos zapatos D&G de por lo menos cuatrocientos euros. Es un rufián, uno de esos vulgares del montón que ahora están tan de moda. Es de lo peor. Maneja su Tigra descapotable de manera temeraria. Si hay un coche poco logrado es éste. Y, en cambio, él se cree que tiene onda. Alza el volumen con sus dedos achaparrados de uñas mordidas y también algo sucias de grasa, como si hubiera estado reparando algo. Aunque ya hace tiempo que no va en moto o en escúter. A lo que sí que se dedica es a los programas para Mac. Se descarga todo lo posible e imaginable, y Kim Dotcom o Kim Tim Jim Vestor, como lo llaman, era su ídolo.

—No puedo creer que lo hayan arrestado.

Se queda en silencio durante un rato. Después se le ilumina el rostro como si hubiera tenido una idea.

—¿Vamos a comer a Caccolaro? Va, yo invito.

—Okey, por mí de acuerdo.

Caccolaro..., nunca he entendido cómo han podido ponerle ese nombre. Pero así es, y lo más alucinante es que está muy de moda entre la gente más *in* y más elegante de Roma.

Alessia iba a menudo con sus amigas.

«Esta noche salimos sólo chicas, vamos a Caccolaro.»

Y yo lo creí. Me gusta que haya confianza entre nosotros, me gusta que uno pueda creer en algo. Si me dice que va a Caccolaro sólo con chicas quiere decir que es así.

Gio maneja entre el tráfico con desenvoltura, roza un Fiorino, el conductor sigue recto pero saca la mano haciendo los cuernos, él le pita dos veces y desaparece por detrás de la esquina de via della Farnesina.

La verdad es que aquella noche pasé por Caccolaro. Lo sé, me habría gustado tener plena confianza en ella, pero aquella noche no lo conseguí. Todavía lo recuerdo como si fuera ayer. Estaciono el Polo que me ha prestado mi hermana al otro lado de la calle. Apago el motor un poco antes y me meto en un espacio libre. Después, sin hacer mucho ruido, abro la puerta y bajo del coche.

Me quedo al otro lado de la calle, paseo arriba y abajo por la acera mirando a través del ventanal de Caccolaro. Ahí. Ahí está. Se ríe mientras se come la pizza a la cabecera de la mesa, está sola, no puedo ver quién tiene al lado. Me asomo ligeramente, retrocedo intentando ampliar mi campo de visión. Y entonces las veo: Francesca, Laura, Simona y otra que está de espaldas y que no reconozco. Pero todas son chicas, sólo chicas, sus amigas, quizá la que está de espaldas sea Silvia. Y me siento reconfortado, exhalo un suspiro y me quedo mirándola. Veo que escucha con curiosidad lo que dice otra, después asiente, se ríe y come un poco más de pizza. Tiene delante una Coca-Cola Light, pero se come otro buen pedazo de pizza, qué manera más extraña de hacer dieta. Alessia... Alessia es así. Me quedo ensimismado en ese recuerdo, sin encontrar las palabras para definirla. Las palabras nunca son suficientes cuando quieres a alguien. Entonces se voltea hacia el cristal, mira hacia mí, me busca con la mirada y es como si hubiera tenido un presentimiento. Veo que saca el celular, lo abre y marca un número. Lo adivino al vuelo y casi no me da tiempo de subirme al coche para contestar al teléfono.

—¡Hola!

—Hola...

—¿Qué te pasa? Parece que te cuesta respirar.

—¿A mí? No..., qué raro, qué va.

—¿Qué haces?

—Bah, nada, me voy a echar la partida a casa de Bato...

—No vuelvas muy tarde.

—¿Se lo están pasando bien?

—Sí... —Entonces baja la voz—: Pero siempre cuentan las mismas historias... Me lo paso mejor contigo. Lástima que no estés...

Nos quedamos callados durante un momento, después su voz se vuelve más cálida.

—Podrías pasar a recogerme, ¿sabes?, después de la pizza...
—Entonces vuelve a reírse—. Lástima que tengas póquer...

—No será complicado encontrar a alguien que me sustituya. Cuenta con que ya estoy ahí.

Y cuelga.

—¿Y bien?

—¿Eh? ¿Qué pasa?

Gio sonríe.

—¿En qué estabas pensando?

—¿Yo? En ti y en mí.

—Sí, venga, mejor di que en nada. Hemos llegado.

Bajamos del coche.

Nunca más volví a vigilar a Alessia cuando salía con sus amigas. ¿Tal vez me equivoqué?

Gio me toma del brazo mientras entramos.

—Tengo un problema...

Asiento con la cabeza. Si supiera los que tengo yo. Pero no digo nada y entramos en Caccolaro.

—Hola, Alfredo, nos sentamos allí.

El local está medio vacío. Alfredo, que está en la caja, hace un gesto de asentimiento, levanta los hombros, hace una mueca, o sea, es su particular manera de decir «Siéntate donde quieras, ¿no ves que no hay nadie?».

Gio elige la esquina más al fondo del local.

—Sentémonos aquí, que se está más fresco.

Se deja caer.

—Ah...

Se desparrama estirándose en la silla, aparta la que tiene más cerca y tira el saco encima, deja los dos celulares sobre la mesa de al lado, en cierto modo ocupa toda esa esquina del local. No me da tiempo ni a sentarme cuando aparece una chica, tendrá más o menos dieciocho años, lleva un *piercing* en la ceja, el pelo largo, rapado por un lado y con algún toque azul. Tiene los labios carnosos, los ojos verdes, el fleco oscuro. Parecería un cuadro de Lempicka si no fuera por esa sonrisa tímida.

—¿Qué les traigo de beber?

—Agua sin gas.

—Para mí una cerveza.

Gio no es tímido. La chica se aleja, se contonea de manera provocativa, no puedo evitar notarlo.

—Bonito trasero, ¿eh? —Gio aflora entre mis pensamientos.

No le hago mucho caso. Me encojo de hombros, aunque ahora puedo mirar a quien quiera, vuelvo a estar soltero, estoy en el mercado, puedo hacer el idiota todo lo que quiera, el idiota, sí... Puedo charlar con cualquier chica. Estoy solo. Sí, ésa es la verdad. Estoy solo. Gio empieza a hablar, pero no lo sigo mucho. Abro el celular y mientras hago ver que escucho su historia voy a Facebook. Me meto en la página de Alessia. No. No lo puedo creer, ha cambiado su situación sentimental, ha puesto relación complicada... con sus amigas. Cierro el celular. Primero estaba comprometido/a oficialmente... conmigo. Me siento morir, entonces es verdad, es exactamente así, algo ha cambiado. Me da vueltas la cabeza. Gio me mira pero no se da cuenta de nada, no ha dejado de hablar en ningún momento.

—O sea, hemos llegado al final del trayecto, no puedo seguir así, mejor dicho, no quiero. Ya hace más de un año que salgo con dos chicas, de acuerdo, conozco a gente que lleva años así, incluso desde siempre, pero lo más alucinante es que ellas nunca me han descubierto, ni siquiera una duda... Y mira que alguna vez me olvidé el teléfono en casa de la una o de la otra..., ¿qué puede significar? Pero ¿me estás escuchando?

Se voltea hacia mí, me da un empujón, casi me caigo de la silla.

—¿Has entendido lo que he dicho?

—Sí, sí... —Total, siempre es la misma historia—. Quieres dejarla...

—Pero ¿a cuál?

—¡Y yo qué sé si tú no me lo dices! ¿Qué quieres?, ¿que decida por ti?

—Ojalá... A veces me dan ganas de echar un volado, sí, a quien le toca le toca..., sin pensarlo. O quedarme con la primera que llegue, la primera que pase por aquí me la quedo... —Justo en ese momento se acerca la chica con las bebidas—. Eso, como ella... Decido y salgo con ella y ya está, pum, sin tener que estar discutiendo, pensando, escogiendo, que si después tengo dudas va a ser un problema, ¿no?

—Qué, ¿han decidido?

Elijo rápido algo del menú. Gio, en cambio, se justifica con la chica.

—Disculpa, eh, o sea, no, he dicho tú, pero estaba poniendo un ejemplo. Que luego a veces las cosas empiezan así, con una broma, que son las más bonitas, las que no calculas... y además el amor no puede ser un cálculo..., ¿es o no es?

O sea, no lo puedo creer, Gio dice todas esas tonterías y ella se ríe.

—¿Cómo te llamas?

—Lucia.

Y siguen charlando como si yo no existiera. O sea, Gio sabe que acabo de cortar, que necesitaría hablar con él, que soy yo quien tiene un verdadero problema y, sin embargo, no, habla con esa tal Lucia de dieciocho años como si nada y ella lo escucha, o sea, hasta se miran con cierta intensidad, puede que hasta se hayan dado los números de teléfono. Ella ha cambiado el peso hacia la otra pierna, se ha puesto las manos en las caderas y parece sinceramente divertida con las idioteces que debe de estar contándole Gio. Ahí lo tienes, Lucia se ha reído, ha levantado la mano como diciendo «Exagerado» y se va con nuestro pedido. No hay nada que hacer, hay personas que tienen facilidad para todo lo que hacen, igual que Gio o como esos sobre los que a veces leo en los periódicos en el quiosco.

Por ejemplo, algunos ricos, ¿no? Unos ya nacen así, pero otros inventan idioteces absurdas y se enriquecen, y ni ellos mismos lo habrían imaginado nunca. O cuando ves a tipos realmente feos que suelen llevar mujeres incomprensiblemente guapas a su lado... O sea, hay cosas en esta vida que no puedo explicarme. Como los que les toca la lotería. ¿Les toca de verdad? ¿Les dan el dinero, y si han jugado en grupo después van todos juntos a recoger el premio? ¿No les da miedo que alguno se lo quede todo y se largue? O sea, en las películas siempre ocurre eso, tal vez porque si las cosas no fueran de esa manera, la película no tendría ningún éxito... A menudo ganan los malos. Por ejemplo, no, en los periódicos salen tipos a los que han descubierto y muchos siguen con su vida igual que antes, como si sólo los arrestaran allí, en los periódicos. Pero tal vez todo sea de mentira. Tal vez esté deprimido, tal vez esté deprimido porque Alessia me ha dejado. O sea, no me ha dejado, sólo me ha dicho: «Lo siento...», y se ha ido así. ¿El dolor de un jodido adiós es siempre igual? ¿Tanto si lo siente un niñero, un basurero, un bandolero o un simple portero? Nada, estoy perdiendo la cabeza.

Gio sigue hablando, se ríe, bromea, se toma la cerveza que le ha traído Lucia y vuelve a bromear con ella. Sí, ahora estoy seguro, Lucia le ha dado su número. No lo puedo creer, parece todo tan fácil.

Para mí conocer a Alessia resultó casi imposible. Cuando entró en el gimnasio, yo estaba en la oficina, estaba renovando el abono... y la vi. Sin querer se me cayó todo al suelo, se me volcó la mochila y ella se echó a reír. Fue un instante, se llevó el largo pelo hacia un lado, inclinó la cabeza y sonrió, era como si dijera: «Eh, chico torpe..., ¿en serio quieres enamorarte de mí?»

Tenía que haber entendido que aquella sonrisa quería decir eso, y no lo que, en cambio, pensé entonces: «Eres divertido, si insistes me apunto.»

Y me quedé mirándola mientras se alejaba. Qué bonitos son los detalles de las mujeres. En un segundo tienes mil. Los aretes largos moviéndose caprichosamente entre el pelo, haciendo ruido, el esmalte de las uñas, su manera de vestir. Estamos a finales de mayo y es difícil resistirse. Van más ligeras de ropa y sus piernas, vaya, huelen a crema, y luego sus curvas, te pierdes en ellas, como la belleza de su cintura, pero no esa que enseñan, vete a saber, sino la que se esconde bajo los cinturones más diversos. Así es, cuando abrazas a una chica, es lo primero que sientes, que notas, que te impresiona... Además del pecho y las piernas, la sonrisa, los ojos y naturalmente el trasero... Pues sí, todo eso es imposible encontrarlo en un hombre, por eso no entiendo a los gays: pueden aprovechar mucha menos belleza.

Alessia se para en la puerta, se gira y me sonríe como si supiera que todavía la estoy mirando, como si estuviera segura de ello, tal vez demasiado segura, pero en aquel momento no lo pensé en absoluto. Después abre la puerta del vestidor y entra. Y yo me quedo allí con los papeles entre los brazos, la mochila todavía abierta y la boca colgando.

—¿Y bien?, ¿renovamos la inscripción o no?

Sonrío.

—Sí, claro...

Tal vez hayan contratado a Alessia como promotora del gimnasio. En ese caso quiero tener un abono vitalicio.

Un rato más tarde, empiezo a entrenar y me esfuerzo al máximo. Ella está en el otro salón. Yo estoy haciendo *steps*, pero de tanto en tanto, cuando me echo hacia adelante, consigo verla. Está en la máquina del trapecio, sólo tiene un disco de cinco kilos, lo hace subir siguiendo perfectamente las indicaciones sobre cómo hay que respirar, y cuando suelta el aire lo hace de una manera... ¡Me gustaría ponerme cerca y hacer ejercicio en la máquina de al lado, siendo consciente de que yo cargo al menos diez discos! Pero parecería un fanfarrón, y encima frívolo. Quizá es lo que ella espera. Al final no hago nada, acabo mi ejercicio y luego voy a la máquina expendedora a ver lo que hay. Tengo sed, pero sobre todo tengo ganas de ella. Miro hacia el otro salón, ya no está, tal vez esté en la esquina que no puedo ver. Entonces oigo que meten dinero en la máquina.

—He metido dos euros, ¿a qué te invito?

Es ella, ha llegado por mi espalda sin que me diera cuenta y me invita a tomar algo, esas cosas absurdas e imprevistas que hacen que te sientas estúpido y al mismo tiempo también feliz.

—Sí, gracias.

—No. —Se ríe—. Te preguntaba que qué quieres.

—Ah, claro...

Y después de pasarme un Powerade de naranja se va y la cosa termina ahí, al menos de momento. Pero ya me sentía atrapado, aunque en absoluto inseguro, puede que porque en esa época tenía mucha fe en mí. Puede que porque acababa de salir de una relación de unos meses que me había hecho sentir increíble, o como decía Giorgia: «Estás poseído por un cabrón, ¡eso es lo que pasa!»

Giorgia está delante de mí, mirándome, medio en broma medio en serio.

—Déjalo salir, carajo, pero ¿por qué no quieres vivir esta preciosa historia de amor que tenemos, eh?

Me la quedo mirando, allí, frente a mí, en su preciosa casa llena de cosas de alta tecnología, de cuadros y sofás, tiene un buen físico, de cara es guapa, y está ahí con la boca abierta pidiendo explicaciones, sonriéndome, y levanta una ceja como diciendo: «Porque es una preciosa historia de amor, ¿verdad?»

Pero ella también está un poco dudosa. Y como respuesta niego con la cabeza y le sonrío con esa seguridad y esa tranquilidad que me han inspirado Paul Newman y Steve McQueen, tal vez de manera subliminal a través de alguna escena de sus películas. Qué onda que tenían esos dos. Sí, en este momento yo soy como ellos, si no más. Esa manera de ir de sobrado, de cabrón y, también hay que decirlo, de tonto, que tanto les gusta a las mujeres. Y que sólo sacas a raíz de un inexplicable momento de seguridad. Sí, estoy poseído por un cabrón, pero sólo porque una mujer lo ha dejado entrar.

—Mira, Giorgia, hemos estado muy bien juntos, pero...

Me permito una pausa y le sonrío, aunque intentando no burlarme de ella, para que entienda que todo lo que está pasando es natural.

—Ahora ya no.

Oh, Dios mío, qué frase más tremenda, «Ahora ya no», pero ¿cómo demonios se me ha podido ocurrir? Por otra parte, yo ya no sé qué explicaciones darle. No queda nada, no queda amor, es así... Aunque en realidad nunca lo ha habido. Pero al menos antes no me lo preguntaba, seguía adelante, un buen revolcón, nada de demasiadas fantasías, pero sí, bueno, estaba por la labor. Eso es. ¡Quizá precisamente ése fuera el motivo de que se terminara! Ya no había pasión, y cuando empieza a faltar, al cabo de poco tiempo se acaba todo. Le sonrío de nuevo. Esa idea me ha iluminado, me ha aclarado el motivo del final de nuestra relación: Giorgia, sólo eras un acostón mediocre. Pero aunque sea verdad tampoco es que pueda decírselo, el hombre y la mujer se tienen prohibida la sinceridad. ¡Quizá para ti sólo ha sido sexo, y para ella, de todo menos sexo! Pero, en cualquier caso, no puedes decirlo. De modo que tienes que ser un buen actor, sobre todo si insiste y no quiere ni oír hablar de cortar.

—Pero, perdona..., y entonces todas las cosas que hemos tenido...

Giorgia me mira con aire insistente como diciendo «Y tú sabes cuántas son, ¿verdad?».

—¿Eh? O sea, no, dime, ¿para ti no han significado nada? Las veces en el coche bajo la lluvia, y en el cine, al fondo de la sala, con toda esa gente... Nada, no significan nada...

Se queda en silencio, baja la cabeza, empieza a llorar y yo me quedo allí mirándola. Quieto, Nicco, si haces algo lo estropearás todo. Nicco, pasa, déjalo estar y saldrás de ésta, si no seguirá insistiéndote, haz caso, no te acerques.

—Giorgia, yo...

Nada, es más fuerte que yo, oh, no puedo, tengo el síndrome de querer que todo esté siempre bien. Pero por suerte Giorgia lo arregla.

—¡Vete! —Me da un fuerte empujón—. Vete, sal de mi casa...

Sigue dándome empujones hacia la puerta.

—Tranquila, tranquila, ya salgo.

—Noooo, he dicho que te vayas.

Me empuja por el pasillo cada vez más fuerte, cada vez más, hacia la puerta de su casa.

—¡Fuera he dichooooo! —Y acabo contra uno de esos muebles antiguos de imitación del recibidor. El jarrón que hay encima termina en el suelo hecho mil pedazos. Entonces ella se para de golpe y empieza a llorar.

—¡Pero, Giorgia, si era un jarrón horrible!

Se pone seria de repente.

—Vete, sal de mi vida.

Entonces me da un último empujón fuera de casa y me cierra la puerta en las narices. Me quedo allí, parado, en silencio. Seguramente me estará observando por la mirilla, así que me muestro suficientemente disgustado, sí, al menos lo he intentado. Bueno, ahora ya puedo irme.

Cuando termina una relación lo importante es no volver a caer en ella. O sea, si ya ves que no funciona, que te aburres, que siempre están discutiendo, que ya no se te para, entonces ¿para qué vamos a ir para atrás? ¿Por qué siempre hacemos esa enorme idiotez? ¿Por qué hay un día en que no sabemos resistirnos y volvemos a marcar su número? ¿Es que ya nos hemos olvidado de todo ese aburrimiento? Nada, no hay manera, nos hemos acostumbrado a la idea de estar en pareja.

En cualquier caso, ya hace un año que no veo a Giorgia, desde que empecé a salir con Alessia. A decir verdad, no corté hasta que tuve claro que Alessia y yo estábamos juntos, creo que así me sentía más seguro.

Bueno, llegan el filete y las papas fritas. Empiezo a picotear algo. Digo un despegado «Gracias», total, Gio ya se encarga de hacerle conversación a Lucia.

—No, no, salgo con un chico, pero es un pesado, es demasiado posesivo, y encima es superceloso...

—Para mí no puede haber amor sin libertad... De lo contrario, no es verdadero amor, ¿no?

Gio a veces es capaz de decir tonterías de tal manera que al final todo el mundo se las cree, incluida Lucia, que lo mira a los ojos como alelada, y Gio naturalmente lo aprovecha.

—Y, además, si una persona te quiere no hay motivo para que esté celosa, porque para ella no hay nada más que tú. Pero si no es así... Pues, bueno, como no podrás cambiar las cosas, es inútil estar celoso.

Ahora Lucia parece otra, se ha puesto seria, la jovencita; tiene una mirada tipo «Carajo, pero si eres tú el hombre de mi vida, lástima que los dos estemos ocupados...».

Gio sonríe y asiente, entonces levanta una ceja como contestando: «Sí, pero todo puede ser, porque... en el amor todo es posible.»

Yo no sé si se han dicho todo eso, pero me temo que sí. Sin embargo, sí estoy seguro de una cosa: fui un auténtico idiota con Giorgia, y tengo la sensación de que estoy pagando por todo aquello. Es extraño, a veces te sientes seguro de ti mismo y ni siquiera sabes bien por qué, y sabes que puedes manejar la situación, decidir cuándo empieza y cuándo acaba, si es que quieres que se acabe. En cambio, otras veces no. Y precisamente en esos casos es cuando te das realmente cuenta de qué es el amor y del daño que puede hacer. Pero también de lo bonito que es, porque el amor te arrolla, no mira a nadie a la cara, te hace cometer locuras, te hace sentir feliz como ni siquiera podías imaginarte que podías serlo y después te hunde, como por ejemplo ahora, cuando no eres tú quien decide las cosas... Sí, por ejemplo, la idea de no saber dónde está Alessia hace que me sienta fatal.

—Lo que falta lo pone él.

Lucia le sonríe, después me pasa la cuenta.

—Toma.

Miro a Gio con sorpresa.

—¿Pero no ibas a pagar tú?

—Y de hecho he pagado con los vales. Pero tú has pedido filete y papas fritas y ya se pasa... Tienes que darle diez euros.

—Ah, o sea, ¿pagabas tú, pero resulta que tengo que poner diez euros?

—¿Qué problema hay?

—Ninguno. —Siempre lo ve todo muy fácil. Echo mano a la cartera y la saco del bolsillo. Miro dentro: cincuenta, veinte, diez y cinco. Saco el de diez y lo dejo en la bandejita de plata.

—¡Pero vas! ¡No seas tacaño!

Cuando quiere, Gio es rapidísimo, toma cinco euros al vuelo y los pone en la bandejita.

—Adiós, Lucia. ¡Un beso! —Y le hace un gesto de que la llamará pronto o quizá simplemente la saluda como si fuera el surfista que seguro no es. Luego me pesca por el cuello con un abrazo muy típico suyo y me lleva hasta el exterior del bar—. Venga, no te pongas así... Tienes que ser generoso, quien bien siembra bien cosecha...

No sé qué contestar. ¿Esos cinco euros pueden servir para que Alessia me llame? No lo creo.

5

—¡Buenas a todos!

Entro con mi habitual entusiasmo, pero nadie me saluda.

—El negocio ya no va como antes, ya no se venden tantas casas, el ladrillo ha caído en picado, aunque todavía resiste.

Eso es lo que dice el jefe. Sí, por la tarde de tres a ocho, a veces incluso hasta las nueve o las diez, y sin cobrar nunca horas extras, trabajo en una inmobiliaria, se llama B&B, de hermanos Bandini, aunque de vez en cuando hay alguien que hace alguna broma sobre ello: «¡Sí, habría sido mejor que hubieran abierto un *bed and breakfast*!»

Pero en realidad va viento en popa, tienen muchas propiedades en venta, algunos áticos realmente magníficos y unas casas de ensueño.

—¡Hola, Nicco! —Ella es la única que me saluda.

—Hola, Benedetta.

Benedetta Pozzilli, también llamada *Pozzi*, ¡aunque en realidad es el diminutivo de Pozzanghera! No sé cómo le han endosado ese apodo, pero que te equiparen con un charco es realmente tremendo. Te salpica cuando pasa un coche, cuando metes un pie dentro te moja el zapato, incluso el calcetín, y entonces seguro que te cagas en todo. Yo nunca he acabado dentro de Pozzanghera, me refiero a Benedetta, y si me ocurriera alguna vez Gio tendría que escupirme en un ojo, me lo ha prometido.

—¿En qué piensas, Nicco?

—¿Eh? En nada.

—Venga..., tonto. —Me da un empujón—. Ya sabes que no se puede pensar en nada, es completamente imposible, seguro que piensas en algo aunque sea una estupidez. —Me sonríe. Además, tiene los dientes maltratados.

Eso es algo que no puedo soportar en una mujer. Giorgia tenía un incisivo muerto. Alessia, en cambio, parece el anuncio del mejor dentífrico que exista sobre la faz de la tierra.

—¿Nicco?

—Eh, ¿qué pasa?

—Ya veo, estás pensando una estupidez.

La miro, yo también le sonrío, la verdad es que no sé qué decirle, evidentemente no puedo hablarle de sus dientes o del hecho de que todo el mundo la llama Pozzanghera.

—Venga, te traigo un café y después tengo una sorpresa para ti... ¡Mejor dicho, dos! —Y desaparece por el pasillo de la derecha.

Me siento frente a mi escritorio, me hundo en la silla negra de piel y repaso la agenda: sólo tengo dos citas por confirmar, ver una casa que poner a la venta y otra que incluir en los anuncios de los alquileres.

—¡Aquí está el café!

Se sienta en el borde de la mesa. Benedetta es la sobrina de los B&B y le está permitido todo. Pasa Gianni Salvetti, de cuarenta y cinco años, el yerno de Alfredo Bandini, el hermano mayor de los dos. Hace unos cuantos años que trabaja en la agencia y me dedica una sonrisa forzada, un poco de circunstancias, en realidad llena de odio, a mi parecer. Lleva un saco a cuadros en tonos cafés y una camisa azul claro que podría pasar, pero combinada con una corbata verde con un dibujo rojo, creo que una cereza o una fresa o tal vez un chichón, sí, eso es, debe de ser un chichón, realmente horroroso. Hay personas que aunque lo intenten todo no tienen ni idea de vestirse. Me odia porque hace mil años que está en esta oficina y se ocupa de lo mismo que yo, que no llevo aquí ni tres meses. Gianni Salvetti es un huevón. Y yo soy muy espabilado. ¿Que cómo entré en la B&B? No, no... ¡No me enredé con Pozzanghera, eso seguro!

La mujer de Alfredo Bandini suele comprar *Il Tempo* en nuestro quiosco. Una vez tomó *Ville & Casali*, *Astra*, *Di più* y diez periódicos más, y ya se alejaba cuando me di cuenta de que cojeaba.

—¿Señora? ¿Puedo ayudarla?

Ella se voltea y me sonríe.

—Pero ¿cómo lo vas a hacer?, tú tienes que quedarte aquí...

—No, señora, no se preocupe. Está Gio. ¿Gio? ¡Giorgio, asómate!

Gio levanta una mano desde detrás de una pila de revistas colocadas en la vidriera y luego saca la cabeza.

—¡Buenos días, señora! —Menos mal que esconde la revista porno que estaba ojeando—. No se preocupe, Nicco puede ir, puede ir... Le doy permiso. ¡Pero no vuelvas muy tarde, ¿eh, Nicco?! —Levanto la mano mandándolo a freír espárragos y acompaño a la señora Bandini.

—Pero ¿ése quién es, Niccolò?, ¿el propietario?

—Qué va, señora, es un amigo que viene por las mañanas.

—Ah, ¿y qué hace?, ¿no estudia?

Las mujeres mayores siempre quieren saberlo todo.

—No, señora, dice que él es como Steve Jobs...

—¿Quién?

—Ese que inventó las computadoras Apple, las de la manzana...

—Ah, sí, claro, no te había oído, el que murió, pobrecillo...

—Sí, verá, Steve Jobs se inscribió en el Reed College de Portland, pero abandonó la universidad un semestre después para ponerse a trabajar. Gio iba conmigo a la preparatoria y dijo que ya tenía suficiente, que no necesita más. Ahora trabaja con internet, construye páginas web..., total, que se gana la vida así...

En realidad, ni yo mismo he sabido nunca lo que hace Gio.

—Ah... —Al menos ella finge haberlo entendido—. ¿Y tú?

—Yo trabajo aquí, que es de la familia.

Y le hablo un poco de mi vida, de mis dos hermanas, de mi madre y de su preciosa historia de amor con mi padre, que nos hemos quedado solos, que ella sufre muchísimo y que yo estoy estudiando Ciencias de la Comunicación, pero voy un poco atrasado.

—A lo mejor, algún día, en vez de vender periódicos me pongo a escribir un buen artículo..., ¡espero! —Y acabé con esa broma—. Pero ¿dónde tiene el coche, señora?...

—No... —Me sonríe—. He venido andando, pero puedes dejarme aquí si quieres, no me gustaría que Gio... te organizara algún problema en el quiosco, que después tendrás que darle explicaciones a tu tío...

—No, no, no se preocupe. Gio es de confianza.

Me hizo gracia oírla a ella llamarlo así. Si Gio lo supiera. Veo que sigue cojeando al caminar, pero no me atrevo a preguntarle el motivo.

—Vivo en via Pompeo Neri, casi hemos llegado... Es que me he levantado con ciática y tenía la esperanza de que se me pasara.

—Señora, aquí al lado hay una farmacia. Si quiere, tengo coche, puedo enviarle a Gio para que la acompañe.

—No, no, gracias... Tengo chofer. Pero has sido muy amable. Ya hemos llegado. —Agarró las bolsas llenas de periódicos de las manos y entró por la puerta.

Unos días después volvió al quiosco acompañada del chofer.

—Buenos días, señora Bandini.

—Hola, Nicco. Toma, esto es para ti.

Me dio una tarjeta con la dirección y el número de teléfono de la inmobiliaria B&B.

—Me gustaría que tuvieras una charla con mi marido.

—Gracias, señora. Seguro que iré.

Y un instante después ya había subido al coche.

—¿Va mejor la pierna? —Me sonrió y asintió, luego desapareció a bordo de un Maserati oscuro.

Aquella misma tarde fui a ver a su marido, Alfredo Bandini, a la inmobiliaria B&B, y desde aquel día estoy allí todas las tardes cobrando un buen sueldo, incluso me ha hecho contrato.

—¿Te lo tomas sin azúcar? —Pozzi llama mi atención.

—Sí, desde siempre. ¿No te habías dado cuenta?

—No. Entonces, estás a dieta perpetua.

—No, no, es que me gusta tal cual, está mucho más rico, pruébalo.

Se encoge de hombros.

—¿Y bien?, ¿estás listo?

Asiento mientras me tomo el café.

—Te he dicho que tenía dos sorpresas. ¿Cuál quieres primero?, ¿la bonita o la alucinante?

Ah, menos mal que las dos son buenas.

—La bonita.

—Aquí está... ¡Tachán! —Deja un paquete en la mesa—. ¡Ábrelo!

Miro ese papel azul en el que aparecen las letras B&B de la agencia.

—¡Venga, ábrelo!

Pozzi, la Pozzanghera, está impaciente. Decido complacerla, en seguida aparecen unas fotos preciosas.

—Ático de cuatrocientos metros en el Coliseo, rodeado de

una terraza de doscientos metros con un gran jacuzzi, amueblado, superelegante, precio: cuatro millones de euros. Si consigues venderlo ¿sabes qué porcentaje tienes? ¡Se acabó el Polo, nadie podrá pararte!

Cómo se nota que Pozzi no me conoce. Un coche es la última cosa que me compraría. Más bien una buena moto, pero antes incluso alquilaría un pequeño *loft* donde poder estar un poco tranquilo, la vida con mi madre y mi hermana se ha vuelto demasiado complicada. Miro las fotos con más atención, es realmente bonito. Está al final de via Cavour, se ven los Foros Imperiales y se domina hasta piazza Venezia.

—Cuatro millones de euros es regalado...

—Claro, ahora sólo tenemos que encontrar a alguien que acepte este bendito regalo...

—Niccolò, ¿pero no te das cuenta de que si vendes esta casa te meterás en el bolsillo al menos veinte mil euros? ¿Eh? ¿No lo ves? Me parece que no lo acabas de entender, el regalo lo has recibido tú. Es la comisión que la agencia tiene prevista para este tipo de transacciones. ¿Vas a echarla por la borda?

Sonrío.

—No...

—Ah, bueno. Y yo he hecho que mi tío te lo dé a ti... ¿Y ahora quieres oír la sorpresa alucinante?

Ya está. Ya me imaginaba que había gato encerrado. Pozzi me mira sonriente. Ahora tengo que hacer algo, besarla delante de todos, arrodillarme y pedirle la mano.

—Bueno, ¿quieres oírlo o no?

—Sí, sí, por supuesto...

—Estoy saliendo con alguien.

Sonrío contentísimo, y ella cree que lo hago por su noticia ¡y no porque me haya librado! «¿Y quién es ese loco?», me gustaría decirle. ¿Quién se mete en semejante hoyo? ¿Quién acaba en una *pozzanghera*? Y, lo más importante, ¿cómo logrará despegarse ahora? Sin embargo, finjo y sonrío de la manera más educada, al fin y al cabo me ha dado un ático con vistas al Coliseo y la posibilidad de ganar veinte mil euros.

—¿Ah, sí? Qué bien. Me alegro por ti.

Y empieza a contármelo.

—Se llama Luca, nos conocimos en una cena y desde el primer momento en que nos vimos supe que era él. O sea, ¿sabes cuando lo sientes y te das cuenta de que es así, de que no puede ser de otra manera? Es suficiente una mirada y esa persona se te mete en el corazón. Así, ¡zas! —Y Pozzi se queda mirándome como extasiada.

Es absurdo, pero inmediatamente me pongo a pensar en Alessia, hacía un rato que estaba distraído y, sin embargo, ya estoy otra vez, no dejo que se note, pero por dentro estoy muy triste. ¿Será posible que el amor sea todo igual? O sea, lo que acaba de describir ella es exactamente lo mismo que sentí yo cuando la vi en el gimnasio, cuando bromeamos aquella segunda vez, nos reímos, y se le cayó la toalla que llevaba en cl hombro y yo me agaché para recogerla y ella conmigo y nuestras manos se encontraron sobre aquella toalla Nike azul celeste, cosas estúpidas que a veces ocurren y se convierten en una de esas cinco cosas que ya nunca podrás olvidar.

Sí. He llegado a una terrible conclusión: yo soy Pozzi, soy igual de pendejo que ella.

—¿Lo ves? Quiso acompañarme a casa y yo hice como si no tuviera coche, como que había salido tarde del trabajo, me había cambiado en la oficina y había ido directamente en taxi... Tiene un Escarabajo azul precioso, ¿sabes el nuevo?, un poco más pequeño. ¿Y qué CD dirías que puso?

—No... Hum... No tengo ni idea.

—Claro, tienes razón. ¡Puso el último de Tiziano Ferro!

L'amore è una cosa semplice, El amor es una cosa simple. ¿Sabes cuál te digo?

—Sí, ya sé cuál es...

—Pero ¿no te acuerdas? Lo escuchamos juntos el otro día cuando te acompañé a ver aquella casa que tomamos en el barrio de Salario...

—Ah, sí, claro —miento.

—Pues ése, y era el que estaba escuchando yo mientras iba a la fiesta donde nos conocimos... ¿Te das cuenta? Es una de esas señales del destino que te lo hacen ver todo claro...

—Sí...

—¡Y nos quedamos charlando debajo de mi casa hasta las cuatro!

Asiento contento, al menos espero que lo parezca, porque en este momento tengo una depresión total. Ya sé cómo fue. Luca no sabía cómo darle un giro a la noche, ya hacía tiempo que estaba a dos velas, se aprovechó de Pozzi para una «mamadita» de gorra. Hago ver que soy su amigo.

—¿Y bien? ¿Qué pasó después?

Cierra los ojos y asiente, se queda así. Oh, Dios mío, pero ¿qué está haciendo? ¿Se ha dormido? ¿Se ha desmayado? ¿Le ha dado algo? Luego vuelve a abrirlos, son los ojos más felices del mundo.

—Me besó.

Pues claro, pero no logro imaginarme por qué lo hizo, qué se le pasó por la cabeza, lo que habrá tenido que hacer para conseguir el resto. A veces creo que es mucho más digna una relación «*self hand*», sí, eso, masturbarse en vez de ir con alguien de la categoría de Pozzi. Hasta por respeto a ella y también a uno mismo. Aunque es cierto que a veces los hombres quieren autocastigarse por algún motivo.

—Luego quería llegar más lejos, pero lo paré. ¿Hice bien?

—¿Eh?

Casi me parece que no lo he entendido bien.

—Pero ¿qué es lo que te pasa hoy, Nicco? ¿Va todo bien?

—Sí, sí...

—No, es que me parece que no me sigues, te cuento todo esto porque te tengo confianza... ¿Has entendido lo que te estoy diciendo? No lo dejé ir más allá, él quería, pero ya sabes lo que pasa después: los hombres están hechos a su manera, no creen que una chica pueda tener un flechazo, y si cede la primera noche entonces suponen que es una facilona.

—Ya.

—¿Lo ves? Tú también lo piensas.

—No, quería decir que tienes razón, la mayoría lo piensan, pero yo no lo creo, o sea, no siempre es así, puede que pase pero no por eso es que sea facilona...

Con Alessia pasó un mes y siete días. Dijo que tenía que ser una velada especial. Entonces me imaginé que Alessia quería una sorpresa, una noche superromántica de las que sólo se ven en las películas o se leen en algunos libros, sí, total, esas noches que no te vienen a la cabeza tan fácilmente... Y, sin embargo, no es cierto, si estás enamorado las cosas pasan. Es como si te dieran la combinación, como si se abriera una puerta y te desvelaran un secreto... Nunca te habrías esperado que esa noche fuera perfecta y sobre todo que fueras tú quien la ideara.

—¿Qué, Nicco?, ¿hice bien? Me la jugué, ¿verdad?

Sí, por supuesto, claro, muy bien, pero apuesto lo que quieras a que después no te ha llamado. Sin embargo, Pozzi continúa y me sorprende.

—Y ¿sabes lo más bonito de todo? Cualquiera habría pensado que no me llamaría más...

—Ya.

—¡Pero me llamó al día siguiente y fuimos a cenar a Duke!

43

¿No lo entiendes? ¡A Duke! Que a mí me parece genial, como sitio quiero decir, te encuentras con un montón de gente, aunque luego siempre son las mismas personas, ¿sabes?, y se come estupendamente, aunque luego siempre son los mismos platos...

Pozzi es realmente una plasta. Nicco..., piensa en el ático.

—Sí, sí, es verdad, tienes razón.

Después se la debió de tirar y borraría su número.

—Mañana por la noche salimos a cenar, vamos con una pareja de amigos suyos muy simpáticos que conocí en la fiesta...

Pozzi se para un instante, se le acaba de ocurrir una idea alucinante.

—Oye, pero ¿por qué no venís también tú y Alessia? La otra chica es de su estilo, le caería bien, así tú lo conoces y me dices qué te parece, ¿eh? ¿Qué dices?

No sé por qué pero no consigo mentir, buscar una excusa cualquiera.

—He roto con Alessia.

—Ah..., lo siento.

—Sí, es lo mismo que me ha dicho ella.

Pozzi me mira, levanta las cejas incómoda y en seguida intenta arreglarlo.

—Oye, pero tengo una amiga muy guapa, Antonella, si quieres puedo invitarla...

—No, no, déjalo estar, gracias.

Y entonces se levanta de mi mesa.

—Toma, éstas son las llaves del ático...

Como si eso pudiera de algún modo hacerme sentir mejor, como si sirviera para llenar el gran vacío que siento sin Alessia. Después, Pozzi se aleja.

Me coloco mejor en el escritorio, abro la computadora, miro las fotos del ático. Es precioso, corta el aliento, conjuntado hasta el último detalle, por dentro y por fuera, decorado de manera muy elegante pero no demasiado chillona o recargada. Es perfecto. Luego, sin ningún motivo, decido entrar en la página de Alessia en Facebook. La busco en la computadora, pero antes de abrirla me detengo un instante. Estoy indeciso. ¿Qué habrá puesto en el espacio «situación sentimental»? Miro el monitor, todavía está todo tranquilo, no he abierto la página, tendría que importarme un pepino. Pero no puedo resistirme y hago clic sobre ella. No lo puedo creer: soltera. Bueno, siempre es mejor que «comprometido/a oficialmente con...» y que encima hubiera hasta un nombre. Pero, si ha puesto «soltera», ¿qué significa? ¿Que quiere ligar? «Eh, chicos... Fíjense. ¡Estoy libre!» Sí, ya sé qué le falta a Facebook, el botón «No me gusta». Si hay algo que no me gusta o no apruebo, lo único que puedo hacer es quedarme callado y no darle al clic. Y no, yo quiero ese botón, claro y conciso, con el pulgar hacia abajo, como los antiguos romanos. ¿De acuerdo, Zuckerberg? Y también me gustaría que hubiera el botón «¿Cómo?». En este caso haría clic inmediatamente y después añadiría un comentario: «¿Por qué, Alessia, por qué?»

—Toma. —Me dejan una carpeta encima de la mesa.

Es Gianni Salvetti, el simpaticón, el que reparte las citas y las visitas. Va acompañado de Marina, una chica guapa y muy alta que han tomado de prueba, a saber quién y por qué motivo.

—¿Te acuerdas de que tienes que enseñar un cuarto en Parioli esta tarde a las siete y media? Está todo aquí, no llegues tarde.

Por lo menos Marina parece más amable.

—Te he metido dentro dos copias del plano de la casa, por si lo quieren, y también los gastos de calefacción central y de mantenimiento... —dice.

—Muy bien, gracias.

Después me sonríe y se va.

Gianni Salvetti la sigue con la mirada.

—¿Cómo puede ser que a veces las hagan igual de guapas que de tontas? Debe de ser un problema de montaje...

Y se aleja riendo con ese saco horroroso, un perfume dulzón que hasta ese momento no había notado y, sobre todo, esa broma que sólo le hace gracia a él. Si pensaba recibir una aprobación por mi parte, se equivoca de pe a pa. Sin olvidar que el día de la despedida de Navidad se presentó en la agencia con su mujer, que es espantosa, y estuvo resoplando todo el rato. De modo que, volviendo al tema, el montaje debe de ser un problema general desde todos los puntos de vista. Abro la carpeta. Me da un síncope. Via Mangili, 48. Ahí es donde vive Alessia. Cuando la vida se empeña, no tienes nada que hacer, has perdido.

6

Estaciono en via Mangili, delante del 48. No lo puedo creer. Cuántas noches he estado aquí abajo con ella. Ella. Ella, que al llegar bajaba un dedo la ventanilla.

—Venga, el último cigarrillo y me voy... —Y entonces empezaba a charlar—. No, no puedes entenderlo... Vane, mi amiga, está completamente loca. Ha cortado con Andrea y se ha ido con Simone —me dice una noche.

—Ah...

Luego me mira, enciende el cigarrillo y le da una calada.

—¿Sabes quién?

—No.

—¡Venga, Vane, Vanessa!

Ya lo sé, ¡pero Alessia tiene doscientas amigas! Entonces se fija en que la punta del cigarrillo no se ha encendido del todo, no se prende bien, incluso tiene una parte apagada.

—Noooo... ¡Soy una cornuda! ¿Me estás poniendo los cuernos, Nicco? ¿Tienes a otra?

—¿Yo? ¡Qué va!

—O sea, no lo creo... ¡Si hasta has contestado!

Se enciende de nuevo el cigarrillo, y se asegura de que la punta se prenda del todo y que así ella no es ninguna cornuda.

—Es alucinante que me hayas contestado, ¿sabes?, no me convence para nada...

—Sí, sí, de verdad...

Pero después empieza a parlotear sobre esa amiga suya.

—Total, ya ves, se ha ido una semana a las Maldivas con el tal Simone, que encima se lo paga todo, y ¿sabes qué ha dicho en su casa? ¡Que está en Parma trabajando de azafata en un congreso!

Da otra calada al cigarrillo y luego niega con la cabeza.

—No, a mí estas cosas no me van, o sea, he hecho cosas peores según cómo se mire... Y siempre en Italia. Pero irse al extranjero sin decir nada en casa, eso no. ¿Y si te pasa algo? Igual desapareces para siempre, imagínate cómo quedas con tu familia, que te hacía en Parma.

—Si desapareces para siempre te importa un bledo cómo quedes con tu familia.

—Porque tú no crees que haya vida después... ¡Por eso!

Alessia hablaba de todo, me acuerdo de aquella noche como si fuera ayer. Después, tras aquel cigarrillo, subimos al último piso del edificio, donde están los lavaderos, y empezamos a hacer el amor. Estábamos con las luces apagadas, con una vela posada en el borde de la pila, arrollados por la pasión, cuando de repente oímos voces.

—¿Y bien? ¿Se puede saber quién está ahí?

Y en ese instante comprendí que tal vez llevaban un buen rato llamándonos, pero cuando haces el amor no oyes nada de nada. Y lo sientes todo. Era la señora Fiastri, la del cuarto, con su marido. Ella se asomó un poco más por la escalera.

—¿Hay alguien? Hemos oído ruido.

Yo me aparté de Alessia.

—Pero...

—Chsss... Espera.

Y así, sólo con la camiseta puesta, saqué la cabeza por detrás de la puerta y vi que el señor Fiastri estaba más atrás y no tenía posibilidad de verme mientras cruzaba mi mirada con la de su mujer. Nos quedamos un rato en silencio, ella me observaba, yo la miraba fijamente esperando que no dijera nada a su marido, a los demás departamentos, al portero del edificio, a la madre de Alessia. Entonces ella se puso colorada, como si en ese momento lo hubiera comprendido todo, sí, eso, todo lo que habíamos estado haciendo hasta ese momento.

Entonces me encogí de hombros, sonreí como si fuera algo bonito, porque el sexo es maravilloso cuando estás tan a gusto con quien lo haces y te sientes justificado a los ojos de todo el mundo, al menos es lo que sentí en ese momento, o sea, no me avergonzaba de ello.

—Vamos...

—Pero ¿quién está ahí?

—Nadie... —La señora Fiastri dio un pequeño empujón a su marido como diciéndole: «Venga, vamos, muévete, ¿es que tengo que explicártelo todo?»

Y se fueron así. Oí que volvía a cerrarse la puerta y después las vueltas de llave. Alessia y yo nos reímos en la oscuridad de la habitación porque mientras tanto la vela se había apagado y casi había parecido una señal. Nos quedamos allí, en el silencio de aquella oscuridad, todavía abrazados, de nuevo el uno dentro del otro, y todo parecía natural, incluso decir algo importante, pero no me salía. Y fue ella quien lo dijo en la oscuridad:

—Nicco... Te quiero.

Y yo me quedé en silencio.

Vi sus dientes, su sonrisa en la penumbra, sus ojos, que eran preciosos y alegres, pero no pude decir nada, ni siquiera «Yo también...», o algo gracioso como «Yo más...», que no es que haga reír, al contrario, te entristece, o «Ídem», aunque sabiendo que en realidad estás diciendo mucho más, sobre todo si ella sabe a qué te refieres... Y Alessia lo habría sabido porque vimos

Ghost juntos por lo menos dos veces. Sin embargo, no dije nada. Tal vez haya hecho bien dejándome. Pero ella también podría haber dicho algo además de «Lo siento».

Toc, toc. Llaman a la ventanilla del coche y yo doy un brinco.

—Discúlpeme. No quería asustarlo. Es que hemos llegado hace un rato y hemos visto la carpeta. —La señala encima del salpicadero—. Es de B&B, ¿verdad? Nos está esperando.

—Sí, sí, en seguida voy...

Bajo del coche y tomo la carpeta. La señora sonríe. Tendrá unos cincuenta años, tal vez cincuenta y cinco. Rolliza, redonda, con el pelo rubio, ojos azules, unos grandes aretes, un Bulgari tal vez de imitación, en vista de que lleva una extraña inscripción que no reconozco. Él es más joven que ella, tiene las manos metidas en los bolsillos del pantalón gris de franela algo gastado y lleva una chamarra de piel café encima, un Lacoste azul celeste debajo, mucho pelo oscuro y la cara algo aburrida. Ella lo toma del brazo. Podría ser su madre y él podría ser rumano. Entonces ella me mira y sonríe estrechándolo con fuerza hacia sí.

—¿Sabe?, a veces lo toman por mi hijo... Pero ¿usted cree que Thomas parece mucho más joven que yo?

Sí, pero no se lo digo.

—A veces la gente va distraída..., señora.

Está en una nube, sonríe radiante y lo estrecha todavía con más fuerza hacia sí.

—¡Ésta será nuestra casa! Estoy segura de que nos gustará y nos traerá suerte..., ¡lo presiento!

Llamo al interfono. La señora continúa:

—A él le gustan todas las casas italianas, es rumano.

—¿Ah, sí? —Compongo una expresión sorprendida como diciendo «No lo parece en absoluto».

Contestan por el interfono.

50

—¿Sí?

—Soy Niccolò Mariani, de B&B.

—Ah, sí... —Y abren la puerta.

—Por aquí, por favor. —Los hago entrar y en seguida veo llegar muy de prisa un deportivo descapotable que estaciona al otro lado de la calle.

Lo maneja un chico atractivo, teclea un número en su celular, se ríe, dice algo y cuelga en seguida. Debe de haber llamado a alguien del edificio. Ha malgastado una llamada por no caminar hasta el interfono. O sea, para él no es malgastar, para él es una comodidad porque es rico. Baja del coche. Se enciende un cigarrillo, se toca el pelo, se lo echa hacia atrás. Va vestido de manera elegante. Sí, es rico y también guapo. ¿Qué fuma? No me da tiempo a verlo porque la puerta del elevador se cierra. Tal vez es la misma marca que fuma Alessia, sí, sí que es la suya, debió de dejarse el paquete olvidado en su casa anoche. No, no puede ser. Me siento mal. Me quedo en silencio en el interior del elevador con la puerta cerrada, hasta que la pareja se me queda mirando.

—¡Bueno! ¿Adónde vamos?

Ah, sí. Es de esos elevadores que se cierra solo aunque no arranque.

—Al cuarto, está en el cuarto piso.

Subimos de prisa y en silencio. Uno de los dos lleva un perfume fuerte. Tal vez los dos. Ella lo besa en los labios. Los miro con el rabillo del ojo reflejados en el espejo. Ella tiene los labios carnosos y se restriega contra él. Está sudorosa y él tiene la boca cerrada, se nota que no la soporta y que, en cambio, ella está loca por él. En realidad debe de estar loco por su dinero. A saber lo que ella hace para tener tanto como para tirarlo de esta manera.

—Ya hemos llegado.

Toco al timbre de la puerta y, antes de que la propietaria

venga a abrirnos, leo rápidamente la ficha del departamento. Justo a tiempo.

—Buenas tardes, señora Lorenzi. Ya estamos aquí, vengo con nuestros clientes.

—Ah, sí, claro, qué puntuales. Entren, entren y disculpen el desorden...

—Para nada, está todo perfecto, señora Lorenzi...

Me gustaría decirle: «Usted no ha visto la habitación de mi hermana Valeria», pero en vez de eso continúo mostrando la casa a la extraña pareja como un buen profesional.

—Aquí está la sala..., que da al comedor. ¿Cuántos metros tiene? Trescientos cincuenta, ¿no?

—Sí, útiles.

Y la señora Lorenzi lo dice con algo de orgullo y algo de disgusto sabiendo que antes o después tendrá que entregarla.

—Fiuuu. —El rumano silba.

«Sí, claro —me gustaría decir—, tú nunca podrías haberte imaginado una casa así... ¿De qué trabajas? ¿Qué haces cada día? ¿Qué has hecho de bueno hasta hoy? ¿Cómo conociste a esta mujer?» Sin embargo, me quedo callado y voy a la ventana. Ahora la extraña pareja habla con la propietaria, le hacen preguntas sobre la terraza, la calefacción, el garaje, la portería. Yo sigo mirando hacia la calle. El coche está ahí. Alessia todavía no ha bajado. Si el guapo creído la espera a ella, si la espera a ella aún tardará un buen rato. Alessia siempre se hacía esperar. Y salía riendo, corriendo como una loca, entraba lanzada y me besaba en la boca, pero no como esa rica gordinflona antes en el elevador, no, casi se me comía.

—No te habrás enojado porque te haya hecho esperar un poco...

—¿Un poco? Media hora.

—¡Doce minutos y cincuenta segundos!

—Sí, es verdad —admitía yo, riendo—. Han pasado volando.

Siempre decíamos las mismas cosas y nos reíamos, después nos íbamos a hacer algo, a cenar, al cine, a algún sitio sorpresa que a ella se le ocurría, pero también a no hacer nada. Cuando estás bien con una persona, no es tan importante lo que haces, sino cómo lo haces. Todo. Incluso esperar. Un hombre que empieza a resoplar mientras espera a una mujer es que ya no está enamorado. Yo todavía no me había cansado de esperarla. No me habría cansado nunca. El coche todavía está ahí. Miro el reloj. Han pasado once minutos. No cabe duda, está esperando a Alessia. Abro la ventana, pero justo en ese momento aparece a mi espalda la señora Lorenzi con los dos clientes.

—He enseñado a los señores las otras habitaciones, los dormitorios, la cocina, el cuarto de servicio y las terrazas...

La señora rubia gordinflona está entusiasmada.

—Precioso, realmente precioso, y qué vista, se ve todo corso Francia.

—Sí.

El rumano es de pocas palabras, pero está de acuerdo. Sonríe por primera vez. Tal vez ésa sea la máxima expresión de su entusiasmo.

—Lo estaba llamando... —La señora Lorenzi se acerca—. Pero era como si usted no me oyera.

—Tiene razón, disculpe.

—No, no hace falta que se disculpe, me ha encantado mostrar la casa a la señora. —Se sonríen. Nos acompaña a la puerta—. Vuelvan cuando quieran.

—Sí, gracias.

Se han hecho amigas. Salimos al pasillo y se abre la puerta de enfrente. Es la señora Fiastri, la que vi en la buhardilla de los lavaderos, la que me pescó medio desnudo con Alessia. No hemos vuelto a vernos desde aquella noche, y teníamos que vernos precisamente ahora. Saca una bolsa de basura, luego se encuentra con mi mirada. Entorna los ojos, después de golpe los abre de par en par: me ha reconocido, ata cabos, se acuerda.

—Buenas tardes —le digo, pero ella esta vez no se pone colorada, asiente, hace un mínimo gesto de saludo así en general y cierra la puerta. Intento llamar al elevador pero está ocupado—. ¿Y bien?, ¿qué les ha parecido?

—¡Precioso!... Muy elegante y, además, en perfecto estado.

—Le falta el gimnasio.

El rumano nunca estaría satisfecho, ni aunque lo tuviera.

—Pero, cariño, el gimnasio podemos ponerlo donde queramos.

—Sí, también es verdad.

Él lo reconsidera. Muestra esos grandes dientes cortos, gruesos, todos irregulares.

—Me gusta mucho.

Tiene dos expresiones: «Me gusta», «No me gusta». Me parece que está claro que sólo hace lo que le gusta.

—¿Cree que podrían bajar un poco el precio?

Saco la ficha.

—¿Saben cuánto es?

—Sí.

Ya no me acuerdo de lo que piden. Aquí está, ya han rebajado la cantidad tres veces.

—Un millón doscientos mil.

—Que no es poco... ¿No podría hacerse ni siquiera un pequeño intento?

En la ficha pone «Stop», no se puede bajar más.

—No lo creo...

La señora me mira, sonríe, inclina la cabeza a un lado, se hace la melindrosa, como si quisiera persuadirme. Pero si yo no decido nada, señora. Y, además, perdone, ¿eh?, pero ya tiene a su Thomas... ¿Ahora qué busca? ¿No paga? Pues el departamento también. La mano grande y achaparrada del rumano me cierra la carpeta, después me mira y asiente.

—Nos lo quedamos.

La señora está sorprendida.

—Pero Thomas...

—Nos lo quedamos. Me gusta.

La estrecha fuerte contra sí, la abraza, esta vez es él quien la besa y se frota contra ella. La mujer está como atontada, después sonríe exhausta, como si acabara de tener un orgasmo.

—Sí, a mí también me gusta muchísimo. Estaremos de fábula.

Llega el elevador y entramos. Me da como un mareo, no me parece notar el perfume de esos dos, sino el de Alessia, es un instante, cierro los ojos y me parece volver a aquel día en que subimos a la última planta. Estamos en el elevador. Ella, en vez de pulsar el tres, donde vive, pulsa el cuatro y yo me doy cuenta.

—Vaya...

Me mira con malicia.

—¿Sí? —Como diciendo «¿Quizá tienes algo que objetar?». Se abre la blusa—. Nicco... Qué calor.

Hace como en el anuncio. La miro en silencio, pero no tengo ganas de reír. El elevador sigue subiendo.

—¿Qué querías decir con eso de que has hecho cosas peores? Alessia se echa a reír.

—Me parecía imposible que lo dejaras pasar, que no te picara la curiosidad, que no lo sacaras...

—Contesta, ¿qué has hecho que sea peor?

—¿Lo ves?..., eres como todos los italianos. Eres celoso, eres siciliano, eres posesivo. «Esta mujer es mía, carajo...»

Lo dijo con un acento siciliano tan cerrado que Camilleri la habría fichado en seguida para cualquiera de los casos del comisario Montalbano.

Al llegar a la última planta, Alessia sale corriendo del elevador, sube los últimos peldaños a pequeños pasos, rapidísima, con sus tacones, intentando no hacer mucho ruido hasta llegar a la buhardilla. Saca una llave y abre la puerta de hierro del lavadero. ¿Pero esa llave la había traído para esa noche o la llevaba siempre consigo? Y ¿cuántas veces ha ido al lavadero? Pues entonces Alessia tiene razón: carajo, ¡¡siciliano soy?! Mientras subo los últimos peldaños ella empieza a desnudarse lentamente, me mira en silencio, sonríe, se queda sin nada encima y los pies descalzos en esas losas antiguas de los viejos lavaderos. Estoy muy excitado.

Y ella echa leña al fuego.

—Hoy quiero hacer cosas peores.

Se sienta en el borde de la pila y sigue bromeando.

—Carajo, tómame, siciliano...

Y separa un poco las piernas mostrándome su vello perfectamente rasurado.

—Pero ¿usted está contento de que nos lo quedemos? ¡Es más de un millón de euros! Hoy en día no todo el mundo gasta tanto, ¿no?

La señora está ligeramente resentida por mi distracción y me arrastra fuera de aquella buhardilla, del lavadero, de ella, de aquel dulce y lejano recuerdo. Algunos recuerdos son más fuertes que otros y permanecen indelebles incluso en su sabor. Pero ahora estoy aquí con ellos.

—Hemos llegado, por aquí, por favor...

Los hago salir del elevador, pero la señora insiste:

—Le pregunté si está contento.

—Sí, te preguntó si estás contento.

También interviene Thomas, el rumano, que parece haberse despabilado con la idea del departamento.

Me doy cuenta de que el coche ya no está fuera. Miro el reloj: han pasado doce minutos y cincuenta y cinco segundos. De modo que era ella la del elevador. Era Alessia y se ha ido con el creído. Me vuelvo hacia los clientes, están esperando mi respuesta. Sí, es verdad, han comprado la casa y yo recibiré una comisión, pero en este momento no soy capaz de mentir.

—No. No estoy contento.

Y debería añadir: «Espero que al menos ustedes lo estén, al fin y al cabo se han quedado una bonita casa, y serán felices, y su relación tal vez dure, sí, quizá incluso más de lo previsto...» Sin embargo, me importa un pepino.

Se miran entre sí, pasmados, no se lo esperaban, no saben qué decir, y yo casi disfruto con su incomodidad.

Justo en ese momento suena mi celular y casi me parece extraño ser educado.

—Discúlpenme, tengo que contestar.

—Nicco, ¿dónde estás? Te necesito.

—Ya voy.

—Sí, pero date prisa. Estoy en casa.

Cierro el celular.

—Bien, si han decidido comprarla nos vemos en la oficina para firmar el contrato de venta. Aquí tienen, ésta es mi tarjeta. Ahora tengo que irme corriendo. Un imprevisto. Ah, estoy contento por ustedes, se han quedado una bonita casa.

Siempre cedo. No es verdad, no estoy contento por ellos, no me interesan lo más mínimo, pero luego pienso en B&B, en el dinero, en lo que dirán en la oficina. Y, sin embargo, me gustaría poder hacer que todo y todos me importaran un cuerno. Incluso Fabiola, mi hermana mayor, que acaba de llamarme. «Te necesito.» ¿Para qué? ¿Qué ha pasado? Nunca me ha pedido nada desde que papá se fue. Nos vemos en casa por las fiestas, por los aniversarios y las cenas, pero nunca hemos hablado de ello, hemos hecho como si nada, como si no hubiera pasado. Ahora, en cambio, me necesita. ¿Y yo? ¿Qué necesito yo?

7

Me encuentro el portón abierto y cuando entro en el vestíbulo de casa de Fabiola la veo sentada en la escalera. Cuando se acerca el verano hace fresco en la entrada de los edificios. El pelo rubio oscuro le cae hacia adelante, lleva unos jeans y una camisa entre lila y color vino, un poco ligera, de uno de esos raros tejidos indios. Dos cordoncillos claros se pierden entre algunos bordados del escote y se deslizan hacia abajo como la ceniza del cigarrillo que tiene entre los dedos.

—Mira que has tardado, ¿dónde estabas?

—Has vuelto a fumar.

—Sí.

—¿Desde cuándo?

—Desde hace un mes, pero ¿a ti qué te importa? ¿Has venido a hacerme un interrogatorio?

Sonríe mientras lo dice. Me siento a su lado. Fabiola siempre ha despertado mi curiosidad. Mi hermana siempre ha parecido mayor, o sea, hacía las cosas que le tocaban, pero no como había que hacerlas, sino a su manera. No sé si me explico. Cuando se casó, por ejemplo, hizo tres fiestas, una en Roma con iglesia y todo eso, luego otra en Florencia y la tercera en Milán. Hace unos años estuvo en América y volvió a casarse en las playas de Malibú.

Vive en via dei Tre Orologi, tiene un departamento espectacular, un ático desde el que se ve Villa Borghese. Está decorado como los mejores sitios que yo haya visto, es todo blanco con paredes de repente amarillas o violetas o azules o verdes, casi parece la casa de un fotógrafo, pero no desentona porque de todos modos el blanco siempre está muy presente y acaba teniendo una elegancia original muy suya. Fabiola fue atrevida y demostró tener buen gusto.

Da otra calada y después me mira.

—¿Extrañas a papá?

«¿Para esto me has llamado? —me gustaría decirle—. Pero ¿tú crees que puedes llamarme por teléfono y hacerme venir aquí para esto?» No obstante, no tendría sentido, parecería grosero, y además es la primera vez que me habla de ello. Aun así, tenía la esperanza de no tener que afrontar este tema, pensaba que conseguiría controlarme, sin embargo, se me hace un nudo en la garganta, pongo los brazos alrededor de las rodillas y las aprieto con fuerza. Asiento con la cabeza.

—Sí, lo extraño.

Me gustaría decir mucho más, me gustaría decir que a veces me arrancaría la piel, me gustaría decir que no puedo pensar en él porque con sólo pensar que papá no está me vuelvo loco. O sea, me da pánico la idea de que en un momento dado del día quiera preguntarle algo, incluso la cosa más tonta, no tiene que ser importante a la fuerza, y no lo encuentre. No encontrarlo nunca más. Aunque algunas veces me imagino que él me está escuchando de todos modos, y entonces le hablo, le pido igualmente ese consejo, sobre todo me pasa que le hablo de mamá, del hecho que veo que no supera su historia, el dolor por haberlo perdido. Y cada vez que hablamos, sobre todo de eso, acabo llorando, pero eso a Fabiola no se lo cuento.

—Fabi, ¿qué quieres?

Vuelve a mirarme, sonríe, al final me despeina y se pone seria.

—Nicco, tú ya eres mayor. Tú eres el hombre de la casa, ¿lo sabes? No podemos hacer como si nada, tenemos que seguir adelante.

Y se queda así, en silencio, como si en el fondo quisiera añadir algo, pero puede que sólo sea una sensación mía.

—¿Has visto que Francesco es igual que papá? Cuanto más crece, más se le parece.

Es verdad. Francesco es su hijo de tres años, y yo también lo había pensado. Adoro a ese chiquillo, es una maravilla. Tiene los ojos de papá y de vez en cuando te mira de una manera que me impresiona, me parece como si realmente estuviera él allí dentro, como si a través de Francesco quisiera decirme algo, pero luego de repente el niño sonríe y me dice «Otra vez». Porque siempre le hago bromas y a él le gustaría que no parara nunca. «¡Otra vez, Nicco! ¿Me lo haces otra vez?»

—Si todavía estoy con Vittorio es sólo por él. —Después de decir esto, Fabiola se levanta, va hacia la puerta, da una última calada al cigarrillo y lo tira a lo lejos. Luego vuelve hacia mí—. Sólo por Francesco. —Se sienta un poco más alejada y se me queda mirando.

No tengo palabras, eso no me lo esperaba en absoluto. Deben de haber discutido de lo lindo. Ya me imagino la escena, mi hermana debe de haberle dicho una de esas frases que quizá había pensado un montón de veces pero que siempre había conseguido quedarse dentro, una de esas frases que después de haberla dicho te arrepientes por lo violenta que es, no porque no sea cierta, sino porque no se dice y punto. Sin duda debe de haber pasado eso.

—He vuelto a ver a Claudio.

Pero ¿cómo que ha vuelto a ver a Claudio? Su histórico novio de toda la etapa de la preparatoria y gran parte de universidad, un chico que sólo creaba problemas, posesivo, celoso e incluso machista. Estuvieron saliendo hasta que Fabiola conoció a Vittorio. Creo que cortaron precisamente entonces. Y, en cambio, ahora ha vuelto el problema Claudio.

—Pero ¿ese Claudio?

—Sí, Claudio, ése. Coincidimos en una cena de clase, de antiguos compañeros del colegio. Nos encontramos en Facebook y cuando nos vimos fue muy raro, era como si todo fuera como entonces.

—Fabiola...

Me mira pero se queda callada. ¿Qué significa este silencio? ¿Lo ha vuelto a hacer con él? Fabiola, casada con Vittorio, y sobre todo madre de Francesco, haciendo el amor con su ex de la preparatoria, Claudio. Sí, Alessia me diría: «Eres un burgués, estás haciendo un planteamiento típicamente burgués. ¿Qué tiene que ver que esté casada? ¿O lo dices porque es tu hermana? ¿O porque tiene un hijo?»

Una vez tuvimos una discusión parecida, estaba hablando de una amiga suya y se encendió muchísimo, nada de lo que le decía le parecía bien, ¿saben cuando no dan una? Pues eso. «Sólo eres un pequeño burgués.» Terminamos así, defendió a su amiga hasta el final, pero ahora me asalta una duda: ¿estaba defendiendo a su amiga o a sí misma?

—¿Quieres saber si me acosté con él?

Fabiola me sorprende con esa pregunta tan directa, ella y yo nunca hemos hablado de estas cosas. Con Valeria, mi hermana más pequeña, alguna vez sí, pero con ella nunca.

—No, gracias, no quiero saberlo.

—Pues te lo voy a decir: no, no me acosté con él.

Y no sé por qué, pero exhalo medio suspiro de alivio, la situación aún no se ha precipitado.

—No todavía, al menos.

—¿Qué significa eso? No debes, no puedes... No es justo, eso es.

Me doy cuenta de que en realidad no sé muy bien qué decir. Me parece que Fabiola también se da cuenta, sonríe y se enciende otro cigarrillo.

—Fumar también es un error, pero me gusta.

—¿Que te gusta? Pero eso es distinto. ¿Qué planteamiento es ése? Has asumido un compromiso, te has casado, y encima tres veces...

—Cuatro con Malibú.

—...Pero lo más importante es que tienes un hijo.

Fabiola fuma en silencio. En ese momento entra un señor por la puerta del edificio, abre con las llaves, cruza la entrada. Lleva mocasines elegantes y su sonido resuena en el vestíbulo vacío.

—Buenas tardes...

Saluda amablemente al vernos y nosotros contestamos. Luego llama al elevador. Mientras espera a que llegue, nos mira con curiosidad. Se ve que conoce a Fabiola, en cambio conmigo parece perplejo, no sabe bien dónde situarme: ¿soy un amigo, un extraño, su amante, su ex Claudio? No, sería demasiado joven. Me mira fijamente y me gustaría decirle «Que soy su hermano», pero él es más rápido que yo.

—Disculpe, aquí no se puede fumar.

Fabiola ni siquiera se digna mirarlo.

—Sí, tiene razón. —Pero da otra calada como si nada. El señor niega con la cabeza, el elevador ha llegado y, sin decir nada más, él se va.

—Tocan los huevos todo lo que pueden.

—Pero es verdad que no se puede fumar.

—Si no hubiera sido el cigarrillo habría dicho que no te puedes sentar en la escalera. Hay gente que sólo viene al mundo para tocarte los huevos... Quizá sea porque alguien se los tocó a ellos en otra vida.

Fabiola está convencida de que todo es consecuencia de algo, de que hay un destino. A menudo, cuando hablamos de este tema, sostiene la inutilidad de las acciones, todo es inútil: luchar, discutir, cambiar.

—Total, todo está escrito...

—Al menos dame la posibilidad de que podamos hacer algo, de que podamos cambiar mínimamente las cosas, de lo contrario, ¿qué sentido tendría tomar cualquier decisión?

—De acuerdo...

Luego, cuando murió papá, recuerdo que se me acercó en la capilla ardiente.

—¿Has visto? Yo tenía razón, no servimos para nada.

Y en seguida comprendí que se refería a ese tema del que habíamos hablado un día cualquiera del año anterior. Era como si lo estuviera esperando, como si siempre hubiera sabido que un día llegaría el momento de decirme esa frase. Y yo no pude decir nada.

—¿Sabes?, estoy convencida de que Vittorio se imagina algo...

—Pero ¿algo de qué, si no ha pasado nada?

—Claudio y yo nos llamamos a diario, y además siempre estoy pensando en él, y la pareja se da cuenta, si estás distante, si no estás...

Los últimos días, Alessia siempre tenía la cabeza en otra parte. Se voltea hacia mí y me mira.

—No es obligatorio querer a alguien para acostarte con él. —Después se encoge de hombros.

Nunca he visto así a mi hermana, o sea, así como ahora: parece una chiquilla. Fabiola siempre ha sido metódica. Cuando iba al colegio, lo preparaba todo la noche anterior, la camisa, la falda, los zapatos. Dejaba el libro abierto y ponía su diario encima para señalar la lección que podían preguntarle. O sea, no conozco a nadie más escrupuloso que ella. Pero era optimista, siempre lo ha sido, pensaba que esa última lectura podría ayudarla, que serviría de algo en caso de que le preguntaran a ella. Ahora, en cambio, parece otra.

—¿Sabes lo que pasa? No me explico por qué me llamaste. Por lo general se llama a alguien para pedirle consejo; tú, en cambio, me parece que ya lo tienes todo decidido.

Fabiola da una calada y se ríe.

—Pareces enojado.

—No has contestado a mi pregunta.

—¿Que por qué te llamé si ya lo tengo todo decidido? Oh, mira, hermanito, sólo tenía ganas de verte, no te enredes tanto. ¿Sabes que Francesco se vuelve loco contigo? Le gusta un montón el juego de las hojas.

Es un juego que hago con él: me lo pongo sobre los hombros y luego corro por debajo de los árboles, donde las hojas están más bajas, haciendo ver que es superarriesgado, pero teniendo cuidado de que no se haga daño con las ramas y no corra ningún peligro.

—Otra vez... El juego de las hojas.

Cuando no puedo encontrarme con él en el parque a veces paso por su casa, ¡y entonces se vuelve loco con el juego de las puertas! Quiere estar sobre mis hombros y pasar por debajo de las puertas. Grita cuando tengo que agacharme, aunque yo ya lo sé, y me gusta cuando me pellizca las mejillas de miedo pero no dice nada, al contrario, hace como si estuviera tan tranquilo. Un hecho que me impresionó y que nunca me habría imaginado es que cuando jugaba con Francesco de pequeño me escondía en las habitaciones de su casa a oscuras y él entraba como si nada, me buscaba sin temor, sin ningún problema. Tenía un año y medio y no sentía miedo. Y ¿saben por qué? Porque no sabía lo que era. Una vez cruzó toda una habitación a oscuras y luego me vio de rodillas detrás de la cama. «¡Nicco!» Vino hacia mí y me abrazó, después se apartó y se me quedó mirando mientras sonreía. Y ¿saben por qué? Porque yo no podía hacerle nada, no podía pasarle nada, porque para él todavía no existía el miedo. Es el mundo el que nos cambia y a él también le ocurrió, apenas unos meses después. La luz del pasillo estaba encendida y yo me había escondido detrás de la puerta del baño con la luz apagada. Él se acercó poco a poco, lo vi reflejado en el espejo y de repente se detuvo en el umbral, se asomó un poco hacia adelante para ver si estaba en aquella habitación, pero por primera vez esa oscuridad, la incógnita de lo que podía suceder en ese baño sin luz, lo hicieron huir. Fue a la cocina con Fabiola y ya no volvió. No sé cómo, pero había conocido el miedo. Tal vez por culpa de uno de esos cuentos para escuchar o de unos dibujos animados, en todo caso ya se había «ensuciado» con esa conciencia. Me pregunté cómo debe de ser para un niño la sensación de tener miedo por primera vez. Yo también fui así, yo fui todo eso, y hay una persona que seguramente lo vio: mi padre. Francesco me hace pensar en mi padre, cada vez que bromeo, me río, lucho con él, no puedo evitar pensar en todo lo que mi padre debía de hacer conmigo. Seguramente muchísimo, y yo no tengo memoria. Nos acordamos de las cosas más estúpidas e insulsas mientras que no podemos recordar las que nos gustarían. Había una película preciosa, se titulaba *Días extraños*, en la que se aplicaban unos microchips en el cuero cabelludo y luego podían grabar en un disco duro todo lo que veían. Era una buena película. Hay buenas películas que deberían convertirse en realidad. Si a alguien se le ha ocurrido una idea, ya es un paso adelante para que esa idea algún día se convierta en realidad.

—Nicco, ¿tú quieres decirme algo?

—¿Eh? —Mi hermana se ha dado cuenta de que tenía la cabeza en otra parte—. No.

—¿Estás seguro? ¿Va todo bien?

Me gustaría contarle lo de Alessia, que ha desaparecido de repente, lo del tipo que hoy ha ido a recogerla y que la vida se burla de mí enviándome a hacer una visita de trabajo justo donde ella vive, pero simplemente prefiero decir:

—Sí, todo bien, en serio, te lo diría...

—Mejor así. Hoy Francesco me ha preguntado por ti, hace tiempo que no vienes a vernos.

—Sí, tienes razón, vendré pronto.

—Bien...

Se levanta, se pasa las manos por los jeans y se los arregla un poco. Después baja rápidamente la escalera y entra en el elevador.

—Hablamos pronto.

Aprieta el botón de su piso, pero antes de que las puertas se cierren aún consigue decirme esto:

—Te he mentido: sí que me acosté con Claudio.

Luego me sonríe y se encoge otra vez de hombros.

¿Qué? Pero el elevador ya se cerró. Lo hizo adrede, para no tener que discutir, para no tener que contestar preguntas. Quería librarse de ese peso pero sin tener problemas. Pero no se puede, no puedes hacer eso.

«Toda acción provoca una serie de acontecimientos.»

Alessia lo estaba estudiando cuando nos conocimos, el *drishti yoga*, la visión yóguica, en resumen, el karma, creo, aunque también la filosofía estoica por la que, me decía Alessia, todo cuanto sucede predispone el futuro. Y eso, salvando las distancias, naturalmente me hace pensar en nosotros.

Pero ahora pienso en Fabiola, lo ha hecho, de modo que ahora está predisponiendo su futuro. Y lo más alucinante es que me viene a la cabeza Francesco y al mismo tiempo mi padre. ¿Qué dirían? ¿Cómo la juzgarían? ¿Le pedirían explicaciones? Ya sé lo que diría mi padre: «¿Qué dices?, has tenido un hijo, deberías ser una mujer satisfecha y feliz, y, sin embargo, ¿por qué tienes todavía ese desasosiego? ¿Qué te falta?, ¿qué es lo que buscas?» Pero mi padre ya no puede hacer esas preguntas. Francesco, por su parte, es demasiado pequeño, tal vez sólo le sonreiría pensando: «En cualquier caso, mamá es feliz así.» Y a mí, que sí podría haberlas hecho, no me ha dado tiempo. Hay algo que me retumba en la cabeza, lo que me ha dicho Fabiola: «Ahora tú eres el hombre de la casa.» Sí, pero dejando a un lado que me parece que no pinto nada en absoluto, hay un pequeñísimo detalle: yo no quería serlo.

8

Me habría gustado ser mejor, más fuerte, más decidido, más hombre. Me habría gustado aguantar, saber imponerme, que no me importara, poder reírme de ello, hacer otra cosa, ir a algún local, a casa de Gio, ponerme los pants y salir a correr por la Camilluccia en subida y de noche, ir a tomar una cerveza por ahí, al centro, a ese bar lleno de extranjeros, el Trinity College. Pero no, no he podido, estoy debajo de casa de Alessia, estoy al otro lado de la calle, he apagado el motor. Quiero ver si es ella la que ha salido con ése, con el guapo creído. Enciendo la radio, busco una canción adecuada. Cambio de emisora todo el tiempo. *Just Give Me a Reason* de Pink, *Umbrella* de Rihanna, *Amami* de Emma, ésta sí que no, y luego *When I Was Your Man* de Bruno Mars. ¿Qué pasa?, ¿me están tomando el pelo? No, ninguna va bien, cuando estás mal no va bien nada. Y entonces ocurre. Oh, siempre pasa igual, es como si hubiera momentos en que el destino se encarnizara contigo.

Solo per te io cambierò pelle per non sentir le stagioni passare senza di te... Sólo por ti mudaré la piel para no sentir las estaciones pasar sin ti...

Nuestra canción. Qué tristeza. Ahora las palabras parecen tener un significado muy distinto. *Solo per te.* La escuchamos justo en ese momento, en su casa, un día que sus padres no estaban. Se habían ido de fin de semana y ella me llamó.

—¿Qué haces esta noche? ¿Quedaste con alguien?

—Sí, contigo...

—Ah, bueno, quería ver...

Y luego se rió. La manera en que se reía al teléfono era pura poesía. Empezaba a reírse y ya no paraba, a veces tan ligera, a veces con una carcajada tan bella que no sé cómo describirla, sólo sé que yo me quedaba escuchándola. No decía nada y ella, cuanto más oía mi silencio, más seguía riendo.

—Oh, Dios mío, basta, no puedo más, me haces reír demasiado.

—Pero si no estoy diciendo nada...

—Por eso, basta, basta...

—¡Pero qué quieres que haga! ¡Si no digo nada!

Y eso todavía la hacía reír más. Después, al final se recuperaba.

—Ay, madre mía, basta, no puedo más, me duele la panza, va, vente a mi casa. ¿Cuánto tardas en llegar?

—Ya estoy allí.

Y volvió a reírse de nuevo, una carcajada más breve esta vez. Después, de repente, bajó un poco la voz.

—¿Te quedarás a dormir conmigo? Te deseo.

Y colgó así, sin decir nada más, porque no hacía falta decir nada más.

Llega un coche, estaciona un poco más adelante de la entrada. Al cabo de un momento se baja una pareja, los señores que viven en la segunda planta, ambos son pequeñitos, tranquilos. Se dicen algo, hablan de esto y de aquello, tal vez de la velada o de lo que tienen que hacer mañana, de cómo han cenado o de lo simpática que era alguna persona de la mesa.

Al final sólo entiendo:

—¿Tienes las llaves?

—Sí.

Y desaparecen detrás de la puerta. La calle vuelve a estar en silencio. Estoy bajo un farol roto, en la parte más oscura de la calle. La canción ya casi ha terminado.

Come la neve non sa coprire tutta la città come la notte non faccio rumore se cado è per te... Como la nieve no sabe cubrir toda la ciudad, como la noche no hago ruido, si caigo es por ti...

Tal vez ellos también la estén escuchando en este momento, tal vez él le está acariciando las piernas, le levanta un poco la falda... Tal vez se han parado en alguna parte, tal vez sus padres no se han ido afuera y entonces él la ha llevado a su casa. Este último pensamiento me destroza.

Come la notte non faccio rumore se cado è per te... Como la noche no hago ruido, si caigo es por ti...

La canción ya se ha terminado.

—Hola..., vente, entra, qué pronto llegaste...

Me moría de ganas de estar con ella. Todavía me acuerdo, era como si volviera a tener dieciocho años, ella tenía la capacidad de excitarme de una manera única.

Se mueve por el pasillo con sus largas piernas acariciadas por la falda del vestido blanco de flores rojas, lleva zapatos altos pero no demasiado, de corcho, con unas tiras blancas de charol y pétalos rojos.

—¿Quieres tomar algo?

Me lo dice de espaldas, sin dejar de caminar, pero a mí no se me antoja beber nada, miro sus calzones dibujados bajo la ligera transparencia del vestido, ella se para, se voltea, me sonríe.

—¿Y bien? ¿Quieres algo o no?

La alcanzo y me paro delante de ella, me mira con curiosidad, estamos muy cerca.

—¿Qué pasa?

—Pasa que eres preciosa...

—¿Y...?

Y... no pude decir nada, ni siquiera en ese momento.

—Y quiero besarte.

No le doy tiempo a añadir nada más, la estrecho con fuerza, la beso apasionadamente, un largo rato, casi cortándole la respiración, como si fuera un beso desesperado, como si de alguna manera yo ya supiera... O quizá sólo era estúpidamente ingenuo y feliz. No lo sé, pero un instante después estamos en la habitación de sus padres y nos desnudamos en silencio. Se quita el vestido lentamente, lleva ropa interior de algodón suave, negra, de encaje, y en el perfil de la luz que entra por la ventana la veo agacharse para dejarla sobre la silla, luego se gira de repente hacia mí.

—¡Oye! No me mires...

—Cómo no...

Pero en seguida se mete en la cama y se tapa.

—Tonto... —Luego sonríe, se lleva una mano a la espalda y desde debajo de las sábanas desliza el brasier, después los calzones... Un instante y estoy a su lado, la huelo, le rozo la piel con los labios, le beso el pecho, me como dulcemente su pezón, le acaricio las piernas, luego lentamente las separo un poco y empiezo a tocarla. Ella también está excitada, siento cómo se mueve poco a poco bajo mi mano. Con dulzura, paso por encima de sus piernas.

—Ten cuidado, ¿eh?...

—Sí, claro... —le sonrío.

—¿Llevas preservativo?

—Tengo cuidado...

—Sí, me lo imagino... Como el beso de antes, un poco más y me quedo directamente embarazada.

Me hace reír. Me levanto y agarro el preservativo del bolsillo del pantalón.

—¿Cuánto hace que lo llevas encima?

—Lo he tomado esta noche...

—¿Seguro? A ver si estará agujereado...

—¡Basta ya!

Ella me mira sonriendo.

—¿Quieres que te ayude?

—No, gracias, lo hago yo...

Intento abrirlo pero casi se me escurre de las manos, trato de rasgarlo juntando los dedos, nada. Me lo meto en la boca, ella se da cuenta.

—¡Eh, a ver si se va a romper!

—Que no, voy con cuidado...

Y por fin lo consigo, rasgo el envoltorio, lo saco y lo desenrollo. Por un instante se me pasa por la cabeza: ¿y si lo he agujereado? Podría ponerme a inflarlo para ver si pierde, pero parecería un verdadero imbécil, ¡como cuando los inflábamos para hacer guerra de agua en la escuela! No, no, no se puede. Entonces me lo pongo y por suerte estoy bastante tranquilo, sí, mejor, así no me juega malas pasadas. Después me meto en la cama a su lado y la beso, le separo despacio las piernas, meto la mía y luego me subo delicadamente encima de ella, y estoy excitado y la deseo y...

—Espera, espera, falta una cosa...

No sé qué será, pero se queda debajo de mí y se curva a un lado y palpa a tientas en el buró hasta que encuentra la radio y la enciende. Justo en ese momento empieza a sonar aquella canción.

Solo per te convinco le stelle a disegnare nel cielo infinito qualcosa che somiglia a te... Sólo por ti convenzo a las estrellas para que dibujen en el cielo infinito algo que se parezca a ti...

—Ésta, ésta será la nuestra, ¿te das cuenta? Será nuestra canción para siempre...

E hicimos el amor y fue precioso, lentamente, con pasión y sin cosas raras, después nos metimos en la tina de sus padres y abrimos una botella de champán.

—Espera, voy a meter otra en el refrigerador, así no se darán cuenta cuando vuelvan...

—Mmm, riquísimo... Sí, está a la temperatura ideal...

Miro a Alessia y me pregunto si ya ha hecho todas estas cosas con otro. Ella sonríe, yo también, seguro que no puede imaginar en lo que estoy pensando. Me gustaría saberlo todo de ella, entrar en su cabeza, ojear sus recuerdos, ver lo lanzada que ha sido con otros chicos, qué ha hecho, qué le han hecho, cómo ha reaccionado...

—¿En qué piensas?

—¿Yo? En lo rico que está el champán... Y en lo bonito que es estar aquí contigo.

—Sí. —Se pone seria—. ¿Sabes una cosa, Nicco? Nunca he dejado subir a ninguno de mis novios a casa... Tú eres el primero, ¿me crees?

—Claro... ¿Por qué no iba a creerte?

Se lleva la copa a la boca.

—No, por nada, por decir algo...

Asiento y sonrío, bebo un poco más de champán. «Mis novios.» Pero ¿qué quiere decir? ¿Cuántos son? O mejor dicho, ¿cuántos han sido? Aunque ninguno ha subido nunca a su casa. Y todo eso me excita. ¿Por qué no iba a creerle? Le acaricio un tobillo. Sí, aunque ella habrá ido a casa de alguno. Pero ¿de cuántos? Poco a poco Alessia desliza las piernas, las pone por dentro de las mías y empieza a mover el pie arriba y abajo mientras bebe champán. Mueve el pie con fuerza.

—¡Ah!

Se ríe por detrás de la copa de champán.

—Perdona... No quería.

—No pasa nada.

No es verdad, me ha hecho un daño atroz. Esas cosas son terribles cuando suceden, te quitan toda la excitación. No, por suerte eso no ha pasado. Investigo con la mano, está todo en su sitio. Ahora Alessia, con más delicadeza, intenta acariciarla de nuevo. Mueve la pierna con más cuidado. Lo consigue. Cierro los ojos, me está gustando una barbaridad, me deslizo un poco hacia atrás con la cabeza.

—En esta tina tan pequeña no cabemos...

—Sí...

Pero es precioso. Sí, me está haciendo gozar, pero tengo que aguantar, tengo que aguantar. ¿En qué puedo pensar? Los periódicos, sí. Eso es, por la mañana temprano llega el repartidor y descarga los periódicos. Pongo en su sitio todos los que hay. Los cambio de sitio, los doblo, los pongo uno encima del otro, hago lo mismo varias veces, es muy cansado y muy aburrido. Ella, mientras tanto, me acaricia, pero no debo pensar en ello. Ahora cambio de sitio las revistas infantiles. Los cómics. Alessia poco a poco se mueve, siento que el agua baja por mis hombros, me quedo al descubierto. Abro los ojos, se ha levantado. Está con las piernas abiertas encima de mí. Su sexo está completamente mojado, gotitas de agua prisioneras entre su vello con una ligera espuma. Me sonríe.

—¿Puedo subirme encima?

Asiento.

—Sí...

Pero no sé cuánto podré resistir. Periódicos de economía. Revistas de jardinería. Diarios de ofertas de trabajo. Y, sobre mis piernas, se agacha hacia adelante y después se sumerge un poco bajo el agua. Revistas y platos y cazuelas. Consigue tomarla con la boca. La besa. Revistas de cocina. Revistas de costura. Revistas de vino. Entonces se acuclilla sobre mí, se la mete dentro y empieza a cabalgarme. Revistas de caza, revistas de coches, revistas de motores. Va cada vez más rápido. La veo echar la cabeza hacia atrás, casi grita de placer, sus espléndidos pechos bailan delante de mis ojos, mojados, enjabonados, brillantes. Se mueve cada vez más de prisa. Revistas de náutica, revistas de barcos, de lanchas, de pesca, de playas. Revistas porno. ¡¡¡Nooo!!! ¡Ésas, no! No puedo más. Consigo por un pelo quitármela de encima y por suerte nos venimos juntos al mismo tiempo, en el agua caliente, todavía más, sin miedo, sin problemas, abrazándonos hasta el final. Y nos quedamos así, ella encima de mí, perfumados y enjabonados, con las bocas muy cerca, respirándonos. Veo que sus labios sonríen. Luego lo dice en voz baja, casi susurrando:

—Ha sido precioso, amor mío... Te quiero.

Y yo me quedo en silencio durante un rato, después al final digo simplemente:

—Sí...

No pude decirle nada mejor, ni aquella noche ni nunca. Y ahora estoy en el coche debajo de su casa, en silencio, y quizá ya no se puede hacer nada. Miro el reloj, ha pasado una hora y cuarenta minutos. Sólo han llegado esos dos señores, aquella pareja. ¿Y si ya la hubiera dejado en casa? ¿Y si no fuera él? ¿Y si no ha salido? ¿Y si ha vuelto un minuto antes de que yo llegara aquí debajo de su casa? Son cuarto para la una. De acuerdo. A la una me voy. Me doy ese último cuarto de hora de margen, si no viene me voy. Empiezo a pensar en la visita de esta tarde, en la posibilidad de que se queden con el departamento, en lo antipático que era el rumano, en cuánta gente inútil hay en este mundo, en cuánta gente interesante, en cambio, me gustaría conocer. Extraño a mi padre. ¿Qué me diría él en esta situación? ¿Se lo contaría? Tal vez sí. «¿Sabes, papá?, ayer estuve debajo de casa de Alessia toda la noche...»

Y él me habría hecho una de sus bromas: «¿Por qué...? ¿Te habías olvidado algo?»

Y yo me habría enojado o quizá no. Sólo ahora me doy cuenta de las veces que me enojé cuando tú me tomabas el pelo, sin entender, en cambio, que lo hacías porque estabas seguro de tu amor. Ahora bromeo con Francesco, lo hago enojar, pero sólo porque me inspira ternura, porque lo veo pequeño e indefenso, porque me lo comería, porque eso es lo que tú, papá, debías de sentir por mí y yo ya no me acuerdo. Yo estaba allí, pero no se me ha quedado grabado. Te extraño, papá. Más que a nada, porque para lo demás siempre hay tiempo. Más que a Alessia, porque a ella siempre puedo volver a conquistarla. Tal vez. Miro el reloj, falta un minuto para la una. Muy bien, espero a la una y cuarto y después juro que me voy. Y, sin embargo, ya sé cómo acabará, seguiré esperando, porque a veces el tiempo no cuenta nada, absolutamente nada, y otras veces, en cambio, lo es todo, y en esos casos nunca tienes el suficiente. Ahí está. Mi tenacidad ha sido premiada. A las dos y cinco llega el BMW conducido por el creído. Ahora lo que quiero es ver lo que dice. Bajo del coche y me dirijo a la reja.

9

Cruzo de prisa la calle, al final casi voy corriendo hacia ellos.

«¡Pues menos mal!», piensa Nicco.

El guapo creído se voltea y me mira con curiosidad. Claro, ¿qué sabrás tú? Cómo vas a saber lo que has arruinado, quién estaba antes que tú, quién se ha quedado arrinconado sin la más mínima explicación, aparte de un «Lo siento...».

Pero de repente me paro en seco. El creído es alto, grande, está bien plantado sobre sus piernas. Tiene las espaldas anchas y sus manos, que ahora veo mejor, me parecen enormes, duras, nudosas, en resumen, de esas que hacen daño de verdad. Entonces, de la otra puerta, la del pasajero, por fin baja ella.

—Hola, Niccolò... Pero ¿qué pasa?

Es Daniela Martini, la del segundo piso, una chica preciosa, una ex modelo que parece haberse metido en no sé qué rollo raro, o al menos eso dicen. Yo siempre la veo igual de sonriente y amable. Tal vez sea una de esas leyendas urbanas que corren. Pero también es verdad que cuando esperaba a Alessia por la noche debajo de su casa la veía subir a los coches más dispares. A veces venían a buscarla simples choferes. Recuerdo que una vez subimos juntos en el elevador y de repente se quedó parado. Preso de un terrible pánico, empecé a darle patadas a la puerta.

—¡Carajo! ¡Abran, abran! ¡Dije que abran!

Y seguí dando patadas como un loco, sudando, completamente empapado y con el corazón acelerado.

—Ya verás como ahora se pone en marcha —dijo ella con una voz tan tranquila y sosegada que en seguida me dio serenidad.

Y de ese modo, al cabo de unos segundos, empecé a respirar nuevamente de manera natural, el corazón se me desaceleró y Daniela Martini siguió hablando.

—Tú eres el novio de Alessia, ¿verdad? Esa chica tan simpática del tercero. ¿Cómo te llamas?

—Niccolò.

—Hacen una pareja estupenda.

—Gracias.

—¿Cuánto llevan saliendo?

—Siete meses.

—Y ¿cómo se conocieron?

—En el gimnasio... Pero después yo dejé de ir porque empecé a trabajar.

—Ah, ¿y a qué te dedicas?

—Oh, hago varias cosas. Estudio Comunicación, pero también trabajo en el quiosco de la familia y, por la tarde, en una inmobiliaria.

—¿En serio? Debe de ser interesante. Estoy pensando en cambiarme de casa. Si me decido iré a verte. ¿Me tratarás bien?

—Por supuesto. Tenemos muchísimas opciones, incluso en esta zona.

Y de ese modo seguimos hablando de esto y de aquello hasta que volvieron a poner en marcha el elevador. Antes de salir, me disculpé por mi ataque de pánico y ella me sonrió.

—Lo sé, no te preocupes. Tuve un novio que también reaccionaba así, tenía claustrofobia. No le daba miedo nada ni nadie, pero si estaba dentro de un elevador o en un sitio que veía estrecho entonces empezaba a romperlo todo. —Después sonrió—. ¡Quizá ése fue uno de los motivos por los que cortamos!

Nunca he entendido lo que quería decir realmente aquella frase, pero sí sé que en el fondo no sentía ninguna curiosidad por mi vida, todas esas preguntas sólo me las hizo para distraerme, y lo consiguió. Evidentemente, no se cambió de casa.

—¿Y bien, Niccolò?

Me mira, esperando. El hombre de su lado permanece en silencio, se está preguntando qué tiene que ver una chica como Daniela Martini con alguien como yo. Intento inventarme algo, pero al final desisto. Estoy demasiado cansado y no se me ocurre ninguna idea.

—Perdona, es que me he peleado con Alessia... O sea, no, a decir verdad hemos cortado. O sea, para ser completamente sincero, me ha dejado ella y ni siquiera sé por qué...

Daniela Martini parece afectada por mis palabras, quizá aprecia mi sinceridad. Después me sonríe y se encoge de hombros.

—Lo siento...

—Es lo mismo que ha dicho ella.

El hombre se echa a reír.

—Oigan... Discúlpenme, eh, yo también lo siento mucho, pero Dani, ¿podemos subir?

Ella no dice nada, saca las llaves de la bolsa y abre la reja.

—Adiós, Niccolò. —Daniela entra, pero entonces se voltea hacia mí—. ¿Puedo darte un consejo? No arreglarás nada esta noche. Vete a casa.

—Sí, buenas noches.

Me voy hacia el coche pero, mientras me alejo, no puedo evitar oír sus palabras.

—Ya estuvo, lo has ofendido con esa carcajada.

—Tienes razón, pero es que parecía uno de esos programas de la tele.

—¿Pero qué tiene que ver esto con «Mujeres y hombres»?

—No, ese en el que abren la carta...

Y ella se ríe, se ríe pero no hacía ninguna falta. Daniela Martini se ha imaginado que era como uno de esos desgraciados de «Hay una cosa que te quiero decir». No, yo no iría nunca a ese programa, ni aunque viniera el cartero a mi casa y la invitación la hubiera enviado la mismísima Alessia.

Ahora, al decir todo eso, tengo que admitir indirectamente varias cosas. 1: que conozco perfectamente el programa; 2: que, por tanto, he visto el programa, y 3: que si me llegara una invitación, en el supuesto de que pudiera ser de Alessia, aceptaría participar de inmediato en el programa.

He cambiado de opinión porque me estaba comportando exactamente igual que las personas a las que detesto, esas que sólo porque alguien dice que algo es basura, aunque no sepan ni de qué se trata, le dan la razón igualmente o, lo que es peor, como esas que siguen ciertos programas y luego hacen como si no los vieran porque no es lo suficientemente *cool* o *smart* o *trendy*, total, ¡una serie de palabras con onda para decir que si ves ese programa no tienes onda!

Yo, una noche, en casa de Alessia, vi «Hay una cosa que te quiero decir». Era la historia de un chico que nunca había conocido a su padre y después de veinte años ese hombre se había armado de valor y por fin había decidido conocerlo. Ahora no sé si era porque hacía poco que había perdido a mi padre o porque el arrepentimiento de ese otro padre televisivo parecía indudablemente sincero, pero tengo que decir que el hecho me conmovió bastante. De modo que cuando Alessia regresó de la cocina me dijo:

—No lo puedo creer, pero ¿qué haces?, ¿estás llorando?

—No, qué va... Es que se me ha metido algo en el ojo...

—¡Sí, un mosquito sensible! Venga, vente para acá, que la comida ya está lista, sensiblero...

Y seguimos viendo el programa en la cocina y yo, en un momento determinado, empecé a sollozar y Alessia se levantó, rodeó la mesa y me abrazó con fuerza, me estrechó por detrás y me dijo:

—Sé por qué estás llorando, cariño. No es por la historia de ese chico y su padre, es por el tuyo, que ya no está y lo extrañas. Muchas veces unas cosas llevan a otras y aflora ese dolor que no conseguimos expresar a nadie, ni siquiera a nosotros mismos.

Entonces la miré y asentí, en silencio, sorbiendo por la nariz, sin conseguir detener las lágrimas, pero ella me sonrió.

—No te preocupes, llorar es lo más bonito, significa que extrañas a alguien de verdad y que lo querías mucho...

Y en esa ocasión, más que nunca, comprendí que la quería. Y fue una sensación rarísima, como cuando acabas de hacer el amor y te sorprendes por lo que sientes, porque, claro, sí que te acordabas, la persona es siempre la misma, pero no recordabas que fuera tan bonito. Era como si se hubiera añadido una pizca de magia, como si me hubiera dado cuenta de que ella era precisamente la persona adecuada, y me había comprendido perfectamente, en todo mínimo, particular, infinito matiz. Y, sin embargo, ni siquiera aquella vez fui capaz de decirle nada. Y, entonces, ¿de qué voy a quejarme ahora? Arranco el coche y regreso a casa sin imaginar que la noche todavía no había terminado y que iba a ser una de las más complicadas de mi vida.

10

Estaciono, pero no me da tiempo de llegar a la puerta.

—A ti te estaba yo esperando.

Me jala del saco y me empuja contra la pared.

—Pero ¿dónde carajo has estado hasta ahora, eh? Mira qué hora es.

—Son las dos y media, ¿y qué?

Le aparto las manos del cuello de la camisa y me la pongo bien.

—En serio, ¿se puede saber qué problema tienes, hermanita?

Valeria se ríe, está loca. La verdad es que mi hermana está un poco mal de la cabeza.

—Tienes razón. Tengo un montón de problemas, carajo, ¡y sólo puedo contar contigo! Pero en serio, normalmente siempre vuelves temprano, ¿qué has hecho esta noche para llegar tan tarde?

—Nada.

—Sí, okey, nada...

Se enciende un cigarrillo y se echa a reír.

—¡Pues imagínate si llegas a hacer algo! ¿Qué haces a estas horas de la madrugada? Problemas con la novia, ¿eh?

Sonríe en la oscuridad del vestíbulo apenas iluminado por la brasa del cigarrillo cuando da una calada. Se ven sus dientes, blancos, perfectos, y sus ojos oscuros. Lleva el pelo suelto, largo, mi hermana es de tez oscura. Es guapa, parece india. Son muchos los que se lo dicen desde siempre, hasta que al final se lo ha creído. Se hizo tatuajes tribales, lleva unos extraños aros, anillos en forma de serpiente y pulseras de plata, en resumen, hace cualquier cosa para parecerse a una piel roja, y además tiene un carácter rebelde y no acepta que nadie le dé órdenes. Da una última calada al cigarrillo.

—Bueno, ya te las arreglarás, en cualquier caso todos tenemos nuestros problemas, yo por ejemplo, o sea, me siento abandonada...

Se queda callada y me mira fijamente esperando que esté mínimamente intrigado. Pero no lo estoy en absoluto.

—Oye, okey, he tenido una noche de mierda, ¿no podríamos irnos a dormir y hablamos mañana?

Suelta el humo con un soplido.

—¡Ojalá! Me muero por darme un buen regaderazo y meterme en la cama, pero hay un pequeño inconveniente: tenemos un problema: Pepe va a venir.

—¿Cómo? ¿Y por qué dices «tenemos»? ¿Qué tengo yo que ver con ese Pepe?

Da otra calada para parecer tranquila, me da la impresión, y está tan loca que quizá lo esté realmente.

—Porque si Pepe viene y yo no bajo, es capaz de derribar la casa, por lo que el problema es también tuyo.

Permanezco un instante en silencio. Sabía que debería haber aceptado la oferta del director y quedarme un pequeño departamento al lado de la agencia, quería ir descontándomelo poco a poco, pero yo preferí quedarme en casa para que mi madre no se sintiera demasiado sola, y además porque de todos modos, desde que papá no está, el dinero nunca es suficiente, pero sobre todo porque Valeria sola en casa con mamá me preocupaba más que cualquier otra cosa. Y por lo visto no me equivocaba.

—No lo entiendo, ¿por qué no vas a bajar? Perdona, pero eres tú quien ha querido enredarse con él, ¿no?

Pepe es un rufián de Tor Bella Monaca, aunque no lo digo por el barrio, que es peligroso pero no es ni mejor ni peor que muchos otros, sino para que se entienda qué clase de tipo es: en Tor Bella Monaca le tienen miedo a Pepe. Al principio, cuando Valeria me habló de él, me eché a reír. Estábamos sentados a la mesa.

—Tengo que darte una noticia, *brother*...

Estaba comiendo tranquilamente unos excelentes ñoquis con salsa que mi madre había preparado con todo su cariño.

—Me he comprometido.

—Qué palabra más fuerte..., y ¿quién es el desgraciado?

—Bueno, esta vez me parece que podrá conmigo.

—Bah. Entonces debe de ser un tipo duro.

—Sí, se llama Pepe.

Me quedo con un ñoqui a medio camino.

—¿Es extranjero?

—No.

—Ah. ¿Es el futbolista?

—¡No! —Valeria se ríe—. Pepe, como la pimienta... Es su apodo.

—Ah, ¿y por qué le llaman así? ¿Es muy moreno?

—Un poco, pero no es por eso..., creo que el apodo le viene porque una vez alguien miró a su pareja y entonces él se fue hacia el tipo y le hizo tragar un pimentero enterito... Se dice así, ¿no?

—No lo sé.

—Bueno, si se dice «salero», entonces «pimentero» debería ser correcto...

Pensaba que estaba bromeando, a Valeria siempre le gusta llamar la atención. Pero unos días después, hablando con Gio, comprendí que la situación era más complicada de lo previsto.

—¿Qué? ¿Con Pepe? ¿Pero tu hermana está loca? ¡Se arriesga

a que la mate! ¡Pepe molió a palos a su última novia, y como intervinieron su padre y su hermano los madreó a ellos también! Creo que es uno de los personajes más violentos de Roma en los últimos tiempos, y además trafica. El apodo de Pepe precisamente le viene porque su coca no es buena, está cortada y pica, pero todos se la compran igualmente porque le tienen miedo.

Como suele ocurrir, nunca se acabaría sabiendo de dónde procedía realmente ese apodo, pero una cosa era segura: Valeria esta vez se la estaba jugando de lo lindo.

—Y ¿por qué no quieres bajar?

—Porque quiere esto —dice enseñándome un celular.

—¿Se lo has robado?

—Es el mío.

—Y ¿por qué lo quiere? —Empiezo a comprender de qué se trata, pero es mejor esperar antes de preocuparse.

—Porque quiere leer los mensajes.

—Y tú no quieres dárselo porque hay mensajes que no debe leer, pero no puedes sencillamente borrarlos y dárselo.

—No, es una cuestión de principios.

—Oye, Valeria, si la mitad de las cosas que me han dicho del tal Pepe son ciertas, no sé hasta qué punto es de los que se preocupan por los principios...

—¡Bueno, pues ya va siendo hora de que empiece!

—Y ¿tienes que ser precisamente tú quien se lo enseñe?

—¡Nosotros!

—¿Nosotros? ¿Nosotros, quiénes, perdona?

—Nosotros, tú y yo.

—¡Pero tú estás completamente loca! Yo no quiero enseñar nada a nadie, y menos aún a Pepe... Ni siquiera quiero hablar con él... ¡y de principios, nada menos!

Valeria se sienta en la escalera, recoge las piernas, da una última calada al cigarrillo y lo tira al suelo.

—Lo sabía. Si papá todavía estuviera, las cosas no habrían ido así...

Piso el cigarrillo con todo el tacón y lo apago con fuerza, con la misma rabia que no puedo emplear con mi hermana.

—Entonces, si papá estuviera, tú no fumarías aquí en el vestíbulo, quizá no saldrías con ese Pepe, y lo que es seguro es que si lo hubiera sabido se habría pasado tardes, días y noches hablando contigo intentando convencerte para que lo dejaras... ¿Es así?

—Sí, pero papá ya no está...

Valeria agacha la cabeza entre las piernas. La miro en silencio. Me siento culpable por la regañiza. Ella es la más pequeña de los tres. ¿Qué siente por la pérdida de papá? No puedo saberlo, no lo sé...

—Okey, pero ¿no podríamos saltarnos eso de los principios? Por favor, hazlo por mí, estoy pasando una época realmente complicada...

Valeria levanta la cabeza y me mira.

—Para mí también lo es...

—Ya veo, ¡pero ahora el problema lo estás creando tú! ¿No podríamos arreglarlo de alguna manera?

—Pero ¿cómo?

—Dándole el dichoso celular.

—No puedo...

—¿Por qué?

—Conocí a un chico hace unos meses, una persona muy dulce...

—Sí, ¿y qué?

—Nos besamos.

—¿Mientras salías con Pepe?

—Sí.

—¡Pero entonces tú estás loca como una cabra! O sea, es que te lo has buscado.

Se queda callada y me mira con pedantería.

—Así que sales con Pepe y besas a otro.

—Sí, se me antojaba.

—¡Claro! No pongo en duda que se te antojara, faltaría más, pero ¿por qué no dejabas primero a Pepe y después lo besabas?

—Lo intenté, pero Pepe no quiere que cortemos.

Ya no sé qué decir, esta vez soy yo quien se queda un segundo en silencio.

—Y ¿ese chico sabe que sales con otro?

—Sí.

—Y ¿sabe que ese otro es Pepe?

—Sí.

—O sea, ¿encima sabe quién es Pepe?

—Sí, lo sabe perfectamente.

—Pues entonces será que es otro criminal, otro al que le gusta la violencia, más que a Pepe.

—No, es un chico normalísimo y tranquilo. Es un poeta.

—¡No, es un kamikaze! ¡O sea, alguien que te besa sabiendo que sales con Pepe seguro que es un suicida!

—Me besó precisamente para demostrarme que no tiene miedo.

—Pero entonces, perdona, ¿no podemos mandarlo a él a hablar con Pepe? Tal vez se entiendan, tal vez el poeta lo convenza, le haga ver los principios que hay que respetar..., eso, ¡tal vez se lo explique en verso!

—Idiota. ¡Ya sabes que si va a hablar con Pepe lo matará!

—¡Sí, claro, y en cambio tengo que ir yo, ¿no?!

—Pero tú no me has besado.

—¡No, pero te molería a palos!

—Venga, Nicco, tú al final siempre acabas convenciendo a todo el mundo.

—Sí, gracias... Pero bueno, ¿te estás burlando de mí? Nunca

he convencido a nadie. No he podido convencerte a ti para que llevaras una vida un poco más «normal»... Y ¿ahora qué? ¡Ahora, en cambio, quieres que convenza a Pepe para que respete tus principios!

—Sí.

—¡Sí, claro! ¡Qué fácil!

—No quieres ayudarme...

Dobla de nuevo la cabeza entre las piernas y se queda mirando al suelo.

—Perdona, ¿eh, Valeria?, pero aclárame una cosa: ¿ese chico también tiene algún apodo? Tal vez Pipo... Quedarían perfectos en un artículo de esos que aparecen en la sección de sucesos: «Pipo y Pepe acaban en un mar de sangre.»

—Lo llaman «Poeta», y no me hizo gracia.

—Ni tú a mí. ¡Me gustaría olvidarme de todo por un momento e irme a dormir!

—Mira quién habla... ¡Y a mí!

—Sí, pero hay un pequeño detalle: ¡yo no he besado a nadie mientras salía con Pepe!

—De acuerdo, pero es lo que pasó, ¿qué quieres que haga?

—Dale el dichoso celular y así se calmará y tendremos la noche en paz. En lo demás ya pensaremos mañana.

—No puedo...

—¿Otra vez con tus principios? ¡Pero déjalos de lado por un rato!

—Están sus mensajes.

—¿Del Poeta?

—Sí, de Ernesto.

—¡Ah, el que nos ha metido en este lío se llama Ernesto! Y ¿por qué no los borras?

—¡Porque me gustan mucho!

—Ya veo, pues los copias en la computadora, en una libreta, en alguna parte, pero quítalos de ese celular, vas, Valeria, carajo.

—No quiero... —Lentamente empieza a llorar—. No es justo.

—¿Qué es lo que no es justo?

—Son míos...

En ese preciso momento llega una Harley a toda velocidad. El motor retumba en la noche, quien la conduce aminora con violencia y da gas sin importarle nada ni nadie. Valeria me mira ligeramente asustada.

—Ahí está, es él.

—¡Bueno, qué bien! No esperaba otra cosa. Pepe es justamente lo que le faltaba a la noche.

Suspiro alzando los ojos al cielo, pero no me da tiempo a añadir nada más cuando oigo su voz rasgar el silencio de la noche.

—¡Okey, ¿dónde carajos estás?, baja!

Sacudo la cabeza.

—Usar el interfono no le late, ¿eh? Demasiado trivial, ¿no?

—¡Ya ves!

Y hasta me sonríe.

—Pues nada... —Suspiro, niego con la cabeza y me dirijo a la puerta.

Antes de salir, tomo el teléfono e intento llamar a Gio. Ya suena, por suerte no lo tiene apagado. Quizá él lo conozca, quizá sepa aconsejarme qué decir, quizá me sugiera qué hacer, quizá... ¡si contestara! Nada, corto y salgo a la calle. El tipo maneja una Harley 1200 que parece pequeña debajo de él. Lleva una camiseta ajustada que pone de relieve todos sus músculos, incluso el más pequeño, que de todos modos me parece grande. Es como uno de esos cómics que de tan violentos que son hasta el dibujante se inquieta por cómo le ha salido. Es una tabla de violencia pura. Tiene unas piernas tan musculosas que los cuádriceps parece que estallen en los jeans. Apaga el motor de la moto. Lleva la cabeza afeitada, una barba ligera, no sé cuántos años tiene, pero su mirada es la de alguien que ha visto muchas cosas en la vida, sus ojos parecen escarbar en la oscuridad, buscar hambrientos cualquier presa, hasta que me ve.

—Hola, Pepe...

—Y ¿tú quién chingados eres?

—Soy Niccolò, el hermano de Valeria.

—Haz bajar a tu hermana.

No le gusta hacer nuevas amistades.

—¡Ahora!

No le gusta nada de nada en general.

—Oye, Pepe, ya sé que a veces las situaciones son un poco complicadas...

Levanta una ceja y me mira ligeramente perplejo. Creo que la interpretación exacta de esa mirada es: «No lo puedo creer, o sea, este microbio me está dirigiendo la palabra...»

Pero no le doy tiempo a interrumpirme.

—¿Sabes?, la semana pasada corté con mi novia.

Hago una pequeña pausa para dar todavía más peso a mi confesión con la esperanza de que él quede tocado con la noticia. No parpadea lo más mínimo. Yo sólo sé que esta noche ya he contado la historia dos veces. Espero que no haya una tercera.

—Y ¿a mí qué mierda me importa?

—No..., es que...

—Es asunto tuyo. Será mejor que hagas bajar a tu hermana ahora mismo.

—Es que...

—Veo que no me has entendido. ¿Quieres que suba yo?

Me sonríe, pero de tal manera que me hace comprender a qué me estoy enfrentando, qué riesgo estamos corriendo todos.

En ese momento no sé bien qué contestar. Mientras tanto, Pepe baja de la moto, deja el casco sobre el sillín y se queda de pie delante de mí. Es realmente enorme, una de esas personas que cuando te las cruzas por la calle cambias de acera, uno de esos tipos que sólo ves en las películas americanas, que crees que no existen de verdad, que la mayor parte la han hecho con Photoshop. Sin embargo, este Pepe de aquí es de verdad y por desgracia ni siquiera puedo cambiar de acera.

—¿Y bien? Oye, hermano de Valeria, hazla bajar en seguida, estoy perdiendo la paciencia.

—No, es que...

—No irás a decirme que no está, ¿verdad? Me ha escrito que se iba a casa.

—Sí, de hecho sí que está.

—Así, muy bien, entonces hazla bajar, tiene que darme una cosa.

—Sí, el teléfono...

—Ah, te lo ha dicho.

Bueno, he hecho una idiotez, una tremenda idiotez. Me gustaría decirle sencillamente: «Oye, Pepe, pero ¿yo qué tengo que ver con esto? Déjame en paz, estoy hecho pedazos, ya te lo he dicho, he cortado con mi novia, con Alessia, y ésta es la tercera vez que lo cuento», pero ya sé que igualmente no serviría de nada. De modo que opto por otra vía, completamente distinta, que me sorprende incluso a mí.

—Mira, mi hermana me lo cuenta todo, me ha hablado del teléfono y del hecho de que se lo hayas pedido...

—Ah, ¿eso también te lo ha contado?

¿Cómo que «eso también»? Pero qué lento es este Pepe. ¿Qué otra cosa iba a decirme si no? ¡Es ése el problema!

—Sí, pero ya sabes cómo son las mujeres, ¿no? Y Valeria les gana a todas, tú la conoces bien. Es una chica muy orgullosa, llena de fijaciones, de criterios complicados, no te imaginas las discusiones que tenemos a veces...

Y mientras hablo, en realidad pienso en algo muy distinto, me vienen a la cabeza las cosas más absurdas: por ejemplo, ¡cómo debe de ser el acto sexual entre esa bestia y mi hermana! Pero cómo se le ha podido ocurrir a mi hermana juntarse con alguien así, y por voluntad propia... No me atrevo a imaginarlo. ¿No se puede dimitir del papel de hermano? No, si es que con este Pepe Valeria se ha pasado de la raya. Mientras tanto, continúo hablando, sonrío de vez en cuando y no sé exactamente lo que digo, sólo espero que esté siendo convincente, pero es una verdadera bestia, tiene una mirada atónita, o mejor dicho, catatónica, una marca en el labio seguramente de alguna pelea, un corte en la ceja, en esa cara no hay nada estéticamente en su sitio.

—¿Sabes lo que quiero decir? Mi hermana es así, Pepe, y en cierto modo me parece que incluso puede entenderse, o sea, para ella entregar el celular sería como faltar a un principio. Es sólo eso, ¿sabes?, no tiene absolutamente nada que esconder...

Y luego sonrío y permanezco en silencio delante de él, intentando parecer creíble. Puede que haya hecho un buen discurso, sí, quizá acepte la versión que le he dado. Estoy contento por no haber metido la historia de mi padre en medio, por el hecho de que ahora Valeria se dirige a mí porque no tiene a nadie más. Eso lo he llevado con más dignidad. Puede que ella incluso se lo haya contado y él valore que yo no lo haya sacado.

—Oye, imbécil...

Ni por asomo, y hace un gesto tan rápido y violento que sin darme cuenta me veo a pocos centímetros de su cara con toda la camisa rasgada. En el silencio de la noche oigo un leve tintineo no muy lejos de mí: son los botones de mi camisa, que han conseguido ponerse a salvo. Eran de nácar, y la camisa era Replay azul marino y me gustaba muchísimo porque me la regaló Alessia. Pero tampoco es el caso de hacérselo notar a Pepe. Y justo en ese momento...

—¿Niccolò? ¿Qué ocurre?

Pepe y yo levantamos la cabeza hacia el cuarto piso.

—No pasa nada.

—¿Seguro?

—Seguro.

—De acuerdo, entonces espero a que entres.

Mamá se queda asomada a la ventana, en silencio, mirándome desde arriba en la oscuridad de la noche. Y ahora que me fijo, unas estrellas lejanas, detrás de ella, le enmarcan la cabeza, dando a esa imagen un matiz beatífico. Pepe me arregla la camisa rota, la alisa e intenta alinear un lado con el otro, cosa inútil, ya que de todos modos no queda ni un botón.

—Ya lo has oído, venga, vete...

Y me da un empujón tan fuerte con la mano abierta en todo el pecho que me corta la respiración y me hace dar media voltereta, pero me quedo de pie. Cuando me volteo, Pepe ya se ha alejado, su Harley sale flechada por detrás de la esquina de la plaza que amplifica el ruido del silenciador y él se pliega desapareciendo así con toda aquella violencia sin estallar. Vuelvo a entrar y Valeria viene corriendo hacia mí.

—¿Y bien?, ¿cómo ha ido?

—Muy bien, ¿no lo ves?

Le enseño lo que queda de la camisa.

—¿Sólo esto? ¡Pues entonces ha ido muy bien!

Entramos en el elevador y pulso el cuatro.

—Oye, Valeria, ¿no podrías dejarlo estar? Ah, y gracias...

—Huy, huy, huy. Cuando me llamas Valeria quiere decir que la cosa no va muy bien, cuando éramos pequeños hacías lo mismo...

—De hecho, va fatal.

—Si es por la camisa, te compraré otra. ¿Me dejas ver? Ah, Replay, ¡será fácil encontrarla!

Le aparto las manos.

—¿La quieres de este color azul, con los pespuntes en azul celeste? No, porque ya que nos ponemos, si la quieres distinta no será un problema. Al final hasta me va a salir barato, estas Replay tampoco son tan caras...

—Oye, ¿por qué no te estás calladita? Esta camisa fue el primer regalo que me hizo Alessia. Cállate, por favor, que me harás menos daño.

Llegamos al pasillo, mamá está en la puerta.

—Ah, tú también estás. Pero ¿dónde te habías metido?, no te he visto entrar.

—En el vestíbulo, estaba esperando a Nicco.

—Y ¿ése quién era, si puede saberse?

Intento quitarle importancia.

—No, nada, mamá, un pelmazo.

—Sí..., deja que te vea un momento.

Me voltea, busca marcas en mi cara. Luego deja escapar un suspiro; en efecto, gracias a ella no le ha dado tiempo a partirme la cara.

—¿Y la camisa? ¿Por qué la llevas así? ¿Fue ese chico? ¿Sobre qué discutían?

—De nada, mamá, ya te lo he dicho, una idiotez.

Me gustaría soltarle un rollo de una discusión sobre una casa en venta o en alquiler, pero entonces se preocuparía por mi trabajo y acabaría diciendo lo de siempre: «¿Ves como tu padre y yo teníamos razón cuando te decíamos que sacaras la carrera? Y tú perdiendo el tiempo con esos trabajillos...» Pero, curiosamente, antes de que me decida a inventarme algo, Valeria se adelanta.

—Nada, mamá, Nicco no tiene nada que ver, era Pepe.

—Ah, ¿ese chico que siempre llama con esa voz tan ronca y que no saluda? También te buscaba esta noche...

—Sí... Y como no me encontraba vino aquí a buscarme. Pero se acabó, mamá, no te preocupes, ya no vendrá más, ya no salgo con él.

—Ah, ya... ¡Y tú fuiste a defender a tu hermana como un buen hermano mayor! ¿Querías arreglarlo a golpes con él? Entonces es que tu padre y yo no te hemos enseñado nada, ¿eh?

Me echo a reír.

—¿Que yo quería pelear con él, mamá? ¿Pero no lo has visto desde arriba? ¡Es un ogro asesino, a ése no lo derribarían ni los luchadores!

—¿Quiénes?

—Sí, mamá, los de lucha libre... Esos que de vez en cuando ves en Italia 1 y siempre me preguntas si se pegan de verdad o no.

—Ah, sí. ¿Ni ésos lo conseguirían?

—No, ni siquiera todos a la vez. Yo sólo he ido a calmarlo. Porque Valeria ahora ha armado una...

—Ah, claro, resulta que es culpa mía... Oye, que yo sólo quería mi libertad y él no lo aceptaba.

—¿Qué quieres decir, Valeria?

—Que me gusta otro, mamá, intenté decírselo de todas las maneras posibles, pero él no quiere entenderlo.

—Pero a lo mejor es que no fuiste clara.

—¡Ya basta, me están hartando! No quiero que me regañen ustedes también, ¿entendido?

Y se va a su habitación dando un portazo. No tengo palabras.

—Pero, oye, Nicco, dime una cosa, ¿ahora tu hermana sale con otro?

—Sí.

—¿Alguien como ése?

—No, espero que no, mamá, según ella es poeta...

—Y no podrían hablarlo ellos dos, el de la voz ronca, ¿cómo se llama?...

—Pepe...

—Eso, Pepe y el Poeta... En vez de ir tú a discutir y dejarte hasta la camisa que te regaló Alessia...

—Tienes razón, mamá... Me equivoqué. Debería haberme mantenido al margen de este asunto...

—Ya saben cómo estoy últimamente..., tendríamos que estar todos un poco más tranquilos...

Después me quedo en silencio, busco algo que decir, pero no se me ocurre absolutamente nada. Entonces la miro y de repente me doy cuenta de una cosa y después de todo. La veo sola. La veo envejecida, la veo sin su habitual ironía, la broma fácil que se le habría ocurrido al vuelo si todavía estuviera papá. Se habría reído de Pepe. Se habría reído de mi camisa rota. Tal vez habría dicho: «Y ¿a ti qué más te da, Nicco?, no es así como se llevan ahora?» Sin embargo, ya no ve el lado irónico de la vida. Cuando te quitan a la persona a la que quieres, ya no hay nada que hacer, ya nada te parece gracioso. Y encima está lo de Valeria... Y en este caso la cosa tiene menos gracia. Hace que todo sea más difícil. ¡Si hay alguna posibilidad de complicarle la vida a alguien, ella siempre consigue encontrarla! Sólo estoy cansado, cansado de todo.

De repente mamá da con una respuesta.

—Y ¿no podrías hacer como Fabiola, eh? Ella nunca me da ninguna preocupación.

Y a esa última afirmación no sé qué objetar, me quedo con la boca abierta, la miro y me gustaría contárselo todo: «Pero ¿qué dices, mamá? ¿Fabiola? ¡Fabiola, no! ¡Si Fabiola todavía está más loca, Fabiola ha vuelto con Claudio! ¿Te acuerdas de aquel tocahuevos que nos amargó la vida cuando salían juntos en la preparatoria y en la universidad? ¡Pues ése! ¡Fabiola vuelve a estar con él a pesar de tener un hijo, un marido, una bonita casa, un trabajo!»

Pero, en cambio, no digo nada.

—Tienes razón, mamá. Intentaremos hacer como tú dices. Mañana hablaré con Valeria.

Me acaricia por debajo de la barbilla y me pone la mano en la mejilla.

—Gracias.

Y me siento estúpido y me imagino a mi madre entre el público de Maria de Filippi. Me mira, sonríe, me muestra su apoyo. Yo estoy sentado en el sofá y están retirando el sobre. Al otro lado me gustaría ver a Alessia, en cambio, está Pepe y un tipo desconocido, delgado, con el pelo largo. Sí, debe de ser el Poeta. Sólo estoy seguro de una cosa: me siento fatal.

11

Me he despertado en plena noche, completamente sudado, preso de quién sabe qué sueño del que, sin embargo, no me acuerdo. ¿Por qué algunas cosas quedan censuradas de la mente mientras que otras se quedan como grabadas, nítidas, inolvidables? No hay explicación, es así y punto. Sigo pensando en ello pero no consigo recordar el sueño.

Miro el reloj, son las cuatro y diez. Me ha pasado más de una vez despertarme a esa hora. Las 4 y 10. He sumado los números, 5, 14..., he buscado su interpretación, la letra a la que corresponden, pero nada me ha dado una explicación de ese extraño horario. Y, sin embargo, siempre es la misma hora, las cuatro y diez.

Doy vueltas por la casa, está en silencio, es como si estuviera suspendida en la oscuridad. No pasa ni un coche, ni siquiera a lo lejos, ninguna ambulancia, ninguna alarma, ni aquellos fuegos artificiales que a menudo se ven en dirección a Frascati, como si allí siempre hubiera alguien o algo que celebrar.

La noche no es tan oscura como antes, se ve que está clareando, que cede el paso a un nuevo día. Voy a la cocina, dejo correr el agua, tomo un vaso y bebo. No se oyen ruidos en el edificio. Ningún elevador subiendo o bajando. Nadie llega ahora después de haber estado en una fiesta, tal vez medio borracho como a menudo me he encontrado a la vecina del último piso, a veces incluso llevada en brazos por el muchacho de turno o por el viejo y legendario cornudo que ya debe de haber perdido la cuenta tanto de las borracheras como de los chicos ocasionales.

Bebo un poco más de agua y luego dejo el vaso en el fregadero de la izquierda, donde mamá suele poner las cosas que hay que lavar, pero esta noche no hay nada más, está vacío. Hace fresco pero no demasiado, estamos en mayo y la temperatura es ideal.

Camino descalzo por el pasillo, vuelvo a mi cuarto, pero antes abro la puerta de Valeria. Bajo lentamente la manija sin hacer ruido. Está ahí, en la cama, respira serena, duerme tranquila, completamente indiferente a lo que ha pasado. Qué suerte. Yo, cuando me he ido a la habitación, he vomitado varias veces. Se me ha hecho un nudo en el estómago por los nervios de enfrentarme a Pepe y haber salido ileso, bueno, sólo con la camisa rota. Miro cómo duerme, tiene un montón de cosas esparcidas por ahí, el iPad, el iPhone, me imagino que con las dulces palabras de su «nuevo» poeta, un libro con un extraño número en la cubierta, *1Q84*, una taza con restos de manzanilla o algún té. Parece dormir tranquilamente, soñando quién sabe qué, casi parece que está sonriendo. La envidio. Cierro la puerta. Creemos que conocemos a las personas que nos rodean, pero no es así. No sabemos nada de sus pensamientos, de su serenidad, de su dolor. Y demasiado a menudo nos equivocamos, siempre lo relacionamos con nosotros mismos, con nuestro criterio, con nuestras costumbres, con nuestra manera de ver el mundo.

Valeria es muy diferente de mí, a pesar de ser mi hermana, y quizá no la entenderé ni la conoceré nunca, no puedo más que quererla sin hacerme muchas preguntas.

Sigo andando por el pasillo. Llego frente a la puerta de mamá, está entornada, la abro un poco y miro adentro. De la persiana no bajada del todo entran las primeras luces y la vislumbro en la

99

cama, la veo dormir tranquila. No me atrevo a ir más allá, me siento fuera de lugar, como si estuviera profanando algo, faltándole al respeto. Pero percibo su buen olor a limpio y el de su ropa. Vuelvo a entornar la puerta despacio, bajo la manija, la cierro hasta que oigo el suave ruido del mecanismo.

Empiezo a caminar otra vez por el pasillo, las baldosas están frías bajo mis pies, me las conozco de memoria, es el mismo recorrido que he hecho durante años. Pero algo no cuadra. Es como ese juego de los pasatiempos: tienes que mirar dos viñetas que parecen iguales pero luego, si te fijas, en seguida te das cuenta de que hay muchas pequeñas diferencias. Aquí, en cambio, la diferencia es una sola: de la habitación de mi madre, de la de mi hermana, de la mía, de la casa entera falta un trozo, pero falta todo. Falta mi padre.

Preparaba la ropa para el día siguiente sobre la butaca que hay junto a la cama. Dejaba las pantuflas en el suelo, la bata detrás de la puerta, el periódico sobre el sofá, las llaves encima de la repisa de al lado de la puerta, un vaso vacío en una esquina encima del lavabo, no dentro, como todos, como quería mamá, sino fuera, a un lado. No era una rebelión, no, porque él podía, porque él era especial, porque sí. A mi hermana y a mí ni se nos pasaba por la cabeza. Así es, todo eso ya no está y ya no están muchas otras cosas, y si me pongo a pensarlo me hundo en una especie de abismo. De modo que prefiero imaginar que estoy soñando, que no es así, que esta noche no existe, que este tiempo no existe. Eso es, y pienso que si ahora volviera a entrar en el dormitorio de mi madre lo encontraría allí con todas sus cosas, con la luz encendida, leyendo. Sí, está allí, sonriéndome, entonces levanta el dedo índice, se lo lleva a la nariz y me hace una señal para que no haga ruido, porque mamá está durmiendo y me la indica con la cabeza: «¿Ves?, está aquí, a mi lado.» Pero sé que, sin embargo, no es así, nunca más será así. Me parece que ya lo entiendo: las cuatro y diez es la hora en la que él se fue y yo no pude despedirme.

Entonces vuelvo a mi habitación, cierro la puerta despacio, me siento en la cama y me pongo a pensar. Nuestra vida está hecha de un sutil, continuo equilibrio y cada vez que por fin crees haberlo encontrado ocurre algo y vuelves a quedar descompensado, caes hacia adelante o hacia atrás e intentas recuperar como sea ese equilibrio. Pero a veces ya no puede ser y entonces no queda más que cambiar toda tu vida, y lo cierto es que no es nada fácil. Pero en realidad ocurre de manera natural y, pasado el tiempo, aunque no te hayas dado cuenta, tu vida ha cambiado. Y el hecho de que hoy todo eso ya haya pasado me hace sentir mal. Y de repente, de golpe, sin ningún motivo, me acuerdo de lo que estaba soñando antes de despertarme a las cuatro y diez. Estaba con mi padre agarrando piedras en una larga playa, piedras que el mar había pulido y redondeado.

—¡Mira! ¡Mira lo que encontré, papá!

Corría hacia él contento de mostrarle un simple fondo de botella, un cristal opaco, descolorido, que ya no cortaba, corroído por el sol y la sal.

—Es bonito, ¿no, papá?

—Precioso, toma, ponlo aquí.

Lo metía en su bolsa y corría de nuevo feliz en busca de quién sabe qué otra increíble piedra, una piedra pómez, una loseta, una piedra porosa o lisa. Pero lo que más feliz me hacía era que lo hacíamos él y yo solos, mis hermanas se habían quedado en casa, con mamá, y ésa era nuestra tarde de libertad. Me acuerdo de que hace unos años hablamos sobre aquella playa.

—¿Cómo se llamaba?

—No te lo voy a decir...

—Va, papá, en serio, que no me acuerdo... Sólo recuerdo

que era una playa larga al pie de unas villas romanas y que había un montón de escalones para llegar hasta abajo...

Mi padre se rió.

—De eso sí que te acuerdas, ¿eh?... No te lo diré porque si no irás con alguna chica para hacerte el interesante, y a mí me gustaría que volviéramos a ir juntos algún día solos tú y yo, y quizá el día de mañana lleves a tu hijo. Esa playa debería ser una tradición únicamente para nosotros los hombres.

Y lo dijo con un tono de orgullo tan exagerado que nos reímos, pero nos lo prometimos.

—Sí, un día volveremos allí juntos. Además, preparan una pizza al corte muy rica por esa zona.

Pero ya no hubo tiempo, y de la playa y las piedras sólo queda un lejano recuerdo. Y por ahora, de la persona con la que tener un hijo al que llevar a aquella playa no existe ni siquiera la sombra. Pero al final del sueño recuerdo que papá me decía algo.

—Ya verás... Mañana te quedarás sorprendido.

12

Estoy arreglando los periódicos cuando veo aparecer a mi espalda dos mocasines elegantes. Más arriba hay unas medias finas de color miel. Es una mujer, sobre eso no hay duda.

—Buenos días, Niccolò.

Dejo el último paquete lleno de *Ville & Casali* y me volteo hacia ella.

—Oh, encantado de verla, señora De Luca... ¿Adónde va tan temprano?

Me mira y no contesta en seguida, permanece unos instantes en silencio, como si no hubiera debido hacerle esa pregunta, como si buscara la respuesta adecuada. Y por un segundo me arrepiento, me gustaría no habérsela hecho nunca. Entonces la señora sonríe.

—Ya ves...

Pero no está muy convencida. Casi parece disgustada, como si hubiera querido decir otra cosa y dar la respuesta adecuada, en caso de que hubiera una.

—¿Qué le doy, señora?

—Justo lo que acabas de poner en su sitio.

—¿*Ville & Casali*? Está muy bien. Aunque no es que sea barata, cuesta cinco euros setenta. Pero tiene unos reportajes muy bonitos, excelentes oportunidades en toda Italia, y además está llena de fotografías, así en seguida puedes hacerte una idea de cómo es y de qué vista se tiene desde la casa...

—Sí...

Le paso la revista y me da seis euros.

—¿Y qué?, ¿por casualidad no querrá cambiarse de casa? No, disculpe que se lo pregunte... Es que por la tarde trabajo en una agencia inmobiliaria, de modo que tal vez pueda echarle una mano en ese aspecto...

—Sí, lo sé...

Luego casi se arrepiente de haberlo dicho. Me ve sorprendido: en efecto, no pensaba que lo supiera. Bueno, el barrio es algo así como un pueblo pequeño, se sabe todo de todo el mundo, pero ¿cómo lo ha sabido? ¿Lo ha preguntado ella? ¿Se ha enterado por casualidad? En resumen, ¿cómo ha ido la cosa? Pero no me da tiempo a hacerme más preguntas.

—Lo sé porque has llevado la venta de la casa de una amiga mía. Lorenza Maina.

—Ah, sí, claro. Fue todo muy bien.

—Sí, me lo dijo, de todos modos de momento no tengo intención de trasladarme, ¡pero llegado el caso serás la primera persona en saberlo! —Y vuelve a sonreírme.

Qué simpática es esta señora, aunque haga extraños silencios después de cada frase, como si siempre faltara algo... Pero tal vez sea una manía mía.

—Bueno, hasta luego...

—Espere...

Se voltea.

—¿Sí?

Y me mira esperanzada, como si yo me hubiera decidido a hacer algo que había que hacer, a decir algo que ella se guarda dentro. Pero no es así, lo siento. Lo mío es sólo una trivial forma de honestidad.

—Me olvidaba de su cambio... —Y le dejo caer las tres monedas en la mano.

13

—¡Eh, ¿qué pasa, Nicco?!

Entra en el quiosco con su habitual buen humor.

—¿Qué pasa, Gio?, ¿qué cuentas?

—¡Que va todo superbién! Eso es todo.

Me deja en el mostrador, encima de *Oggi*, una aromática bolsa y una botellita.

—Café y *croissants*. Bar Due Pini, *croissant* de chocolate y capuchino sin azúcar, ¡como a ti te gusta!

Tomo la bolsa, saco el *croissant*, y huele muy bien, todavía está caliente, tiene trocitos de chocolate que sobresalen de las puntas.

—Mmm, debe de estar riquísimo. ¿Qué quieres a cambio?

—La Virgen, qué desconfiado. —Se sienta en una silla al fondo del quiosco, entre *Porta Portese* y *Leggo*.

Le doy un mordisco al *croissant* mientras vierto el capuchino en un vaso de plástico que había en la bolsa de papel.

—¿No debería? Nunca se ha dado el caso de que me invitaras a algo sin que inmediatamente después me dijeras: «Ah, oye, ¿podrías acompañarme a...? ¿Sabes?, es que la moto no funciona. ¿Sabes?, es que he tenido un problema con el coche. ¿Sabes?, es que tengo que...»

Doy otro bocado al *croissant*, a continuación tomo un sorbo de capuchino.

—Pero bueno, está todo que te mueres..., vale la pena. Venga, ¿adónde tengo que acompañarte?

Gio niega con la cabeza.

—¿Lo ves? ¡Te equivocas!

—Sí, okey, pues será la única vez que me he equivocado... Y, oye, anoche te llamé y no contestabas.

—¡Ya vi! Estaba ocupado. Por eso hoy te he traído *croissants* y capuchino, quería celebrarlo contigo, me trajiste suerte.

—¿Cómo dices?

—La del pub, Lucia.

—No lo creo, no lo puedo creer. Me estás cotorreando.

—No. —Señala la bolsa con los *croissants*—. ¿Iba a traerte todo esto si no fuera cierto?

En eso también tiene razón.

—Ni te lo imaginas, fue increíble. Me llamó ayer por la tarde hacia las tres y fui a verla a su casa. ¿Dónde crees que puede vivir alguien como ella?

—Pues no sé... —Me quedo con la duda. Vestida de esa manera, con el *piercing*, los tatuajes—. Puede que en piazza Vittorio, no, mejor en San Giovanni...

Niega con la cabeza.

—¿Pigneto? —intento adivinarlo.

—No, no lo adivinarás. Camilluccia. Tiene una casa preciosa, mirando hacia la Madonnina, o sea, para ella el pub es una distracción, no necesita nada. Tiene un biplaza rojo, fuimos a tomarnos un helado al Alaska y al volver me lo dejó probar. Es un Maserati, o sea, ¿sabes qué coche te digo? Levanté hasta doscientos en la Camilluccia, y ¿sabes los militares que hay delante de la embajada?, ¿sabes cuáles te digo? No les dio tiempo a verme pasar de lo rápido que iba.

—Sí, cómo no...

—Te lo juro... Después quiso que lo llevara por la circunvalación. Mientras tanto, yo me preguntaba, pero ¿qué querrá ésta de mí? ¿Por qué me ha llamado? Y en ese momento me llamas tú por teléfono. La miro y le digo: «Es mi amigo Nicco...», y ella dijo... Bueno, no, es igual, eso me lo ahorro...

—No, no, di, ¿qué dijo?

—Como quieras... Dijo: «Pero ¿cuál?, ¿el triste?»

—¿Eso dijo?, ¿en serio?

—En serio. Y entonces yo le sonreí y le dije: «Tiene algunos problemas...» «Ya se nota.» Entonces yo le dije: «¿Sabes qué voy a hacer? No contesto.» «¡Muy bien! ¡Esta noche tenemos que estar alegres!» Y ella empezó a desabrocharme el cinturón...

—Sí, cómo no, Gio, dices unas tonterías.

—¡Te lo juro! A mí también me pareció algo alucinante, una chica rica que estudia Arte, que además está muy buena, que tiene un Maserati rojo descapotable y como no te contesto me hace una mamada por la circunvalación. ¡Qué alucine! ¿Te mereces o no *croissants* y capuchino?

—¡¿Sabes?, con todas esas idioteces que cuentas consigues hacerme reír y ponerme de buen humor!

—Pero ¿por qué siempre dices que no paro de decir idioteces? Incluso lo de que salía con dos y que estaban buenas... Al final tuviste que cambiar de opinión, ¿o no?

Lo miro, me encojo de hombros y al final asiento. Desgraciadamente tiene razón.

—¿Lo ves? Y dime, ¿por qué me buscabas anoche?

Le cuento toda la historia de Pepe, de Valeria, de sus principios con el celular y de la aparición del Poeta.

—Mira que tu hermana llega a ser extravagante, pero en sentido positivo, ¿eh? O sea, es increíble, arma un montón de líos, no se detiene ante nada.

—¿Qué quieres decir?

—Bueno, por el simple hecho de salir con Pepe tendría que estar aterrorizada y, en cambio, ella nada..., al contrario.

—Tienes razón. Me parece que hasta le parece estimulante, le excita...

—¿Eso crees? ¿Tú qué sabes?

—No, de hecho no tengo ni idea, Gio... Y seguramente tampoco tengo ganas de descubrirlo...

—Pues te equivocas, se trata de enredos psicológicos que te iría bien conocer... En la vida son fundamentales, ya lo verás. Quizá Valeria empezó a salir con Pepe convencida de que podía redimirlo, y luego, al ver que no lo conseguía, escogió al Poeta como rebeldía por su fracaso, y la poesía, la delicadeza, para castigarlo a él...

—Pero ¿a quién?

—¡A Pepe!

—Pues a mí me parece que con todo este desmadre sólo me ha castigado a mí.

—Pero bueno, después de la muerte de tu padre, tu hermana ahora necesita cariño, más que ninguno de ustedes... Es la más pequeña, tienes que comprenderla, Nicco... Bueno, no es propio de ti.

Lo miro. O sea, cuando dice esas cosas hasta parece una persona seria. Y me gustaría contestarle: «¿Y en mí, Gio? ¿Quién piensa en mí, eh? ¿Quién se preocupa por mí?» Pero desisto. En cambio, él no me da tregua, al contrario.

—Y, además, estoy seguro de que las mujeres viven esa clase de dolor de una manera muy difícil, aparte de tu madre, que es una gran mujer, ya verás como tu hermana mayor, Fabiola, también armará alguna..., puede que revolucione su vida por la única razón de que ahora le falta una pieza importante. O sea, tu padre era la pieza clave en esa casa, no es ninguna tontería.

Gio tiene una capacidad para decir las cosas claras que a veces

108

envidio de verdad. Las dice sin pensar, tal vez porque lo hace con tanta honestidad que no le hace falta. De hecho, continúa con su narración como si no hubiera dicho nada del otro mundo.

—Pues bueno, te estaba contando que fui a casa de Lucia, que prácticamente vive en un parque, por un lado está la gran casa de sus padres y, por el otro, un anexo sólo para ella. Me tomó de la mano y me llevó a su dormitorio, que se asoma a la parte de atrás de la casa, la zona más silenciosa. Tiene un ventanal con un gran olivo delante, mientras que una glicina trepa hacia el techo de la ventana. Empezó a encender todo de velas alrededor de su cama matrimonial, luego puso un CD, y ¿sabes cuál era?

Lo miro negando con la cabeza.

—No, no lo puedo imaginar.

—El último de Tiziano Ferro, *Hai delle isole negli occhi*. Islas en tus ojos. Luego se desnudó y se metió en la cama... O sea, increíble, Nicco. No lo creía. Así debe de ser el paraíso... De hecho, después hasta nos tomamos un café y nos sentamos fuera, bajo las glicinas. Desde allí se ve el monte Mario, o sea, puedes ver los partidos del Olímpico, o sea, ¿te das cuenta?, ¡puedes disfrutar de la Mágica desde la cama y sin pagar entrada!

—Entiendo...

—¿Y sabes lo más alucinante de todo?

—No, ¿qué?

Aunque pienso que ya no puede haber nada que me sorprenda.

—¡Que sus padres volvieron y me invitó a cenar! O sea, comí con su padre y su madre, servidos por filipinos que cocinan maravillosamente. Su padre, además, era un figura, supersimpático, no se comía el coco...

—¿Con qué?

—Bueno, ya sabes, con la idea de que quizá antes me hubiera cogido a su hija...

—Ah, claro...

—Al revés, ¡era como un hermano! Puede que porque le sintonicé el Sky, que no se veía en su dormitorio. Una tontería, se había aflojado la clavija de uno de los transmisores. O sea, hasta un ciego podría haberlo hecho sin problema.

No puedo creerlo. Escucho toda esa historia y me parece alucinante que a Gio le pasen cosas tan raras, con qué facilidad se va a la cama con una chica como la del pub, Lucia, que es realmente guapa, o sea, no es mi tipo pero lo cierto es que no se puede decir nada en contra. No sólo va a dar esa vuelta «especial» con el Maserati, no sólo va a su habitación para una segunda vuelta «especial», sino que además cena con su familia.

—¿Sabes que, si corto con Beatrice y Deborah, Lucia podría ser la mejor opción? A mí me parece que tenemos un montón de cosas en común, aunque creo que si tienes todo ese dinero, unos padres fantásticos, filipinos que cocinan de miedo y luego vas y trabajas en un pub con ese tocahuevos de Alfredo, es que algún problema debes de tener.

—Ah, claro...

—Bueno, Nicco, nos vemos luego. Podemos quedar en Ponte o ir a comer algo. Ah, sí, ahora que me acuerdo, te voy a llevar a la inauguración de un local que abre un amigo mío. Venga, paso a recogerte por tu casa a las ocho. Adiós.

Y se va así, con sus zapatos desabrochados, con las pantorrillas saliendo por debajo de ese pantalón azul de pescador, lleno de bolsillos, que a su vez están llenos de qué sé yo cuántas cosas, con un suéter azul que en cierto modo pretende esconder algún kilo de más, con varios dijes al cuello, cadenas, cordones llenos de medallones que tintinean al ritmo de sus pasos, ni que estuviéramos en Nueva York. Sin embargo, estamos en Roma Norte, a veces Gio parece vivir fuera de su tiempo.

14

Me voy a comer yo solo antes de empezar en la agencia inmobiliaria.

No vuelvo a casa porque no me da tiempo y además me da miedo que Pepe se arrepienta y se pase por allí. De modo que me voy a la via Flaminia, donde, antes del piazzale Flaminio, en el número 57/59, está el Caffè dei Pittori, un bar restaurante que no está nada mal, primero porque van chicas de la universidad que hay delante, creo que es Arquitectura o algo así. Es un sitio que produce un montón de chicas guapas, son vivarachas, activas, las veo hablar, a menudo discutir animadamente, y eso me gusta. Me hace pensar que están seguras de lo que harán en la vida y eso me transmite optimismo en general. Segundo, porque Alessandro, el propietario, siempre me hace un buen descuento, a lo mejor gracias a que le encontré un departamento de alquiler justo allí encima y muy barato.

—Nicco, ¿qué quieres comer? ¿Se te antoja una lasaña recién hecha?

—No, no, gracias, prefiero algo más ligero...

—De acuerdo, pues entonces tenemos pollo al curry con arroz basmati y unas verduras. ¿Está bien?

—Perfecto.

—Siéntate fuera, que en seguida te lo llevan.

—Pero ¿hay sitio?

—Mira, la tres acaba de quedar libre. Ahora te mando a la chica para que la limpie.

Salgo y me siento. Hace un precioso día de finales de mayo, en esta época se está superbién en Roma. Miro mi SH 150, es perfecta para circular. Le acabo de quitar la funda a pesar de que hace un par de días cayó un buen chaparrón. Esperemos que a partir de ahora se mantenga. Pero estoy pensando como los viejos, como esos que hablan del tiempo y de que la estación no acaba de llegar. ¡Qué historia! Sí me ha dejado mal Alessia. Viene la chica, tendrá unos dieciséis años, veo que lleva una placa en la que pone MARLE-NE. A esas edades ya no hay nadie que tenga un nombre normal.

—Hola, ¿qué quieres beber?

—Una Coca-Cola y un agua.

—¿Con o sin gas?

—Sin gas, gracias.

Acaba de limpiar la mesa con un trapo completamente mojado y mugriento, después desaparece de nuevo en el bar. Puede que haya sacado alguna miga, pero seguro que la ha dejado más sucia. Miro el cristal inclinándome un poco hacia un lado: de hecho, a contraluz, se ven unas rayas aceitosas de no sé cuántas comidas anteriores, es como si ese trapo demostrara que en el bar de Alessandro hay mucho trabajo.

—Aquí tienes tu pollo al curry, y un poco de pan.

Apenas me da tiempo a incorporarme para que Alessandro no note mi vana búsqueda de limpieza.

—¡Gracias!

—Si quieres más, dímelo, que hay.

—De acuerdo...

Voy a empezar a comer. Por el olor, parece rico.

—Ayer vi a Alessia... —Alessandro se ha quedado delante de mí, tiene las manos en las caderas y una servilleta le cuelga en un lado, parece más limpia que el trapo de Marlene.

Vio a Alessia. Es verdad, Alessia sabe que de vez en cuando vengo a comer aquí, y debió de pasar a propósito... Quería verme, quería decirme algo, quería pedirme perdón, o sea, me extraña, está claro que me extraña... ¿Qué va a venir a hacer alguien como ella a un bar como éste, si no?

—La vi en Ethic, en via di Vigna Stelluti.

—Ah.

—Fui a comprar un regalo para mi hermana pequeña. Alessia se estaba probando un vestido, es muy guapa, Alessia, en serio, tu novia es muy guapa, tienes suerte.

Y me gustaría decirle: «Pero ¿qué suerte? ¿De qué? Me dejó, y además, ¿con quién iba, eh?» En cambio, sólo digo:

—Sí, claro...

—Bueno, ahora perdona, me voy adentro, que está lleno.

Alessandro vuelve a desaparecer en el bar. Me como un trocito de pollo y lo acompaño con un poco de arroz basmati. Pero lo hago a desgana. Quería ir corriendo detrás de él, pescarlo por un brazo y preguntarle: «Perdona, Alessandro, pero ¿cómo estaba? No, descríbemela bien, porque ¿sabes?, hemos cortado. El pelo, por ejemplo, ¿cómo lo llevaba? ¿Como siempre? No, ¿sabes?, es que cuando una mujer se cambia el corte de pelo significa que está cambiando de novio...» Pero tal vez se trate de una idiotez que oí una vez en una película, tal vez Alessia no haya cambiado de corte de pelo y su vida sea completamente distinta, tal vez esté con otro o está indecisa entre dos o está con una mujer, no, con una mujer no, no puede ser. Y ¿por qué no puede ser? Tal vez quería decirme: «Lo siento..., estoy con una mujer.» ¡Por eso estaba disgustada! No, estoy desvariando, ya no razono. Encuentro un pedazo de verdura a la parrilla escondida entre el arroz y me la como. Es berenjena o una seta, no se distingue, o yo no lo distingo, no sabe a nada, pero no importa, no tengo hambre, no tengo ganas de nada, o sea, no, tengo ga-

113

nas de Alessia, tengo ganas de saber. Entonces pienso en una cosa. Si Alessandro me ha dicho «es muy guapa, tienes suerte» significa que iba sola, que le sonrió y que estaba tranquila, que no había nada en su aspecto, corte de pelo, vestido nuevo, tatuaje, trencitas raras, que pudiera hacer pensar en un cambio importante, en otro hombre en su vida. Entonces hago otro intento, tomo un pedazo de pollo más grande y lo mastico lentamente, y casi me gustaría estar tranquilo, feliz..., pero entonces comprendo que no es así, que hay algo que no funciona, igual que ese trozo de pollo en el que he encontrado un nervio. Lo escupo en la mano, lo dejo a un lado del plato y lo tapo con un trocito de papel. Una cosa está clara: estoy hecho trizas. Bebo un poco de agua.

—¿Niccolò...?

Por poco me atraganto. Pero ¿qué pasa hoy? Frente a mí está la señora De Luca. Engullo, me trago el último sorbo y después intento sonreír.

—Señora, ¿qué hace por aquí?

—Nada, pasaba y te he visto desde el otro lado de la calle, parecías tan triste y pensativo...

Sí, estaba pensando en Alessia, pero evidentemente a ella no voy a decírselo. Y la veo ahí, de pie delante de mí, mirándome con esa mirada suya, ¿cómo decirlo?, piadosa. Entonces me levanto.

—¿Quiere sentarse?, ¿quiere comer algo?

Me pongo a un lado dejándole sitio, intentando hacer volver a mi cabeza ese mínimo de educación que, al fin y al cabo, tengo que ser sincero, me han enseñado.

—No, no, gracias, ya comí.

—¿No quiere tomar ni siquiera un café?

—No, voy al centro. Pero me sentaré sólo un instante, quiero decirte algo...

Tomo instintivamente de la mesa de al lado unas servilletas de papel y limpio como puedo el cristal de la mía, luego las arrugo y las dejo sobre la silla.

—Ya está... Siéntese, por favor.

Ella se sienta y a mí me pica la curiosidad. Vete a saber si es cierto que iba hacia el centro, si ha pasado por aquí por casualidad, si no me ha seguido. Sabe que trabajo en la agencia, tal vez sabe que, a veces, después de salir del quiosco no vuelvo a casa y vengo a este sitio. Y, sobre todo, ahora entiendo por qué iba tan a menudo al quiosco, el porqué de esos silencios: tiene que decirme algo. La miro con más atención. Es una mujer guapa, me recuerda a alguien... tendrá cincuenta años, quizá alguno más o alguno menos, no lo sé, hay mujeres que nunca sabes qué edad tienen. Llega Marlene.

—¿Qué pasa?...

Ella no tiene reparos, para ella todos somos jóvenes o, en todo caso, amigos suyos. La señora De Luca se queda un instante descolocada por esas confianzas, después sonríe, incluso parece contenta por esa familiaridad.

—¿Quieres comer algo?

—No, gracias.

—¿Estás segura? ¿Algo de beber? ¿Un jugo? Tenemos naranjas buenas, de esas rojas de Sicilia.

Marlene se queda allí mirándola con una bonita sonrisa y al final consigue convencerla.

—De acuerdo, tráigame un jugo, gracias.

—En seguida te lo traigo.

Parece feliz por haber conseguido convencerla y desaparece de inmediato en el bar para preparárselo. Nos quedamos en silencio. Ya sé a quién se parece, antes no me venía a la cabeza, a esa actriz italiana tan guapa, Barbara de Rossi, tiene la misma cara, un aire de dulzura, a pesar de que sus ojos siempre parecen velados con un poco de tristeza, como si le hubiera sucedido algo de lo que nunca ha logrado rehacerse.

—Puedes llamarme Ilaria, si quieres...

Asiento.

—Y, por favor, Niccolò, sigue comiendo.

—Sí, gracias, es que no tengo mucha hambre.

Tomo un poco de arroz, lo mezclo con el curry y me lo meto en la boca. La situación se está haciendo realmente complicada. Pero ¿qué quiere la señora De Luca?, bueno, Ilaria, como dice ella que la llame, es cierto que ahora están de moda las mujeres que se juntan con hombres más jóvenes, pero ¿tan jóvenes? En fin, sólo me faltaría eso. Y, además, ella sabía que tenía novia, incluso me vio en el quiosco con Alessia alguna vez que pasó por allí. En una ocasión Alessia trabajó toda la mañana conmigo como un reto.

—Quiero ver qué se siente.

—Venga, no, Ale, déjalo estar...

—¿Qué pasa?, ¿te avergüenzas? Oye, que del trabajo no hay que avergonzarse nunca, sea cual sea. ¿Sabes qué dijo Karol Wojtyla? Que la grandeza del trabajo está en el interior del hombre.

—Se nota que muchos italianos no lo escucharon...

—¿Por qué dices eso?

—¡Porque ya no queda ni un pizzero italiano!

—Se ve que se han contagiado de los intelectuales... El trabajo intelectual arranca a los hombres de la comunidad humana. El trabajo material, en cambio, conduce al hombre hacia los hombres...

—Qué fuerte.

—Franz Kafka.

—¿Quién?, ¿ese del escarabajo?

—Nicco, cuando te pones así denigras hasta a los genios.

—Muy bien, pero sobre todo es famoso por eso, ¿no?

—Sí, y también por *El proceso* y *El castillo*... ¡Pero bueno, estar aquí dando periódicos a la gente quedará para siempre en mi memoria! ¡Y, además, quién sabe lo que iré contando sobre ti a todos los que vayan pasando por aquí! Eso también es cultura.

De modo que aquella mañana hizo la prueba y fue amable y cortés con todo el mundo, incluso con los que suelen entrar y sólo dicen: *Il Tempo* o *Il Corriere* y dejan el dinero en la bandejita junto a la caja o lo dejan caer entre las revistas.

—¡Oh, discúlpeme!

—No se preocupe, que tenga un buen día.

Alessia estuvo impecable. Tuvo una enorme paciencia y se portó muy bien con todos. Recuerdo que ese día también pasó la señora De Luca, sí, es decir, Ilaria, y se la presenté.

—Felicidades. Una quiosquera preciosa...

Pero tal vez Ilaria también lo sabe, sabe que hemos cortado y por eso se acercó. La miro con el rabillo del ojo, está nerviosa.

—Aquí tienes el jugo. —Aparece Marlene y deja el vaso entre nosotros, sobre la mesa por fin limpia—. Te he puesto unos sobres de azúcar por si quieres... Nunca se sabe.

—Gracias, pero lo tomaré así, natural.

—Como prefieras.

Marlene se encoge de hombros y desaparece llevándose los sobrecitos de azúcar. Ilaria toma un sorbo.

—Es verdad, estas naranjas están muy ricas.

Después finalmente empieza a hablar.

—Te pareces mucho a tu padre. Tienes su misma dulzura, los ojos, la sonrisa, incluso las manos...

Me las mira, luego vuelve a cruzarse con mis ojos.

—Tu padre era un hombre especial.

Pero, cuando la gente te dice esas cosas, ¿por qué lo hace? ¿Tú qué puedes contestar, qué puedes decir? ¿Acaso yo no lo sabía? ¡Era mi padre! Lo conocía mejor que nadie, pasé veintitrés años con él. O tal vez no, no lo conocía a fondo, al menos no tan bien... Por ejemplo, no tenía ni idea de que conociera a esta señora. La miro y asiento.

—Sí, especial.

Me parece conmovida, pero más bella, ligera, tiene un rostro abierto, como si por fin se hubiera quitado un peso de encima.

Pero, papá, tú, a esta mujer, ¿de qué la conocías? ¿Mamá lo sabía? ¿Tuviste una aventura con ella? Siempre he pensado que mi padre podría haberle sido infiel a mi madre, como podría hacerlo cualquier hombre: por sexo, por distracción, por lejanía pero no por aburrimiento o por amor. Y con esta Ilaria, en cambio, ¿qué sucedió? La miro con más atención. Ahora la veo más mujer, más torneada, más hermosa, tiene un pecho considerable, la cintura estrecha, las manos cuidadas. No lleva anillo ni muchas joyas, va maquillada pero no demasiado, el pelo bien puesto, sin una hebra blanca, algunas pequeñas marcas alrededor de los ojos, pero no son verdaderas arrugas. Papá, ¿le hablaste a mamá de ésta? Bueno, de hecho yo he visto a chicas de las cuales nunca he dicho nada a Alessia, pero sólo porque habríamos tenido la inútil discusión de siempre. Una vez, por ejemplo, me encontré con Federica, una de mis ex, en un centro comercial y tomamos un café, y en otra ocasión me llamó Giorgia porque se le había ponchado una llanta de la moto cerca de donde yo vivo y no sabía cómo volver a su casa. Pues eso, no se lo conté para evitar discusiones inútiles.

Si bien sobre este punto Alessia había sido categórica: «Tienes que contármelo todo...»

Precisamente me lo dijo la noche que acompañé a Giorgia a casa.

—¡Aunque te encuentres a una ex y quizá sólo le hagas el favor de llevarla!

«Joder —me dije—, ¡me viste!» Y pensé que me moría, pero aguanté.

—Por supuesto, Ale.

—¿Y bien?... ¿No tienes que decirme nada?

Esperé un poco, aunque no demasiado, y luego, convencido, mirándola a los ojos:

—No, en absoluto.

—¿Seguro?

—Claro, aunque me lo preguntes otra vez no va a cambiar.

Entonces me abrazó.

—Estoy contenta, nuestra relación tiene que ser así, sin sombras. —Después me estampó un beso en la boca y añadió—: ¡Nosotros nos lo tenemos que contar siempre todo!

Pero la última vez ella no me lo contó todo, tan sólo me dijo: «Lo siento...»

Ilaria toma otro sorbo de jugo, se lo termina.

—¿Sabes?, he pensado muchas veces en cómo decírtelo, incluso he pensado que serías el único que podría entenderme... Bueno, tiene que ver con tu padre y conmigo...

—¡Nicco! ¡Sabía que te encontraría aquí!

No me lo puedo creer, con una euforia inexplicable, teniendo en cuenta lo que ha pasado últimamente, llega Valeria y me arrolla con todo su entusiasmo, tira la bolsa en la silla que hay junto a la mía y se sienta a la mesa de al lado.

—¡Venga, siéntate aquí, Ernesto!

Hace sentar a su lado a ese extraño cruce entre John Lennon, el de *Light My Fire* y Sergio Múñiz, sólo que un poco más pálido y menos moderno, al menos a mi parecer.

—¿Qué haces aquí, Valeria?

—No, es que mi amigo se moría de ganas de conocerte. Oh...

Hasta entonces no se da cuenta de que la señora De Luca está sentada frente a mí.

—Pero los he interrumpido, perdonen, ¿estaban hablando de algo importante?

Ilaria sonríe justificándose tranquila.

—Oh, no, no te preocupes, estábamos charlando un rato...

«Pero ¡cómo que charlando! —me gustaría decir a mí—. ¡Me estabas contando tu secreto, el hecho de que mi padre era especial, y estabas a punto de decirme qué tienes tú que ver con él! Ahora no me queda más que imaginármelo.»

—Bueno... ¡Mejor así, entonces!

Valeria sonríe y extiende los brazos.

—En cualquier caso, yo soy su hermana Valeria, mucho gusto. —Y le da la mano.

La señora se la estrecha de manera muy formal.

—Ilaria de Luca.

Pero estoy segura de que ya sabía algo de ella, ¿cómo no iba a hablar de ello con mi padre? Entonces se levanta, nos mira a todos un momento y al final, con una sonrisa, se despide.

—Ahora tengo que irme. Adiós, Niccolò... ¿El jugo?

—Faltaría más.

—Gracias, pues, ya nos veremos.

—Sí.

Y dicho esto se va en dirección a la piazza del Popolo. Camina de prisa, ahora muy segura, como más joven. Valeria la mira, Ernesto, en cambio, se está comiendo unas papas fritas.

—¡Oye, qué mujer más guapa! —Mi hermana me da una palmada en el hombro—. De eso no sabía nada.

La atravieso con la mirada.

—¿De qué?

—De que andabas con mujeres mayores que tú... y no por poco.

Ernesto se mete en seguida en nuestra conversación.

—Eh, sí, por lo menos tiene cuarenta y cinco años.

A él también lo atravieso con la mirada, pero no parece hacer mucho caso. Ya lo odio. Cómo me gustaría que ahora llegara

Pepe. Total, todo el mundo está pasando por aquí, por lo menos él sería útil.

—Da la casualidad de que yo no tengo nada con Ilaria.

Valeria se ríe sirviéndose un poco de mi Coca-Cola.

—Cómo no, si se veía a la legua que estaban hablando de cosas íntimas, te estaba confesando algo, algo que le ha gustado o que le gustaría hacer, venga, pero si eran evidentes...

—¿Evidentes? Pero ¿cómo hablas? ¿Qué quieres decir?

Valeria bebe un poco de Coca-Cola, Ernesto come más papas.

—Venga, parecían dos amantes pescados *in fraganti*, era superevidente.

—Yo no tengo nada que ver con Ilaria de Luca, sólo es una clienta del quiosco, pasa por allí a diario... pero —y esto lo subrayo— sólo a comprar el periódico, ¿está claro? Ahora dice que quizá se cambie de casa y vendrá a la agencia a decirnos cuándo y dónde quiere trasladarse. En ese caso me ha dicho que podría encargarme yo... —Por lo menos eso debería acabar de convencerlos—. Tal vez fuera eso la cosa tan «evidente» que se veía desde lejos...

Valeria se encoge de hombros y le roba una papa a Ernesto.

—Haz lo que quieras... De todos modos, es una mujer muy guapa, ¿sabes a quién me recuerda? A esa actriz, muy bonita de cara, esa actriz italiana...

Ernesto bebe un poco de Coca-Cola.

—Sí, ya sé quién dices... ¡Barbara de Rossi!

—Sí, eso, ésa.

Hago como si nada.

—No me había dado cuenta.

—Qué increíble, es idéntica.

Valeria y Ernesto se ríen juntos.

—Muy bien, pero ¿han venido para jugar a buscar parecidos?

Valeria me mira con sorpresa.

—Eh, te estás pasando un poco, ¿qué problema tienes?, ¿hemos ofendido a Ilaria? ¡Oye, que pretendía ser un cumplido!

No me da tiempo a contestar.

—En fin, Ernesto quería darte las gracias.

Ernesto se está tomando el último sorbo de la Coca-Cola de Valeria, que encima es la mía.

—Mmm, sí.

Se limpia la boca y empieza a hablar.

—Mira, lamento conocerte en estas circunstancias, te lo juro, me habría gustado algo más tranquilo, quizá invitarte a ti, a tu hermana mayor y a tu madre a mi casa de Bracciano un domingo y organizar una buena parrillada. Mis padres también hacen un vino que no está nada mal...

Valeria lo mira entusiasmada mientras suelta todo ese sermón que seguramente se ha preparado esta mañana. Tiene la mano en su brazo y está tan orgullosa como si estuviera exponiendo quién sabe qué tratado. Y a mí me gustaría decirle: «Valeria, mira, no está diciendo nada extraordinario, es lo mínimo que podía hacer.»

Pero sé que no serviría de mucho. Cuando se obsesiona con alguien, Valeria no ve más allá, como si se tratara del último príncipe azul que quedara.

Ernesto continúa.

—¿Sabes? Yo te aprecio mucho. O sea, defender así los principios de tu hermana no lo haría cualquiera.

No puedo creer lo que estoy oyendo. Es decir, ¿yo tengo que tragarme a estos dos en vez de escuchar el secreto de Ilaria de Luca, la Barbara de Rossi de estas tierras? Ilaria iba a hacerme no sé qué declaración sobre mi padre «especial». Tal vez me lo habría mostrado bajo una luz distinta, me habría ayudado a aceptar mejor su desaparición... No, eso no, no lo creo. Miro a Ernesto, que sigue hablando sin parar, parece seguro, insistente, dice cosas que no escucho, que ni siquiera sé si en realidad tienen sentido. Pepe empieza a caerme mejor y entonces le sonrío, asiento, finjo estar de acuerdo con él, total, ya sé que antes o después se encontrarán, vuelvo a sonreír, miro a Ernesto y ya lo veo en el hospital.

—¿Entiendes, Niccolò?, no tienes que volver a meterte en medio de nuestra relación.

Ahora sí que oigo bien lo que me dice. No lo creo; casi parece enojado. Abraza a Valeria y le sonríe.

—Yo me ocuparé de ella, en serio... Y también de poner a Pepe en su sitio.

Lo dice divertido, casi burlándose de ese apodo. Este Ernesto no debe de haber visto nunca a Pepe, ni siquiera tiene la más remota idea de quién es.

—Sí, sí, claro... Es que anoche no estabas y, en fin, de alguna manera quería evitar que los líos de Valeria afectaran a mi madre. Pero me alegra que te ocupes tú, en serio. Y si puedo darte un consejo, es mejor que aclares la situación con Pepe cuanto antes, porque cree que todavía sale con Valeria.

—¡No es verdad!

Mi hermana se aparta de Ernesto. Está enojada.

—Hace más de una semana que le dije que terminábamos. Si lo dices por eso, también le dije que pienso en otro...

Valeria mira con decisión a Ernesto, él asiente como diciendo «Hiciste bien, cariño», yo, en cambio, no tengo palabras. Me gustaría pedirle a Ernesto que me avise cuando tenga la charla clarificadora con Pepe, me gustaría estar, sí, sólo por verlo, pero de lejos.

Ernesto empieza a hablar otra vez con seguridad.

—El hecho de que tu hermana haya cometido una equivocación no significa que deba pagarla para siempre o que deba arruinarse la vida por eso, ¿no estás de acuerdo?

—Estoy muy de acuerdo. Pero ¿de qué equivocación hablas?

Ernesto me mira sorprendido, de repente duda de mis facultades y mira a Valeria para buscar consuelo.

—Pues... ¡salir con Pepe!

—Ah, sí, estoy muy de acuerdo contigo. ¡Es que mi hermana con según qué decisiones no quiere que nadie le lleve la contraria! Ahora bien, el hecho de que tú hayas podido en cierto modo hacerla entrar en razón y que también se lo hagan entender a Pepe no puede más que hacernos felices a todos.

Y de repente me entran ganas de pedirle que me explique el porqué de su apodo: Pepe, Poeta, los dos empiezan por P, pero luego desisto porque toda esta historia, por continuar con la P, me parece una gran pendejada.

—¿Quieren algo más?

Ernesto y Valeria se miran.

—No, no, gracias.

—Entonces, si no les molesta, voy a pagar, que tengo que irme volando a la oficina.

Pago y me despido. Casi parece que se han quedado mal, como si hubieran esperado una reacción distinta por mi parte. Pero no se me ocurre nada que hubiera podido hacer en otro sentido y, por otra parte, ¿por qué siempre hay que intentar estar a la altura de las expectativas de los demás?

Entro en la oficina.

—Buenas tardes a todos.

Silencio, alguien mascula un «Hola», otro dice algo que no acaba de entenderse. Menudo velatorio, y suerte que esta oficina es de las que tienen trabajo, imagínate si fuera de las que van mal. Voy a mi mesa, miro alrededor y no veo a Benedetta *Pozzanghera*, ¿y eso? ¿Se ha tomado un día de vacaciones? ¿Ha salido a atender alguna cita? Miro el tablero. No, no está apuntada. Justo en ese momento me llega un mensaje al celular. Por un instante me siento esperanzado. Lo presiento: es Alessia. Ha ido a buscarme a casa, al quiosco, al Caffè dei Pittori. Pero cuando abro el mensaje me quedo sin palabras: «Me he metido en un lío. Por favor, pasa por mi casa. He dicho en la oficina que me encontraba mal, pero no es así, ¡estoy peor!» Borro el mensaje y me siento a mi mesa. Me habría gustado que fuera el mismo texto, pero de Alessia. Sin embargo, es de Pozzi. Y ¿ahora qué hago? Ojeo mi agenda. No tengo citas, ni siquiera puedo inventarme una excusa para no ir a su casa y, después de todo, se trata de la sobrina de los Bandini, los propietarios de la agencia, y, en caso de necesidad, me sacará de apuros de una manera o de otra.

—Salgo un momento...

En esta ocasión tampoco nadie dice nada. Está bien trabajar en una agencia inmobiliaria como ésta, nunca hay discusiones, claro que es porque casi nunca te dirigen la palabra.

Pues bueno, iré a ver a Pozzanghera, mejor eso que quedarse en este velatorio, por otra parte, ¿en qué lío puede haberse metido? En un momento se lo resuelvo todo o como mucho la escucharé y pensaré en ello. La verdad es que la vida es rara, últimamente todo el mundo tiene un montón de conflictos, y todos, de una manera u otra, acuden a mí. ¿Y yo, en cambio, cuándo podré hablar con alguien? Ya me gustará verlo. Tal vez acabo hablando con ella, con Pozzi. Y todavía no sé, en cambio, que de una manera completamente inesperada, esa tarde las cosas van a precipitarse definitivamente.

15

Llamo al interfono.

—¿Sí?

—Soy yo.

—Sube.

Entro en el vestíbulo y tomo el elevador. Ya me acuerdo del departamentito de Pozzanghera. Será mejor que empiece a llamarla Benedetta, si no, tengo miedo de meter la pata cuando hable con ella. Compró un pequeño ático en viale Angelico e hizo la inauguración hace seis meses. Es una calle de edificios altos que está llena de golondrinas, pero recuerdo que este ático queda más arriba de los grandes plátanos y se puede ver a lo lejos. Claro que no tiene nada que ver con la vista de la casa en la que estuvo ayer Gio. No sé cómo me ha venido a la cabeza, y la comparación me produce desaliento. El elevador se abre, bueno, ya llegué, la puerta de su departamento al fondo a la derecha está abierta.

—¿Se puede?

La entorno despacio, entro preocupado, como en esas películas en las que el asesino siempre está detrás de la primera puerta entreabierta. Pero en este caso, al menos por el momento, no es así.

—Sí, ven, estoy en la sala.

Cierro la puerta a mi espalda, avanzo por el pasillo y, si no recuerdo mal, la sala está después de la cocina y de un baño.

Efectivamente, así es, veo el sofá azul, algunos cuadros modernos, pero en cuanto doy un paso más ella se me echa encima, abrazándome y llorando.

—Estoy desesperada... que... si... lo... sabi... no... te... lo... quién... ib... a... dec... sólo tú podías imaginarlo.

No he entendido casi nada de lo que ha dicho, llora, solloza, sorbe por la nariz y me abraza estrechándome con fuerza, casi hasta dejarme sin respiración.

—¿Has entendido lo que he dicho?

—No muy bien... he entendido «sólo tú podías imaginarlo», pero no tengo ni idea de a qué te refieres.

Repite algo abrazada a mí, casi asfixiada en mi pecho.

—El pro... es que u... está... con quien... te... da... cuen...

—¡Otra vez no entiendo nada! Se parece al juego de la ruleta de la suerte, con tan sólo algunas letras aquí y allá.

Pozzi se echa a reír y sorbe por la nariz. Intento apartarla de mí, pero ella todavía se aprieta más fuerte a mi cuello.

—Pero es que si no te apartas no entiendo nada...

—Me da vergüenza que me veas en este estado.

«Y ¿por qué, perdona? —me gustaría preguntarle—. ¿Qué diferencia hay respecto a lo normal?» Pero tal vez sería una broma demasiado cruel. Al final, vergonzosa, indecisa, temblando, se aparta de mí. Me mira de arriba abajo con sus grandes ojazos todavía líquidos, con las mejillas surcadas de rímel. El labio superior todavía le tiembla, lleva el pelo enredado y va sin maquillar, pero tengo que decir que la sensación general no está tan mal. O sea, tiene un toque de ternura añadido que tal vez mejora a la Pozzi de todos los días. Y además ahora me doy cuenta de que lleva una gran camiseta blanca que le llega por encima de las rodillas y nada más. O, mejor dicho, va descalza y, por lo que puedo adivinar, no lleva brasier, pero no quiero mostrarme demasiado atento a esos inútiles y pequeños detalles. Por ejemplo, no sabría decir exactamente si lleva calzones o no, pero que sus pechos, por otro lado grandes y en excelente forma, están sueltos bajo esa camiseta, eso lo notaría hasta un ciego. Más que nada por los pezones bastante prominentes, que despejan cualquier duda.

—No me mires...

Se ha dado cuenta.

—No te estoy mirando.

—No es verdad.

—Okey, pero era una miradita inocente.

—Tonto... —Vuelve a reír.

—¿Y bien?, ¿se puede saber qué ha pasado?

—Luca sale con Carla Salbini desde hace cuatro años.

Me parecía raro que ese tipo se enamorara de Pozzi de esa manera.

—No, quiero decir, Nicco, ¿sabes quién? ¡Carla Salbini!

La miro ligeramente perplejo.

—No, lo siento, no la recuerdo.

—Es mi amiga de la preparatoria. Una vez incluso vino a verme a la agencia porque sus padres querían vender su casa de la playa, en Fregene...

—Pero ¿cuándo?

—Hace dos años.

—¡Benedetta! Pero con todas las cosas que suceden cada minuto, ¿tú crees que yo puedo acordarme de esos Salbini que vendían una casa en la playa de Fregene? ¿Cómo era?, ¿una casa grande?

—No.

—O sea, ni siquiera era una casa grande..., ¡oye!

—Tienes razón.

—El problema es que eres demasiado exigente.

—¿Por eso de la casa?

128

—¡No, en general, por todo!

—Pero ¿qué tiene eso que ver con el hecho de que Luca esté comprometido desde hace cuatro años con alguien que iba conmigo a la prepa? ¡También podría salir con alguien a quien no conociera, el problema es que está comprometido y no me dijo nada!

Y se deja caer en el sofá, cruza las piernas y se lleva las dos manos al centro de la camiseta, protegiendo de ese modo cualquier posible fuga de imprevistos.

Sacude la cabeza atónita repitiendo para sí en voz baja:

—No puede ser... No puede ser...

Y yo, al mismo tiempo, pienso en cuántos hombres conozco que se comportarían o se han comportado del mismo modo. Gio mil veces, yo, alguna vez, el propietario de la agencia inmobiliaria, sin duda, algunos compañeros míos de preparatoria, lo sé seguro. En resumen, son muchos los que han tenido una relación, casi siempre breve, que se superponía a la oficial, quizá también mi propio padre e Ilaria de Luca. Eso, en efecto, gracias a la llegada de Valeria y Ernesto, todavía no puedo darlo por sentado, pero existen bastantes probabilidades. Casi todos, al cabo de poco tiempo, han hecho naufragar su breve aventura o han sido descubiertos. Otros han continuado con ese juego de raro y complicado equilibrismo para ocultar a las dos mujeres, suspicaces, atentas y muy listas, cualquier posible indicio que pudiera descubrirlos. Uno de ésos es Gio, pero a él, teniendo en cuenta su última historia con la chica del pub, le encanta sortear el peligro. Ahora, en cambio, la incógnita es saber cómo lo ha descubierto Pozzi.

—¿Quieres saber cómo me di cuenta?

Se ha puesto seria, ya no llora y, lo que es más importante, ella también me ha leído el pensamiento. Últimamente me sucede a menudo. Pero ¿de verdad soy tan transparente?

—Si me lo quieres contar...

—Claro. Muy fácil. Me fijé en que el sábado y el domingo siempre estaba ocupado y durante la semana venía a verme siempre después de cenar, o después del futbol, o después del gimnasio, total, nunca antes de las diez y media y siempre ya cenado. ¿No te habría parecido extraño?

—Bueno, sí, en efecto...

Me acuerdo de que cuando salía con Federica y había empezado a ver a Giorgia hacía exactamente lo mismo.

—Venía a mi casa con el celular apagado.

—Ah... —Eso también lo hacía, pero ¿tan insustancialmente idénticos somos?

—Y ¿sabes qué hice entonces? ¡Lo puse a prueba! Le dije: «Este sábado nos ha invitado una amiga mía, ha alquilado una casa de campo para el fin de semana, ¿vamos?» Y él balbuceó algo como que tenía un compromiso familiar. Entonces, la semana siguiente le dije: «El próximo sábado inauguran un local nuevo cerca de la piazza Navona», y él se inventó otra historia, que venían unos amigos de fuera, de modo que al final lo puse entre la espada y la pared.

—Y ¿cómo?

—Fui a su despacho y me quedé con él durante todo el almuerzo, estaba segura de que a esa hora recibiría por lo menos una llamada, y así fue.

—Ah.

—Y al final confesó.

O sea, me imagino al tal Luca con Pozzanghera delante, controlándolo a ver si responde o no al teléfono hasta que, exhausto, lo confiesa todo. Me parece que a los diez minutos de que ella llegara a su despacho ya lamentaba el primer revolcón que le echó.

—¿Has visto? Maldito...

—Pues sí, ya lo veo.

—Pero ¿por qué los hombres son tan cabrones?

—Pero ¿por qué tienes que decir «son»?

—Porque tú eres un hombre y vaya a saber las veces que te has portado como un cabrón como Luca.

—Puede que me haya equivocado, pero no de esa manera.

—¡Es que tú no sabes cómo ni cuánto! Mira...

Se levanta y se dirige a una mesa que está ahí al lado. Mirándola mejor, Pozzi no está tan mal, tiene unas bonitas piernas, sensuales, un bonito trasero. Entonces se voltea. Bueno, no, la cara en efecto no, Pozzi tiene una nariz bastante pronunciada.

—Mira, mira lo que me ha escrito. —Toma unas cartas de la mesa y vuelve conmigo, se me sienta al lado y empieza a leerlas—: «Amor mío, desde que te conocí mi vida parece otra. Nunca me he sentido tan feliz...» Pero ¿te das cuenta? ¡Tendría que dejárselo leer a Carla! Se lo merecería. ¡Pero ¿por qué son tan cabrones?!

—Y dale. Pero ¿por qué dices que «somos» tan cabrones? De hecho, yo una idiotez como esa de dejar papeles por ahí no la he hecho nunca.

Pozzi sorbe por la nariz.

—Bueno, pues «son». Y, entonces, ¿por qué no encuentro a nadie como tú? ¿Siempre tengo que acabar con los otros? Escucha, escucha esta otra... —Y me lee otro fragmento—: «Estar contigo ha sido un sueño, ¡nunca había hecho el amor así en toda mi vida!» Has visto qué cabrón, hasta remarca que he hecho de todo por él. Me enamoré, Nicco, y una mujer, tú lo sabes, en esos casos no tiene límites. ¡Qué cabrón! ¡Lo odio, es un verdadero cabrón!

Y se echa a llorar otra vez y se me tira encima. Está realmente desesperada. Y yo intento calmarla como puedo. Son esas situaciones absurdas en las que, sinceramente, no consigo ver el drama, o sea, de alguna manera considero que formo parte del juego. Si una mujer quiere seguridad y confianza, entonces antes de salir con alguien necesita hacer pruebas y contrapruebas, y en ese caso también podría ser que al final, cuando él ya se ha acostado con ella, no quede satisfecho y tal vez decida dejarlo ir. También podría ser, ¿no? ¡Tampoco es que uno tenga que asegurar que va a durar un año o seis meses, ni siquiera tres! Pero Pozzi no quiere saber nada de eso, sigue llorando, leyendo cartas. Después incluso toma la computadora y me lee algunos correos y, como si no fuera suficiente, hasta me enseña la foto del chico que lleva en el celular: sonriente, alegre, divertido, en efecto, un guapo muchacho, aunque con una cara de esas que en seguida ves que va por ahí a pasárselo bien, no hacía falta ser ningún genio para verlo. Si además eres como Pozzi, entonces tendría que haber un acuerdo tácito, o sea, no tendrías ni que dudar de que sale con otra, los dos lo saben, y si por casualidad aún no fuera así, pronto lo será. Pero ninguna mujer acepta ser realista. ¡La mujer es soñadora y, ya puestos, sueña a lo grande!

—¿Lo ves? Yo estaba segura de que este verano nos iríamos juntos. Mira, quería darle una sorpresa. —Abre un cajón y saca dos boletos—. Grecia, Corfú, una semana con todo incluido en una preciosa villa junto al mar, con acceso directo a una playa privada. Y ¿ahora con quién voy a ir?

Y con esta última frase, Pozzi se echa a llorar de nuevo.

—Oye, no te pongas así, Benedetta, son cosas que pasan.

—¡Sí, pero siempre a mí!

No me atrevo a preguntarle: «¿Ah, sí?, perdona pero ¿ya te había pasado?» De modo que me quedo callado y le acaricio el pelo. Noto cómo llora sobre mi pecho, exhalo un suspiro y levanto los ojos al cielo. ¿Tenía que ser precisamente yo? ¿Y precisamente hoy, además? Y pensar que el sueño prometía que iba a ser el día de las sorpresas. Pero ¿esto qué es?, ¿una broma? Tal vez se refería a Ilaria de Luca y su secreto que sigue siendo un secreto, o al bonito encuentro con mi hermana y Ernesto, o a esta plasta de Pozzi. Que, además, pensándolo bien, ¡no le ha salido nada caro lo de Grecia! Pero ¿a quién se le ocurre reservar en mayo unas vacaciones para julio? Increíble. O sea, estaba claro que iba a salir mal, ella sola ha invocado la mala suerte. Pero es mejor no decírselo.

—Vamos, Bene, no te pongas así. Ya verás como pronto encuentras a la persona adecuada.

Ya está, lo sabía, no tenía que decirle eso. Llora todavía con más fuerza, niega con la cabeza de prisa, como si no quisiera en absoluto oír nada parecido. Golpea los pies en el suelo.

—¡Nooooo! ¡Yo lo quiero a él!

Sigo acariciándole el pelo.

—Pero Benedetta, él ya está ocupado, con una amiga tuya, además...

—¡No es amiga mía!

Pero ¿cómo? ¡Si lo dijo ella! Bueno, ya veo, no es el momento de llevarle la contraria.

—Sí, sí..., tienes razón...

Sigo acariciándole el pelo.

—¡Y no me des la razón como a una idiota!

Golpea otra vez con los pies, la camiseta se le levanta y deja al descubierto sus piernas, sube hacia arriba, por encima de los muslos. Pero noto que respira con más tranquilidad, ya no llora.

—Y ¿entonces qué quieres que diga? No te parece bien nada en este momento...

—Sí, por desgracia así es.

Después se va calmando poco a poco, su respiración se hace más pausada, ya no llora. Parece que le gustan mis caricias en el pelo.

—Eres el único que puede entenderme.

Lo dice con una voz cálida, más baja. Se frota contra mí, se acomoda en el sofá, se acurruca entre mis brazos, y sin querer se le sube todavía más la camiseta. Bueno, eso no hacía falta, se le ve la parte de arriba de la cadera, está completamente desnuda, ¡eso significa que ni siquiera lleva calzones! Y encima, como si no fuera suficiente, continúa hablándome con esa voz cálida y baja.

—Ya sabía yo que sólo podía acudir a ti, tú eres el único que me entiende.

No me detengo, no sé qué decir pero sigo acariciándole el pelo. Noto que empuja su seno contra mi pecho.

—Tú siempre me has entendido, creo que nosotros dos tenemos una sintonía realmente especial.

Ahora mueve las piernas, se encoge todavía más dentro de mí, entre mis brazos, y de alguna manera me trastorna por entero, siento subir un calor desde abajo, desde mi barriga, y trago saliva. Por si no fuera suficiente, la camiseta se le ha subido del todo y debajo no lleva nada de nada.

—Siempre he pensado en nosotros como en los protagonistas de esa película, *Cuando Harry encontró a Sally*, ¿te acuerdas?

—Sí.

—¿Te gustó la película?

—Sí.

No consigo decir nada más que un largo, inútil y arrastrado «sí», como si ya me hubiera dado cuenta de todo y no fuera mínimamente capaz de reaccionar, como si ni siquiera yo mismo supiera —suena terrible decirlo— qué sacar de esta situación.

Noto que vuelve a moverse entre mis brazos, se refriega a lo largo de mi cuerpo.

—Algún día tendríamos que volver a verla juntos...

—Sí.

Entonces se echa un poco hacia arriba, con los ojos escondidos entre el pelo, y de repente sonríe.

—Un buen día su amistad cambia, se transforma en otra cosa.

Y esta vez ni siquiera digo «sí». Sonrío inseguro y con eso Pozzi tiene suficiente. Es un instante. Comienza con un beso en la boca y no me da la posibilidad de hacer nada, empieza a dar vueltas sobre mis labios a pesar de que yo los tengo cerrados. Luego cedo mínimamente y entonces siento su lengua metiéndose en mi boca a la fuerza, así, sin atender a razones. Sus labios están salados, húmedos, todavía mojados por todo ese llanto. En cambio, los míos son como un durazno verde, tímido, cerrado, que ella no puede comerse a pesar de que lo intenta de todas las maneras. No hay nada peor que cuando no quieres besar a alguien, o sea, se nota claramente que no te late y al final sólo cedes por desesperación. Y quedas vencido por su sabor, notas lo que ha comido, te molesta todo y ni siquiera tú sabes por qué está sucediendo.

Pozzi no se detiene, empieza a desabotonarme la camisa, me desabrocha el cinturón, el pantalón. Se quita del todo la camiseta y me pone sus grandes senos sobre el pecho. Se frota sobre mí y consigue excitarme cada vez más. Tengo que decir que hace casi un mes que no veo a Alessia, sé que eso no justifica todo lo que está pasando, pero en este momento es la única disculpa que me viene a la cabeza. Y después de este último pensamiento me dejo llevar completamente. Y entonces, preso de la pasión, aunque creo que mucho más de la desesperación por haber caído tan bajo, no pienso en otra cosa más que en hacerle daño. De modo que en seguida entro en la categoría de los hombres cabrones. Es más, tal vez esté a la cabeza de la clasificación porque me aprovecho de la debilidad de esta mujer y soporto su aburrida e infinita tristeza con tal de cogérmela. No, no he sido honesto. He ignorado todo con tal de gozar yo.

16

Cuando salgo de casa de Benedetta son las siete y cuarto.

Lo primero que hago es mirar el celular. Estoy seguro de que Alessia ha llamado, es una de esas cosas que presientes de una manera especial, y tu sensibilidad aumenta cuando te sientes culpable. De modo que miro lentamente la pantalla. Me parece como si estuviera en una partida de póquer, saco poco a poco las cartas para ver si ha entrado o no esa mujer de corazones que necesitaba para la escalera de color que quería hacer... ¡Ahí está, lo sabía, una llamada perdida! ¡Estaba seguro, mierda! Número oculto. Es Alessia. Cuando a Alessia se le acaba el saldo llama desde casa y tiene el número oculto. Y ¿ahora qué hago? ¿Cómo puedo saber si realmente ha sido ella quien me ha llamado? No se me ocurre nada, al menos de momento.

Subo en mi SH 150, me pongo el auricular, cambio la función del celular para que vuelva a sonar, después arranco y me voy. Me he bañado en casa de Pozzi, pero todavía me siento sucio. Recorro unos metros, el viento cálido del atardecer me acaricia el rostro, voy despacio mientras noto cómo se me seca el pelo bajo el casco. El momento más difícil con una mujer es después de hacer el amor, es cuando se descubre todo, es una prueba más clara que mil máquinas de la verdad, o sea, en seguida se ve si esa mujer te importa algo o no. Si te levantas y vas al baño no es que te importe mucho, si te vistes y te vas la situación es dramática, si por el contrario te quedas un buen rato junto a ella y la abrazas y la besas, y te la quieres coger otra vez, o efectivamente ella te importa o es que eres un excelente actor. Con Pozzi he interpretado el papel unos minutos, luego hemos hablado un poco y al final la cosa ha acabado como ha acabado. Mejor así y, bueno, al final lo he aceptado, no se ha muerto nadie, siempre hay un revolcón de ésos en la vida de cualquiera. ¡Me gustaría ver quién tiene el valor de negar esa verdad! Pero lo más dramático es que en esa situación, o sea, mientras la estás viviendo, puedes llegar a olvidarlo. A oscuras, o aunque sea con los ojos cerrados o casi, te dejas llevar y al final el placer toma la delantera, con lo cual estar con alguien como Pozzi al final acaba por gustarte. Sí, claro, estamos hablando de los últimos momentos antes del orgasmo, pero es así, al menos para nosotros los hombres, y no podemos negarlo. A diferencia de las mujeres, que desde siempre enarbolan esa teoría de la «pureza», es decir, ellas practican sexo, sí, pero sólo porque están enamoradas. O sea, ¿me van a hacer creer que todas las que cogen están enamoradas? ¡Eso también me parece una buena tontería! Y de repente empiezo a recordar la última época con Alessia, ya no quería hacer el amor, nos besábamos, sí, pero cuando comenzaba a acariciarla, cuando me veía arrollado por la pasión hecha de deseo, de ganas de sexo, pero también de amor, la combinación perfecta, pues entonces me daba cuenta de que ella se ponía rígida. Me detenía la mano. No hay nada peor que una mujer que te detiene la mano después de que en el pasado hayan hecho de todo. Es un dolor absurdo, sólo comparable con el sonido del gis rechinando en un pizarrón. O como cuando ibas a esquiar y te caías en medio del remonte. No sé por qué me ha venido a la cabeza esa imagen, pero la desilusión que sentía cuando me caía en el telesférico era tremenda. Por haber cruzado los esquís o por cualquier otro estúpido error, me desplomaba hacia un lado en la nieve fresca, en cámara lenta, como un saco de papas, y veía esa mierda de redondel abandonarme y subir balanceándose hacia su mecanismo, mientras el cable volvía a encogerse. Pero la sensación más terrible era que detrás de ti venía alguien. Te veía en el suelo braceando en la nieve, tú no conseguías ponerte de pie, y él tenía que hacer zigzag con los esquís juntos para intentar esquivarte. Sí, es la misma sensación que sentí la última vez con Alessia cuando me apartó la mano y se fue. Esperé en la cama, pensaba que había ido al baño, pero al cabo de un rato comprendí que no iba a volver. Entonces me levanté, me puse la camisa y el pantalón y fui a buscarla. La encontré en la cocina, sentada en un taburete comiendo pequeñas uvas, tenía la tele puesta pero con el volumen bajo, estaba en Canale 5, aunque en realidad ni siquiera lo estaba mirando, ponían anuncios. Estaba de espaldas y yo me quedé en la puerta mirándola, los dedos daban vueltas alrededor de las uvas hasta arrancarlas y llevárselas a la boca. Y en ese momento más que nunca me di cuenta de que la amaba, y en ese preciso instante comprendí que nunca se lo había dicho. Pero decírselo en ese momento me pareció fuera de lugar, de modo que me quedé un rato en silencio, hice como si nada y al final sólo dije:

—Qué buena pinta tienen las uvas.

Ella se volteó y me miró con una tristeza infinita. Era como si se preguntara «¿Cómo es posible que no lo entiendas?», pero luego abandonó ese pensamiento y sonrió.

—¡Sí, están riquísimas, pruébalas!

Se levantó de la silla y me metió con dulzura una uva en la boca y, efectivamente, estaba rica, ni demasiado amarga ni demasiado dulce, perfecto. Mientras la masticaba, asentía y saboreaba esa uva, y pensaba que lo que sentía por ella era igual que ese sabor, perfecto, que no había nada en ella que no me gustara o me molestara, nada. Pero nunca había sido capaz de decirle «Te quiero». Y, tal vez, ahora que lo pienso, ése fue el último momento en que podría haberle dicho algo, en que podría haberle hablado de mi amor, por ejemplo, de la belleza del sentimiento que tenía por ella cuando me quedé mirándola en silencio. O podría haberle preguntado: «Alessia, ¿qué está ocurriendo? ¿Por qué ya no quieres estar conmigo?»

Sin embargo, no hice nada, nada, dije otra estupidez, de la cual sinceramente ahora ni siquiera me acuerdo, y después le pregunté:

—¿Quieres salir? Podemos ir a comer una pizza y luego al cine...

Y seguro que algo hicimos, una de esas cosas que se hacen con tal de no quedarte en casa, por no hablar, porque uno cree que las cosas ya se arreglarán solas y que todo irá como siempre, si no mejor. En nuestro caso, sin embargo, no fue así.

Y es raro porque, por ejemplo, con Benedetta en seguida dejé las cosas claras. En realidad todo es más fácil cuando te da lo mismo, ya te das cuenta mientras estás haciendo sexo. No hace falta que dures, no intentas aguantar, no te preocupas de su placer, sino que sólo piensas en el tuyo. Encuentras gusto en cogértela, claro, pero luego, cuando estás a punto de acabar, acabas y punto. Y no es que seas egoísta, eres sincero. Al igual que es dramáticamente sincero el silencio que sigue. Después de tus vergonzosos últimos gritos salvajes, de repente te reconoces, te enfocas y justo entonces te das realmente cuenta de lo que has hecho: una enorme idiotez. En mi caso, una idiotez gigantesca: cogerte a Benedetta *Pozzanghera*.

Estamos tendidos en su cama, uno al lado del otro, sudados, y entonces miro al techo y trago saliva, sé que ahora tengo que decir algo, o ahora o nunca, y resulta difícil.

—Perdona, Benedetta, no sé qué me ha pasado. Es que al

139

sentirte tan cerca de mí..., debería haberme aguantado, sin embargo, al pensar en nuestra relación, en nuestra amistad...

Intento subrayar esa última palabra, «amistad», recordársela, intentando darle importancia, valorizarla, esperando que no se extravíe y no surjan problemas en el trabajo... Benedetta está ahí al lado, me mira en silencio, ya no llora; es peor, está lúcida, decidida, tiene una claridad total, al menos eso demuestra con las primeras palabras que dice.

—¿Te arrepientes?

No sé qué contestar, parece una amenaza. Me quedo callado. Ella no pierde el ánimo. Al contrario, continúa muy decidida:

—Responde a esta pregunta: ¿todavía quieres a Alessia?

Y tú sabes que es una trampa, una de esas flechas que se arrojan de repente, con todas esas lianas que las tensan, escondidas entre la hierba como Rambo sabe hacer tan bien, pero a ti te da lo mismo.

—Sí. La quiero mucho.

Y por fin lo digo, sin problemas, sin miedo. ¡Pero tenía que decírselo a Alessia, durante todo ese tiempo que estuve con ella... y no ahora a Benedetta! De hecho, ella no deja escapar la oportunidad y me hiere con sus palabras, sin importarle.

—Y, entonces, ¿por qué la has traicionado?

—¿Cómo que la he traicionado?, si te dije que habíamos cortado.

—Igualmente no deberías haberla traicionado. Has dicho que la quieres, ¿no? Entonces no tiene ninguna importancia si están juntos o no.

La miro estupefacto pero no le digo nada. No lo puedo creer. Pero ¿qué manera de razonar tienen? ¿Es que son un grupo de fanáticas del amor? O sea, ¿no debería haberla «traicionado»? ¿Qué quiere decir?, uno «traiciona» un ideal, un sueño, una promesa, una pasión, a la mujer que tiene, que es suya. ¿Por qué no iba a traicionarla? ¿Basándome en una esperanza? Mientras ella quizá esté cogiendo con otro o, peor todavía, ¡se haya enamorado! A mí siempre me gustarán las mujeres y su manera de pensar, pero nunca las entenderé. Y, de todas formas, las palabras de Benedetta al menos me sirven de ayuda para recobrar mi lucidez, para dejar en seguida las cosas claras con ella.

—Tienes razón, me equivoqué, no debería haber cedido, tendría que haber resistido, no debería haberme dejado convencer...

—¿Cómo? —Benedetta pone los ojos como platos, abre la boca y niega con la cabeza como diciendo: «Pero no lo puedo creer, lo que tengo que oír.»—. ¿Quieres decir que lo que ocurrió es culpa mía? Tú no tienes nada que ver, no hiciste nada, no querías...

En un instante vuelvo a ver lo que hizo, cómo me lo hizo, lo que se dejó hacer y cómo parecía gustarle... Pero decido prescindir de todo eso porque no deja de ser la sobrina de los Bandini.

—No, pero ¿qué tiene que ver, Bene...?

¡Cómo me gustaría llamarla ahora Pozzanghera! Es un maldito charco donde uno acaba metido por equivocación, ¡y esta vez es más cierto que nunca! Sin embargo, sé controlarme a la perfección.

—No, Bene, quería decir que los dos nos vimos arrastrados por el deseo, por nuestras ganas de ser felices, de tener un amor, nos vimos engañados por lo que soñamos, y en un momento difícil para los dos no supimos ver lo que estábamos haciendo...

—O sea, ¿quieres decirme que no sabías que me estabas besando? ¿Que estabas haciendo el amor conmigo?

—Sí que lo sabía, pero sé que en realidad tú soñabas que estabas en los brazos de Luca..., y yo...

—Vamos a ver, primero que nada yo no soñaba que estaba en los brazos de nadie, y menos aún de Luca, yo sabía perfectamente lo que estaba haciendo. ¿Tú no? ¿Tú soñabas que estabas en los brazos de Alessia?

Y ¿ahora qué hago? ¿Qué contesto? Me gustaría estar en una de esas películas de Aldo Giovanni y Giacomo cuando Aldo, no sabiendo qué decirle a su novia, le da un cabezazo, le hace perder el sentido y después dice que ha sido culpa de una teja que ha caído. Pero la vida no es una película, no se arregla todo con una carcajada, un cambio de escena, un «*The end*» más o menos feliz al final. La vida es afrontar los errores, hacerse cargo de ellos, saber resolver las situaciones engorrosas buscando la frase adecuada... Al menos eso era lo que me decía mi padre.

«La frase adecuada.» La miro y sonrío, sí, puede que la tenga.

—Benedetta..., yo todavía estoy enamorado de Alessia, perdóname si crees que te he faltado al respeto, quizá sienta algo pero en este momento no estoy preparado, es demasiado pronto.

Bueno, he intentado que hubiera un poco de todo: ternura, la admisión de haber cometido un error, desear su perdón, no estar preparado... A ver qué pasa. La miro sonriente pero no demasiado, esperanzado pero no excesivamente, culpable pero tampoco mucho. Ella se me queda un rato mirando y luego...

—Vete a la mierda.

No era la frase adecuada. Grita como una loca.

—Eres como los otros, o no, aún más cabrón, porque te consideraba un amigo.

Y me empuja fuera de casa. Bueno, al menos lo hemos dejado todo claro, ya se le irá pasando.

Me suena el teléfono, no me gustaría que quisiera echar más leña al fuego. Me lo saco del bolsillo, lo miro, no, por suerte es él. Abro el celular y en seguida me arrolla.

—¿Qué onda?, pero ¿dónde carajo estás?

Gio y su argot.

—Estoy de camino a casa.

—¿Todavía? Hace diez minutos que estoy aquí abajo. Antes también te he llamado, pero me parece que tenía el número oculto, ¿por eso no me has contestado?

Ah, era él. Me deprimo. Se desvanece la posibilidad de que Alessia me haya llamado.

—¿Qué onda?, ¿no te acuerdas de que habíamos quedado para cenar en el local de mi amigo?

—Ah, ya...

—La Virgen, vaya voz que tienes... Pareces muy triste, ¿qué habrás hecho para estar tan deprimido?

—Nada. Mañana te lo cuento.

—¿Cómo que mañana? Carajo, pero no ves que lo de esta noche es algo excepcional, se come de miedo, y se bebe aún mejor, ¡y por si fuera poco sin pagar ni un peso porque somos sus invitados! Vas, sea lo que sea lo que hayas hecho, después de esta noche lo verás bajo otra luz.

Y son esas últimas palabras las que me acaban convenciendo.

—De acuerdo. Ya voy.

—¡Muy bien, así quiero verte!

Y cuelga. Debo decir que últimamente, de una manera u otra, consigo mantener realmente poco mis decisiones. Demasiado poco.

17

Hay un lío tremendo, siempre es así por esta zona, entre piazza della Minerva y piazza delle Coppelle.

Por suerte, hace una noche estupenda, sólo habría faltado que lloviera. Me detengo delante de la placita. Maccheroni está lleno. De pequeño a veces tenía ciertos problemas cuando iba a alguna inauguración, porque había demasiada gente y la idea de ese impacto inicial en cierto modo me preocupaba. Ahora esa incomodidad casi me hace sonreír y entro sin problema. Ahí está, al fondo de la sala, sentado a una mesa de Maccheroni. Gio se ha hecho dueño de la situación, se ríe, se mueve en la mesa, después se levanta, toma el menú para todos, bromea con los meseros, da alguna palmada y en seguida le toman simpatía. Entonces me ve.

—Eh, mira quién vino...

Está sentado a la mesa con tres chicas que se voltean sonriendo hacia mí y una, ¡no, no lo puedo creer! Es Lucia, la del pub.

—¡Hola, Nicco! ¿Cómo estás?

—Muy bien.

Me siento con ellos, al fondo veo pasar al propietario, Luciano, casado con una preciosa modelo australiana que si no me equivoco hacía de Madre Naturaleza en *Ciao, Darwin*. Sí, ahí está, la veo pasar mientras lleva unos platos a la cocina, está ligeramente sudada, quizá un poco cansada, pero sigue siendo muy guapa. Quién sabe si era esto lo que se esperaba de Italia.

Gio cierra el menú.

—¿Y bien?, ¿qué quieres comer? Aquí preparan una *gricia* fantástica...

Después se inclina hacia Lucia, la chica del pub, la besa, le levanta un poco la camiseta por debajo de la mesa y le deja el vientre al descubierto. Lleva un *piercing* en el ombligo y Gio lo acaricia.

—El sonido de los ángeles... —Y casi se cae encima de ella, pero con un hábil movimiento de cadera consigue enderezarse de golpe. La habría aplastado. Siempre me sorprenden los tipos gordos que, sin embargo, pueden ser tan ágiles. Y todavía me sorprenden más los líos en los que se mete Gio. Está con dos, pero besa en público a una tercera.

Las dos amigas de la besucona loca se presentan, mientras Lucia de alguna manera consigue taparse y aplacar a Gio.

—Hola, yo me llamo Ilenia.

—Yo, Tiziana...

—Hola, Niccolò...

Llega un mesero.

—¿Y bien?, ¿qué te traigo? ¿Quieres una *gricia*?

Bueno, me parece que no tengo elección.

—De acuerdo, y una cerveza.

—¿Cómo quieres la cerveza?

—Una jarra de rubia.

Marca algo al vuelo en la pequeña *tablet* y luego se aleja.

—Nos hemos enterado, ¿sabes?, lo sentimos...

—¿Eh? —Las miro a las dos, asombrado.

—Sí, o sea, puede ocurrir, pero luego al final estás como suele decirse «A tres metros bajo un tren».

Y se ríen como locas y casi se dan codazos. Tiziana se pega a

145

la cerveza y bebe un gran sorbo, casi se atraganta, luego se voltea hacia mí y niega con la cabeza. Debo de poner una cara alucinante. Miro a Gio, que abre los brazos como diciendo: «¿Qué querías que hiciera? ¡Me han torturado!» Pero no creo que haya ocurrido exactamente así.

Ilenia me sonríe, parece que está realmente afectada por el asunto entre Alessia y yo.

—Venga, no te enojes, a mí también me fue fatal, pero según mi opinión ya se veía venir desde el principio. En cambio, tu historia, por cómo nos la ha contado Gio, parecía tener todos los papeles en regla.

Tiziana deja de beber.

—Oh, sí, la sorpresa del cumpleaños, qué bien.

—Sí, a mí un Moncler me haría mucha ilusión. ¡Aparte de que cuesta un huevo!

—Sí, ya ves, ¡mira que a mí también me ha regalado algo así mi galán! Y luego la idea de poner los paquetes en los bolsillos, o sea, yo me derrito...

No consigo creer lo que estoy oyendo y miro desconcertado a Gio, allí a la cabecera de la mesa, abrazando a su nueva chica como si llevaran juntos desde siempre. O sea, hasta les ha contado mi idea de las sorpresas distintas en los bolsillos... ¡pero era mía! Yo hay veces que de verdad lo odio. Y ésta es una de ellas.

Ilenia y Tiziana empiezan a discutir entre sí.

—Pero el Moncler no es lo importante...

—¡Eso también es importante! O sea, sabes si alguien te quiere realmente según lo que se gaste.

—¿Y si no puede?

—Se va guardando el dinero. ¡Y, si es un señor, te trata como a una señora!

Yo primero miro a una y luego a la otra, y no lo puedo creer, es como una pesadilla, o sea, dicen esas tonterías, esas tonterías

146

que todo el mundo dice, que pueden oírse en cualquier programa de entrevistas, como el de Rai Uno de las amigas del sábado, o en la peluquería, o peor aún, en los comentarios que la gente escribe en *Affari Italiani* después de que salga un artículo sobre Belén o Minetti, insultando a los periodistas que han escrito ese artículo y les dicen que se ocupan de cosas banales, pero son ellos los primeros en leerlo y en comentarlo.

Gio se anima con todo eso, le encantan esas discusiones, está como pez en el agua.

—Es que ustedes las mujeres son demasiado complicadas... Seguramente estarían mejor con otro hombre y no quieren admitirlo...

Y mira a Lucia, que le sonríe, pero luego ella también interviene.

—Pero ustedes los hombres también, ¿verdad?

—Sí, cariño, es verdad, tienes razón, estamos hechos de la misma madera...

Y se abrazan fuertemente y se miran como dos enamorados que se han dicho vete a saber qué, luego se besan, pero de una manera tan tierna que las amigas de ella los miran y luego se miran entre sí. Ilenia y Tiziana se sonríen complacidas como diciendo: «Qué lindos...» Gio le está acariciando el hombro y luego la besa en la boca como si fuera un helado del Alaska, que es donde tienen el mejor chocolate de Roma..., y luego sigue, como si no hubiera nadie...

—¡Aquí tiene, la *gricia*!

El mesero me hace sobresaltarme. Suelta el plato delante de mí, interrumpiendo así esa película ñoña que se estaba volviendo fuerte.

—Y aquí está la cerveza.

No me da ni tiempo de decirle «Gracias» y ya se aleja rápidamente, se acerca a otra mesa no muy separada, toma la pequeña computadora del bolsillo y empieza a escuchar los pedidos de los otros clientes.

Lucia se aparta de golpe de Gio.

—Pero ¿qué hora es? ¡Ya son las diez! ¡No lo puedo creer! Chicas, tenemos que salir corriendo. —Entonces voltea hacia Gio y le sonríe—. Esta noche hacen una prueba conmigo en el pub. He querido darles esa oportunidad.

Ilenia y Tiziana se hacen las suficientes.

—Y así estamos un poco juntas, no nos vemos nunca.

Lucia asiente.

—Sí, sí, vamos, ya. —Abre la bolsa.

Gio pone su mano gorda y grande encima, parándola, luego le sonríe y, lo que es peor, le guiña el ojo.

—Ya nos ocupamos nosotros.

—¡Son fantásticos! —Y le estampa otro beso en la boca.

—Adiós. —Ellas también se despiden.

—Venga, Nicco, ya nos contarás si la cosa se arregla, ¿eh? Dinos algo.

—Claro...

He pensado que era mejor seguirles el juego. Después miro a Gio.

—Gracias, ¿eh?, seguro como un banco.

—Venga, si te hace tierno. Te he allanado el camino con esas dos...

—Te lo agradezco, pero puedes quedártelas.

Después pienso en Pozzanghera y no sé hasta adónde puedo hablar, así que las miro salir del bar. Arrastran unas enormes bolsas, chamarras con tachuelas, un gran cinturón de un saco. Todo da golpes contra las sillas, se cae algo, hasta se vuelca un vaso. Dejan tras de sí un rastro de perfume demasiado dulce para estar a la altura de las chicas de la Camilluccia.

—A pesar de que somos invitados del propietario, al menos

ha hecho el gesto de pagar... Las otras dos son unas «Cuelafiletes».

Como un poco de *gricia*, bebo un trago de cerveza y me limpio la boca con la servilleta.

Gio niega con la cabeza.

—Porque ¿tú sabes de qué va la historia?

—No.

—Había una chica que se llamaba Elena Pistoni. Una rubia que estaba muy buena, con un trasero a lo Jennifer Lopez y una panochita a lo Paris Hilton, total, una de esas que, como diría Pino, es guapa pero inepta.

Pino es el napolitano que hace tatuajes en via Morlupo, en la Flaminia, habla inglés tan perfectamente que se hace llamar «Naples Pine».

—Elena siempre venía tarde a cenar, llegaba cuando ya todos estaban sentados y siempre pasaba lo mismo... «¡Hola, hola a todos, ¿cómo están?, bien, qué bueno, chicos, esta noche nos lo pasaremos en grande!» Total, saludaba a chicos y chicas y luego cuando llegaba el mesero siempre ordenaba el mismo plato... Un filete abierto como un librito... «¡Así me lo leo bien y me lo como mejor!» Y con esa gracia tan idiota se reía como una gansa. Luego hablaba sin parar hasta que llegaba el filete, entonces se quedaba muda, se lo comía en riguroso silencio y al final soltaba un buen suspiro, «Oh, esto sí que es un buen librito», después decía cualquier otra estupidez y al final miraba la hora. «¡Oh, Dios mío, pero si le había dicho a Franci que pasaría a recogerla! Nos vemos en Ponte más tarde, ¿okey?» Y sin preguntar siquiera si tenía que dejar algo por el filete, se levantaba de la mesa y desaparecía en la noche. ¡Y luego ya no pasaba ni por Ponte! Y siempre acababa así, había quedado con Franci o con Luisa, o con Dida, siempre había una amiga que la estaba esperando... ¡y un filete que colaba! Y poco a poco las otras chicas del grupo aprendieron a hacer lo mismo, siempre filete y sin soltar un euro, hasta que Simo Fiori, la que era por mucho la más estúpida de todas..., te acuerdas de ella, ¿no?

Asiento mientras me como la *gricia*. Está realmente rica, he hecho bien siguiendo la moda.

—Venga, esa que imitaba a Barbara d'Urso pero que en realidad parecía la Marcuzzi.

—Sí, ya me acuerdo... No lo hacía mal...

—¿El qué?

—Imitar a la Panicucci...

—Bueno, okey. Total, eligió hacer de Cuelafiletes en la mesa más equivocada de todas. Fue memorable.

No me acuerdo en absoluto, pero aunque parezca mentira la historia ha atraído mi atención.

—A ver, cuenta.

Gio sonríe, seguro.

—Estaban en Mò-Mò Republic, y ¿sabes quién estaba en la mesa?

—No, ¿quién?

—Pepe...

—Ah.

Tomo un macarrón y le hago dar la vuelta a la pista como si hubiera ganado una gran carrera, después, bien empapado de queso y pimienta, o sea, de *pepe*, por seguir con el tema, lo hago desaparecer.

—A Simo Fiori no le dio tiempo a despedirse: «Adiós a todos..., nos vemos en Ponte», cuando se encontró en el baño con Pepe, arrastrada por el pelo...

—¿En serio? —Ahora estoy ligeramente preocupado—. ¿Y luego?

—Además del filete también se comió un *würstel*... ¡pero natural! Ja, ja, ja...

Gio empieza a reírse como un loco y casi se atraganta, en seguida se echa agua para no ahogarse. Y en un instante me vienen mil cosas a la cabeza. Todas las veces que he salido con Alessia, con Gio y mis amigos, Andrea Bato y Guido Pietra.

A Andrea Bato le encanta el manga, compra pósters sin parar y tiene una habitación de ensueño entre cuadros y tecnología. Tiene un montón de dinero, su padre es político y viven en un ático en Parioli. Guido Pietra, en cambio, está obsesionado con la cultura, está inscrito en Letras y a veces está tan asqueado con el sistema que ni siquiera va a los exámenes. «La sociedad de masas no quiere cultura, quiere entretenimiento» es la frase de Hannah Arendt que cita más a menudo. Pero al final se sacó cinco el primer año y seis el segundo y tiene pensado enseñar en alguna escuela de la periferia. «La educación y la formación son las armas más poderosas que pueden utilizarse para cambiar el mundo» es la otra frase que cita siempre, de Nelson Mandela. Total, en un instante nos vuelvo a ver a nosotros cuatro, Gio, Pietra, Bato y yo en nuestra mesa. Gio hace circular cerveza y churros de mota aunque estemos en un bar. Por la noche solemos jugar al *Texas Hold'em*, o hacemos míticas partidas en la PlayStation y, mientras que Pietra se hace muchos churros pero nunca ha visto una mujer, Bato también se hace muchos churros pero a menudo ha salido con varias mujeres al mismo tiempo, cosa que naturalmente Alessia no podía tragar. Como aquella noche que Bato me salió con éstas, justo la víspera de la fiesta más delicada del año, mientras estaba en la cocina.

—Estoy preocupado...

—¿Por qué?

—Porque mañana es San Valentín, no sé qué hacer ni con quién... Tal vez no debería salir.

Bato sonríe.

—Pero como me encanta la fiesta de San Valentín, me gustaría salir a celebrarlo con todas, y en este momento son cuatro...

Alessia me mira abriendo los ojos de par en par, luego se dirige a él:

—¿Cómo? Y ¿eso te parece genial?

Él sonríe amablemente.

—Hay una diferencia sustancial: ¡yo soy genial!

—¡Se nota! Sales con muchas mujeres porque no sabes estar sólo con una y demostrar que eres un hombre. Eres sólo una imitación, mejor dicho, palabrería y marcas.

Bato no lo acepta.

—Nicco, ¿oíste lo que me está diciendo tu víbora?

—Sí, sí, lo oí.

Cuando vuelvo a la mesa, Alessia se levanta y sale a la terraza.

—Carajo, Bato, tú también, ¿tenías que hablar precisamente ahora de San Valentín?

—Y ¿tú por qué la traes? Tenemos que jugar al póquer y tú te traes a tu novia... ¿Qué onda?, ¿acaso yo me traigo a las mías?

—No, pero por lo menos podrías ahorrarte decir que las tienes, ¿no?

Bato se encoge de hombros, acaba de armar el churro y con la lengua da una última, larga pincelada, después toma el encendedor y lo pasa arriba y abajo del churro para secar la saliva.

—Ya te arreglarás...

Lo miro.

—Y ¿ahora con qué sales?

Bato me sonríe, parece atontado, nada, no lo entiende.

—Muy bien, ya hiciste el numerito.

Me reúno con Alessia fuera, en la terraza. Está con los brazos cruzados y mira la ciudad a lo lejos, hacia el mar, si pudiera verlo..., al menos creo que está por ese lado.

—Lo siento, Alessia, ya sabes cómo es Andrea.

Nos quedamos en silencio unos instantes.

—No, no lo sé. ¿Cómo es? ¿Tú lo sabes? Yo sólo sé que siempre es así. Míralos, mira a tus amigos...

Se voltea y me los señala al otro lado de la ventana con la barbilla, que me parece más angulosa y afilada de lo normal.

—Unos desgraciados que se pasan el día jugando al póquer...

—*Texas Hold'em.*

Me mira.

—No lo puedo creer... ¿Qué pasa?, ¿te burlas de mí?

—No, lo dije por decir, perdona.

—*Texas Hold'em*, de acuerdo, pues eso. Se arman churros, beben cerveza, y ¿qué son? Uno descarga programas y los vende, otro va de intelectual pero no participa en la vida social porque le da asco, mujeres incluidas, mientras que el otro hasta tiene demasiadas, vive con el dinero de papá y colecciona cómics. Míralos, míralos...

Se están riendo al otro lado del cristal. Gio da un sorbo a la cerveza y eructa ruidosamente. Bato se ríe y le pasa el toque. Pietra está barajando.

—Pregúntales qué libro están leyendo, es más, ¿crees que han leído un libro alguna vez?

Me quedo allí mirándolos.

—Pregúntales si saben quién es Camus.

Entro mientras que Alessia se queda en la terraza.

—Perdonen..., tengo dos preguntas.

Bato, Gio y Pietra se giran hacia mí con curiosidad.

—¿Qué libro están leyendo y qué me dicen de Camus?

Me miran atónitos.

—¿Qué onda?, ¿es una broma?

—¿Qué te pasó?

—¿Ya no aguantas los toques?

Bato da una calada a su toque y señala hacia la terraza.

—¿Es la maestrita de allí fuera la que quiere examinarnos?

Gio sonríe.

—Ah, bueno, pues yo estoy leyendo *Dylan Dog*, y por lo que respecta a Camus, es una huev…

Pietra niega con la cabeza.

—¡Pero ¿qué dices?!

Gio insiste:

—Oye, que estoy seguro, y además cuesta un huevo, lo compré como regalo de Navidad de parte de mi padre para su director.

—Pero si te pregunta qué libro estás leyendo, puede que esté hablando de Albert Camus y no de una hueva, ¿no?

—Bueno, pero no es una respuesta desacertada...

Pietra me mira preocupado.

—Yo estoy leyendo *Escritos de un viejo indecente* de Bukowski, pero me leí *El extranjero* y también vi *El primer hombre*, una buena película, creo que de Gianni Amelio, pero ¿tú crees que somos mejores por eso? ¿O te hacemos quedar mejor? Y encima no me ha aportado nada, no salgo con ninguna mujer.

Bato le pasa el churro a Gio.

—Yo, en cambio, no he visto ni leído nada y estoy con cuatro mujeres.

Pietra abre los brazos.

—¿Lo ves? No hay reglas.

Salgo a la terraza y me reúno con Alessia.

—¿Y bien?, ¿qué te contestaron?

—Un poco de todo... Alguno conoce a Camus.

—Sí, ¿me lo dices para que esté contenta? Llévame a casa.

—¡Cómo, no, en serio!

Y se va así, sin despedirse de nadie, y yo voy detrás de ella.

—Oye, es verdad. Guido hasta ha visto la película de Amelio, *El primer hombre*...

—Ya, tal vez la película, pero no son gente de libros.

No lo quiso creer, y recuerdo que aquella noche intenté de todas las maneras posibles hacerla sonreír, decirle algo durante el camino para ponerla de buen humor, pero no lo conseguí.

Llegamos debajo de su casa.

—Adiós. —Me da un beso en los labios, pero casi como si se viera obligada, como si fuera la última cosa que le gustaría hacer, después sale rápidamente del coche, abre la reja y desaparece en el vestíbulo sin siquiera voltearse para esa última sonrisa que tanto me gusta.

Regreso a jugar con mis amigos, me siento a la mesa y se me ocurre a mí también hacerles una pregunta.

—¿Y el inventor del *Texas Hold'em* es italiano?

—Qué va, debe de ser americano...

—¿Seguro?

Gio parece convencido.

—Lo único seguro es que fue «inventado» en la ciudad texana de Robstown.

—¿Y tú qué sabrás?

—Lo leí en un artículo, lo comentaba Dotcom, es un fanático...

Y seguimos charlando así, ligeros, sin demasiadas complicaciones, luego Bato sonríe y me pasa el toque.

—Toma, relájate, Nicco, y no te preocupes... Aunque no tengas ni puta idea de nada, para nosotros está bien así.

Doy una calada y empiezo a jugar, divertido, y por un instante no me importa ni siquiera cómo irá la partida porque es uno de esos raros momentos en que de repente no piensas en nada, te relajas, tomas una cerveza y sientes que allí, entre esas personas, no existe ningún peligro, esos raros instantes de felicidad. Sí, estoy bien, e incluso dejo de pensar en Alessia, que a veces es realmente un poco demasiado complicada. Sí que es verdad, un amigo es alguien que lo sabe todo de ti y le gustas igualmente.

—¡Eh, mira, viene gente!

Un grupo de personas se detiene en la puerta de Maccheroni. Gio se levanta con increíble agilidad, ocupa las sillas de al lado, mueve algunas cosas de la mesa creando a su manera una falsa mesa llena de gente.

—Son extranjeros, creo que alemanes, no los quiero aquí al lado, a lo mejor ocupan un trozo de nuestra mesa, de este modo la tenemos a punto para alguna extranjera.

Cerca de la caja hay tres especies de armario estilo Franz Anton Beckenbauer y uno más pequeño que habla animadamente con el propietario, que después de haber mirado alrededor, también hacia nuestro lado, niega con la cabeza y sonríe intentando como puede hacerles entender que no puede ser, no hay sitio, pero al mismo tiempo preocupadísimo con la idea de que puedan enojarse. Aprovecho ese momento.

—Escúpeme en un ojo...

Gio se está comiendo unas papas que han dejado las Cuelafiletes.

—No lo necesitas... Tu vida ya es lo bastante complicada...

—¿Por qué?

—¡Porque tu hermana no quiere salir más con Pepe y la historia no se va a acabar porque tú intercambies cuatro palabras con él!

Como un poco más de *gricia* y me seco la boca, después le doy un trago a la cerveza.

—Sí, no sé por qué, pero toda esa historia no me preocupa...

—Yo no podría dormir. De todos modos, si es lo que quieres, cuando te acabes la *gricia* te escupo en un ojo...

156

Dejo caer el tenedor en el plato.

—Pero ¿ni siquiera quieres saber por qué?

—¿Ya no se te antoja la *gricia*? Me la como yo...

—Se me antoja muchísimo, es que como amigo me pones nervioso.

Gio sigue comiendo. En un lento goteo, aunque estén frías, las papas van desapareciendo una tras otra de los platos. De repente se para con una papa a medio camino y la usa como una batuta para revelarme no sé qué máxima:

—Un verdadero amigo no pide explicaciones, se queda a tu lado en silencio y, si es necesario, hace lo que le piden.

—Qué buena..., ¿es tuya?

—Sí. Tú me pides que te escupa en un ojo... Pues yo lo hago. Ya ves, lo mío es confianza ciega, tenía que decirlo.

Y levanta una ceja como diciendo «Éstas son las reglas del verdadero amigo», al mismo tiempo se mete una papa en la boca y empieza a masticarla, pero luego de repente abre unos ojos como platos, se atraganta, entonces la ingiere sin masticar siquiera, bebe un largo trago de cerveza y me mira atónito. Ahora se acuerda.

Asiento sabiendo ya que dirá ese apodo.

—¿Pozzanghera? ¡No! ¡Te lo ruego, cuéntamelo todo!

No tiene ninguna intención de escupirme en un ojo, es igual de curioso que un mono, mejor dicho, más.

—Es una perra, ¿a que sí? Dime qué te hizo, no, no, mejor, ¿qué fue lo primero? ¿Gritaba? ¿Gozaba? ¿Te la cogiste como a una enfermera borracha? ¿Parecía la monja de Monza, que hubiera vuelto sobre sus pasos? ¿Era como sor Paola en brazos de un ultra del Roma, o todavía peor, en la cama con Francesco Totti?

Lo último me hace morirme de risa. Gio tiene la capacidad de distorsionar la realidad, es realmente un artista en eso, quizá es algo que yo no había entendido realmente del todo y que, en cambio, a las mujeres les encanta de él.

—Por favor, escúpeme en un ojo y acabemos con esto, total, no voy a decirte nada.

—¡Pero cómo que no vas a decirme nada! ¡Carajo, acostarte con Pozzanghera! Todavía no lo creo... O sea, entonces estás realmente mal, no me había dado cuenta. —Me mira de repente preocupado—. La historia de Alessia te ha llevado al penúltimo paso...

—¿O sea?

—Después de Pozzanghera sólo queda el suicidio...

Me como el último macarrón, lo deslizo por el borde del plato como si fuera la bola de *rollerball*. Sí. *Rollerball*. La película que vi en Sky hace ya un tiempo. Era de 1975, pero ambientada en 2018, en un mundo sin naciones ni guerras, donde una de las principales fuentes de entretenimiento era el *rollerball*, un juego violento en el que dos equipos formados por corredores sobre patines de ruedas y en motocicletas se enfrentaban sobre una pista circular, con el objetivo de meter la bola en un agujero magnético. Ahora que lo pienso, hablaba de un hombre solitario que perdió a su mujer. ¿Fue por eso por lo que me gustó? Después recojo toda la mantequilla, el queso y la pimienta que queda y me lo meto en la boca, como mínimo al menos por este plato ha valido la pena venir hasta aquí.

—O sea, Gio, me parece que te estás pasando, ¿sabes? Pozzanghera también tiene cosas positivas...

—Sí..., claro. Ni a los perros se lo deseo.

Gio se ríe como un loco. Yo nunca he entendido esa expresión, sólo sé que a él le gusta muchísimo, y no sólo a él, incluso han hecho un camping en Talamone que se llama así, «Ni a los perros».

Bebo un sorbo de cerveza, después tomo un pedazo de pan y limpio el plato.

—No, en serio, Gio, por ejemplo, tiene unas bonitas piernas...

—Y ¿siempre las esconde?

—Debe de medir uno setenta y cinco..., incluso ochenta.

—Pero ¿estás seguro?

—Tiene un pecho redondo, de pera, ni demasiado grande ni
demasiado pequeño.

—Quizá has mirado a otra.

—Okey, dos grandes senos un poco caídos. Pero los ojos
azules, el pelo rubio...

—Sí, y las trenzas rubias y luego... Pero eso es de una canción
de Battisti. —Y de repente veo que Gio cambia de expresión y se
queda con la boca abierta—. Eso es, Lucio debería haber escrito
una canción especial para ella... —Y levanta la barbilla indican-
do la puerta.

Me volteo y veo a una chica desorientada, con una guía en
una mano y una pequeña bolsa colgada en bandolera. Mira a su
alrededor, es pecosa, tiene los ojos grandes, azules, y el pelo corto, lleva un collar de metal, moderno, con unos extraños trián-
gulos que se pierden entre dos senos perfectos, equilibrados y
turgentes, envueltos en un brasier no demasiado vistoso, justo
como es toda ella en el fondo. Lleva una falda larga azul oscuro,
unos zapatos planos, es muy guapa y muy extranjera, y tiene
una preciosa sonrisa que muestra al propietario del restaurante,
que se le acerca abriendo los brazos.

Interpreto ese gesto. «Lo siento, pero no hay una sola mesa...»

Pero a mis espaldas oigo un repentino estruendo. Gio se ha
puesto en pie de un salto, casi volcando la silla, lo ha echado todo
a un lado dejando libres los sitios que hay a nuestro lado y agita
los brazos como la víctima de un naufragio que lleva años en una
isla y ve pasar un barco por primera vez. Total, una escena a lo
Náufrago, sólo que él es más gordo y menos rico que Tom Hanks.

—Eh, aquí hay un sitio libre, ven aquí, estaremos encantados de atenderte. *Alò, aufidersen, parakaló, dasvidania...*

A ver quién da más, con ese extraño vocabulario extranjero, del tipo «conozcámonos en todas las lenguas del mundo». La chica nos ve y nos sonríe, después mira al propietario y le pide consejo, como diciendo «¿Qué hago? ¿Voy?» Y, en efecto, él también está algo perplejo, pero al final asiente, ¿por qué no?, y le indica con la mano derecha el camino hacia nuestra mesa.

La extranjera todavía lo piensa un momento, está reflexionando. Pero Gio abre los brazos y la mira con las palmas hacia arriba, la boca abierta, la cara sonriente. Entonces ella se encoge de hombros, sonríe y echa a andar hacia nuestra mesa con toda su belleza. En las otras mesas algunos se voltean a mirarla. Tengo que decir que es realmente muy guapa, pero cuando ven que se para donde está Gio se quedan con la boca abierta. Y a mí me gustaría decirles: «Muchachos, es que Gio es mucho Gio, Gio es una leyenda, Gio sabe cómo hacer las cosas...»

Y de hecho aparta la silla, la ayuda a sentarse, le da la mano y ella sonríe diciendo su nombre.

—Paula.

Entonces mira hacia la puerta, insegura, como si esperara a alguien, tal vez a su novio. Todavía no lo sabía, pero estaba esperando a mi futuro.

18

Gio la saluda como si la conociera de toda la vida.

—*Ciao*.

Ella sonríe y se dan un beso en la mejilla. Después Gio le dice algo más que sinceramente no entiendo, pero ella tampoco, creo. Y sigue hablando en un español sin ton ni son.

—*Questa* silla es *tuyo*. —Un poco romano, un poco español y un poco a saber qué. Después toma un vaso de una mesa cercana—. ¿Agua? —Y le sirve de beber.

—Sí, *grazie*. Estoy esperando a *la mia amica*.

Gio se sienta frente a ella.

—Yo Gio, y él mi *amico* Niccolò, Nicco *per te*...

Ella se gira, me mira y me sonríe.

—*Ciao*... —Me da la mano—. Paula. —Después la retira de prisa, se levanta y saluda a alguien a mi espalda—. ¡Eh, María, estoy aquí!

Y justo en ese momento se apagan las luces, no entiendo qué está pasando. Todo el local se sumerge en la oscuridad, me volteo y miro a mi alrededor, sólo veo las siluetas de la gente, como unos perfiles dibujados. Entonces la puerta de la cocina se ilumina un instante, sacan un gran pastel lleno de velitas y empieza a sonar el *Cumpleaños feliz*.

En una mesa cercana a la nuestra, un grupo de chicos y chicas aplauden ruidosamente.

«¡Bieeen! ¡Felicidades, Simona! Muchas felicidades, amor mío. ¡Felicidades, Simo!» Y, en la penumbra, se levantan de las sillas y abrazan y besan a la homenajeada, que, como hechizada, se echa a llorar emocionada. Mientras tanto, el pastel con las velitas avanza con las notas de la canción, iluminando las mesas que encuentra a su paso. De repente, detrás de los dos meseros, aparece ella, saluda divertida a Paula y le hace gestos de que no puede pasar. Es alta, tiene el pelo castaño oscuro, largo, le cae por encima de los hombros, sus ojos verdes sonríen acariciados por las velas al igual que sus blancos dientes. Es pecosa, tiene el rostro ovalado pero no demasiado, la nariz recta, una boca carnosa.

—*Ciao*. —Nos sonríe cuando llega a nuestra mesa y parece el regalo que iba dentro del pastel o el anuncio de una cerveza, de Martini, de un bar, de una isla o de un nuevo coche que hay que comprar en seguida, como sea, parece una de esas cosas que sólo se ven en las películas. Y, sin embargo, es real y se sienta a mi lado.

—*Ciao*, me *chiamo* María, *grazie* por dejarnos sentar en su *tavola*...

Yo asiento como si estuviera un poco alelado y sólo consigo decir:

—Nicco.

Entonces las dos chicas empiezan a hablar en un español cerradísimo, claro que si hubiera sido menos cerrado tampoco habría entendido gran cosa.

—Has visto qué atentos, hasta nos han limpiado la mesa...

—Tal vez estaban esperando a otra gente.

—Ya veremos...

—Pero a lo mejor no vienen...

Gio está muy solícito y amable. También le sirve un poco de agua a la segunda chica, después llama al mesero.

—Perdona... ¿No tendrías la carta en otro idioma, por favor?

—¿En cuál?

—Español, por ejemplo.

—Sí, en seguida. —Y así, después de unos segundos, el chico nos deja al vuelo las cartas en español sobre la mesa.

Gio abre una y se la pasa a Paula mientras yo abro la otra y se la doy a María, que me mira con curiosidad, me examina y me dice algo.

—¿Ya han *mangiado*?

El sonido es bonito. Y eso me hace lamentar por un instante la época de la preparatoria, cuando tuve la posibilidad de aprender español y en cambio estuve perdiendo el tiempo pendoneando, fumando con algún amigo en los baños o mirando los cómics de Bato. Traía *Dago* y yo me quedaba embobado, volvía hacia atrás en el tiempo. Las aventuras del reino de Venecia, de Celestino..., me dejaba transportar al pasado en vez de zambullirme en el futuro con el español.

—¿Has visto? ¡Y tú no querías venir!

—Sí.

Miro a María, tiene el índice apoyado sobre la sien y mira absorta los diferentes platos escritos en el menú. Con la otra mano rebusca en su bolsa tipo saco sin siquiera mirar, como quien ya sabe qué encontrará y dónde lo ha puesto. Entonces saca un lápiz de color pastel, deja la carta sobre la mesa, se recoge el pelo con las dos manos y lo ensarta con el lápiz, y se le queda así, en alto, sin molestarle más, y ella continúa ojeando la carta con la misma curiosidad.

—¿Tú entiendes bien qué son estos platos? —pide ayuda a su amiga.

—Sólo donde dice carne o pescado..., pero el resto no es fácil...

Gio para a otra mesera y pide dos cervezas más.

—¿*Voi* también *voléis*? ¿Quieren *birra*?

Las dos muchachas se miran un instante, después asienten sonriendo.

—Sí, *grazie*.

—Okey, pues cuatro Coronas...

—¡Qué cosa, siempre dicen «gracias»!

Gio se encoge de hombros.

—Son educadas...

La chica se aleja con el pedido.

Gio me abraza.

—Oh, pero ¿te das cuenta?... Hace un rato te enredaste con Pozzanghera y ahora, si todo va bien, te enredarás con una de éstas. —Señala a María con la barbilla—. ¡Del establo... a las estrellas!

—¡Cálmate!

—Si no nos entienden..., son extranjeras. ¿*Di dove* son?

Paula sonríe.

—España. —Entonces se dirige a su amiga—: ¿Qué vas a pedir?

—No lo sé. Les voy a decir que me ayuden.

—Pero si no te entienden...

—Pueden comparar con la carta en italiano.

—Okey.

Parecen contentas, no sé exactamente en qué se han puesto de acuerdo. María toma el menú en italiano y me lo pasa.

—*Io* te *dico* los *piatos* y tú los pides, ¿okey?

—Sí. —Estoy de acuerdo, aunque no lo he entendido muy bien.

—¿Qué es *questo*? —Me indica «macarrones a la *arrabbiata*».

—Muy bueno, *porta* jitomate... y... —Me dirijo a Gio—. ¿Cómo se dice «picante»?

—*Picoso*...

—Ya, okey, le cambias el final con «oso».

—Y añades una «s»...

—Eh, si no la habías puesto...

—Ah, ¿no?

—No. —Miro la carta. Me viene a la cabeza que hay un grupo, ¿cómo se llama?, ese que tiene lo picante en el nombre. Red Hot... Miro a María. Ella me sonríe—. *Non* me *ricordo* del *nome*... Es *come* Red Hot...

Y ella dice:

—¡Red Hot Chili Peppers! ¿Es *questo* lo que querías *decire*?

No. Así no lo va a entender. Bueno. Hago como si sorbiera por la nariz y cierro los ojos, intentando hacerle entender que pica, después agito la mano delante de la boca.

—¿Es *molto* caliente?

—No..., ¡pica!

—Ah, *va bene*. —Y se ríe como una loca. Y también Paula con Gio, que se le ha ido acercando.

Justo en ese momento llegan las Coronas, les han puesto una rodajita de limón dentro. Gio en seguida se las pasa a las chicas y a continuación brindamos, chocamos con fuerza las botellas, cruzándonos.

—¡*Per il* su tour *in* Italia, que se la pasen *bene*!

—Sí, y nosotros.

Gio golpea su botella con fuerza contra la mía.

—Por nuestro tour especial con ellas, ¡así nosotros también nos vamos a divertir!

—¡Gio! ¡Lo van a entender!...

—Qué van a entender. Mira, se ríen.

María indica otro plato del menú.

—¿Y *questo* otro? ¿Es *buono*?

Miro la carta en italiano. Lasaña con alcachofas. Ya ves, y ¿ahora cómo se lo explico? Ni la prueba más difícil del juego de adivinar con mímica. Hago rodajas en el aire con las manos para explicar las finas capas de la pasta laminada.

—Ah, *jamone?*

—No. —Sacudo la cabeza—. Jamón, no.

Señalo el nombre «alcachofas» en la carta en español y después lo trituro todo con un cuchillo, a continuación tomo pan, lo aplasto y lo pongo encima.

—*Bocadilli!*

Basta, desisto.

—Sí, de todos modos no vale mucho, *non* está *buono*... *Questo* mejor, es *gricia, io* he *mangiado* antes...

Se ríen.

—«*Gricia*»? ¿Como gris? *Questo* suena *come* un *piatto* triste... *Voi* los *italiani* son *tanto graciosi*! Espaguetis, guitarra, pizza, sol... Me encantaría liarme con un italiano.

—No seas tonta, a lo mejor pueden entendernos.

—Eh, Gio, ¿a ti qué te parece que están diciendo?

—Les gustamos...

—Sí, bueno... ¡Siempre ves las cosas como a ti te gustarían!

—Ten confianza. —Asiente con los ojos cerrados como alguien que se la sabe bien—. He entendido algunas frases, algunas palabras significativas de su charla, y...

—¿Y?

—¡Están por la labor!

—*Volemos gricia!* —gritan a la vez, y golpean la mesa con los tenedores como dos niñas que quieren la papilla. Se ríen y bromean, y en el local mucha gente se voltea a mirarnos.

Nos traen dos trozos de pastel de cumpleaños de la mesa de al lado. Nos volteamos a mirarlos. Hay una chica con el pelo negro, fleco y dos ojos grandes y oscuros que nos sonríe y levanta la mano.

—¡Gracias, felicidades!

Ella es la homenajeada, y a su lado está su novio, ligeramente gordo, que deja por un instante de comer con voracidad y la besa en los labios sin limpiarse antes, con toda esa crema amarilla que todavía le da más sabor al beso.

María toma con un dedo un poco de crema del borde de su platito y se lo mete en la boca.

—Mmm, qué *buono*. —Y me mira divertida con el dedo todavía en la boca, sin ninguna malicia.

Gio le cuenta algo a Paula, imita a una especie de canguro, brinca sobre la silla moviendo los brazos todo lo que puede, después imita una sartén en la que le da vueltas a algo y a continuación lo lanza hacia arriba, lo pesca al vuelo y se lo mete en la boca.

Llega el mesero.

—¿Y bien?, ¿ya saben lo que van a pedir?

Gio cierra la carta.

—Sí. Dos *gricie* al dente para ellas, un rollito a la romana para ella y una achicoria salteada... —Después me mira—: ¿Y tu María qué quiere?

Ya ha decidido que los emparejamientos quedan así. Cuando salgo con él, o en general con mis amigos, y hay mujeres por medio, es como si jugáramos a una especie de partida de Risk sexual. Durante la primera parte de la noche se hacen los primeros movimientos, alguna broma, se palpa el terreno, y una media hora más tarde como máximo las parejas ya se han juntado solas. Si sólo salimos dos, como en este caso, se necesita menos tiempo. El único problema es cuando somos impares y uno de nosotros se queda sin pareja, en ese caso en vez de Risk más bien tienes que jugar al Solitario.

19

María y Paula caminan delante de nosotros tomadas de la mano. De tanto en tanto, María se separa y se detiene a mirar algún escaparate. Paula se reúne con ella, entonces María le señala algo y Paula asiente. Via della Scrofa, la Isola del Sole, el Panteón. Miran a su alrededor iluminadas por el pasado de Roma, por esas fachadas, por esas iglesias, embelesadas, curiosas, de vez en cuando señalan algún monumento y dicen algo en español. Pero creo que, aunque lo entendiéramos, no sabríamos responder a sus preguntas.

Gio, aun así, lo hace.

—Sí, *in mile* cuatrocientos...

Ellas lo miran perplejas.

—¿Estás *seguri*?

—Sí, come *il cioccolato* italiano, es *il migliore*.

Entonces se dan cuenta de que Gio es un completo enredo, niegan con la cabeza, sonríen y buscan información de verdad en la *Lonely Planet*. Tomamos un helado en Giolitti. Doble de nata, chocolate y rompope. Gio nos ha obligado a elegir los mismos sabores, una dictadura gustativa. María y Paula lamen el helado con fruición, caminan delante de nosotros y no dejan caer ni una gota.

Gio tiene la mano llena de chocolate derretido, aun así quiere reafirmarse en su elección.

—¿Y bien? ¿*Cosa* les parece? ¿Tenía *ragione* al *dire* que *il cioc-colato* italiano es *il migliore* del mundo?

Ellas asienten lamiendo el barquillo.

—¡Sí! ¡Sí!

—Huy..., sí, sí. ¡Cómo me gustaría ser ese barquillo!

—Oye, Gio, ojo, que estoy seguro de que nos entienden.

—Pues bueno, aunque me entiendan, ¿qué tiene de malo? Es un deseo... dulce.

Y sigue comiéndose el helado.

Después de Giolitti proseguimos por via di Campo Marzio, pasamos por la piazza del Parlamento, vicolo della Lupa, salu-damos a unos amigos de Gio que están sentados en el Leoncino.

—*Qui si mangia bene* la pizza.

—¿Qué? —No lo entienden. En serio.

—Aquí la pizza es *molto* buena.

—Sí..., *geniale!*

—Un día *dobbiamo* probar...

Miro a Gio, sorprendido.

—Pues algo sí sabes...

—Son frases de canciones, sólo eso...

—Ah...

—¡Pero funcionan! Es más, hay veces que, como todas son frases románticas, también son las que quedan mejor.

Giramos por via Tomacelli. Estamos delante del Ara Pacis, después delante de Gusto, luego en via Ripetta. De tanto en tan-to se les acerca alguno, intenta decirles alguna frase simpática, pero después se va. En cambio, cuando no las dejan en paz, Ma-ría y Paula se voltean hacia nosotros.

—Gio, Nicco..., *per favori...*

Pero ni siquiera tenemos que sacarnos las manos de los bol-sillos, aquí la cosa funciona así: si te las has ligado tú, son tuyas y punto. No hay que pelearse, no hace falta, hay extranjeras para todos. Y de ese modo seguimos nuestro paseo con esas dos espléndidas chicas delante de nosotros. Se me hace extraño. Siempre he pensado que sólo los rufianes, con su ropa brillante, el cuello abierto y enorme, las camisetas de red, las chamarras ajustadas a la cintura, los cinturones D&G con la hebilla enorme, la gorra Louis Vuitton o Gucci e idénticos zapatos Fendi, tienen éxito con las extranjeras porque son vistosos, llevan el pelo engominado, una sonrisa deslumbrante, tenis deportivos con los tacos de goma y los jeans superajustados con la cintura baja. Pero esta noche la leyenda se ha venido abajo. Me planteo una duda: ¿no será que nosotros también somos unos rufianes? No me da tiempo a contestarme porque María me toma de la mano.

—¿Nos puedes *portare* a ese *ponte*..., el que tiene las cerraduras de *amore*?

No sé muy bien de lo que está hablando, pero entonces María señala el candado de una bicicleta atada a un poste y lanza una hipotética llave por detrás de la espalda, después me mira sonriendo.

—El *ponte* del *amore*... ¡En España *tutto il mondo* habla de ello!

Gio entonces lo entiende.

—¡Ah, órale, éstas quieren poner un candado con nosotros! Moccia, qué grande eres... ¡Esta noche cogemos!

Y así, al poco rato, estamos en el ponte Milvio. Hay algunos chicos sentados en el barandal. Está lleno de inscripciones y de cervezas medio vacías. Paseamos en la penumbra de los faroles. Gio hasta lleva a Paula tomada de la mano, ella lo escucha, no oigo lo que dice, pero es fenomenal: un montón de tonterías en todos los idiomas del mundo.

Se nos acerca un tipo de color y en seguida otro con una gorra en la cabeza.

—¿Hachís, coca, marihuana?

Parecen esos que van por el cine o por el campo de futbol: «Cerveza, papas, Coca-Cola...»

Los esquivamos. Después Gio ve algo, se aleja y regresa al cabo de un instante.

—Eh, aquí están. Toma, ¡*questo* es para ustedes!

No sé cómo, pero Gio ha conseguido encontrar unos candados.

—Se los he comprado a ese marroquí de allí. ¡Era el único que no vendía caro! Quería diez euros, pero he negociado, ¡me debes cinco!

—Pero, perdona, ¿cuánto te han costado?

—¡Cinco! ¡Pero no te cobro la mano de obra!

Gio desaparece con Paula. María, al ver el candado, está supercontenta, salta como una niña, lo toma y me mira.

—¿*Andiamo* también?

Me hace una señal con la cabeza hacia el barandal.

Hay una cadena en el tercer farol, la han puesto hace poco.

—Me gustaría *metterlo* con *te*, pareces muy buen *ragazzo*, tal vez te ha pasado *qualcosa* porque se te *vede* un poco triste, pero *in certo* modo eso *ti fa* incluso más *dolce*..., ¿sabes?

No sé lo que ha dicho, pero por cómo me mira debe de ser algo bonito.

—Sí. —Siempre digo que sí.

De modo que vamos al tercer farol, atamos el candado a una cadena, nos ponemos de espaldas y lanzamos a la vez la llave al Tíber. María se asoma en seguida por el barandal para seguir el vuelo, pero ya la ha perdido de vista, o tal vez no.

—¡Sí, allí está! —La señala en el Tíber—. La *ho* visto. ¡Qué bien! —Está completamente feliz, se voltea hacia mí y me da un beso en los labios—. *Geniale*, eres tan *dolce*.

Después me toma de la mano y pasamos por delante de Gio,

que naturalmente ha llegado más lejos. Está como enroscado encima de Paula, la ha hecho sentar en el barandal, la abraza y la besa apasionadamente. O sea, lleva saliendo más de un año con dos chicas de Roma, se ha enredado hace poco con la jovencita del bar y ahora besa a una extranjera en el ponte Milvio. Supera la más optimista de mis previsiones.

Después Gio se aparta de Paula.

—¡Ah, están aquí! ¿Han puesto el candado?... ¿Has hecho el tortolito?

—¡¿Yo, eh?! ¡Tú sí que hacías el conejito cachondo!

—Qué va, ya he visto que ésta no está por la labor...

—Y ¿por qué?

—He intentado encontrar la combinación del cinturón y en seguida me ha parado la mano... ¿A ti cómo te ha ido? ¿Has probado a besarla?

—Sí...

—¿Y bien?

—Muy bien.

—Estupendo, Nicco... ¿Lo ves?, cuando te lo propones, puedes aspirar a mucho más que a una simple Pozzanghera. Aunque allí, por mucho que no me lo quieras contar, estoy seguro de que te cubriste de gloria..., ¿verdad? —Y diciendo esto se inclina hacia adelante con un salto felino y me pellizca entre las piernas con un doble silbido.

—¡Fiu, fiu!

Doy un salto instintivamente.

—¡Para ya!

María y Paula, al vernos, se ríen como locas. Justo en ese momento pasa Bato con dos chicas.

—Eh, qué bien se lo pasan, ¿no?

A una la conozco, va a la universidad, la he visto alguna vez en Daniele, en piazza Bologna, donde te ponen algo de picar por dos euros. Puede que la chica incluso conozca a Alessia. A la otra, en cambio, no la he visto nunca. Es muy guapa. Lleva un *piercing* en la nariz y dos en la oreja derecha. Tiene el pelo castaño oscuro, bastante fino, que le cae por los hombros, y lleva un ligero vestido azul ciruela que se le desliza por el cuerpo dejando adivinar que no lleva brasier.

—Ella es la que hizo el póster que tengo en mi habitación.

—Ah, sí, muy bonita... —Finjo saber a qué se refiere.

Me mira, pero no parece muy convencida.

Gio, como siempre, se escabulle de cualquier posible conflicto.

—Bueno, nosotros nos vamos, nos llamamos luego...

De causalidad encontramos una mesa delante del quiosco y nos sentamos. Está lleno de gente. Miro a mi alrededor, no veo a nadie conocido pero, total, tampoco hay ninguna razón por la que deba preocuparme, por desgracia.

Gio, en cambio, que sí podría tenerlas, está más tranquilo que yo y pide algo para las dos chicas.

—Yo tomaré un ron, ¿y tú?

—¡Quizá otra cerveza, una Corona si tienen!

—Les voy a hacer probar un chupito, ¿okey? Ya verás, les gustará un montón, ¿están de acuerdo?

—¡Sí!

—Qué bien, siempre dicen «sí» y «gracias». ¿Dónde está el truco?

—Siempre hay un truco...

—Ah, ya...

Poco después llegan las bebidas, Gio mira la cuenta.

—Pero veinticuatro euros... Sí que van fuertes, estos del quiosco. Tenemos que hacer un fondo común cuando salimos...

—Ah, claro. —¡Sí, pero lo único que es común es el hecho de que comemos en la misma mesa! Con la excusa de que yo trabajo, Gio me lo hace pagar todo.

Hago el gesto de sacar la cartera de los jeans cuando María me detiene.

—No, nos gustaría *pagare*, al menos *questa volta*. Ustedes lo están pagando *tutto*.

Quiere pagar. Se gira para tomar la bolsa del respaldo de la silla, pero ya no está.

—¿Me estás jugando una broma? ¿Dónde está? —pregunta a Paula.

Su amiga se voltea hacia ella.

—No, no he sido yo... ¿De verdad crees que haría algo así?

—Me la han robado todo..., dinero, cheques de viajero, la tarjeta de crédito, el pasaporte, incluso mi iPhone...

Hablan en español y están muy nerviosas.

—*Cosa succede?*

—¿Hay *qualcun* problema?

—¡Sí! —María sigue hablando en español y muestra la bolsa de su amiga, después señala el respaldo y nos hace ver que ella ya no la tiene.

—¡Te la han robado! ¡Mierda, sólo faltaba esto! Quédense aquí. Venga, Gio, ven conmigo. El que la haya robado no debe de estar muy lejos, ¡será uno de esos niñatos idiotas que quiere comprarse hierba y se le ha terminado el dinero de papá! Tú ve por allí, ¿okey?

Nos separamos, corriendo por un lado y por el otro del puente, mirando entre la gente en busca de algún movimiento raro, de alguien escondiéndose o, peor aún, tirando una bolsa al río. Nada, no veo nada. Camino agachándome de vez en cuando, intentando mirar entre las piernas de la gente por si la han tirado por el suelo después de sacar el dinero. Nada. De tanto en tanto choco con alguien.

—Perdona, perdonen...

—¡Oye, mira por dónde vas!

—Tienes razón, lo siento...

Hasta que me golpeo con alguien y por poco acabo en el suelo. Vacilo por el porrazo, pero recupero el equilibrio y me levanto antes de caerme del todo.

—Pero ¿adónde carajo vas?

No lo puedo creer, es la última persona con la que habría querido encontrarme.

—De modo que lo haces a propósito... —Se planta los puños en las caderas, los músculos centellean bajo su camisa, lleva las mangas remangadas y los antebrazos están llenos de tatuajes y, por si no fuera suficiente, el trapecio está abultado como si debajo del cuello de la camisa se hubiera quedado una percha de las grandes.

—Ejem, no..., o sea, perdona, Pepe...

Nos quedamos un instante en silencio. Ahora me hará pedazos. Me va a dar un puñetazo que no me encontrarán ni en el Tíber. Me va a dar una patada en los huevos que me enviará a la mierda, directamente a los coros infantiles de verano. Me va a dar un simple madrazo y de todas formas me desmayaré. Pero ¿cómo puede mi hermana haber salido con alguien así, que apenas te toca y ya te rompes? Para mí Valeria es una verdadera incógnita, y ¿ahora con quién sale? Con el Poeta. Y Pepe está enojado con Valeria, con el Poeta... y conmigo.

—No, perdona, Pepe, en serio, no quería, no te vi. Es que estoy buscando una bolsa...

—¿Una bolsa? —Aunque parezca raro, eso le interesa.

—Sí, la bolsa de una chica... —Y entonces se lo cuento todo, con todos los detalles—. Hemos cenado en Maccheroni...

—Sí, lo conozco...

Sigo hablando del paseo, omito lo del candado, demasiado romántico.

—Y hemos llegado aquí... —Le explico que en la bolsa lo llevaba todo, le hago una descripción incluso algo exagerada—. Y, como siempre, los italianos damos una imagen pésima...

—Está bien, vuelve a la mesa y no se muevan de allí.

Entonces se va en la dirección opuesta a la mía. Mientras se aleja, veo que toma el celular del bolsillo y llama a alguien.

—Oye, Gianca... Soy yo.

Después ya no oigo nada. Vuelvo a la mesa. Paula y María me ven desde lejos y me miran esperanzadas. Cuando estoy cerca, María niega con la cabeza como preguntando: «¿No has encontrado nada?»

—*Niente*, lo siento.

En ese mismo momento llega Gio por el otro lado.

—Nada, ¿eh?, por ahí abajo no se ve una mierda, está completamente oscuro. ¡Si han tomado el dinero y el celular y han tirado la bolsa a los arbustos de la orilla del río tendremos que volver mañana cuando haya luz! —Después se dirige a las dos—: *Forse* será *meglio cercare* la bolsa..., ¿cómo se dice «bolsa»?

—¡Ni idea! Quizá se dice paquete.

—No, qué va. Oye, mañana tenemos que traer un diccionario.

—Pero ¿no puedes mirarlo en el iPhone?

—¡No lo sé, pero aquí hay tan poca señal que antes de que encontremos la palabra y la traduzcamos ya nos habremos olvidado de lo que estábamos hablando!

—Es *meglio* venir aquí otra *volta* mañana, con el sol. Esperando que no llueva, ¿eh?

Las extranjeras asienten disgustadas.

—Sí, *va bene*.

Gio me mira.

—¿Qué hacemos?, ¿pagamos?

—Pues sí, pago yo, ¿no?

—Vaya, no te ha salido bien...

176

—¿Por qué?

—Porque por una vez que querían invitar ellas, van y le roban la bolsa.

—¡Y eso qué importa! ¡Lo peor es que como siempre quedamos supermal!

—Perdona...

Me volteo y delante de mí hay un chico con aspecto espabilado y el pelo largo engominado peinado hacia atrás a la última moda.

—¿Eres Nicco?

—Sí, ¿por qué? ¿Qué ha pasado?

—Nada, tranqui. Quieren que vayas a la caja.

Gio se ríe.

—Han visto que ibas a pirarte...

Chasqueo la lengua. Me alejo de la mesa detrás de él.

—Por aquí.

Me hace entrar en el quiosco. Al lado de la caja, apoyado en la barra, hay una bolsa. A su lado está Pepe, tiene un pasaporte español en la mano.

—¿Es esta de aquí? María... —Lo abre y me lo pone delante de la cara.

Me parece ella, aunque en la foto tiene el pelo más oscuro, pero la forma de la cara, las pecas, los ojos..., es ella.

—Sí... —lo digo con la voz algo insegura. Carajo, tampoco hacía falta. Me la aclaro un poco—. Ejem, sí. Es ella.

—¡Pues toma! —Y me arroja la bolsa golpeándome en la panza—. Así no tendremos tan mala fama.

Acuso el golpe pero no dejo que se note.

—Gracias. ¿Qué tengo que hacer? ¿Tengo que dar algún dine...?

—No.

—¿Al menos puedo invitar a alguien a algo? No sé, ¿una ronda de cerveza?

El muchacho del pelo engominado mira a Pepe con curiosidad y quizá también un poco esperanzado.

Pepe levanta una mano.

—Está todo arreglado. ¡He querido que vinieras aquí a recogerlo, así puedes decir que lo has encontrado tú y ella estará contenta!

—Sí... —No sé qué más decir—. Okey. ¿Seguro que no puedo invitar a nada?

—No, en serio...

Entonces asiento, me volteo y me dispongo a salir.

—Ah, Nicco...

Me paro en la puerta del quiosco.

—¿Sí?

—Cuando te la cojas..., piensa en nosotros dos.

Pepe y el chico engominado se echan a reír. El chico exagera un poco, parece que se esté desternillando, tanto que al final Pepe le da un madrazo en el hombro que lo desplaza unos metros.

—Ah...

No digo nada y salgo.

Estoy solo en medio de la gente, llevo la bolsa en la mano y todavía oigo que se están riendo. De repente una imagen me viene a la cabeza: a mi hermana en la cama con Pepe. Intento no pensar en ello y al final consigo borrarla. Llego delante de nuestra mesa.

María está charlando con Paula, parece divertida, para nada preocupada. Cuando se voltea, me ve y me sonríe, entonces levanto el brazo mostrándole la bolsa.

—¿Es *la tua*?

—¡Vaya!

Se levanta de golpe, vuelca la silla a su espalda y me salta encima.

—*Incredibile!* —Me envuelve con sus piernas largas y me llena de besos, en la mejilla—. ¡Gracias! ¡Gracias!

Yo doy vueltas con ella, que me envuelve con su falda de mezclilla que se ha levantado un poco, y todo el mundo me mira con curiosidad, alguien incluso aplaude. Un chico dice algo a otro que tiene al lado, no entiendo bien el qué, pero luego leo en los labios lo que le responde el otro.

—Sí, está muy buena...

Y entonces yo, como un estúpido, miro a lo lejos entre la gente, hacia la entrada del puente... Ahora me gustaría que llegara ella, se está riendo con una amiga suya, luego nos ve y deja de reír, no le sienta bien, pero después corre hacia mí y me dice: «Sí, Nicco, es verdad, ¡lo siento! Quiero decir que me he equivocado en todo, pero hazla bajar.» Sin embargo, Alessia no está. Qué raro, no había vuelto a pensar en ella hasta este momento.

María se aparta y me mira a los ojos.

—*Grazie.*

Después pone las manos en mis mejillas y me da un beso en los labios, más largo que el de antes y, a decir verdad, también más bonito.

20

Y de este modo la noche continúa, y María y Paula nos miran con distintos ojos. Parecemos un par de chicos que controlan la situación, los cabecillas del lugar, los amos del ponte Milvio... Sólo Gio no acaba de entenderlo.

—Pero ¿cómo es posible?, digo, Pepe tenía que matarte a golpes y en vez de eso te arregla la noche, y de paso a mí también. No, o sea, ¿te das cuenta? Tendremos que darle las gracias a Pepe si esta noche cogemos...

—¿Otra vez? Mira que estás obsesionado. ¡O sea, si ya desde el principio piensas así, lo vas a arruinar todo! Yo es que no te entiendo, ya tienes dos novias y ahora encima la del pub, pase lo que pase con la extranjera ¿no podrías simplemente disfrutar de la noche? ¿Qué hambre sexual atávica te empuja a cogerte a una tras otra? Pietra seguro que tendría una explicación...

—Pues claro, él lo entiende todo. Eres tú el que me parece que no ha entendido nada...

—¿Qué quieres decir?

—Nada, lo que he dicho.

—¿O sea?

—O sea que no puede ser que sólo porque alguien haya leído un montón de libros, Jung, Popper, Kafka, Nietzsche, todo ese rollo, luego también sepa cómo es la vida. Ten en cuenta que en internet puedes encontrar un montón de frases de ésas.

—¿Y qué?

—Pues que sólo hay que hacer clic y cualquiera puede hacerse el interesante...

—De acuerdo, basta, desisto, o sea, no he entendido nada de Guido Pietra, no he entendido su filosofía... Así que, según tú, tiene una visión del mundo completamente distinta de la nuestra sólo porque se sirve de la cultura...

—Eh, y ¿yo qué he dicho?

Nada, no hay manera, y pensar que Pietra era el único al que Alessia salvaba.

—Es feo... ¡Pero cuando habla es incluso mejor que Totti!

—Te doy la razón —decía yo—, ¡pero vaya comparaciones haces, cariño!

Y ella se reía...

—¡Sí, pero es gracioso!

Ya basta de recuerdos. Y justo en ese momento María me toma por debajo del brazo y apoya la cabeza sobre mi hombro. Luego me dice casi susurrando:

—¿Nos estás llevando a *vedere* los lugares *più* románticos de Roma? ¡Nos gustaría *fare* un tour *latin lover*!

Entiendo que quieren dar una vuelta.

—Oye, ¿adónde las llevamos ahora?

—¡Yo me ocupo, no te impacientes, sube al coche!

Gio baja la capota del Tigra y deja pasar a las dos chicas detrás. Yo me siento delante, me pongo el cinturón y me volteo hacia ellas:

—¡*Comincia* el tour!

Ellas se ríen.

—*Stiamos* saliendo del ponte Milvio. Ahora vamos a uno *dei più importantis luoghi di* Roma...

—Eh, ¿adónde las llevamos?

—Madonnina, *andiamos* a la Madonnina.

—Ahhh —dicen maravilladas las dos extranjeras mientras un instante después, a toda velocidad, Gio sale flechado por la Camilluccia, piazza Walter Rossi, después via Trionfale y, más abajo, deja atrás Villa Stuart y llega al Zodiaco.

Bajamos del coche. Un cartel anuncia el paseo de los enamorados. Naturalmente, en esa valla también han colgado un montón de candados, pero las llaves las han tirado a los arbustos: el Tíber puede verse, pero está a unos kilómetros.

María y Paula sacan unas fotos.

—Eh, tú, ¿nos sacas una a todos juntos?

Un jovencísimo chico de Bangladesh toma la cámara de María.

—Oye, y no te escapes, ¿eh?

A saber si entiende el italiano.

El chico sacude la cámara entre las manos.

—¿Con esto? Ya ves..., ¡por esto no me dan ni un barquillo de una bola!

Menos mal que a lo mejor no entendía el idioma.

—¡Toma alguna más!

Después nos devuelve la cámara, le alargo un euro y él se aleja mientras nosotros seguimos con nuestra ruta.

—Y *questo* es el camino panorámico, muy *pericoloso*, peligroso. Aquí un *sacco* de *macchine* correr mucho...

Gio escucha mi español.

—Tienes algo en la boca, ¿eh?...

Mira a las dos.

—Él *mangia* algunas palabras *spagnole*, ¿eh?

—Tiene un español *molto* sexy. —Y las dos se ríen.

María se levanta y se sienta en el borde de la capota, después ayuda a Paula a reunirse con ella, se toman de la mano y con la que les queda libre se sujetan a la capota para no acabar en el suelo.

—¡Uoooooooo! —gritan las dos a la vez envueltas por el viento cálido de esta espléndida noche de mayo, y entonces grito yo también.

—¡Sííí!

E inmediatamente después, Gio, que naturalmente sigue siendo el mismo de siempre:

—¡Gracias, Pepeeee!

Un rato más tarde estamos en el bar Dom, en la zona de Monti, en la via degli Zingari, 49. Entramos y nos sentamos en la pequeña sala. Está vacía. En seguida viene una chica delgada, alta, muy elegante, perfectamente en sintonía con esta champañería.

—¿A qué puedo invitarlos?

Gio me da un codazo y muy bajito me dice:

—¿Y eso por qué?, ¿aquí no se paga? O sea, ¿tú no pagas? Ahora veo por qué has querido venir.

Ni siquiera le contesto.

—Nos gustaría probar algo bueno.

—Les aconsejo un Antinori rosado que acaba de salir, se llama Gherardo, o si quieren burbujitas, Ca' del Bosco, un excelente Franciacorta.

—¿Y para ellas? —Gio las señala—. ¿No hay algo más original? Son españolas...

La chica sonríe.

—Nuestro barman prepara un coctel que se llama la Bomba Roja, por la selección de futbol.

—Y ¿qué lleva?

—¡Es un negroni con ginebra y ron! Una verdadera bomba.

Gio se relaja contra el respaldo del sofá.

—¡Perfecto! ¿Cómo te llamas?

—Chantal.

—Para ellas, la Bomba Roja, Chantal. Para nosotros un espumoso, el que tú elijas...

La chica se aleja.

María y Paula sienten curiosidad.

—¿Una Bomba Roja? ¿Es *forte*? ¡Mira que *io* me emborracho fácilmente!

Están preocupadas por la bebida.

—No... ¡Es suave!

—*Va bene*... ¿*Come* has podido *trovare* la bolsa? —Y señalan la bolsa de María.

—Oh, bueno, *niente*... Estuve investigando.

No me entienden.

—*Come* Sherlock Holmes... —Hago ver que tengo una lupa y busco por el suelo.

María se ríe un montón.

—¡Oh, Sherlock Holmes! Hicieron una película sobre *lui*. *Senti*, tú te pareces al *suo* ayudante, *sai*...

Me señala.

—¡*Ti sembras* a Jude Law!

Gio se ríe un montón.

—¡Ya, ojalá!

—¡No, es *vero*! —María está convencida del parecido—. ¿*E chi* es Pepe?

Gio y yo nos miramos, incómodos.

María insiste.

—Justo *prima* tú has gritado «¡Gracias, Pepeee!». ¿*Per* qué? ¿*Cosa* ha hecho?

Gio y yo nos miramos otra vez.

En ese preciso instante llega Chantal y nos salva en todos los sentidos.

Gio es superrápido.

—¡Pepe nos ha indicado esta champañería! ¡Pepe nos ha *enviato* aquí a beber *questa incredibile* bomba de la roja!

María y Paula toman sus copas, nosotros las nuestras, las

alzamos a la vez y nos estrellamos en un ruidoso y festivo tintineo.

María y Paula gritan al unísono:

—¡Y *grazie*, Pepeeee!

Nosotros estallamos en risas, después pedimos otra ronda y empezamos a hablar en español no se sabe cómo, pero ellas se ríen y poco a poco parece que nos vamos entendiendo o, por lo menos, entre una copa y otra, creo haber entendido esto: las dos van a la universidad, en este momento María no tiene novio y Paula sí.

Gio se encoge de hombros.

—*Io* no soy *geloso*.

Paula le da un golpe en el hombro. Hacía mil años que querían venir a Italia y estarán unos días en Roma y al final quizá vayan a Grecia o a nuestras islas italianas.

—*Come* Sicilia, ¿no es así? O *Sardinia*...

—Cerdeña.

—Ah, Cerdeña, qué *bello*, he visto fotos *di questa isola*, es encantadora, la playa es *bellissima*...

—Sí... —Gio parece especialmente conmovido—. En el norte de Cerdeña está el Billionaire de Briatore y las villas de Berlusconi...

—Aparte de que el Billionaire ha cerrado, ¡a ellas qué más les da! ¿Qué les cuentas de Briatore y Berlusconi?

—Ya verás cómo los conocen. ¿Verdad? ¿Ustedes conocen bunga-bunga?

—¡¡¡Oh, sí!!! Lo hemos leído en los *giornalis*. ¿Son *amicos* suyos? Hacen unas fiestas *incredibiles*...

—Sí, por supuesto. Salimos a diario con ellos...

—Oh, no *possiamo andare*, ellos viven en *Milano*... —Se miran y se ríen. Cada vez estoy más convencido de que entienden perfectamente el italiano y nos están tomando el pelo.

A continuación nos terminamos las bebidas. Chantal nos prepara la cuenta y después de pagar salimos. Caminamos por las estrechas callejuelas del barrio de Monti. Últimas tiendecitas poco iluminadas, como residuos partisanos que resistieran su antiguo pasado como burdeles. Una mujer gorda, con unas medias demasiado apretadas para sus doloridas piernas y una camiseta roja, tiene unos pechos enormes. La acaricia una luz mortecina que le oculta fácilmente el rostro ajado, la nariz algo pronunciada y el pelo amarillo, estropajoso, sujeto en lo alto con una enorme pinza de carey. Lleva unos zapatos ruidosos que hacen resonar sus pasitos cortos en el callejón y que marcan ese tiempo que para ella parece no pasar.

—Por aquí, vengan por aquí, hay una cosa buenísima.

María mete su brazo por debajo del mío.

—¿Es una *altra* de las sugerencias *di* Pepe? —Me mira con malicia y yo ya no entiendo nada, quizá estoy más borracho que ella, ¡y eso que no me he tomado la Bomba Roja!

Entramos en Ciuri Ciuri, en via Leonina.

—¡Bueno, esto es como estar en Sicilia!

—Sí, la Sicilia.

Se sientan a la barra y Gio las abraza. Después, se dirige al mesero.

—Amigo, déjales probar un poco de todo a las señoritas...

—Pues claro, haré que se desmayen con los sabores. —Y en un instante pone sobre la barra unos pequeños platos de *panelle*, una especie de buñuelos de garbanzo, y también un *sfincione*, pizza siciliana, y bombas de arroz.

María y Paula lo prueban todo.

—Esto es *salato*... Sal. Quiero decir salado... ¡Y ahora más cosas! Algo *dolce*.

Lo miramos, lleva su nombre escrito en una placa prendida en el delantal negro. Es simpático, este Giuseppe. Después, María y Paula piden el postre: *cassatina*, que lleva requesón y fruta, y *cannolo*, unos tubitos también con requesón.

—¿Quieren el de Palermo o el de Catania?

—¿Qué diferencia hay?

—El de Catania lleva canela, el de Palermo sabe a chocolate. Pero es una discusión que todavía dura. Para mí están ricos los dos, y también los de Messina y Trapani...

—¡Pues déjaselos probar los dos!

Pues claro, Gio, ¿qué problema hay? Total, pago yo... Abro la cartera sin que se den cuenta, menos mal que llevo la tarjeta de débito y la de crédito, en realidad esta última es para los gastos de la oficina. Y ¿María y Paula no querrían comprarse una bonita casa en Roma? Al final, después de probar un granizado de almendras y pistaches, salimos del bar.

—¡Mmm..., delicioso! *Inolvidabile! Mai* he comido cosas *tanto* sabrosas. ¡Me acabo de echar *due quili* encima!

Y paseando llegamos al puente de madera que pasa por delante del Coliseo. Está completamente iluminado. Las oigo hablar. Paula abre la *Lonely* y busca la página adecuada, María mira el dibujo y señala algunas cosas en la parte baja del Coliseo.

—Sí, es cierto. Deben de ser las ruinas romanas, son increíbles...

—Sí —dice Paula—. ¡Es más espectacular de lo que me imaginaba!

Gio, aunque no entiende nada de lo que están diciendo, se mete en la conversación.

—¡Sí, como *Gladiator*! ¿Han visto *il film*? ¿Qué *vi è sembrato* Russell Crowe? Tiene un *gruppo di* cantantes y suena... —Me mira—. ¿Se dice así? Bueno... *Lui suona* la batería.

Empieza a imitar un redoble de tambores con unas baquetas virtuales como Bonzo de Led Zeppelin.

María y Paula llevan el compás, después se hacen sacar una

foto todos juntos con el Coliseo a la espalda. Poco después subimos al coche y Gio cierra la capota, empieza a hacer fresco. Gio ha querido cambiar la disposición de los sitios, de este modo, ha dicho él, hay más posibilidades de calentar a las chicas.

Voy sentado atrás al lado de María. Ella mira por la ventanilla, sigue con curiosidad las imágenes de Roma que pasan por delante de nosotros, como una película en color con una luz perfecta y llena de figurantes. María lo mira todo con mucha curiosidad y de vez en cuando se echa hacia adelante, atraída por las luces de un local o por un grupo de chicos que entran en algún sitio o están parados charlando, apoyados en los coches o en el borde de las fuentes.

—¡Oye, mañana estaría bien ir a dar un paseo en uno de ésos!

María le dice algo a Paula, ella también está de acuerdo.

—¡Me parece que quieren dar una vuelta en el coche de caballos, he visto que lo señalaba!

—Muy bien, Gio, muy perspicaz, pero mañana invitas tú...

—¡Perfecto! —Gio sonríe a Paula—. ¡Claro, *domani* lo hacemos *tutto* juntos!

Y le toma la mano. Paula lo mira, le sonríe y después con ternura se inclina completamente hacia la izquierda y se apoya en su hombro. María, en cambio, sigue mirando por la ventanilla, es como si no quisiera darme muchas confianzas. Tiene las manos sobre la falda, una junto a otra. Le acerco la mía como para tocarla y justo en ese momento ella se mueve en el asiento. La aparto en seguida y me quedo quieto, aguantando la respiración. Poco después lo intento de nuevo y lentamente acerco mi mano a las suyas y la toco. Ella primero se sobresalta un poco, pero después alarga las manos, me toma la mía y la aprieta con fuerza entre las suyas. Se queda así, como si nada, mirando hacia afuera. Pero para mí es una pequeña victoria, tal vez tonta, pero una victoria al fin y al cabo. Naturalmente, es inútil decir que Gio y Paula se están besando, y él sólo se aparta para vigilar que no acabemos en el Tíber.

Después estacionamos el coche en via del Tritone. Gio y Paula caminan delante de nosotros, él está intentando convencerla de continuar la velada en su habitación. Sólo he oído «en tu *camera*» y «yo sólo quiero *parlare* toda la *notte*», y después a ella riéndose y negando con la cabeza con decisión: «No, no es *possibile*...»

María me toma del brazo y apoya la cabeza en mi hombro, y así, mientras ellos siguen caminando hacia el hotel, nosotros giramos a la derecha hacia la Fontana de Trevi. La plaza está vacía, nos encontramos a un marroquí que en seguida intenta vendernos flores, pero digo que no con la cabeza y al poco rato desiste. Después lo pienso mejor. Voy detrás de él, le doy dos euros y tomo una rosa. Se va sin siquiera discutir ni decir gracias, nada.

María está allí, en medio de la plaza ahora vacía. Me reúno con ella y le doy la flor.

—Para ti. Un *fiore* para un *fiore*...

Ella la agarra, se la lleva a la nariz, la olfatea con fuerza. Yo sólo espero que no se caigan todos los pétalos, que me parece que ya peligran. Pero no, consiguen aguantar.

Entonces ella sonríe y empieza a hablar más de prisa de lo normal.

—Estoy tanto *felice* de estar aquí, ¿sabes que *questa notte* no quería ir a Macaroni? Habíamos *riservato in* otro *posto*, pero se nos hizo tarde y nos quedamos *senza tavola*. Debe de *essere* cosa del destino..., quizá no nos habríamos *conoscere*.

A juzgar por sus ojos y su sonrisa, seguramente me ha dicho unas cosas preciosas, pero yo no sé qué contestarle, de modo que simplemente le digo de manera natural:

—He estado saliendo durante un año con una chica y hemos roto hace poco. Siempre pienso en ella, aunque Gio y los demás no hablan de ello, no dicen nada. Tú eres muy guapa y yo siempre he soñado con tener una historia con una extranjera. Veía que eso siempre les pasaba a los otros, aunque fueran mucho más rufianes que yo... Bueno..., no es una declaración de amor de esas tan bonitas que se ven en el cine, pero...

Miro al cielo.

—La luna está alta y está lleno de estrellas, y una estrella parece haber venido hasta aquí, a encontrarme.

—¿*Vuoles* besarme? ¿*È questo* lo que quieres decir con todas *queste parole*? ¿No lo he *capito*? Eres gracioso... y eres *dolce* y me *piaces*.

Después me mira y sonríe. Ahora no sé exactamente si en cierto modo ha contestado a lo que le he dicho, pero me acerco lentamente, ella cierra los ojos y empezamos a besarnos, primero de una manera casi educada, incluso un poco tímida. Después el beso pasa a ser divertido, e inmediatamente después, apasionado. Casi estoy sorprendido por esta increíble sintonía, porque un beso puede desvelar cualquier cosa, con un beso lo sabes todo. No estoy diciendo que haya besado a un montón de mujeres, sinceramente nunca he llevado la cuenta, pero por lo que recuerdo todas ellas, en ese primer beso, me han revelado mucho de lo que después se ha confirmado.

Por ejemplo, incluso Pozzanghera en su primer beso me dijo dos o tres cosas, sí, es decir, sin querer me habló de sí misma. Lo que pasa es que yo no la escuché. Debería haberme dado cuenta en seguida de que no me convencía, parecían besos convulsos, indecisos, casi intermitentes, como si saltara la luz..., de vez en cuando se apartaba de prisa e incluso chocaban los dientes. Me entran ganas de reír con sólo recordarlo, pero me controlo y me centro en el beso de María, no pienso en nada más. Y me gusta su beso, que parece no acabar, que no empalaga, no aburre, que nunca es suficiente. Sí, me pierdo, con ella sí que lo veo claro, es un beso en todos los idiomas del mundo.

21

—Pero ¿dónde estabas? —Gio está delante del coche, está fumando un cigarrillo—. Empezaba a preocuparme. —Tira el cigarrillo mientras entro en el coche—. ¿Te ha dejado subir? Yo lo he intentado de todas las maneras, pero nada...

—¿Qué dices?, hemos ido a la Fontana de Trevi.

—¿Has tirado la monedita?

—Sí...

—¿Has pensado el deseo?

—Sí, okey, vámonos, que pronto amanecerá.

Gio arranca. Roma está desierta, via del Tritone, después piazza Barberini y arriba por via Veneto.

—Huele, huele aquí... —Me pone la mano debajo de la nariz—. ¿Qué...? ¡Cosa fina, perfumada!

—¡Venga ya! —Se la aparto.

Gio se ríe.

—Oye, ¿qué haces?, ¿te da asco? Deberías haber visto cómo suspiraba, ¡va más caliente que un chocolate con crema en un refugio de montaña! Y además tiene dos senos, duros, turgentes, enormes, te lo juro, casi no podía levantarlos.

Por cómo lo cuenta parece una peli porno. Gio arranca. Yo me relajo un poco. Gio me mira mientras conduce.

—¿Y bien?, ¿cómo estás? Mejor, ¿no?

Asiento en silencio, estoy algo cansado.

—¡Quién tuviera días así! Hoy te has cogido a Pozzanghera para desahogarte... y ahora, en cambio, tienes a esa espléndida española para vivir una perfecta historia de amor. ¡¿Qué más quieres de la vida?!

Y me quedo así, con los ojos cerrados, mientras el coche circula. Gio enciende la radio, ya lo sé, pone su emisora favorita: 102.7, una la vives, una la recuerdas. Suena Ligabue con *Questa è la mia vita*. Y aunque el que conduce es Gio, soy yo el que me salgo del camino. Hago una inspiración lenta, larga. Claro, ésta es mi vida... Y ¿qué más puedo pedir? Pediría a Alessia. Me gustaría verla enamorada de mí o que al menos me explicara qué le molesta. Lo absurdo de la vida es que un instante antes estás en perfecta sintonía con una persona, tal vez se ven de lejos en una fiesta, en un bar o por la calle, por algo que ha dicho un amigo o una persona cualquiera, y les basta una mirada para sonreírse y entenderse, así, al vuelo. Sí, como aquella vez. Me quedo mirándola mientras habla con sus amigas y se ríe, mientras se arregla el pelo, se lo acomoda detrás de las orejas y muestra la mejilla, su perfil, su boca que sigue hablando, que parece no parar nunca. Está sentada en la punta de un gran sofá, estamos en casa de su amiga Stefania por su cumpleaños. Hacía tiempo que no se veían y tienen un montón de cosas que contarse. También hay otras amigas suyas. Yo doy vueltas entre las mesas, miro algún cuadro, bebo algo, como un canapé, pero me estoy aburriendo. Hace poco que he perdido a mi padre y todo me parece condenadamente sin sentido.

—Hola, Niccolò. Ya me he enterado, lo siento mucho.

—Gracias.

La chica tiene la copa en la mano, la gira y vuelve a girarla, está llena hasta la mitad. Nos quedamos un rato en silencio. Después hace un extraño movimiento con los labios, levanta la barbilla y bebe, se lo acaba todo hasta la última gota, pone la copa en una esquina del librero delante de una foto de un viejo señor, esboza una mínima sonrisa y se va. Francesca, Francesca Ferrante, así se llama. Hay cosas de las que sólo te acuerdas después, cuando ya no sirven de nada, cuando el momento ha pasado. Cuando me volteo, Alessia me está mirando. Nunca la había visto con una mirada tan intensa, es como si me atravesara, como si viera en mi interior, y hace que casi me sienta desnudo, como si de repente ella fuera mucho mayor que yo. Una mujer, eso es, ella es una mujer mayor que yo y quizá yo no sea indicado para ella. Pero después me sonríe y vuelve a charlar con una amiga suya que se le acaba de sentar delante.

—Oye, yo a ésa me la quiero coger, ¿eh? No puede irse de Italia así. ¡Tengo que clavarle la banderita!

Gio me aparta de mis pensamientos, me succiona transportándome a la realidad, después frena de golpe y estaciona, hemos llegado debajo de mi casa.

—Bueno, todavía tenemos una semana... Ya sé que quieres, pero será mejor que te des prisa con María, ¡si no, también le clavaré la banderita a ella, aunque esté demasiado flaca para mi gusto!

Gio consigue hacerme reír, esa historia de las banderitas le hace ver la vida sexual como si fuera un contrincante del alpinista Messner, pero considerar a María demasiado delgada es absurdo, es una chica perfecta en su redondez. Bueno, tras esa última consideración, bajo.

—Adiós, nos vemos mañana.

—Sí, que mañana ya está todo organizado. ¡Saldremos a cenar con ellas! Mañana yo me ocupo de todo, te lo prometo...

—Claro, cómo no; me gustará verlo.

Cierro la puerta y me alejo. Gio sale derrapando con el coche y toca dos veces el claxon sin importarle nada ni nadie, ni el hecho de que son casi las cinco de la madrugada ni que quizá alguien, como es normal teniendo en cuenta que es sábado, pueda estar durmiendo. Gio desaparece a toda velocidad por el fondo de la placita.

Me dirijo hacia casa esperando que no esté Fabiola, su marido Vittorio, Claudio el viejo compañero de escuela, el Poeta y Valeria, pero sobre todo Pepe. Bueno, en el fondo Pepe, que tenía que ser un problema, al final ha sido quien me lo ha resuelto.

Subo por la escalera. Por las ventanas entran las primeras luces del amanecer y entonces me detengo delante del alféizar. Hay una vieja maceta de cerámica despostillada con tierra que alguien debe de haber regado y un geranio rojo. Por la ventana medio abierta entra el viento fresco de primera hora de la mañana y a lo lejos, entre los edificios de San Lorenzo, sale el sol. Subo los últimos peldaños y abro con cuidado la puerta de casa. Vuelvo a cerrarla y doy dos vueltas a la llave, camino de puntillas por el pasillo. En ese silencio casi puedo oír la respiración de mi madre y de mi hermana. Las imagino en sus camas, tranquilas, quizá satisfechas, envueltas en el sueño. Pero eso no puede ser. Ya no. No por ahora, al menos. Es como si todos hubiéramos estado desde siempre jugando a armar un rompecabezas. O a construir una de esas torres con las que me entretenía de pequeño, hecha de bloques de madera, esos juegos sencillos a los que ahora juego con Francesco. Con su misma inocencia me encuentro delante del despacho de mi padre, de su sillón de piel negra, allí, inmóvil, delante de su mesa. Me quedo en la puerta, pongo la mano en el marco y me imagino su espalda. Está escribiendo en la computadora, después, satisfecho, se para, se voltea y me sonríe.

—Ya llegaste, siéntate aquí, casi termino.

Me señala un sofá negro, a la derecha, junto a la mesa, bajo el librero. Y yo me siento allí, esperando a que acabe de enviar un cuento, un dibujo, un chiste o una de esas historias que se inventa para muchos periódicos. Pero ahora esa silla está vacía, la computadora, apagada. Falta esa pieza del rompecabezas que nunca más estará completo. Y me entran ganas de patear el suelo como hace Francesco cuando no consigue montar una pieza del tren o abrir algo en el iPad de Valeria. No para de darle golpecitos con el dedo y me mira fijamente como diciendo «lo conseguiré», y yo lo dejo hacer y sonrío por su necedad. ¿Yo era así a los tres años? Y ¿cómo me miraba mi padre? Extraño sus manos grandes y cálidas que de vez en cuando me acariciaban las mejillas, como para molestarme, y en cambio hoy las apretaría las dos sobre mi cara y las aguantaría así, con los ojos cerrados, sobre mis mejillas, pegadas, para no dejar que se fuera.

22

El sol está alto en el cielo. Roberto, el portero del hotel, me ha dicho que todavía no ha salido, eso espero. Me he tomado sólo un café sentado a una pequeña mesa del bar de enfrente. Miro pasar a la gente, por la mañana la pequeña via Rasella cercana al hotel está llena de extranjeros, es un ir y venir de todos los países del mundo: chinos, franceses, alemanes, españoles. Oigo sus lenguas tan distintas y muchos ríen, tal vez porque están de vacaciones, en este sábado italiano, donde lo peor parece haber pasado. De todos modos no hay nada que hacer, cuando estás de vacaciones te sientes más ligero, es como si los problemas en cierto modo se hubieran quedado esperando en nuestro país de origen. En una nueva tierra no tienen cabida nuestras viejas preocupaciones.

Algunos chinos se agrupan en torno a una mujer de su raza que parece más severa. Lleva una bandera roja que mantiene en alto, a la vista, y dice algunas cosas en su idioma. Algunos chinos también se ríen esta vez, a lo mejor esa mujer es divertida o es Roma lo que los pone de buen humor. Un poco más allá, una pareja sudamericana camina tomada de la mano, se detienen delante de una tienda, ella le indica algo, él asiente, después sonríen y se dan un beso, pero un beso de esos que no molesta a nadie, ligero. Están de acuerdo en lo que han visto, pero no compran nada y siguen caminando tomados de la mano. Hay crisis para todos, quizá también para ellos, excepto en el amor. Pero de eso yo no puedo hablar mucho.

Alessia no me ha llamado. Miro el celular, nada, ni una llamada, ni un mensaje, ni un icono, ni una llamada desde un número privado que podría haberme dejado con la duda, la incertidumbre de si había sido ella que quizá, escondiendo el número, quería ver si tenía el teléfono encendido, u oír mi voz sólo un instante y quedarse allí escuchándome antes de que yo, después de dos inútiles «Bueno... bueno...», a los que puede que hubiera añadido «¿Eres tú?», o tal vez de manera más directa y segura «¿Alessia?», colgara. Entonces ella habría sonreído, luego habría cerrado el teléfono igualmente, pero esta vez con una gran sensación de seguridad: habría quedado claro que para mí no hay nadie más excepto ella, Alessia. Pero ella eso ya lo sabe, lo sabe tan bien que ni siquiera quiere darme la satisfacción de llamar con el número a la vista. Pongo el celular en la mesa del bar e intento no pensar más en ello, y cuando levanto los ojos la veo salir. Está allí, iluminada por el sol, su pelo castaño oscuro brilla en la luz de la mañana, debe de habérselo lavado porque se ve suave, ligero, se mueve consigo mientras mira a su alrededor, indecisa sobre adónde ir. Lleva una camiseta de rayas horizontales de todos los colores, como si fuera un arco iris, como ese helado que me gusta tanto en verano, que empieza con fresa y termina con menta, y cualquiera que sea el último trozo que te comas te quedas satisfecho y sigues teniendo ese sabor a fresco. En la parte de abajo lleva un pantalón azul claro que se le ciñe un poco en la cintura y le marca las curvas, su magnífico trasero, y va bajando recto hasta cubrir sus zapatos planos de mecate con tela azul por encima. Lleva unos grandes lentes de sol cafés puestos sobre la cabeza, como si fuera una diadema. Resplandece bajo el sol de su sencilla belleza, sin una gota de maquillaje, con sus ojos verdes y esas pecas ligeras. Lleva una bolsa de color crudo en bandolera y una *Lonely* en la mano derecha, y sigue mirando alrededor cuando de repente me ve.

La saludo desde lejos. Ella me sonríe, mete la guía en la bolsa y viene decidida hacia mí.

—*Ciao*.

Según cómo me dan ganas de voltearme, ya no estoy tan seguro de que se dirija a mí, pienso que es todo una broma, que en realidad hay otro detrás de mí. Y, sin embargo, ella es real y habla precisamente conmigo.

—¡*Ciao*, María! ¿Has desayunado? Aquí hay unos *incredibili cornetti*, *molto* buenos.

—*Cornetti*?

—Sí. *Guarda.* —La tomo de la mano, la llevo al interior del bar y se los señalo.

—Ah, sí. Los llamamos *croissants*, *noi magiamos* a menudo...

—Eso, muy bien. *Va bene.* ¿Tú *vuoles* uno?

Dice que sí con la cabeza. Y así nos sentamos fuera, al sol.

—¿*Dove è* tu amiga Paula?

—¡Ha salido a *dare* una vuelta! *Di mattina* se despierta *presto* y lo aprovecha *per fare* un montón *di* cosas, por *esempio*, sale a *correre*... —Se da cuenta de que no la estoy entendiendo mucho, de modo que, sin levantarse de la silla, empieza a imitar a una especie de maratonista.

—¡Ah, deporte!

—Eso..., deporte.

Sonríe, tal vez divertida por mi español, y asiente. Inmediatamente después llegan los *croissants* con los dos capuchinos que hemos pedido. Ella intenta tomar la cuenta que han dejado bajo el platito, pero yo soy más rápido y se la pesco al vuelo.

—¡No! ¡Tú *stai* en la *mia città*, cuando yo *vada in* España te tocará a ti!

Se encoge de hombros sonriendo.

—¡Bueno!

Total, ya sabe que eso no pasará nunca. El chico que ha traído los capuchinos toma mis diez euros, hace un cálculo rápido y me deja unas monedas en el plato que hay ahí al lado.

—*Guarda*, te puedo *insegnare qualcosa* del desayuno *stile* romano. —Ella se ríe—. *Prendi* el *croissant*. Ponlo en el capuchino, pero *non più di due o tre volte*, es como un bebé *nel suo primo* chapuzón.

Y entonces tomo el *croissant* por la punta y de una manera casi científica lo sumerjo en el capuchino dos veces rápidamente y una tercera un poco más de tiempo, después me lo meto en la boca, con cuidado de no mancharme.

—¡Mmm! ¡Es una gozada! ¡Aquí es *perfetto perchè* la masa del *croissant* es *molto morbida*! —Le muestro la importancia de la masa del *croissant*, lo abro, le hago notar cómo se deshace con delicadeza, lo suave que es la masa, clara, dorada, ligera, cómo se nota el aroma, dulce pero no demasiado—. Mmm. —Después le acompaño la mano que sujeta el *croissant* partido—. *Uno, due...* y *tre...* —El último remojón un poco más largo y después a la boca. Se lo come todo, hasta la punta del *croissant* recubierta de la espuma del capuchino.

Está tan remojado que se le sale un poco de capuchino de la boca y le gotea hasta la barbilla. Tomo al vuelo una servilleta y se la seco, ella la toma rápidamente, se limpia la boca, después la estruja y la deja en el plato de al lado.

—Es *incredibile*, es tan riquísimo, está *delizioso*.

—Sí, María, es como *il tuo* beso... Tiene el mismo *sapore* fantástico.

Por cómo me mira creo que eso le ha gustado, o a lo mejor es que he dicho otra cosa en vez de lo que quería decir. No obstante, luego se me acerca y me da un beso tiernísimo, sus labios parecen suaves y cálidos, dulces, saben al capuchino que acaba de tomarse y a *croissant*, mejor dicho, son incluso más sabrosos. Después se aparta de mí, me mira con esos ojos profundos y exhala un suspiro.

—Eres un *ragazzo* dulce, y *mi dispiace* por lo que dijo Paula, sobre que tu novia te había dejado, pero esa *ragazza* debe de ser tonta, y más si se cree que ha *trovato* a alguien mejor que tú, se equivoca, eres *molto bello,* y puede que porque es un hermoso y soleado día. —Mira un poco a su alrededor—. Y *questa* hermosa *piazza,* aquí, no debería *dire questo,* pero me estoy enamorando *di te...* —Y vuelve a besarme con una increíble dulzura después de todas esas palabras en español.

Al principio nos quedamos así, perdidos en ese beso, luego me mordisquea el labio inferior, y después con la lengua empieza a jugar con él, como si quisiera ponerlo en su sitio, arreglarlo, casi disgustada. Un beso es un paspartú, un beso es una antigua réflex, un beso es como un molde de arcilla, un beso detiene la imagen en el tiempo, la foto, el detalle, el sabor, el carácter de la persona que te ha besado. Y siempre te quedará de ella ese momento único, especial, irrepetible, ese instante de felicidad.

Sin embargo, de repente tengo una extraña sensación, es como si me sintiera observado. ¿Gio? ¿Otra persona? De modo que me separo de ella. Y la verdad es que así es: delante de nosotros hay un chiquillo de Bangladesh. Está a pocos centímetros de la mesa, observándonos. Ésa es la causa de mi sensación. Sonríe con unos dientes enormes, una especie de Bugs Bunny humano, después saca, como por arte de magia, un ramo de flores.

—¿Rosa?, ¿quieres una rosa? Ella es feliz con una rosa.

—No, gracias, estamos bien así, estábamos desayunando y no queremos que nos molesten.

—Sí, bueno, desayunando... —Hasta parece que guiñe un ojo. No le hago caso—. Entonces ¿quieres un encendedor?

—No, gracias.

—¿Una película en DVD? ¿Quieres precio?

—No, no necesitamos nada.

—¿Seguro? —Deja las flores y se saca una Polaroid de debajo de la camiseta—. Entonces foto, hacemos foto, venga, hacemos foto abrazados como cuando desayunaban...

Miro a María y veo que sonríe, encogiéndose de hombros como diciendo: «¿Por qué no?»

—Okey. ¿Cuánto me costará la foto?

—Diez euros.

—¡Pero si con diez euros me compro la Polaroid! Mira, niño, no soy un turista tonto, ¿eh? Vete a pescar donde no haya tiburones, anda...

María intenta entender lo que estamos diciendo, pero arruga la nariz: es demasiado difícil para ella.

—Siete euros.

—Te doy tres y desaparece cuando la hayas hecho, si no te voy a patear el trasero...

—Cuatro, si no te denuncio al teléfono azul internacional.

—¿Y eso existe?

—No.

Me echo a reír.

—Vas, haz la foto, vamos...

Abrazo a María, acercamos las caras.

El chico dice:

—Whisky...

Y nosotros, obedientes, sonreímos. La Polaroid hace un ruido extraño, luego un zumbido y, a pesar de ser una versión *vintage*, tarda su tiempo antes de que salga la foto. El chiquillo la airea un rato mientras veo aparecer nuestras siluetas con la cabeza hacia abajo. Tomo la cartera del bolsillo de atrás, saco un billete de cinco euros y se lo paso mientras él le da la foto a María.

—¿Está bien así? —me pregunta con un tono astuto, guiñándome un ojo.

—Ni lo intentes, habíamos dicho cuatro.

—Ah, sí, cuatro... —Se pone a buscar un euro de cambio, pero María me hace mirar la foto.

—¿Te *piace*? ¡Quedamos *molto bene* juntos! —Después me mira a mí y otra vez al chiquillo y se encoge de hombros como diciendo «Que se vaya ya».

—Ya, vete... ¡O seré yo quien llame al teléfono azul internacional, pero para denunciarte a ti!

Y después damos un paseo por toda la via del Tritone, llegamos a la Galleria Sordi y damos una vuelta por las tiendas. Entra en Zara, rebusca en las estanterías, es rápida y decidida, al final toma alguna falda y un vestido ligero y desaparece dentro de un probador. Yo me siento en una butaca, miro a mi alrededor y debo decir que es una tienda realmente bonita. Tiene unos tubos de hierro, unas grandes cristaleras, estantes de madera tosca, sillas de piel oscura desgastada como los sofás.

Se abre la cortina del probador y María hace una especie de desfile siguiendo la música, como fondo se oye a los One Direction, creo que es *What makes you beautiful*. María camina de prisa al ritmo de las notas, casi da saltitos con los pies descalzos, y tengo que reconocer que ese vestidito azul le sienta realmente bien.

—¡Vaya!

En las pantallas planas de la tienda se ve el videoclip de la canción. Son cinco chicos afortunados paseando por una playa y hacen una serie de monerías, después llegan dos chicas y la cosa naturalmente se vuelve más intrigante. Obviamente las dos chicas son guapísimas.

María me mira.

—*Allora*, ¿qué te parece?, ¿me veo *bella*?

María, en ese video de los One Direction, los volvería locos a todos.

—Sí, estás *perfetta*.

Y después abre de nuevo la cortina del probador y me hace un desfile con una camiseta azul celeste, luego una camisa blanca con botoncitos, una chaqueta azul, un vestido azul más claro. Y yo estoy allí, sentado, mirándola, y me parece que soy Richard Gere en *Pretty Woman*, cuando Julia Roberts, en una elegante tienda de Beverly Hills, sale del probador con la ropa más increíble. Esa comparación, sin embargo, no se la cuento a María, porque tiene dos lecturas peligrosas: una, podría no parecerle divertido porque esa película, te guste o no, es la historia de una prostituta; dos, ¡podría no parecerme divertido a mí teniendo en cuenta que quien paga toda la ropa es Richard Gere!

Ahora suenan las notas de Carly Rae Jepsen y pasan el video en el plasma de la tienda. No, en serio, ¿lo han visto? Al principio hay un tipo cortando el césped, ¡con un cuerpo que ni los mejores jugadores de tenis o de futbol! ¿Cómo puede ser, se me ocurre pensar, que los que cortan el césped aquí siempre tengan barriga? ¿Será porque las segadoras son más lentas? Ni idea. Y luego sale ella lavando su coche, estirándose encima del cofre lleno de jabón, lo hace de tal manera que casi parece una peli porno. Aquí ninguna chica lava el coche así, mejor dicho, casi ninguna lava su coche, todas van a esos autolavados baratos con esos escobones grandes, donde más que lavarte el coche parece que te lo rayen. Nosotros no tenemos el culto por estas cosas. Inmediatamente después empieza otro video, la misma canción pero con Justin Bieber, Selena Gomez, Ashley Tisdale & More, bailan, bromean y ríen, cantando el tema como si fuera uno de nosotros que se lo pasa bien haciendo la parodia de una canción delante de su computadora. Gio y yo también lo hicimos una vez, era un baile gracioso para la fiesta de cumpleaños de Bato y le montamos una sorpresa con su canción favorita, *Can't No-body Hold Me Down* de Puff Daddy, reinterpretándola a nuestra manera, y tengo que decir que el video fue muy aplaudido aquella noche. ¡Pero nosotros somos nosotros! Y ver a ese grupo de chicos, todos millonarios, haciendo una cosa así, bueno, tengo que ser sincero, ¡me ha impresionado! ¿No será que a veces el dinero no consigue borrar el hecho de que todavía eres joven? Por desgracia, a esa pregunta, no tengo ni idea de qué responder.

María ya está en la caja, ha comprado varias cosas de las que se ha probado. Después recorremos toda la via del Corso en dirección a la piazza del Popolo. A continuación María saca la *Lonely* y entramos en la iglesia de San Marcelo y luego en la de Jesús y María, y tengo que decir que son preciosas, nunca las había visto. Es alucinante que lleve veinte años en Roma y, exceptuando los primeros años en que aún no caminaba, cuando tuve la oportunidad de ver cosas no es que la aprovechara mucho. Si sales con un turista te das cuenta de muchos detalles, él lo lee en la guía y tú percibes la belleza que siempre has pasado por alto. Llegamos al Panteón y entramos. Lo más increíble es que hay un gran agujero en lo alto, nunca me había fijado. Se ven pasar las nubes y el sol, en este momento, con su gran rayo, entra de través e ilumina el Divo Giulio, por lo que se lee en la placa que hay debajo de la estatua, como si fuera una de esas películas de Indiana Jones. Le pregunto a María si existe algún motivo para esa señal «divina».

—Déjame *vedere*... —Ojea algunas páginas, vuelve atrás hasta que encuentra la que busca y señala la estatua iluminada... No es una señal, es una casualidad.

En cuanto salimos del Panteón vamos a tomar un frappé a la Tazza d'Oro, a la derecha de la plaza. Pongo el ticket sobre el mostrador y se me acerca una empleada.

—Dígame.

—Dos frappés con doble de crema... Gracias.

—¿O sea?

—Por encima y por debajo.

Pero ¿cómo puede ser que no lo entienda? Algunos empleados a veces son increíbles. Llega el viejo heladero, la aparta con amabilidad y por suerte nos atiende él. Toma cinco o seis vasos de plástico para los varios clientes y los llena de crema, luego abre una pequeña trampilla con la tapa de aluminio y saca el café frappé, los llena todos hasta la mitad y luego pone más crema por encima.

—Aquí tiene, uno, dos, tres... —Nos los pasa de uno en uno, cada vez toma el ticket, lo rasga y nos lo devuelve. Un poco después estamos fuera. María se come la crema con mucha fruición, pero se está equivocando.

—No, sola no. Tú *debi* mezclar con *il caffè*...

Le enseño cómo se hace. Meto su cucharita hasta el fondo, tomo un poco de café, luego la crema y me la meto en la boca. Es que la crema que hacen en la Tazza d'Oro es ligeramente dulce, pero no demasiado, y el café es ligeramente amargo, pero no demasiado, y juntos quedan perfectos.

Seguimos caminando así en este precioso día de finales de mayo. Tomamos via del Seminario, donde a la derecha hay una tienda, Dakota, que vende de todo a muy buen precio: ya sean camisetas o calcetines, tenis o patines modernos, todo por pocos euros. Y no sólo eso, lo más increíble es que también vende armarios, máquinas de escribir antiguas, pequeñas mesillas del siglo XIX, no sé si auténticas o no.

María chupa la cucharita con la crema. Casi se ha terminado el frappé, que le ha gustado al igual que le gusta este lugar. Lo mira todo, abre cajones, armarios, toma antiguas fotografías, pulsa algunas teclas de una vieja máquina de escribir. Es curiosa. Después ojea su *Lonely Planet*.

—¡Aquí no sale! ¡*Questo posto* es superbonito, te muestra una *altra* historia *di* Roma, los escritores que vivieron aquí, y es *molto* barato!

Salimos.

—Allí, en el día siguiente, *dobbiamo andare* a este *ristorante...* Le señalo la Sacrestia.

—Es *molto buono*, ¡hacen una pizza *cosí* fantástica *come te*!

Me sonríe, me da un beso ligero y me toma de la mano. Caminamos así, parecemos dos turistas recorriendo Roma, y por un instante ya no pienso en nada. La miro, observo su perfil, tan bello, a veces escondido por los cabellos que bailan al sol, su nariz recta, la línea de los ojos, sus labios entreabiertos. Me dejo llevar por ella, cierro los ojos y me pierdo, y por un instante me siento feliz. Y es una sensación preciosa que siempre te sorprende, casi te conmueve, te habías olvidado de lo bonito que es ser feliz, pero en el mismo instante que intentas aferrarte a ella al menos durante algo de tiempo, volver a sentirla, ya ha pasado. Pero ese instante tal vez vuelva. Desde que mi padre ya no está no me había pasado. Por encima de todo siempre ha estado el peso del dolor y, cuando estamos así, yo creo que es como si condicionáramos lo que nos ocurre, la vida que nos rodea. Que Alessia me haya dejado, que Valeria no estudie, ¡sigue cambiándose de facultad, sale con Pepe pero también con alguien como el Poeta! Que Fabiola, con un hijo de apenas tres años, quiera volver a ser una jovencita, irse con su amor de la época de la preparatoria. Además, según mi opinión, hay cosas que ya no pueden ser como eran antes, a la fuerza tienen que ser diferentes, porque todo ha cambiado, lo que sentías, lo que eras, hasta la manera de reírse de las bromas.

María se voltea, me mira y sonríe, y yo le aprieto la mano, una presión ligera, como si fuera una pequeña señal, y ella sigue caminando contenta, etérea, sin mirar el mapa, sin meta, perdiéndose conmigo. ¿Podría pasarme la vida con una extranjera? ¿Con alguien que habla otro idioma, que ha nacido en otro país, que no tiene nuestra cultura, que no está acostumbrada a comer lo que comemos nosotros? Recuerdo que en verano íbamos con papá y mamá a Anzio y de todos sus amigos sólo uno estaba casado con una chica extranjera. Se llamaba Sarah, era inglesa, una mujer delgada, con la piel muy blanca y el pelo rubio un poco estropajoso. Siempre llevaba un biquini verde y me acuerdo de que la parte de arriba le quedaba ancha y cuando se agachaba se le veían los pezones y parte del pecho, pero lo más raro era que era igual de blanco que el resto de su piel. A ella, a diferencia de las italianas, no se le notaba la marca del traje de baño. En la playa sólo comía espaguetis con jitomate, se los traía de casa, siempre. Una vez dejó el recipiente de plástico abierto y se fue a la regadera a lavar algo. Yo tomé un tenedor limpio, enrollé unos cuantos dentro del recipiente y los probé. Estaban fríos y blandos, completamente recocidos, lo único que no estaba mal era el jitomate, pero eso era fácil de hacer. Entonces lo escupí todo en la arena y lo escondí justo a tiempo, antes de que ella volviera. Se sentó en la silla plegable, esas de plástico que te dejaban marcada la palabra «Ondina» en la espalda, el nombre de la zona de sombrillas, y que siempre se pegaban en las piernas.

—¡Eh...! ¿*Cosa* estás pensando? Estás en un *altro* planeta... ¿*Ancora* piensas en ella?

—Lo siento, *non ti capisco*... ¿Puedes *parlare* más *piano*?

María levanta las dos manos y las deja caer como diciendo «No importa». Echamos de nuevo a andar. Es realmente preciosa, tiene un cuerpo increíble. Sólo me asalta una duda. ¿Sabrá cocinar?... Y si hace espaguetis, ¿no le quedarán recocidos? ¡Bueno, si hace falta ya aprenderé yo!

23

Le compro una gorra de marinero porque la verdad es que hace mucho calor y me quedo una para mí también. Después tomo el iPhone, lo alejo un poco mientras la abrazo y saco una foto. Quedo con los ojos cerrados.

—*Aspetta*, sólo un momento. Otra, *per favore*, ¡estaba *dormendo*!

Ella se ríe y me abraza de nuevo. Alejo el celular para sacar otra foto y en ese momento se acerca un tipo, una especie de albanés, un chico alto, delgado, de aspecto deportivo.

—¿Quieren que se la tome yo?

Estoy a punto de decirle «Claro»... Luego pienso que sólo le costaría un segundo desaparecer con mi iPhone y tendría que empezar una carrera en medio de la gente, y estoy seguro de que al final llegaría al último, después de mi propio iPhone.

—No, gracias, lo hacemos nosotros...

Veo que quiere decir algo más.

—Nos divierte más así.

El tipo se aleja. María me da su bolsa.

—¿Puedes *prendere questo* un segundo? Quiero *fare* algo...

Me toma la gorra de la cabeza y no comprendo lo que quiere hacer con ella. Ah, ya sé, ha visto una fuente, quiere mojarlas porque efectivamente hace todavía más calor que antes. Moja las dos gorras, después las estruja para quitar el exceso de agua y mientras regresa hacia mí se pone la suya. Pequeñas gotitas le resbalan por los bordes de la gorra, sobre la mejilla, después por la barbilla, con el dorso de la mano aparta esa gota que estaba a punto de caerse sola.

—*Per favore*, póntela, hace *caldo*.

Me la pasa y me la pongo en la cabeza.

—Ah..., mucho *meglio*.

Sí, en efecto, se está mejor así. Después toma de la bolsa una botella de plástico en la que casi no queda agua.

—*Vado* a llenarla.

—¿Sabes cómo se llaman éstos? Los *nasoni*. El nombre de la *fontanella* es «*nasone*», como *naso* pero *più* grande.

Me toco la nariz por si no lo hubiera entendido.

—¡De acuerdo! Voy a *prendere* un poco de *acqua* del «*nasone*»...

Y después regresa conmigo, caminando como si desfilara, lo hace a propósito, creo, y lleva la botella sobre la palma de la mano izquierda y con la derecha la muestra, parece un anuncio, o mejor un sueño, en vista de que también se oye una música que la acompaña. *She*, de Elvis Costello. Me vuelvo loco, pierdo la cabeza. Ella mueve las caderas al ritmo de la música. «*She may be the face I can't forget, a trace of pleasure I regret.*» Y yo la miro como extasiado... Es realmente bonita.

Después, de repente, toma la botella y se pone a correr como una loca hacia mí.

—¡Es *il mio* teléfono!

Ah, sí, era su celular. Lo toma del interior de la bolsa que le estaba sujetando.

—¡Oh, no! ¡Paula!

—¿Qué?

Justo en ese momento un coche toca el claxon a lo loco.

—¡Qué tal! —Es Gio.

Ha descapotado el coche, lleva unas Ray-Ban enormes, una camisa anaranjada brillante y todo el pelo engominado hacia atrás. Lleva dos muñequeras blancas como si fuera un tenista de los años setenta, lo cual evidentemente él nunca ha sido, y por si no fuera suficiente lleva un collar de acero al cuello, uno de esos que les ponen a los mastines napolitanos para retenerlos antes de lanzarlos contra su adversario en las peleas clandestinas. Total, si había un modo de hacerse notar era precisamente éste, y pensar que está comprometido, mejor dicho, tres veces comprometido. Paula está a su lado, con unos lentes mucho más sobrios y una cadenita de oro que casi no se ve.

—¿Qué, Nicco?, ¿qué quieren hacer? ¡Vengan con nosotros!

Miro a María, que hace señas de que sí, corremos hacia el coche, saltamos detrás un poco a lo Starsky & Hutch, y todavía no hemos tocado los asientos cuando Gio sale flechado a toda velocidad por las callejuelas del centro, mientras las ruedas rechinan en los adoquines tostados por el sol.

—¿Has visto cómo jala este Tigra, eh? ¡Escucha, escucha las ruedas en las curvas, escucha cuando corro! —Y diciendo esto gira a la derecha a toda velocidad, de manera que Paula acaba prácticamente sobre él con la cara hacia adelante, entre sus piernas.

—¡Eh, no tan *veloce*, nena! ¡Hay tempo *per tutto*!

Paula niega con la cabeza y ríe mientras Gio toma el Lungotevere a toda velocidad.

—Bueno... —Se vuelve hacia mí y me palmea la rodilla con la mano—. ¡Ya lo tengo todo organizado!

—¡Sí, pero mira hacia adelante!

—Esta fiera está clavada al suelo, es de miedo. Toco el freno y se queda clavada como si estuviera estacionada. ¿Quieres verlo?

Gio no espera respuesta y clava los frenos de verdad. María y

210

yo acabamos contra los asientos y despúes en el suelo. Ellos dos, en cambio, se quedan atrapados delante por los cinturones de seguridad, que por suerte llevan.

—¡Qué increíble!

Algunos coches pitan, otros nos adelantan. Nos miran y niegan con la cabeza.

—Pero ¿tú eres idiota? ¿Y si se nos hubiera echado alguien encima?

Gio mastica el chicle con maneras seguras, hasta cierra los ojos.

—¡Miré, miré!

Paula se ríe, divertida, María un poco menos, se masajea la rodilla y vuelve a sentarse en el asiento. Después se abrocha el cinturón.

—¿Juegan a los carritos chocones con coches *di verità* aquí *in* Roma? ¡Es *divertente*, pero avísenme la próxima *volta*!

Y el Tigra continúa corriendo por el Lungotevere, esquiva algunos coches y después enfila hacia corso Francia, hasta embocar la curva hacia la izquierda.

—¡Espera, espera, para debajo de la oficina de B&B, tengo que buscar una cosa!

—Okey. Ah, a propósito... —Gira el retrovisor hasta que me encuentra, sólo veo sus ojos.

—¿Te ha escrito?

—¿Quién?

—Pozzanghera, ¿quién, si no? —Después me mira con más atención—. Ah, no, perdona, tienes razón, no se me había ocurrido, no, perdona, en serio, no quería... ¿Sabes cuando no lo piensas?

—Sí, sí, ya sé, Gio...

—No, ya sé que te quedaste hecho pedazos, pero es que de verdad que no lo pensaba.

—No te preocupes...

—No, es que...

—¡Ya basta!

Paula se voltea y me mira con curiosidad, María también está sorprendida por mi tono, nunca lo había oído.

—¿Todo *bene*?

Y justo en ese momento noto vibrar el celular. No lo creo, no puede ser. Lo saco del bolsillo. Gio se da cuenta de que tengo el teléfono en la mano.

—Me acaba de escribir.

—Pero ¿quién?, ¿Ale?

—No, Pozzanghera.

—Cómo crees, y ¿qué te dijo?

—Oh, no mucho, sólo: «¡Eres un cabrón!»

—Típico.

Bajo del coche y al poco rato estoy de regreso.

—Ya está, vámonos.

Gio arranca más despacio.

—¿Qué has ido a buscar?

—Condones...

Me mira desconcertado.

—¿En serio? Pues entonces es que está claro... O sea, ¿ya ha pasado algo? No, digo... —Mira a María—. Qué mujer, la tuya está superbuena, o sea, la mía es guapa, pero la tuya corta el aliento, en serio.

—Gio... ¡Era una broma!

—Ah... Okey, muy bien.

Ahora Gio maneja más tranquilo. Se mete por la Braccianese, vamos hacia el lago. Grandes plátanos inclinados por años de viento bordean la carretera, nos protegen como sombrillas del sol que se filtra a ratos.

Reclino la cabeza hacia atrás y cierro los ojos, después tomo los Ray-Ban 4076 del bolsillo de mi chamarra. Me los regaló mi padre por mi cumpleaños, sabía lo mucho que los deseaba. Fue el último regalo que me hizo. Será para siempre su último regalo, aunque acabe la carrera, tenga un hijo, aunque ganara las Olimpiadas... Me los pongo justo a tiempo de esconder esa lágrima que resbala hacia un lado, que se pierde en el viento. Y me quedo con los ojos cerrados mientras empieza una canción, *Marmellata # 25.* Gio ha puesto el CD de Cremonini. Piensa que puede tener algún efecto sobre las mujeres.

Ci sono le tue scarpe ancora qua, ma tu te ne sei già andata... Todavía están tus zapatos aquí, pero tú ya te has ido...

Y, efectivamente, algo sucede. María me toma de la mano, me la aprieta con fuerza y se apoya, lentamente, sobre mi pecho. Siento su pelo bailar con el viento, ligero, me roza, se enreda, rebelde, casi abofeteándome, pero no me molesta. Al contrario. Y que tenga ganas de tomarme de la mano, me gusta mucho. Aparta mi brazo de manera que pueda abrazarla y vuelve a agacharse, envuelta en mi chamarra, con la cabeza sobre mi hombro, y yo la respiro.

Ogni volta in cui ti penso mangio chili di marmellata... quella che mi nascondevi tu... l'ho trovata! Cada vez que pienso en ti como kilos de mermelada..., la que tú me escondías..., ¡la he encontrado!

Lo que es seguro es que las dos españolas no entienden estas palabras, pero son ciertas, son perfectas para este momento. Ahora sólo me gustaría reírme. Sí, necesito reír a gusto, como me hacía reír mi padre.

24

—¡Estás aquí, ¿qué pasa, Gio?, has vuelto! Felicidades, chicas, han hecho la mejor elección, mejor dicho, las dos mejores elecciones: ¡mi restaurante y Gio!

—Franco, que no te entienden...

—¿Por qué? —Las mira con atención—. ¿Son sordas? —Mueve el índice como diciendo: «¿Es que no carburan?»

—Son españolas.

—Ah, bueno. —Se echa una servilleta algo húmeda sobre el brazo—. Pues entonces claro que me entienden... ¡Ay, guapo, éstas hablan italiano mejor que tú! Siéntense fuera, que ahora se lo llevo todo... —Y diciendo esto desaparece en el interior del local.

Nos sentamos a una mesa de madera, un poco pandeada, maltratada, con unas tablas consumidas por el tiempo y el sol, pero que todavía tienen algo de color, un azul oscuro e insolente, en algunas zonas todavía vivo, inmaculado. Delante de nosotros tenemos el lago de Bracciano. Está en calma, no sopla ni una pizca de viento. Una embarcación de motor lo cruza a toda velocidad. Más hacia la orilla, algunas canoas se agitan, pero tampoco mucho. Estamos a la sombra de unas ramas, en un pequeño restaurante en el que sólo estamos nosotros, a pesar de que es sábado y son casi las dos.

—¿Y bien?, ¿qué les traigo?

—Un poco de vino y agua fresca de la fuente.

—Claro, por supuesto, les traeré un poco del blanco que hago yo. ¿Qué más?

Empezamos a pensar, las chicas han tomado lo que tiempo atrás sería una carta y ahora es una especie de hoja plastificada en la que faltan algunas palabras en los bordes.

—No miren eso, yo les diré lo mejor que tengo... A ver, unos buenos *fettucine* con perca o *tagliatelle* con jitomate y luego una fritura del lago y trucha. ¿Les parece? Y de acompañamiento tengo papas fritas o ejotes, o bien una ensalada de la huerta fresquísima.

Las chicas se quedan un poco confundidas. Gio, Franco y yo nos divertimos explicándoles los platos lo mejor que podemos, y al final ellas piden *tagliatelle* y nosotros *fettuccine* con perca.

Franco nos trae en seguida su vino blanco, seco y frío en su punto, es un placer tomarlo, mientras tanto Gio se come toda la miga de un pan blanco.

—Esto es un *pane* especial. Su *nome* es «*sciocco*», tonto... Sin sal.

Paula lo imita, toma también una rebanada de pan y le hace un agujero sacando toda la miga, después empieza a comérsela. Sonríe dichosa y divertida. Están de acuerdo, al menos coinciden en los gustos.

—Es un *pane* típico, Franco se lo trajo de cuando vivía en la Toscana, antes de trasladarse aquí. *È una vita* que Franco hace *questo pane*...

Poco después llegan los primeros.

—Aquí tienen... —Deja los platos todavía humeantes delante de cada uno—. ¡Cuidado, que queman!

María y Paula empiezan a comer como si nada.

—¿Quieres probar? *Vuoi?*

Le paso el plato. María sonríe, toma la cuchara y enrolla los

215

fettucine apoyando el tenedor en ella. ¡Qué cosas más raras hacen estos españoles!

—Mmm, qué rico...

Me deja probar sus *tagliatelle* y están realmente exquisitos, y la cocción es perfecta. ¡Nada que ver con los espaguetis de aquella inglesa de Anzio!

Gio sirve un poco de vino a todos, en eso siempre es atento. Tomo el vaso, es uno de esos viejos y pequeños vasos que me hacen pensar en los cuentos de mi abuelo. Está rayado por el tiempo pero no despostillado, a saber para cuántos tragos habrá servido a lo largo de los años. Miro el vino a través del cristal marcado, es amarillo pajizo. Lo huelo, tiene un aroma fuerte, a continuación me lo bebo lentamente. Qué rico, es seco, se nota que es casero. En la carta dice «Un litro, cuatro euros». Deja un sabor ligeramente amargo, algo más fuerte de lo que parecía, pero acompaña perfectamente nuestra comida. Delante tenemos el lago azul, a nuestro alrededor las amarillas colinas de margaritas y un fondo lejano de cigarras y grillos. Franco pone en medio de la mesa una fritura de pescado y nos la comemos todos juntos, picoteando de aquí y de allá como si fueran papas fritas, aunque en realidad también nos ha traído, ¡y Gio no las deja escapar! Se las come todas él, aunque nuestras extranjeras han preferido pedir una ensalada de la huerta, al igual que yo, todo sea dicho. Está realmente rica, lleva rúcula, menta y unos jitomates fantásticos. Se nota que han madurado al sol y al lado del lago, son fuertes, llenos y sabrosos. De postre, en cambio, las dos toman una crema catalana. Paula, en vista de todo lo que come, es normal que esté un poco rellenita, pero María, que come todavía más, tiene un tipo sorprendente, ¡sin una gota de grasa! Después tomamos fruta y, al final, un café, y cuando Franco vuelve con un papelito escrito con pluma, Gio lo toma por debajo del brazo y se aparta con él.

—Pago yo, Franco... —Luego desdobla el papelito—. Carajo, ¡¿es que nos has tomado por extranjeros, eh?!

Franco se ríe.

—Pero si los he tratado mejor que a mi propio hijo...

—¡Pero si no tienes!

—¡Por eso!

Entran riendo en el restaurante. Y poco después Gio sale.

—Le he hecho recobrar la razón, le había dado una insolación.

Se ha hecho cargo de la cuenta, en serio.

—¿Cuánto te debo?

—Hoy me ocupo yo de todo, ya te lo dije...

Y bajamos al lago y damos un paseo. Han construido un pequeño camino que lo bordea. Está muy bien cuidado, en el suelo hay piedras cementadas entre sí, y a los lados una valla baja hecha de travesaños redondos lo protege. De vez en cuando se interrumpe permitiendo el acceso a la playa, de modo que entramos por el primer espacio que encontramos.

La hierba verde nos acompaña durante un trecho. Nos quitamos los zapatos, todavía está caliente, es irregular, después deja paso a la arena, oscura, con un poco de hierro, y al final el agua, transparente, fresca. María mete los pies en el lago. Yo también la sigo. Nos quedamos así, uno junto al otro, mirando esa gran extensión de agua inmóvil. Un poco más allá hay unos patos que se persiguen bajo las tablas de un pequeño muelle.

Hacía mucho que no venía al lago. Hay épocas en que se instauran ciertas costumbres, como si fueran etapas de la vida, durante un tiempo haces siempre las mismas cosas sin un verdadero motivo. Hace algunos años venía los domingos aquí a Trevignano con toda mi familia. Era pequeño y siempre me quedaba en el muelle pescando con los gusanitos. Me pasaba horas sentado allí mirando el corcho y, ahora que lo pienso, nunca pensé nada significativo, de lo contrario me acordaría.

Gio y Paula han encontrado una pelota que alguien habrá olvidado allí y se ponen a jugar. Gio se divierte burlándola y ella lo persigue, van arriba y abajo por delante de nosotros, que nos hemos tendido sobre la hierba. Gio chuta hacia las plantas y luego abre los brazos hacia el cielo.

—¡Gol! —Está completamente loco.

Paula va corriendo hacia él y lo abraza.

—¡¡¡Sí, gol!!!

¿Cómo? ¿Pero no eran contrincantes?... Nada, ella también está completamente loca. Y siguen saltando juntos como dos aficionados de quién sabe qué equipo que de repente ha marcado un gol que les ha hecho ganar la liga.

Me quito la chamarra, la pongo detrás de la cabeza de María y me recuesto en su panza. Un pato pasa por allí cerca, se detiene con curiosidad, tal vez esperando alguna miga. María también se da cuenta.

—Llevo *qualcosa* en la *mia* bolsa... Espera...

Toma unas galletas y las deshace, luego las tira hacia él. El pato, poco a poco, empieza a picotearlas temeroso.

Saco el iPhone.

—Ahora *voglio* que *ascolti questa* música... —Pongo *Ami ancora Elisa*—. Empieza así, habla de un pato en el lago y de un hombre que, al contemplarla, se siente tranquilo.

María escucha.

—Es una *canzone* de Lucio Battisti, un fenómeno... Habla de un pato *come lui*. —Sacude la cabeza—. Sí, ahora dice que él todavía quiere a una chica, pero que al final ha dejado a un lado la rabia y consigue ver el lado divertido de la vida. *Ora* está *parlando* como *piaccerebbe* a mí...

No me entiende bien, está claro, pero me sonríe.

—Estás *pazzo*. —Y después me da un beso, de sol, de lago, suave, y yo le acaricio las mejillas, ella sonríe y me abraza con fuerza y se esconde entre mis brazos. Le acaricio el hombro, la cadera, meto la mano por debajo de la blusa y ella me deja hacer, subo un poco más arriba, entonces ella vuelve un poco la cabeza, sonríe...—. Eh, *non stiamos* solos, los *altri* pueden vernos... Dame un *altro* beso.

Y justo en ese momento Gio aparece delante de mí.

—¡Eh, tengo una idea! —Está empapado en sudor, como si hubiera jugado un partido de futbol de verdad.

—Gio, ¿va todo bien?

—¡Bueno, he perdido! ¿Las llevamos a ver el castillo? ¿Qué dices?

Un rato después estamos delante del castello Odescalchi de Bracciano. Está cerrado. Gio se pega al interfono, llama varias veces, no se da por vencido y al final aparece un señor.

Tiene el rostro más bien enojado, el pelo blanco alborotado y unos sesenta años más o menos. Estamos demasiado lejos para oír lo que dice Gio, pero habla un montón y nos señala. Sobre todo a mí, y lo hace abriendo los brazos. El señor me mira, no está del todo convencido. Al final Gio le mete algo en la mano y entonces él se aparta a un lado.

—Okey...

Gio sonríe.

—¡Vengan, Alberto es superamable, nos deja entrar!

A María y Paula no hace falta que se lo repitan, corren divertidas por esta aventura exclusiva.

—*Ciao! Grazie!*

—No más de una hora, ¿eh?...

—Claro... —Gio le da una palmada en el hombro—. Dentro de una hora estamos fuera.

—*Grazie...*

219

Alberto profiere un extraño gruñido y desaparece por una puertecita de la entrada.

—Vayamos por aquí.

Subimos por una callecita empinada del interior del patio.

—Gio, pero ¿qué le has dicho?

—Pues nada, le he dado veinte euros...

—Eso ya lo he visto, pero me estabas señalando, le has hablado de mí...

—He utilizado el lenguaje que entienden los hombres.

—¿O sea?

—La compasión.

—¿Y eso?

—¡Suele ver «Hay una cosa que te quiero decir»!

—Y ¿eso qué tiene que ver?

—Sí que tiene que ver, con eso sabes que Alberto tiene un alma sensible.

—Sí, eso ya lo entiendo, pero ¿quieres decirme lo que le has dicho o no?

—Que cortaste con Alessia, que hace mucho tiempo que no sales con una chica y estas dos podrían ser la única esperanza... Antes de que te hicieras gay.

—Pero ¿qué dices? ¿Gay? Mira que llegas a ser idiota..., ¿y si él es gay?

—Lo primero que le he preguntado es si estaba casado.

—No significa nada.

—Y qué le parecían nuestras dos chicas.

—¿Qué ha dicho?

—Que estaban muy buenas, por lo tanto no es gay...

Proseguimos con nuestro recorrido.

—Ya veo, pero ¿por qué todo el mundo tiene que enterarse de mis asuntos?, ¿puedes explicármelo?

Gio me señala a María.

—Tú la ves, ¿verdad?

María ha sacado la guía, la está ojeando en busca de alguna explicación sobre el castillo.

—Claro. ¿Y qué?

—Es guapa, ¿verdad?

—Muchísimo, pero ¿qué tiene que ver?

—¿Te gustaría acostarte con ella?

—Sí, por el momento todavía estoy en esta acera, aunque tú vayas diciendo que estoy a punto de cambiar...

—Eso, muy bien, pues entonces tienes que sacrificar un poco tu privacidad, el mundo debe saber que has roto con Alessia. Inspiras más simpatía, más ternura, María casi se sentiría culpable si te dijera que no. Total, ¡si te la tiras, se lo deberás a Alessia!

Me deja con la boca abierta, como sólo él es capaz de hacer. Se acerca a Paula, la abraza y le pone la mano en el trasero. Y ella incluso está contenta, se ríe y lo deja hacer porque Gio lo puede todo. No lo puedo creer. Por eso gusta tanto, ¡es capaz de embaucar a cualquiera!

Lo alcanzo y caminamos todos juntos por las salas del castillo, los techos son artesonados, hay antiguas banderas en las esquinas, grandes mesas, platos de época colgados en la pared, cuadros del pasado, cortinas gruesas.

Gio se me acerca.

—Ah, otra cosa... ¿Tú por qué crees que Berlusconi sacó tantos votos en las últimas elecciones? ¡¡¡Pues porque Veronica lo había abandonado!!! —Después me guiña un ojo—. Confía en mí... —Y se reúne rápidamente con Paula.

—Tenemos un *castello*... y yo tengo a mi *principessa*..., ¡eres tú! —Y la besa.

María niega con la cabeza, me toma del brazo y los adelanta. Lleva la guía abierta y me lee algunas informaciones en español.

Me señala la arquitectura, algunos cuadros antiguos, unas viejas armaduras, luego pasa a otra sala.

—Una grande *quantità di* personas se han casado aquí en el *passato*, gente importante, además de Martin Scorsese e Isabella Rossellini, Tom Cruise y Katie Holmes...

—Y Eros y Michelle. ¿Los *conosci*?... Él es un famoso cantante italiano, *lui* canta *Adesso tu: Nato ai bordi di periferia, dove i tram non vanno avanti più, dove l'aria è popolare, è più facile sognare che guardare in faccia la realtà...* —Continúo cantando de mala manera las estrofas, después incluso me aventuro con el estribillo... —*E ci sei adesso tu a dare un senso ai giorni miei, va tutto bene dal momento che ci sei...* No, ¿eh? Espera, tomo el celular, pongo YouTube y lo busco en seguida. —Se lo enseño—. ¿Lo *hai* visto alguna *volta*?

María niega con la cabeza.

—No, *mai*. Parece guapo...

—Sí, muy guapo, y su esposa Michelle *molto, molto* guapa. Ella ríe *sempre*. ¡*Ma adesso* son ex! Divididos. —Pongo los índices juntos y después los separo—. Separados... Ellos no están más juntos.

—Sí, *come* Martin Scorsese e Isabella Rossellini, e *iguale* que Katie Holmes y Tom Cruise.

—Y Laura Freddi también se casó aquí con uno y después lo abandonó...

Gio se une al grupo.

—Oye, ¿no será que este castillo trae mala suerte? Una cosa *è sicura*... ¡Si nos *sposiamo*, no lo haremos aquí!

25

—¡Déjame aquí mismo! —Hago parar a Gio en la callejuela al lado de mi casa—. Si no después tendrás que dar toda la vuelta.

—Okey. ¿Nos vemos más tarde? Para esta noche también lo tengo todo preparado, las acompaño al hotcl y después nosotros quedamos dentro de dos horas. Hay un sitio fantástico para llevarlas a cenar.

María y Paula se miran con curiosidad.

—Está *tutto bene*... ¡*Stiamos* organizando la *serata*! Hasta luego.

Gio arranca de nuevo derrapando, doy unos pasos, giro por via Bologna y llego al portal de mi casa. Abro la reja, subo los escalones del jardín, pero cuando abro la puerta no me da tiempo a cerrarla.

—Por fin, ¿dónde diantres estabas? ¡Hace una hora que te busco!

Valeria se me echa encima como una furia, me da un susto, pero me lo esperaba.

—Fíjate, es increíble, ¿sabes?, ¡cuando se te necesita no estás nunca! Y no sólo eso, sino que de alguna manera nos la has jugado... Ven, ven conmigo.

Pasamos por la puerta del sótano y llegamos al patio. Un Cinquecento azul celeste está parado delante de nuestro garaje. Hasta ahora no me doy cuenta de que tiene todos los cristales laterales hechos añicos, tanto los de delante como los de atrás, los dos retrovisores están rotos, el limpiaparabrisas doblado, y en el cofre hay una raya que da toda la vuelta al coche subiendo y bajando.

—Bueno, un accidente muy particular...

—Ah, encima te haces el gracioso... Es el coche de Ernesto, ¡estábamos charlando tranquilamente debajo de casa cuando ha venido Pepe y lo ha dejado así! Casi no nos ha dado tiempo de arrancar y salir pitando. Hemos rodeado el edificio y hemos entrado por el patio trasero. ¿Tú crees que tenemos que aceptar esta violencia?

Llega Ernesto.

—¿Eh? O sea, ¿a ti te parece justo?...

Después se dirige a Valeria:

—Bueno, por la calle no hay nadie.

—Pues claro, se habrá escondido.

Los miro a los dos.

—Perdonen, pero ¿qué puedo hacer yo?

—¿Cómo que qué puedes hacer? ¡Ludo, una amiga mía, me ha dicho que anoche estabas en Ponte y Pepe le robó la bolsa a una de esas extranjeras que Gio y tú llevan de paseo! ¿Cómo que qué puedes hacer? Si eres tan amigo suyo, ve a hablar con él, ¿no? Ahora eres tú el hombre de la casa.

Dejando a un lado que no soporto esa frase, ¿cómo es posible que se hayan enterado? No tengo palabras. Roma es peor que uno de esos pueblecitos en los que siempre se sabe todo de todo el mundo... Entonces tal vez Alessia también sepa..., bueno, podría ser lo único positivo de todo esto.

—¿Y bien?, ¿en qué estás pensando? ¡O sea, no es que haya mucho que decidir! ¡Llama a Pepe!

—No tengo su número...

—Aquí lo tienes.

Me pasa su celular con el número ya en pantalla. No hay manera, joder, me gustaría ocuparme de mi vida y, en cambio, tengo que ocuparme de los demás, sobre todo de los líos de mi hermana, qué hueva. Hago la llamada y ni dos timbres después ya contesta.

—Te has salido con la tuya, ¿eh? ¿Sabes el tiempo que llevo buscándote? ¿Por qué haces eso, cariño?

—Ejem, bueno, no, Pepe, soy Nicco.

—¿Quién?

—Nicco, el hermano de Valeria, ayer me ayudaste con la bolsa.

—Pásamela...

—No, bueno, es que quería decirte que no vale la pena.

Viene Ernesto e intenta apuntarme algo.

—Dile que ya he llamado a la policía y a los *carabinieri*, que no puede hacer lo que le salga de los huevos, que pare de hacer idioteces...

Me volteo hacia el otro lado. No hay nada peor que la gente que te habla mientras estás al teléfono, mejor dicho, todavía es peor que te den consejos.

—Bueno, Pepe, he visto el coche, déjalo estar, si no empeorarás las cosas, ya conoces a Valeria, es muy obstinada y esto se va a convertir en una cuestión de principios, ¿entiendes?...

—Ya me dijiste eso de los principios. Me importa un pito, pásamela.

Ernesto continúa:

—Nadie le tiene miedo ni a él ni a los que son como él, he leído a Saviano, también lo he visto en el inspector Fazio, y estoy de acuerdo con él, díselo, ya basta, tiene que cambiar de sistema...

Me volteo hacia el otro lado.

—En este momento está llorando, me parece... Sí, total, que debe pasar esta época y después quizá un día...

—Pásamela...

Me encuentro otra vez a Ernesto delante.

—Él va con esa táctica del miedo, pero ¿quién tiene miedo de él? Se cree que el coche me importa mucho, ¿eh? Mira... —Ernesto da una patada a la portezuela—. ¡Díselo! Pues no, me importa un carajo. ¡Díselo!

Valeria también se acerca.

—Sí, díselo. Es una cuestión de principios, no es él quien decide, ¿estamos? Es el principio de la libertad, mi libertad, ¡díselo!

Pepe insiste:

—Pásamela.

—No tenemos miedo, díselo.

—Que se aguante, ¡díselo!

Pepe se está enojando cada vez más.

—Te he dicho que me la pases, será mejor que me la pases.

—Está bien, ya basta. Creo que no puedo hacer nada por ustedes...

Y entonces dejo el celular sobre el techo del Cinquecento y me voy. Valeria y Ernesto se quedan mirándome atónitos mientras por el teléfono se oye salir la voz de Pepe, continua, constante, siempre con el mismo tono, como si fuera un disco rayado:

—Pásamela. Te he dicho que me la pases.

Y yo subo a casa, abro la puerta y la cierro a mi espalda. Oh, por fin un poco de silencio. Voy a la cocina, dejo correr el agua de la llave. Me apoyo en el fregadero y miro por la ventana. Quiero ver cómo Valeria sale de este lío, ¡pero yo no quiero estar en medio! Ya me ha costado la camisa que me regaló Alessia. Y ¿dónde estará ahora? ¿Qué estará haciendo? ¿Estará riendo? ¿Estará paseando? No, está caminando por el centro con una amiga. Ya sé, está en una tienda, probándose una falda. No, un pantalón. Se mira al espejo, abre la cortina del probador y hace una mueca. No está convencida. Las veces que la acompañé a comprar cosas que había visto en las revistas o en la tele, o que le había visto puesto a alguien por la calle, o en Ponte, pero seguro que no a una amiga suya. Ella siempre quería tener la exclusiva. Noto el agua en los dedos, está bastante fresca. Tomo un vaso de encima del fregadero y lo lleno bajo la llave. Ni siquiera me ha escrito un mensaje, y casi ha pasado un mes. Antes no había día que no nos llamáramos al menos tres o cuatro veces. Aunque sólo fuera para saludarnos, charlar un momento, reírnos, preguntar por el otro: «¿Dónde estás?», «Estoy estudiando», «No te he preguntado qué estás haciendo..., te he preguntado dónde estás», «Estudio...», y se reía, «¡en la universidad!». «Me gustaría estar ahí contigo y hacer el amor...», «Pero ¿enfrente de Filosofía y Letras o enfrente de Derecho?». Siempre me hacía reír, me gustaba de todas las maneras, hasta cuando lloraba. Tal vez porque no lloraba a menudo. Es más, sólo lloró dos veces, cuando perdí a mi padre y cuando la perdí a ella. Qué extraña es la vida. Ella me dejó sin decir nada, sólo... «Lo siento». Y ¿yo qué hice? Me quedé callado, mejor dicho, no, algo sí hice, me acosté con Pozzanghera y besé a una preciosa extranjera. No he hecho más que meterme en problemas, y, sin embargo, yo sólo querría estar aún con ella.

Entonces oigo un extraño ruido, casi imperceptible, continuo, como un lento chisporroteo, como si hubiera algo friéndose. Cruzo la última puerta del pasillo, veo la puerta de la habitación de mis padres abierta y a ella allí, sentada a los pies de la cama.

—Mamá.

Pero lo digo en voz baja, casi para mí, y sigo mirándola, en silencio. Está sentada en la cama y tiene un cajón a un lado, álbumes de fotos y fotografías esparcidas a su alrededor, por la alfombra y en la mesita de al lado. Ese ruido es ella, está llorando. El crepitar de esas fotos que sigue mirando y de vez en cuando se aprieta contra el pecho. En esas fotos está su vida. Sus primeros viajes, Ámsterdam, Holanda, Europa, cuando mis hermanas y yo todavía no existíamos. Después aparecimos nosotros y una foto tras otra vamos creciendo y ellos siempre están ahí, junto a nosotros, papá con sus sonrisas y mamá siempre posando perfectamente. Cuando las miras, las fotografías parecen superadas, como si ya pertenecieran al pasado, es un poco como escuchar la contestadora automática. Todo parece viejo, en cualquier caso notas tu voz desafinada, ni siquiera crees que seas tú, como a veces cuando me miro al espejo del lavabo, o en el elevador, hay algo que siempre me sorprende, que no me esperaba, algo en lo que no me reconozco y que ahora tampoco sabría definir. Como cuando Alessia empezó a salir conmigo, sí, o sea, cuando nos besamos. Recuerdo que volví a casa y no cabía en mí, entré en el elevador, me encontré frente al espejo y empecé a gritar como un loco: «¡Qué increíble, carajo ! ¡Soy un tipo genial!», moviendo los puños como si hubiera marcado un gol. Sí, aquella vez me gusté un montón. Aquella vez.

De repente oigo que sorbe por la nariz, entonces abandono mis pensamientos. Tiene un pañuelo en la mano y mientras se seca las lágrimas vuelve a poner en una caja las fotos de una vida, de su vida, de nuestra vida. Las coloca en orden mientras llora y me parece más pequeña, al igual que su desesperación me parece inmensa.

Es como si alguien te hubiera engañado, pero ni siquiera tienes la posibilidad de perdonarlo. Te sientes como si te hubieran quitado un pedazo de ti, algo que formaba parte de tu cuerpo ya no está, te lo han arrancado, cortado. Mi padre, su marido, el padre de mis hermanas, mi amigo. Sí, también era mi amigo. Y empiezo a llorar yo también y me siento tan estúpido, aquí, en la puerta de la habitación de mi madre, con ella llorando un poco más allá, solos en nuestro dolor. En cambio, debería ir hasta allí, tomarle la mano, besarla en la palma, llevármela a la cara, dejarla así, cerrar los ojos, compartir con ella mi dolor, sabiendo que el suyo debe de ser mucho más grande, si no por otra cosa por todo el tiempo que pasaron juntos, por lo mucho que se quisieron, por el hecho de haber tenido hijos. Luego, de repente, un pensamiento, una fotografía, una dramática verdad: con Alessia yo nunca tendré nada de todo eso. Y me siento mezquino por pensarlo, me siento un ladrón, peor todavía, un chacal, uno de esos que, aprovechándose de las catástrofes, hacen lo que les interesa, no miran a nadie a la cara y roban entre los muertos.

Tendría que ir hasta mi madre y decirle algo, pero no me sale. Entonces, de puntillas, me alejo, vuelvo a mi habitación y cierro la puerta. Hoy mamá no ha ido a trabajar, se ha quedado en casa llorando. Este momento, del cual tal vez ella nunca sepa nada, ya ha entrado con prepotencia en mis recuerdos y se quedará para siempre, y me gustaría haber sido mejor para que no hubiera ido de esta manera.

Me lo quito todo, calcetines, calzoncillos, y me meto en la regadera. Sí, debería haber sido mejor, y sigo repitiéndomelo mientras lloro bajo el agua caliente y mis lágrimas se confunden con todo lo demás, igual que mi vida en este momento. Me quedo un buen rato, me relajo, y estúpidamente pienso en todo lo que podría haber hecho, en una de las tantas frases que podría haberle dicho a mi madre, incluso simplemente «Te quiero», y, en cambio, no he hecho nada de nada. Después cierro la llave, me pongo la bata y me doy cuenta de que me ha llegado un mensaje al celular. Me quedo un rato mirándolo, en ese baño lleno de vapor con el espejo completamente empañado, con la capucha de la bata en la cabeza como un púgil o un rapero americano. A propósito, ¿qué ha sido de Eminem? De vez en cuando, mi cerebro me abandona y se preocupa por tonterías cuando resulta que mi vida es un enorme lío. Las extranjeras no pueden ser, porque no nos hemos dado el número. Gio. Sí, pero ¿qué tiene que decirme? Ya nos lo hemos dicho todo... Podría ser uno de mis amigos. ¿Valeria? No, me parece que hasta ha apagado el teléfono. ¡Pozzanghera! No, no creo. Tiene suficiente dignidad como para actuar como un trapeador... ¿Y si fuera ella? Ella. Ella, con la que no hablo desde..., bueno..., es inútil que esté calculando todo el rato. No me queda más que abrir el mensaje en vez de seguir haciéndome preguntas imposibles.

«Te espero en piazzale Aurelio, 7, a las ocho y media. Urgente. Problemas. Fabiola.»

¡Pues claro, Fabiola! Sí, ya, ¿cómo no se me ha ocurrido pensar que podía ser ella?

26

Vuelvo a mirar el mensaje, lo examino. «Te espero en piazzale Aurelio, 7...» Pero ahí hay un restaurante, el Arco Antico, que además es muy elegante. Tal vez mi hermana se haya equivocado. Miro el reloj. Ya son las ocho y cuarto, he quedado con Gio que nos veríamos debajo de su casa a las nueve para ir a recoger a María y a Paula. Me espero un rato allí delante, veo pasar un Panda, después un Golf, pero nadie se para. Mis hermanas siempre consiguen complicarme la vida. Llega una pareja que me mira, me aparto y entran en el restaurante cerrando las puertas a su espalda. Me asalta una duda: ¿y si ya hubiera llegado? Decido entrar para asegurarme.

—Buenas noches, estoy buscando a una persona.

—¿Ha reservado?

—No lo sé, no creo... Albini.

El mesero abre una agenda y busca.

—Por aquí, por favor...

O sea, no lo puedo creer, mi hermana incluso quiere que cenemos juntos.

Ah, sí, claro, cómo no, Fabiola se cree que sólo existe ella, que todos estamos a su disposición, que sólo ella tiene problemas, pero... me quedo sin palabras.

—Aquí está su mesa, por favor...

—Hola, Niccolò.

Vittorio, el marido de mi hermana, me sonríe. Está sentado a la mesa y acaba de beber de su copa de vino blanco. La deja, se seca la boca y me señala la silla delante de él.

—Por favor, por favor, siéntate...

Me siento frente a él. La mesa está puesta para dos, y de ella no hay ni rastro.

—¿Y Fabiola? ¿Vendrá?

Me sonríe de nuevo.

—No, no, ha dicho que era mejor que nos arregláramos los hombres entre nosotros.

—Ah..., claro.

Justo en ese momento noto que vibra mi celular. Lo saco del bolsillo del pantalón.

—Disculpa.

—Por favor...

Me ha llegado un mensaje. Es ella, mi hermana Fabiola.

«Nicco, perdona, pero ya no puedo más. Le he dicho que tenías problemas, pero cuéntaselo todo, dile que vuelvo a estar con Claudio.»

Borro el mensaje y cierro en seguida el celular. Trago saliva. Vittorio se da cuenta.

—¿Va todo bien?

—Sí, sí, todo bien. ¿Puedo tomar un poco de vino?

—Por supuesto... —Toma la botella y me mira intentando saber lo que ocurre—. ¿Va todo bien? ¿En serio? ¿Estás seguro?

—Sí, sí, claro. —En cuanto acaba de servirme el vino en la copa, la levanto y me lo tomo de un trago.

—Oye, ¿estás con el estómago vacío? ¡A ver si te vas a emborrachar, ¿eh?!

—No.

—¿Seguro?

—Claro...

—Ah, ya, es verdad, ustedes los jóvenes aguantan bien el alcohol...

La verdad es que yo, con una copa, ya estoy borracho, pero tampoco es el caso de decírselo, junto con todo lo demás, naturalmente.

—Pues pedimos algo...

—Sí, bueno...

No sé cómo decirle que en realidad debería estar ya cenando en otro sitio.

—Yo quiero algo ligero...

—Ah, claro...

No sé qué quiere decir. Abre la carta y la mira con curiosidad, de vez en cuando levanta la vista para observarme.

—¿Has decidido lo que vas a pedir?

—Sí, jamón...

—¿Sólo eso?

—Sí..., no me encuentro muy bien.

—Ah. —Está ligeramente decepcionado—. Está bien, pues yo también tomaré algo ligero. —Llama al mesero, que en seguida acude a la mesa.

—¿Sí? Dígame.

—Bien, para el señor, jamón... ¿Cuál quieres?

—Oh, el más sabroso que tengan.

El mesero me sonríe contento de poder presumir de servir esa rareza.

—Tenemos un excelente ibérico.

—Okey, me parece muy bien.

—¿Y para usted?

—Yo quiero... —Echa una última ojeada a la carta—. Pasta con hongos y después un osobuco.

—Perfecto.

—Ah, ¿antes puede traerme una mozzarella de búfala? ¿Es fresca?

—Fresquísima, ¿quiere un poco de jamón para acompañar?

—Sí, gracias, de Parma.

—De acuerdo...

Vittorio se coloca la servilleta, se la extiende sobre las piernas. Menos mal que iba a pedir algo ligero. Después hace una mueca, levanta los ojos y me mira, se queda durante un rato en silencio, ligeramente incómodo. O es un excelente actor o efectivamente le cuesta decirlo.

—¿Y bien, Nicco?, ¿qué sucede?

—¿Eh?

—¿Qué sucede?

Me lo quedo mirando. ¿Que qué sucede? ¡Sucede que estás metido en un buen lío, que mi hermana es una auténtica cabrona y que tú te casaste con ella! Y también sucede que tienen un hijo y, aunque no se den cuenta, él sufrirá con todo esto, pobre Francesco, lo siento más por él que por nadie. Pero, naturalmente, no consigo decir nada de todo eso. De modo que permanezco un instante en silencio. Y Vittorio me mira con una expresión adulta, con la sonrisa apacible de quien es capaz de comprenderlo todo. Tengo ganas de ver lo que dice ahora. Tal vez será mejor que sea yo quien diga algo, tal vez pueda hacérselo entender de alguna manera.

—Bueno...

—No. —Pone una mano delante y cierra los ojos, como haciéndome callar—. No digas nada. —Después vuelve a abrirlos y me mira de una manera todavía más intensa—. Ya lo sé todo.

—¿Lo sabes todo?

—Sí...

Exhalo un suspiro de alivio, menos mal, no creo que hubiera podido decírselo nunca.

Vittorio continúa.

—Ya he pasado por eso...

¿Cómo que ya ha pasado por eso? ¿Si Fabiola nunca me ha dicho nada? O sea, ¿ya había ocurrido? Y ¿con Claudio o con otro? Mi hermana está loca. ¡Mis dos hermanas están locas! Luego Vittorio prosigue:

—Yo también perdí a mi padre y en esos momentos fue terrible, en los meses siguientes no sabía quién era, no hablaba, no tenía ganas de salir, no comía... —Me sonríe—. Igual que tú esta noche.

—Eh..., sí. —No consigo decir otra cosa y permanezco allí, en silencio, escuchándolo.

—Tienes que saber que mi padre lo era todo para mí, era mi punto de referencia, la persona a quien imitar, a quien parecerme..., a quien superar, sí, porque para mí era un desafío, era alguien con quien yo de pequeño no hablé nunca mucho, no conseguí abrirme con él, pero después, con el tiempo, se estableció una relación de..., tampoco estima, no sé cómo decirlo... Sí, de consideración. —Me mira satisfecho, como si no hubiera resultado fácil encontrar esa palabra—. Algo parecido a lo que te ha ocurrido a ti...

—La verdad es que...

Pero no me deja hablar, prosigue inmediatamente.

—Sí, porque mi padre era difícil, se encerraba en sí mismo, e incluso cuando hablábamos yo me daba cuenta de que él en realidad no me escuchaba. Al contrario, a veces hablaba al mismo tiempo que yo, o mientras yo hablaba él guardaba silencio pero, cuando debería haberme contestado, hablaba de otra cosa, o sea, que no me había escuchado en absoluto. Y, sin embargo, precisamente el deseo de despertar su interés se convirtió en la razón del profundo amor que todavía siento hacia él. Y no creo que...

¡No lo puedo creer! O sea, no me hace ningún caso. ¡Yo quería decir otra cosa! ¡Yo no me parezco en nada a ese retrato! Mi padre me escuchaba. Mi padre se reía conmigo, mi padre me ayudaba, me aconsejaba, tal vez también se reía de mí, pero lo hacía con amor, me tomaba el pelo, pero era su manera de suavizar mi carácter, para hacerme mejor.

Como cuando me enojaba y me iba del partido de futbol rápido en el patio y entonces él me contaba esta historia: «Eres como el marido que para disgustar a su esposa se corta el pajarito...» ¡Me pareció algo absurdo, pero era un buen ejemplo! Y me hizo reír un montón cuando después se lo conté a Gio y él me dijo:

—¡Es verdad, ha citado la historia de los Bobbitt del 93! Es vieja, pero después ha habido otras! Durante un tiempo fue una verdadera moda en América, parece que las infidelidades incluso disminuyeron.

—Pero ¿qué tiene que ver?, no lo has entendido, es el marido el que se corta el pene para contrariar a su mujer.

—¡No, eso es imposible! Nadie haría una idiotez así...

Para Gio lo justo era que todo quedara encuadrado de la mejor manera, y fue precisamente eso lo que me hizo entender lo indicada que era la fórmula de mi padre. Y todavía hoy, cuando renuncio a algo bonito por culpa de mi estúpido carácter, me viene a la cabeza. Sí, pienso en aquella frase y sonrío, y entonces acabo cambiando de idea. Y pienso que mi padre era genial porque, al fin y al cabo, con una frase tan tonta me ha evitado hacer un montón de idioteces.

Han traído mi jamón ibérico y su mozzarella de búfala con jamón. Es enorme. Vittorio la corta, se mete un trozo grandísimo en la boca y mientras parte de la leche le resbala por la comisura empieza a hablar otra vez.

—¿Te haces una idea de cómo era mi padre? En el fondo era un hombre sencillo, un trabajador sin sentido del humor, pero tal vez lo encontraba en la vida. Como era un poco el tuyo, por otra parte... —Se seca con la servilleta y a continuación se mete una loncha de jamón en la boca y sigue hablando mientras mastica—: Tu padre me caía bien. Recuerdo que, cuando Fabiola y yo estábamos a punto de casarnos, nuestros padres discutieron. Era natural. Mi padre no quería regalarnos el departamento, y los gastos de la boda eran muy elevados..., y luego...

Habla de cosas que, sinceramente, desconozco y me dan absolutamente igual, y me imagino a mi padre en aquellas discusiones, no sé si le importaban mucho, él odiaba hacer cálculos y el dinero siempre fue un medio, no un fin, y por tanto carecía de todo interés.

—Al final llegaron a un acuerdo, pero yo dije que no, que no era justo, y discutí con tu padre...

¡Encima! ¡Menuda hueva! Menuda pesadez, toda la preparación de la boda, la lista de invitados y otras mil decisiones... Y mi padre teniendo que escuchar a Vittorio y a su padre, que ya se ve que son idénticos, que hablan a la vez, que no escuchan, que no tienen curiosidad ni nada.

—Entonces encontramos la solución más adecuada, porque al fin y al cabo siempre es así, la solución está en el término medio —y dice esas frases tan banales mientras ataca la pasta con hongos.

Miro el reloj, es tarde. Desde debajo de la servilleta mando un mensaje a Gio.

«Retrasado.»

Poco después llega su respuesta: «Yo también.» Es increíble, siempre me pone de buen humor. Y luego, afortunadamente, llega el segundo. Y en cuanto Vittorio por fin se come el último trozo de osobuco, yo miro el reloj.

—Disculpa..., pero tengo que salir pitando. ¿Sabes?, Valeria va a volver, y no quiero que no haya nadie, y además mi madre...

—Sí, sí, claro. —Se seca la boca, se sirve un poco más de vino—. No te preocupes, ve, ve, yo me encargo de todo.

¡Esto ya es demasiado, sólo faltaría que pagáramos a medias después de todo lo que se ha comido! Pero me encanta burlarme de él.

—Okey, gracias...

Y luego me alejo.

Pero Vittorio me detiene.

—Ah, oye.

—¿Sí?

—¿Qué tengo que decirle a Fabiola cuando me pregunte? ¿Sabes?, para ella era muy importante que cenáramos juntos.

—Dile que... a veces es difícil hablar. Ella lo entenderá.

—Claro. —Y asiente contento, como si ésa fuera justamente la frase que esperaba.

Poco después estoy en el coche, manejo de prisa intentando recuperar el tiempo perdido cuando me llega un mensaje. Puede que sea Gio, que quiere tener noticias. Sin embargo, es Fabiola, con una increíble tempestividad.

«¿Y bien?, ¿cómo fue? ¿Se lo dijiste?»

Contesto sin titubear:

«¡Claro!»

El tiempo de escribir y en seguida llega otro mensaje.

«Y ¿cómo se lo ha tomado?»

«Muy bien. Dijo que ya había pasado por ello.»

Bueno, no siempre tendré que apechugar yo, ¿no?

27

Gio y las dos extranjeras están en el restaurante de Renato y Luisa, en una pequeña travesía detrás de largo Argentina, en via dei Barbieri, 25.

Cuando entro los encuentro en la mesa riéndose. Renato se exhibe con unos trucos de magia y hace aparecer unas flores de debajo de una servilleta después de haber hecho desaparecer una rebanada de pan.

—¡Oh, no, Renato! ¡Este pan está superrico! Las flores no pueden comerse...

Gio sigue siendo el de siempre. Me siento con ellos y en un instante me olvido de Vittorio, de Fabiola y de todos sus problemas.

—Pero ¿dónde estabas? ¿Qué habrás estado haciendo? María estaba como loca... —Gio se ríe mientras la mira y le guiña el ojo—. Me da que está loca por ti. Esta noche es como Nutella untada sobre esta rebanada de pan... ¡Sólo tienes que hincarle el diente!

—En este momento se me antoja salado...

Y entonces pruebo los palitos.

—Sí, bueno... Es realmente cierto, Dios le da pan a quien no tiene dientes...

—Era broma...

—Pues vete entrenando, ¡toma, prueba esta hogaza!

Está riquísima, se funde en la boca. Sabe a queso, tal vez requesón, y también un poco a menta. Gio, que es un verdadero gourmet, ha escogido un blanco, un sauvignon que acompaña toda la primera parte de la cena.

—¡Luisa, tienes que hacer que estas dos se suelten!

La señora se ríe y niega con la cabeza.

—No, no, yo no quiero tener la culpa de nada...

—No te preocupes... —Luego se dirige a María y a Paula—: ¿Quién está *libero di colpa*? *Capito «colpa»*?

Ambas asienten.

—Que tire la primera *pietra*... ¿lo *sapete*? ¡Es Jesucristo!

María se ríe, Paula le da un empujón, y justo en ese momento llega Luisa.

—Bueno... Aquí están las *provoline* gratinadas con jamón serrano ahumado y ciruelas. —Las deja en el medio de la mesa—. Y también les he traído flores de calabaza rellenas de requesón con semillas de girasol... ¡Si con esto no pierden la cabeza quiere decir que no tienen ni idea! —Y se va dejándonos así, extasiados con el aroma de esos platos recién cocinados.

María y Paula los prueban. Soplan un poco porque todavía queman, pero cuando los muerden los notan supersuaves. El requesón está como aprisionado por la pasta, y la flor de calabaza con anchoas espolvoreadas por encima es un espectáculo. María cierra los ojos mientras come y después los abre lentamente.

—Es *fantastici*...

Le sonrío.

—Sí, como uno *dei tuoi baci*.

Ella también me sonríe, se acerca y me da un beso suave en la boca.

—¿*Dove* estabas? *Per* un momento pensé que no vendrías. ¿Sabes *quello* que *io* he *pensato*? Que habías *tornato* con tu *ra-*

gazza... —Se queda en silencio durante un momento—. Y debo *dire* que me he sentido triste... Y me he sorprendido *molto*. —Después sonríe—. ¡Pero *adesso* estás aquí! —Y yo también sonrío, naturalmente fingiendo que lo he entendido todo, aunque debía de tratarse de algo bonito teniendo en cuenta que me acaricia la mano.

Entonces tomo una pequeña *provola* y se la ofrezco, ella le da un mordisco para partirla por la mitad y luego la empuja de nuevo y la acompaña hacia mi boca invitándome a comerla. Y eso hago. Está riquísima, con el jamón ahumado y las ciruelas, con ese sabor un poco dulce y un poco salado.

—Ésta es su especialidad... —Gio me mira satisfecho—. Rico, ¿eh? Dulce y salado... *Dolce* y *salato*, también en las otras *portatas*.

—¡Sí, es *delizioso*!

Y siguen trayendo pequeñas porciones, albondiguillas de codillo, boquerones marinados con naranja y después unas fantásticas degustaciones de primeros, tallarines con queso y pimienta y flores de calabaza, tallarines con boquerones y queso de oveja, ñoquis *strozzapreti* con trufa y hongos con salsa amatriciana.

—*Questo* está *incredibile*...

—Sí, *si chiama «strozza»*...

Gio me pone las manos al cuello fingiendo que me estrangula, yo saco la lengua para seguirle la corriente y simulo un estertor. Entonces Gio se pone a rezar.

—¡Cura!

—¿Cura? ¿Estrangulacuras...? ¿Y *perché*? —María está sorprendida por el nombre.

Gio se encoge de hombros.

—*Non lo so*, pero están muy ricos... Repite *con me. Sono buoni!*

María repite riendo.

—*Sono buoni!*

Y con el acento español todavía hace más gracia. Me viene a la cabeza Alberto Sordi.

—¿Tú conoces a Alberto Sordi?

—Sordi, no. *Chi è?*

—Es uno *molto famoso*, una persona estupenda... «*M'hai provocato? E io me te magno!*» —Y me abalanzo sobre esos espléndidos tallarines, imitándolo. Pero está claro que no pueden conocerlo, son demasiado jóvenes, y, sin embargo, su primera película fue precisamente la que hizo que me enamorara de la idea de viajar, de conocer otro país, otro idioma, y quizá sea algo que ocurra antes o después.

—¡Aquí están los segundos! —Esta vez es Renato quien trae varios platos con las dos manos, parece un malabarista, los hace girar y los deja sobre la mesa con delicadeza—. ¡Tiras de carne con nueces, rollitos de berenjena, codillo guisado con papas! —Cada plato es una degustación de estos manjares distintos, y esta vez Gio ha elegido un buen tinto.

—Es un montepulciano, es excelente, huele, huele, huelan.

Lo sirve en las copas que nos han traído y nos lo hace probar a todos. Está realmente rico, más fuerte que el primer blanco.

—¿Notas qué cuerpo?...

—Pero ¿dónde has aprendido todas estas cosas?

—¡Beatrice hizo un curso de sumiller!

—No lo puedo creer, y ¿cómo fue eso?

—Su padre es propietario de una bodega y ella trabajará allí, me estuvo enseñando algunas cosas...

—Ah. Y ¿a la otra no le extraña que sepas tanto sobre vinos?

—También puedo haberlo aprendido en internet...

—¡Sí, claro, cómo no, ya te veo haciendo un curso de sumiller mientras descargas porno!

—Bueno, en todo caso Deborah no se hace tantas preguntas, y además está contenta porque su padre tiene un restaurante... ¡y así puedo enseñarle a maridar los vinos!

—Pues claro... mientras Lucia, la del pub, te cuenta los secretos de la cerveza.

—¡Exacto! ¿Lo ves? Poco a poco me voy enriqueciendo culturalmente..., así los extranjeros nos verán como a un pueblo que ama sus tradiciones y conoce el arte, incluso el culinario. A propósito, ¿has visto estas dos, qué culinarias? Están de vicio, ¡¿eh?!

Se ríe como un loco después de ser el primero en darse cuenta de la enorme tontería que acaba de decir.

—Esto lo tienen que probar obligatoriamente, es nuestra especialidad... —Aparecen juntos Renato y Luisa.

En realidad no sé quién de los dos es el cocinero. Tal vez ninguno de los dos y el verdadero mago sea otra persona, pero no importa, nos hacen sentir tan a gusto que casi parece que estés en casa de un amigo, diría que la mejor cualidad que puede tener un restaurante.

—Aquí tienen, pastelito de chocolate con crema de mascarpone...

Y nos ponen cuatro delante. Paula ni siquiera espera a que le den una mínima explicación: ya ha metido la cuchara en el pastelito, toma una gran porción y se la lleva a la boca como si fuera una niña mimada.

—Mmm. ¡Es *incredibile*!

Gio no se queda atrás, parece que estén haciendo carreras, casi lo engullen, con la cuchara hacen cada vez más ruido en el plato y al final gana Gio.

—¡Ya está! —Después la mira con aire malicioso, levanta la ceja lleno de deseo y sonríe de manera libidinosa.

—¿Nos tomamos otro? *Un altro?*

Salimos al cabo de un rato, tengo que decir que la cena ha sido fantástica.

—Vengan, tengo una idea genial, estoy seguro de que se quedarán sin palabras... *Ho pensato una grande idea...*

Se encamina hacia el gueto, pasa de largo el Bartaruga, en piazza Mattei, y va hasta el pequeño callejón, luego vuelve a girar a la derecha y llega a via Sant'Ambrogio.

—Ya hemos llegado, nos están esperando.

Leo el cartel: ACQUAMADRE HAMMAM.

—No lo puedo creer, un baño turco... Pero no tengo traje de baño.

—¡Aquí los tienen! —Abre la bolsa que lleva colgada a la espalda y saca unos paquetes con cuatro trajes de baño—. Paula, María, éste es para ti y éste es el mío. De todos modos estaremos solos, también podríamos bañarnos desnudos. —Me guiña el ojo y desaparece en el interior del establecimiento—. Hola, Manu, vienen conmigo. Ya he hablado con Armando...

Manu, una hermosa muchacha con un *piercing* en la nariz y absorta con lo que está ocurriendo detrás de la pantalla de una computadora, ni siquiera nos mira.

—Okey. Ya conoces el camino, ¿no?

—Sí... —Gio baja de prisa algunos peldaños y desaparece en el piso de abajo, nosotros lo seguimos—. Ustedes vayan hacia allí. ¿Qué les parecen los trajes de baño? ¿Les *piace il colore*?

—Sí, *perfetto*. ¡Hasta la talla *va bene*!

Y sonriendo le guiña el ojo a Paula, que niega con la cabeza divertida.

—¡Tú estás *pazzo*!

—Sin duda, *di te...*

Poco después, Gio y yo estamos en el agua, está estupenda, caliente en su punto justo, y también sentimos un poco de curiosidad porque las estamos esperando.

—¿Has visto qué increíble de noche? Una cena perfecta, ahora aquí en las piscinas, como los antiguos romanos, es más, mucho mejor...

—Y ¿por qué?

—¡Porque ellos no tenían a las extranjeras! ¡Fiuuu! —Profiere un silbido y, rápido como una serpiente de cascabel, me pellizca entre las piernas.

—¡Quítate! —Me echo en seguida hacia atrás, muy de prisa.

—Además, está todo pagado, ¿qué más quieres?

—Sí, de hecho no creo en lo que ven mis ojos..., mejor dicho, ¡mis bolsillos!

—Ay, amigo, yo cuando digo una cosa, la hago. ¡Ya vienen! ¡Ya vienen!

Se ven los reflejos lejanos de ese pelo claro. El vapor crea una niebla ligera que las envuelve, las esconde, las acompaña descubriéndolas sólo al final, cuando salen charlando por la puerta de cristal.

—¡No, han encontrado toallas!

Gio está decepcionado. Pero, cuando llegan a la piscina, se las quitan, lo hacen casi a la vez, lentamente, dejándolas allí, en el borde. Paula se avergüenza un poco, se cubre con las manos y entra en seguida en la piscina. María, en cambio, parece más segura, levanta los brazos y se recoge el pelo con calma, se lo sujeta en lo alto de la cabeza. Mientras lo hace, me mira, se pone una liga en la boca y me sonríe. Y yo no puedo evitar mirar su pecho, redondo, firme, sobre el que el pequeño traje de baño que ha elegido Gio parece estar simplemente apoyado. Ella se da cuenta y se echa a reír, después entra en la piscina y en seguida viene a sentarse junto a mí, recuesta la espalda, cierra los ojos y se relaja. El agua está muy caliente. El teléfono que Gio ha dejado en el borde empieza a sonar, él contesta y se pone a hablar. No oigo lo que dice, estoy demasiado pendiente de

María, que ahora se me ha acercado más, me roza con la pierna y yo intento distraerme.

—¿*Vi piace* aquí?

Y ella empieza a hablarme.

—¡Sí, este lugar es *veramente bello*! Tú eres *bello*, es un viaje completamente diferente. Muchas de mis *amicas* me han dicho lo que es *uscire* con *italiani*, pero algunas dijeron que no tuvieron *buona fortuna*, hicieron *amicizia* en piazza Navona o los clubes de por allí y luego los *ragazzi* intentaron llevarlas a la cama *subito*... No *come te*. —Entonces ella de repente deja de hablar y me mira—. ¿Has *capito*?

La miro perplejo.

Ella insiste.

—¿Has *capito*?

Esta vez me habla más despacio.

—¡Ah, sí, me parece..., o sea..., *qualcosa*!

Ella se ríe, niega con la cabeza, después da una brazada en la tina y se reúne con Paula en el otro lado. Justo en ese momento empieza a sonar la música.

Tu vuo' fa' l'americano, americano, ma sei nato in Italy...

Gio se me acerca.

—¿Te gusta? ¡Le he dicho a Armando que la ponga! Esta noche vamos sobre seguro. Ya verás luego. Fiuuu...

Y como una serpiente de cascabel vuelve a pellizcarme entre las piernas.

—Qué pesado... —Pego un brinco hacia un lado.

Mientras tanto, María habla con Paula y sigue mirándome, le sonríe, le dice que sí, que lo tiene decidido, que es así, así y punto. Paula le replica algo, María niega con la cabeza, no. «Bueno, como quieras», parece decirle Paula, que al final acepta su decisión. Después parece como si fuera una de esas escenas de película, cuando se produce el intercambio: María deja a

Paula y viene hacia mí, mientras Gio va hacia ella. Aunque normalmente están en un puente, los rehenes caminan lentamente y cuando llegan a su destino se abrazan. En cambio, ella me besa y me acaricia, me susurra cosas al oído, luego se aleja un poco y me mira con más atención, como si me sondeara. Me parece preciosa y cuando vuelve a acercarse desliza su mano más arriba, sobre mi muslo, cada vez más arriba, y se da cuenta de cómo la deseo. Entonces la atraigo hacia mí y también la acaricio, la beso y le toco el pecho, y lo noto todavía más duro de lo que me había imaginado, lleno, redondo, lozano, y bajo con la mano a las caderas y las tiene delgadas, sin una gota de grasa, pero suaves, sin aristas. Sigo descendiendo, más abajo, la piel tersa, y todavía más abajo... Entonces ella nota como un escalofrío, pero después se deja llevar, separa un poco las piernas y yo meto la mano en su traje de baño, pequeño, tan pequeño que comprendo como nunca que Gio es un genio.

Lo miro. Está en el otro lado de la piscina con los brazos hacia atrás, en el borde, completamente relajado. Tiene los ojos cerrados y se deja besar por Paula, pero sin prisa, con su famosa filosofía.

«Hay un momento para todo.» Se nota que ahora no es ese momento.

María suspira en mi oído, me habla en español, mientras mis dedos se mueven dentro de su traje de baño, dentro de ella, acompañando sus suspiros mientras me muerde el labio y luego la oreja, se frota contra mí y en un instante siento que llega al orgasmo y al final se deja caer sobre mi pecho y me abraza con fuerza, con mucha fuerza.

—¡Vamos a cerrar! —La muchacha con el *piercing* en la nariz que estaba en la recepción abre la puerta de cristal de par en par, gritando—. ¡Diez minutos! —Después deja la puerta abierta y desaparece tal como ha venido.

María me sonríe.

—Justo a *tempo*...

Y me da un último beso. Después sale rápidamente de la piscina, toma la toalla y sin ponérsela siquiera se va hacia los vestidores seguida de Paula, que, en cambio, va completamente tapada.

Gio se abalanza sobre mí como un halcón.

—¡Carajo, vaya tipazo que tiene María! ¡Para cortar el aliento! Tiene un trasero que habla y los senos le hacen eco. Y ya la he visto, oh, estaba llegando a la ebullición.

—Oye, perdona, pero si estabas durmiendo...

—Sí, ya estamos otra vez, ¡yo siempre tengo un ojo abierto!

E, inevitablemente, me hace «fiu...» por tercera vez, rápido como una serpiente de cascabel, y no consigo evitarlo.

—¡Ah, basta!

—¡Pellizco a la pitón!

A la salida de los vestidores estamos más relajados y, mientras esperamos en la entrada, la chica del *piercing* en la nariz nos da unos folletos.

—Si quieren volver en horario normal, también hacemos muchas otras cosas: limpiezas, arcilla, barro, masajes con aceite de argán, máscara de arcilla, de rosas, masajes con manteca de karité y muchos otros tratamientos... Si sacan un abono, les puedo hacer un regalo... —Luego sonríe—. Venga, va, dos, y para sus amigas también.

Gio interviene.

—Gracias, lo vamos a pensar, somos muy amigos de Armando...

—Ah, como quieran.

La chica vuelve a sentarse frente a la computadora, debe de tener comisión, según las inscripciones que haga, de otro modo no se entiende su interés. Poco después llegan María y Paula, se secaron el pelo, que es suave y vaporoso, y todavía tienen las mejillas coloradas, caldeadas por la temperatura de los vestidores.

—Ya están aquí, vámonos... ¡Tengo una sorpresa para ustedes!

Gio es el único que parece no acusar el baño en la piscina a temperatura supercaliente. Tiene la adrenalina a tope, como siempre. Toma a Paula de la mano y sale de AcquaMadre.

—¡Aquí está! *Vi piace? Facciamo* un tour romántico por Roma.

Una carroza con caballo y cochero incluido está allí parada frente a nosotros.

—¡Se llama *botticella*!

Paula repite, divertida:

—*Botichela...*

—Sí, pero con *due* «t» *e due* «l». *Botticella*, les gustan los caballos..., ¿*vero*, Cristiano?

—¿Cómo? —El hombre de la carroza se arregla el extraño sombrero y mira a Gio con curiosidad—. ¿Qué dices?

—Que nos encantan sus caballos...

—¡Pues claro, a rabiar! Nunca dejo que se cansen, como mucho les hago hacer dos paseos al día, ¡y hasta he puesto unas ruedas grandes de goma que cansan menos! ¡Díselo, soy animalista! ¡Esta tradición no debe desaparecer! En toda Europa todavía quedan carrozas de caballos, las inventamos nosotros, los romanos... y, en cambio, aquí corren el riesgo de desaparecer.

—Sí. Es *una nostra* idea *nel passato*, el Imperio romano... ¿Saben?, como en *Gladiator*, Russell Crowe, ¿la han visto? ¡Pues eso, es lo mismo! *Ci piacciono* los caballos.

Las ayuda a subir a la carroza y un instante después estamos dando una vuelta por Roma.

Cristiano nos invita un vino espumoso. Gio intenta abrirlo desesperadamente, le cuesta un poco pero al final el tapón sale volando de la *botticella* justo cuando cruzamos piazza Venezia y Gio, como un surfista, abre las piernas e intenta verter el vino espumoso en las copas que tenemos en la mano, mientras el carro camina decidido y baila sobre los antiguos adoquines. Pasamos por via del Corso, subimos por via del Tritone, giramos a la izquierda por piazza di Spagna y más espumoso. María y Paula se ríen y brindan.

—¡Por que Roma sea *sempre* tan *bella* cada vez que *ritorniamo*!

Y se tragan el espumoso hasta la última gota y se toman otro mientras subimos por via San Sebastianello y piazza Trinità dei Monti. El caballo camina de prisa sin notar nuestro peso y las grandes ruedas de madera antigua giran veloces y silenciosas por viale Gabriele d'Annunzio y luego por viale di Villa Medici, dentro del Pincio. Escondidos por los altos árboles de grandes copas, en la oscuridad del parque, María y yo nos besamos. Después ella se aparta y me mira a los ojos, y me agarra las mejillas como si no quisiera dejarme escapar, como si quisiera decirme algo, y lo hace en italiano:

—*Tu mi piaci molto*. Me gustas mucho.

Y sonríe como si no estuviera muy segura de lo que ha dicho. Sin embargo, lo ha dicho perfectamente, como una preciosa italiana, mientras que yo, dejando a un lado el idioma, me quedo callado, como he hecho otras mil veces, como hice con Alessia. La miro en silencio y sonrío, y todo sería perfecto si sólo supiera decir «Te quiero».

28

—Pero ¿dónde tienes el coche?

—Allí detrás, venga, déjame aquí, que es más fácil...

María y yo bajamos de la carroza. Gio nos saluda desde arriba, al lado de Paula.

—¿Adónde van ahora?

—No lo sé, ¿por qué?

—No arruines la atmósfera de la velada... ¡La tienes al punto!

Hasta Cristiano se ríe.

—Eh, ¿no tendrán otra amiga por ahí?

Sí, ya, por favor, y aparte estoy seguro de que entienden perfectamente el italiano. Gio se ríe de manera grosera y casi se atraganta, después recupera repentinamente la lucidez.

—Oye, Nicco, ¿no pensarás ir a via del Fico, al local que hay detrás de piazza Navona?

—No, o sea, no lo creo, ¿por qué?

—Porque esta noche Bea salía con una amiga suya e iban a cenar al restaurante de Francesco.

—Pero si es medianoche...

—Sí, lo sé, pero siempre me envía un mensaje y esta noche no lo ha hecho... Y Debby ha ido a Campo dei Fiori a cenar a la Carbonara... De hecho, me habría gustado llevar allí a María y a Paula, por suerte el mesero nos conoce y me ha avisado. De todos modos, con Debby no hay ningún problema...

—¿Por qué?

—Ya me ha enviado el mensaje de buenas noches. Está en casa. A estas horas estará durmiendo.

—Ah...

—Total, será mejor que no pases por ahí. Le he dicho a Bea que estaba contigo, que estaríamos en la oficina o en tu casa, estudiando una idea revolucionaria para internet...

—¿Qué? ¿En mi casa? ¿Y si llama?

—Estamos en la oficina.

—¿Y si llama a la oficina?

—Sí, bueno, me rindo...

—Ya, ¿y cuál es esa idea revolucionaria para internet?

—¿Y yo qué sé? Perdona, pero ¿tú crees que si hubiera encontrado una idea revolucionaria para internet estaría aquí haciéndome el idiota? ¡Vamos! ¡Hasta luego, Nicco!

Y se van, mientras Cristiano mueve ágilmente las riendas y *Bronto*, así he averiguado que se llama el caballo, no se lo hace repetir dos veces. Desaparecen detrás de la esquina de piazza Mancini.

María y yo nos ponemos a caminar, en el silencio de la plaza se oye algún coche a lo lejos que pasa de prisa. Bajo el puente Duca d'Aosta discurre el Tíber y, un poco más allá, el estadio Olímpico yace soñoliento falto del entusiasmo de un partido cualquiera.

—Tengo una sorpresa *per te*, ¿quieres *venire con me*?

—Claro, lo que digas, me *piace molto*, me lo estoy pasando *molto bene*, creo que *mai* podré olvidar estas *vacanze*.

Me quedo un instante en silencio, después hago como haría Gio y asiento.

—¿Seguro?

—¡Por supuesto!

Sonriendo se sube al coche y yo abro el techo y pongo música en la radio... *E sarà bellissimo, perché gioia e dolore han lo stesso sapore con te, vorrei soltanto che la notte ora velocemente andasse e tutto ciò che hai di me di colpo non tornasse e voglio amore e tutte le attenzioni che sai dare e voglio indifferenza semmai mi vorrai ferire...* «Y será hermosísimo, por ti tienen un solo sabor alegría y dolor, quisiera sólo que ahora pueda pronto irse esta noche y lo que siempre me dijiste nunca más regrese, y quiero amor y todo lo que siempre sabes darme, y quiero indiferencia si sólo querrás herirme...» Ha empezado a sonar por casualidad *Ti scatterò una foto...* a veces es como si el destino escogiera algunas cosas por ti porque son perfectas. Manejo de prisa y la veo echar la cabeza hacia atrás y quitarse la liga, sus cabellos se pierden en el viento y yo con ella junto a mis pensamientos. Y me siento ligero. Y no hay nada más bonito que la música y el viento y un coche y una chica preciosa. No, me he equivocado. No hay nada más bonito que María. Le aprieto la mano y ella permanece con los ojos cerrados y la cabeza apoyada en el respaldo. Después se voltea lentamente hacia mí y abre sus ojos verdes y me mira en silencio mientras yo sigo conduciendo. Sonríe, y en esa sonrisa está toda la belleza de este momento único que estamos viviendo. Una española y yo, una extranjera y yo, ¡de la que no entiendo el cincuenta por ciento de las cosas que dice! ¿Es tal vez por eso por lo que estoy tan bien? Pero, dos personas tan diferentes, ¿pueden enamorarse? ¿Qué ocurrirá después con esta relación? Normalmente, cuando conoces a alguien, siempre hay algo en común, un amigo, una escuela, una fiesta, un concierto, un lugar donde sin saberlo han vivido los dos... Con ella todo eso no existe. No hay pasado. Pero ¿habrá futuro? Y, además, ¿por qué siempre tenemos que estar pendientes del futuro? ¿Por qué no somos capaces de vivir el presente? Mi padre siempre me decía: «Todo el mundo empieza las cosas en lunes, todo el mundo espera que un día suceda algo, todo el mundo a menudo dice: a partir de mañana... ¡Y, mientras tanto, pierde el hoy!»

Hasta Bato tiene esas ideas, e incluso Guido Pietra. Total, excepto Gio, todos lo ven del mismo modo. Y tengo que decir que yo también pensaba así, pero esta noche, quizá por primera vez, me siento ligado a la tierra, quiero y deseo el hoy, el ahora, ya.

Tengo tomada la mano de María mientras manejo, la miro y estúpidamente me siento superbién, y pienso que esta noche hay que vivirla a lo grande, hasta el fondo. ¿Cómo era aquello en latín? ¡Ah, sí, *carpe diem*! Estaciono en el callejón, sin problemas, a esta hora no hay nadie. María baja mientras cierro el techo y tomo una bolsa de la cajuela.

—Ven *con me*...

—¿Adónde *andiamo*?

—Es una sorpresa. —Saco un manojo de llaves.

—¡Vaya, qué montón de *chiaves*! ¡Como las *chiaves per entrare* en el cielo! ¿Eres san Pedro? —Y sigue diciendo otras cosas, habla muchísimo, pero siempre sonriendo, y estoy seguro de que está diciendo algo divertido, quizá incluso interesante. Bueno, si lo que tengo que hacer es mirar al futuro, una cosa está clara: ¡estudiaré español!

Por fin encuentro la llave. Abro la cerradura. María me sigue. Entramos en el vestíbulo, que es realmente muy bonito.

—¡Es *prezioso*! ¿*Questa* casa es *tua*? ¿Tú vives aquí?

—Sí, *a volte*...

Me mira con asombro.

—¿Qué quieres *dire* con «*a volte*»?

Entramos en el elevador y pulso el siete, la última planta.

—Es como «*multiproprietà*». ¿Entiendes?

—No, *ma non* importa, creo que *questo* es como un *sonno*. Es *uguale* lo que pase.

—¡Sí!

254

Me parece la mejor manera de salir de ésta. Cuando llegamos al pasillo intento abrir la puerta. Tengo suerte y doy en seguida con la llave. Pero ¿no tiene ni una vuelta? Qué raro. Giro la llave y abro. Las luces de la sala están encendidas, hay alguien. No lo puedo creer, pero ¿cómo es posible?

—Ven *con me*...

La cocina debería estar aquí a la derecha, de hecho me acuerdo perfectamente del plano.

—¿Puedes *aspettarmi* aquí? *Un momento solo.*

Le enciendo la luz y la hago sentar en un taburete. Ella mira sorprendida la cocina.

—Este *luogo* es una pasada, pero *allora* yo *non ho capito niente* de ti, parecías un *ragazzo* modesto, ¡pero eres *milionario*!

—¡No lo entiendo! *Cinque minuti* y vuelvo.

—¿*Dove* vas?

—Quiero hacer una sorpresa *per te.*

La dejo sola y corro a la sala, no lo puedo creer, ¿quién hay? Son los propietarios. Me pareció genial traerla a este ático de cuatro millones de euros que se asoma al Coliseo y desde el que se ven los Foros Imperiales. Nada de *carpe diem*, a la mierda, alguien me ha arruinado el plan. Y ¿ahora qué me invento? ¿Puedo decir que es una extranjera que trabaja para una inmobiliaria internacional y que podrían vender el inmueble incluso a un precio más elevado? Claro que no, no se lo creerían ni de broma.

—¿Hay alguien? ¿Quién está ahí?

Entro en la sala, la cruzo y voy hacia los dormitorios.

—¿Hay alguien? Perdonen..., ¿quién está ahí? Una puerta del fondo se abre lentamente y poco a poco aparece él, Gianni Salvetti.

—Hola, Niccolò. Bueno...

—Pero, no puedo creerlo, Gianni, ¿qué haces aquí?

Y encima está casado, y en la agencia es el más soso de todos... O sea, ha tomado las llaves y ha venido aquí, pero ¿con quién?

—Bueno, tú no me has visto, ¿verdad?

Se acerca y me sonríe. Qué raro, siempre me ha tratado como a un tonto y ahora le parezco simpático y hasta inteligente.

—Tú no me has visto aquí. Tienes que hacerme un favor. Me imagino que has venido con unos amigos...

—No, con una amiga. ¿Sabes?, yo no estoy casado.

Cierra los ojos. Yo, en cambio, lo miro y sonrío. Bueno, creo que a veces la vida da un giro y, cuando eso ocurre, tienes que tomarte la revancha, y encima por todas las veces pendientes, sin pasarse, claro, ni tampoco haciéndote el superior o esas tonterías que a veces he oído decir a alguna amiga de Fabiola en sus discusiones de mujeres: «De ésa no tienes que hacer ningún caso, *nobleza obliza*...», o alguna tontería por el estilo. No, no, en este momento le encuentro demasiado gusto a ver la cara de Gianni Salvetti, ¿cómo me la voy a perder?

—Bien, entonces, Nicco, yo diría que no nos hemos encontrado... Sí, eso, ¿de acuerdo?

—Bueno, la verdad es que nos hemos encontrado, pero si tú ahora te vas con tus... amigos, pues, sí, creo que lo olvidaré.

—Está bien..., lo sabía. Sabía que eras así, una persona en la que se puede confiar. Benedetta siempre lo dice... Y el señor Bandini también. Y me alegro de que a partir de ahora nuestra relación sea todavía más cordial. Y lamento si alguna vez he estado demasiado ocupado con el trabajo. De ahora en adelante, para lo que quieras, puedes contar conmigo. Te echaré una mano cuando lo necesites.

Me da una palmada en el hombro y a continuación me sonríe.

—Bueno, Niccolò, si tú te vas para allá, «mis amigos» y yo nos iremos... en silencio.

—Claro...

Y nos separamos así. Gianni Salvetti va hacia la habitación del fondo y ahora me doy cuenta de que la camisa se le sale por detrás de la chamarra y que, observándolo mejor, lleva los zapatos desabrochados. Ahora, él y «sus amigos» se irán y quiere que yo no los vea. Pues bueno.

Voy a la cocina y le sonrío a María.

—Sólo *cinque minuti*... —Ella se encoge de hombros y asiente diciendo «Okey». Tomo la bolsa que traje, sin que ella se dé cuenta.

—¿Quieres *qualcosa* de beber? —Entonces oigo el ruido de la puerta del fondo al abrirse.

Le hago una señal a María para que guarde silencio «Chsss». Salgo de la cocina y cierro la puerta, estoy a oscuras en el pasillo, apenas me da tiempo de tomar el celular y empezar a filmar cuando Gianni Salvetti llega a la puerta principal, la única salida aparte de la puerta de servicio, que precisamente está en la cocina. Abre la puerta de prisa, la luz de la escalera ahora lo ilumina perfectamente mientras hace señales a «sus amigos» para que se den prisa.

—¡Venga, muévete, no hay nadie!

Y justo en ese momento veo salir de la habitación del fondo a Marina, la chica que acaban de contratar en la agencia. No lo puedo creer, pero ¿cómo?, precisamente él, que tanto la había criticado: «¿Cómo puede ser que a veces las hagan igual de guapas que de tontas? Debe de ser un problema de montaje...»

Se ve que Gianni Salvetti ha superado el problema de la estupidez para ocuparse del montaje...

Bueno, está a punto de cerrar la puerta, pero justo en ese instante me ve, allí al fondo del pasillo con el celular en la mano, con el que lo estoy grabando todo. Veo palidecer la cara de Gianni Salvetti, pero él mismo comprende que es demasiado tarde, no le queda más que jalar la puerta e irse. Nunca lo habría imaginado. Nadie podría haberse imaginado una cosa así. Ya ves, Gianni Salvetti. Sí que es verdad: la vida nunca deja de sorprenderte, y los hombres todavía más.

Vuelvo a la cocina.

—Eh, me estaba preocupando.

—Está *tutto bene, scusa*... —Abro el congelador y saco la botella de champán que he metido nada más llegar, luego tomo dos copas de la bolsa.

—¡Vaya, eres una caja *di sorprese*! Pero si *questa* es la *vita* que vamos a llevar... ¡Yo *resto* aquí!

Se ríe. Esta María se ríe siempre. ¡Bueno!

Abro la botella de champán mirando al otro lado de la puerta de la cocina, el tapón estalla atravesando toda la sala y llega hasta el fondo, cerca de los sofás blancos. Vierto el champán en las copas y me la llevo conmigo.

—¡*Vieni con me*, vamos a *vedere* la casa!

Damos una vuelta bebiendo champán. Es una casa realmente increíble. Estamos frente al Coliseo y vemos parte de los Foros Imperiales. Levanto un poco más la persiana del fondo de la sala, eso es, entra la luz de la luna.

—*Vieni con me*...

Salimos a la gran terraza.

—¡Está *molto* alto!

—¿Lo ves? Por allí *arrivavan* los carros en el *passato*, ésta es la calle grande de Roma. Aquí está piazza Venezia, el Palatino...

—Espera, espera. —Corre adentro y poco después reaparece con el mapa de Roma.

—Bueno, ahora te hago ver, nosotros *siamo* aquí...

Y entonces le explico un poco todo, inventando lo que no sé, indicándole los monumentos más extraños y recordando nombres y apellidos de comandantes y emperadores y hasta las fechas de las batallas. Cosa que, si todo hubiera sido realmente exacto, ¡habría sacado un diez en el examen de la universidad, y no un siete cinco! El profesor Leone Giorgi no me habría bajado la nota como, sin embargo, hizo. Seguimos bebiendo y recorremos todo el ático, que es realmente grande, y yo llevo conmigo la botella y la bolsa con todo lo que he traído. Subimos por una escalera de caracol que lleva a una habitación preciosa, debe de ser la principal. Gianni Salvetti no habrá mirado bien el plano, de lo contrario, sin duda habría venido aquí.

Dejo la botella de champán y subo la persiana con un control remoto. Estoy seguro de que en otro momento no habría dado con él, o no habría tenido pilas, o en todo caso no habría funcionado, en resumen, nunca lo habría conseguido, pero esta noche todo parece mágico. Entonces María se acerca y me besa. Sobre todo es ella la que es mágica. Después me desabrocha la camisa, pero la detengo.

—*Un momento solo.*

Se queda sorprendida y me mira perpleja, piensa que no quiero hacerlo.

—No, no, está *tutto bene*. No estoy loco.

Entonces se ríe y yo abro la bolsa que llevaba y saco unas sábanas de color azul noche.

—*Aiuto.* —Y las extendemos sobre la cama. Las he tomado, junto con la botella, antes de ir a cenar con Vittorio.

María me mira de tanto en tanto con aire malicioso y yo le mando un beso, luego tomo mi iPhone y saco un altavoz pequeño de la bolsa, lo conecto y abro la aplicación de música en el teléfono y selecciono mi lista preferida. Entonces empieza a sonar Rihanna, *Diamonds*. Me acerco a María, le acaricio el pelo, empezamos a besarnos y pierdo el sentido del tiempo, sólo veo su piel lamida por la luz de la luna, la gran belleza de la más pequeña de cada una de sus expresiones. Y al cabo de un rato suena Pink, *Try*, perfectamente sincronizada, y nos dejamos caer sobre la cama igual que en el video, y ella se ríe y me desabrocha el pantalón y yo el suyo. Se lo quita de prisa y también los calzones, y yo la acaricio y vuelve a estar deseosa y apasionada y suave y perfumada y sabe a champán y también me quita la ropa, y ahora estamos los dos desnudos y rodamos por la cama, en la habitación en penumbra, sobre estas frescas sábanas azul oscuro, con la luna allí fuera y el Coliseo y el tráfico a lo lejos... Después le separo despacio las piernas y la acaricio más a fondo, y ella mueve las piernas entre las mías y nos deseamos. Entonces se para.

—Eh..., *dobbiamo* tener cuidado...

—Claro...

Me levanto y voy a la bolsa. También había pensado en eso, pero no lo he sacado porque tener preparado el preservativo en seguida hace que parezcas demasiado seguro de ti mismo o, como dice Gio, acaba trayéndote mala suerte. Pero ésta es mi noche de suerte. Así que me lo pongo y dulcemente la penetro. Es la primera vez que estoy con una extranjera y nunca había visto a una extranjera tan bella. Aun así consigo controlarme, tal vez sea por lo que he bebido. Sí, en fin, tengo menos prisa, eso es, consigo besarla y aguantar sin tener que pensar a la fuerza en otra cosa. Y ella me habla en español y me susurra cosas al oído que yo no sabré nunca y que nadie podrá traducirme, y eso hace que todavía me excite más. Nos besamos con pasión y yo también le digo cosas en italiano, y ella se ríe y me muerde y abre la boca y enarca la espalda y cierra los ojos y luego grita y se queda parada a media altura, sí, así, y nos venimos a la vez, en ese momento precioso e indiscutible en el que no se necesitan palabras, lo dice todo ese instante de felicidad.

Después nos quedamos en silencio, en la oscuridad, abrazados en esa gran habitación, en la noche, sobre esas sábanas azules, bajo la luna ya alta y un tráfico más silencioso. Y en ese instante me vienen a la cabeza tres cosas: la primera es que tal vez, en la confusión de sus palabras en español y de las mías en italiano, le haya dicho: «Te quiero, María», pero no lo creo. La segunda es que me gustaría que mi padre todavía estuviera para poder contárselo y me gustaría enseñarle una foto de María y lo bonita que es. Y la tercera y última es que esta noche no he pensado ni una sola vez en Alessia hasta ahora, con María, y por primera vez en mi vida me parece que la he traicionado.

29

—Hola, Carlo...

—¡Sí, hola!

—¿Qué pasa?

—Hubo un tiempo en que me traías el café.

—Tienes razón, tengo que enmendarme. Es que ayer salí hasta tarde.

—Ya te veo... —Me sonríe—. Ah, bendita juventud.

Mi tío se va y me deja allí, entre los periódicos que acaban de llegar recién salidos de la imprenta. Mi tío es el hermano de mi padre, es más joven que él, y en muchos aspectos a menudo ha dependido de mi padre. Aun así, siempre consiguieron llevarse bien, y eso a veces no es fácil. Creo que, en general, los hombres siempre quieren ir por delante de los demás hombres, ocupar su lugar, lo mismo que sucede todavía en nuestro grupo, en el que entre Gio y Bato nunca se sabe quién toma las decisiones, en fin, siempre hay un jefe de grupo, y en el nuestro, en mi opinión, todavía no está decidido.

Cambio de sitio los ejemplares de *Dove* que acaban de traer y los de *Cioè*. Todo pesa más desde que han decidido que las revistas que incluyen regalos, suplementos o especiales venden más. De modo que la mayor parte van embolsadas, llenas de estupideces absurdas que al día siguiente pasan a ser simple e inútil basura.

—Buenos días, Niccolò, ¿cómo estás?

Es la señora Adele Bandini quien entra, con su sonrisa, con su elegancia y con su perfume. Así es, el perfume de las mujeres es importante, en mi opinión es su tarjeta de visita. Un perfume te desvela quiénes son, o sea, cómo son de verdad, qué pretenden, incluso qué carácter tienen, no sé si me explico. Si una mujer lleva un perfume dulce, para mí es de las que se conforman, si en cambio lleva uno especial o difícil, en fin, si es un perfume que al cabo de un rato te gustaría volver a oler, entonces diría que se trata de una mujer interesante, una mujer con inquietudes. Justo como me parece recordar que es el perfume de esta señora.

—¿Le doy lo de siempre?

—Sí, gracias.

Tomo *Il Tempo*, *La Repubblica*, el nuevo número de *Dove*, *Ville & Casali* y lo meto todo en una bolsa. Me acerco a la señora. Ahí está, es el mismo, no ha cambiado de perfume. Es ligero, es fresco, es una invitación a la mañana, es positivo, es esperanzador, es de rosas. Alessia también llevaba un perfume particular. Un perfume muy difícil. María, en cambio, no lleva perfume, huele a ella, a recién salida de la regadera, a desodorante o quizá a la crema que se ha puesto por todo el cuerpo, delicada y envolvente, suave y...

—¿En qué estás pensando? Veo que sonríes.

—Oh, en nada. —Le entrego la bolsa a la señora y le sonrío—. Estaba pensando en que anoche salí con mis amigos...

—¿Había también alguna chica?

Decido ser sincero.

—Sí, había dos.

La señora me da veinte euros.

—¿Y una de las dos era bonita?

—Sí, una chica preciosa. Tome el cambio.

263

—Dame sólo cinco euros.

—Gracias, señora.

—Bien, me alegro de verte así, ¡seguro que te tocó ésa!

—Sí... —Me echo a reír—. Creo que fui yo quien le tocó a ella.

—Muy bien, al final has entendido que somos las mujeres las que elegimos.

En su caso no hay nada que decir: a pesar de la edad, lleva el perfume perfecto, acertadísimo.

—¿Qué tal estás en la agencia?

—Bien, muy bien.

—¿Has notado algo raro allí dentro?

—No..., ¿a qué se refiere?

La señora Adele me sonríe.

—Ya sabes, la vida entre los compañeros siempre es muy extraña, mucho tiempo juntos, siempre en contacto... Allí hay muchas chicas, ¡y también el marido de mi hija!

—Ah, claro...

Si supiera que yo me he acostado con Pozzanghera, que es su sobrina, y que su yerno se ha acostado o ha intentado acostarse con Marina, la recién llegada, no pensaría que es una agencia inmobiliaria sino matrimonial, mejor dicho, para ser más exactos, una agencia de divorcios.

—Sí, sí, claro...

—Pero, claro, ¿qué? ¿Me lo dirías?

—Era lo que quería decir.

La señora Adele niega con la cabeza.

—Pero tienes razón, te estoy aburriendo con toda esta charla que no tiene nada que ver contigo, estás viviendo un momento dorado y se nota...

Y se va dejándome así, con parte de su cambio en la mano y una sonrisa embobada. Sin embargo, inmediatamente después, encuentro natural pasar revista a mi vida. He perdido a mi padre, mi madre obviamente está destrozada, mi hermana mayor, Fabiola, quiere dejar a Vittorio, incluso quería que fuera yo quien se lo dijera a su marido anoche; mi hermana pequeña, en cambio, ha dejado a Pepe y se ha enredado con Ernesto *el Poeta*, y en este caso también debía ser yo quien hablara con Pepe; por otro lado, a mí me ha dejado Alessia, ella naturalmente no me ha dicho por qué, y no veo que nadie vaya a explicármelo. Pero para la señora Bandini estoy viviendo un momento dorado. Y cuando esté en un momento negro, ¿qué me ocurrirá? Pongo los periódicos en su sitio, *Il Tempo*, el *Corriere della Sera* con los suplementos, *Il Messaggero*, *Il Giornale*. Echo hacia atrás *Auto e Motori*, junto a las otras revistas, pongo *Porta Portese* más a la vista, que acaba de salir, y sigo así durante toda la mañana, y poco a poco, moviendo periódicos y revistas, me relajo.

El trabajo manual permite que la mente se abandone, que no sigas haciéndote preguntas, planteándote todos esos interrogantes que al final ni siquiera tienen respuesta. Hay cosas que suceden y punto. En el funeral de mi padre, don Gianni hizo un discurso muy bonito en la iglesia. Quería hacerme ver que la desaparición de un padre es un paso natural de la vida y hacerme entender que estamos acostumbrados a vivir la muerte de manera negativa, pero que en realidad no debería ser así. Al menos me parece recordar que dijo todo eso. Yo sólo sé que ese día mi padre ya no estaba y no he encontrado ningún razonamiento que me ayude a aceptarlo.

Oigo unos pasos a mi espalda, ha entrado alguien y me gustaría que fuera Alessia, que me dijera: «Cariño, me he equivocado, perdóname, siento lo que he hecho.» Y me gustaría que me abrazara con fuerza, me estrechara contra sí y yo no diría nada, no querría saber lo que ha ocurrido, el motivo, eso es, por una vez me gustaría ser adulto y quizá conseguiría decirle yo también «Te quiero». O podría ser María, y tampoco quiero saber cómo me ha encontrado, es ella y basta. Me abraza por detrás y me dice cosas en español, y yo me quedaría allí escuchándola hasta que acabara, abandonado en su abrazo, porque lo necesito, porque me siento solo, porque me gustaría ser amado y perderme en sus ojos, verdes, preciosos, pero que nunca podrán conocer a mi padre. Quien hoy entra en mi vida se encuentra con que le falta una pieza. Y tal vez no lo sabe, tal vez ni siquiera se dé cuenta. Pero si esa mujer me quiere de verdad, es imposible que no lo vea.

—¡Buenos días! —Me parece reconocer la voz y entonces me vuelvo. Es Ilaria, la señora De Luca, la que estaba a punto de contarme algo. Hoy la veo más tranquila, viste con ropa clara, un pantalón beige y una camisa blanca. Lleva el pelo recogido, tal vez más corto, en todo caso le realza el rostro, que parece más luminoso.

Me sonríe.

—¿Te molesto?

—No, buenos días, tengo que estar aquí.

Puede que no sea una respuesta muy amable, pero no puedo evitarlo, no se me ha ocurrido nada más. Me da miedo lo que va a decirme. Hay momentos en la vida en los que ocurren cosas inesperadas para las que no estás preparado, como en el banco con Alessia, por su cumpleaños. Rememoro aquella escena mil veces, es como si fuera una película, la he grabado y la regreso mil veces porque es como si no acabara de entender esa frase. Y me gustaría repetir «Acción», cambiar la escena, alargar el diálogo final.

—Espera, Alessia, adónde vas, párate. ¿Qué ocurre? ¿Por qué lloras? —Y por fin decirlo—: Estoy enamorado de ti, perdóname, nunca he sido capaz de decírtelo pero te lo digo ahora, y me gustaría secar tus lágrimas con mis besos, me gustaría retener tu sonrisa para siempre porque todo es triste sin ella y me gustaría regalarte mi corazón porque, sin ti, no me sirve de nada...

Pero esa escena ya no puede hacerse, la vida es una película con un solo «Acción». Y yo no he estado preparado, al igual que ahora con esta señora.

—Niccolò, quisiera hablar contigo.

Ya está, lo sabía, yo ahora debería decirle «No, mira, no tenemos nada que decirnos», o «Prefiero no saber nada» o simplemente «Mejor no».

Y, sin embargo, me quedo en silencio.

—Ya sé lo que estarás pensando...

—No, yo no pienso nada.

Mira a su alrededor para asegurarse de que no haya nadie, de que no entre nadie. Después junta las manos y me mira. Es hermosa. Es elegante. Pero ¿por qué no toma un periódico y se va? Uno cualquiera, el que quiera, se lo regalaría, ni siquiera se lo dejaría pagar, pondría yo el dinero. Nada. Me mira fijamente. Permanece en silencio, un buen rato, demasiado largo. Juega con las manos. Yo, en cambio, sigo poniendo los periódicos en su sitio como si ella no estuviera. En realidad ya había terminado, pero vuelvo a colocar los mismos con tal de perder tiempo y no mirarla. Al final se decide.

—Bueno. Tú piensas que tuve una historia con tu padre, ¿no es así?

—No lo sé, ya te lo he dicho, no pienso nada.

Me sonríe como para quitarme la incomodidad.

—Sí, eso es lo que dices, pero no puede ser. De todos modos, no es como tú crees. Tu padre se portó muy bien conmigo en un momento difícil de mi vida. Siempre venía aquí por la mañana a comprar el periódico, lo mismo que hago ahora, contigo..., sólo que aquella mañana me eché a llorar. Entonces salí en seguida... pero él se dio cuenta.

Sigo poniendo los periódicos en orden. Ahora he tomado un paquete de abajo y lo he abierto. Mi tío se enojará, eran devoluciones. Le diré que me he equivocado. Espera que yo la mire, no sé qué más hacer, de modo que levanto la vista y ella me sonríe, después prosigue.

—Y tu padre vino detrás de mí, en el sentido de que me ayudó, salió del quiosco y sacó un pañuelo y me lo dio. Tu padre era muy amable.

Sí. Lo era, pero ¿por qué me cuenta todo esto? Qué raro, él nunca llevaba pañuelos encima.

Ilaria sigue contando.

—Y me hizo reír porque me dijo: «Es usted afortunada, nunca llevo pañuelos, pero estoy resfriado.» Y yo me reí un poco y un poco seguía llorando, entonces él sacó otro pañuelo. Y todavía me acuerdo, me dijo: «Ya está, basta, que se me van a acabar.» No cogí más. Y él me dijo que estaba bromeando, que tenía otro paquete, y me hizo reír de nuevo. Al final me calmé y él me hizo sentar aquí, sobre estas revistas.

Señala la pila de *Porta Portese*, siempre es la más alta, cuando baja un poco Gio también se sienta en ella.

—¡Buenos días! —Entra Luigi, el de la gasolinera.

—Hola, Luigi, ¿qué te doy?

—Necesito *Auto e Motori*, habrá salido ya.

—Sí..., espera. —Lo busco encima del mostrador. Veo que Luigi observa a la señora y mueve la cabeza como si siguiera un ritmo, como si asintiera, como si supiera algo. Y por fin encuentro la revista, Luigi la toma y paga.

—Hasta luego. —Y se va.

De modo que volvemos a quedarnos solos en el silencio de ese quiosco que parece como suspendido, como secuestrado por ese relato. —Después me dio el último pañuelo.

La señora Ilaria retoma el hilo con la misma tranquilidad,

con el mismo tono que usan mamá y la abuela cuando le cuentan algo a Francesco, el hijo de Fabiola. Eso es, mamá lo hace porque es como si quisiera darle seguridad o sosiego, y lo mismo hace la señora De Luca conmigo.

—Después me dio un vaso de agua y yo bebí y dejé de llorar del todo.

Debajo de la caja tenemos un pequeño refrigerador transparente con agua, una cerveza y un *chinotto*, un refresco de naranja amarga. Lo puso mi tío. Él siempre se encarga de esas cosas. Papá bebía agua, él cerveza y yo, por lo general, el *chinotto*. Miro el agua. La botella de agua, desde entonces, todavía está cerrada.

—Lo más bello de tu padre son las manos.

Me gusta que haya dicho «son» en vez de «eran». Me siento detrás del mostrador de los periódicos, en el taburete alto. Al final tenía que acabar así, que yo escuchara esa historia antes o después, y aunque parezca extraño ahora estoy más tranquilo. Papá, ¿estuviste con esta mujer?

—Su manera de mover las manos, de abrir la botella, de tomar el vaso de papel, de verter el agua. Las manos de tu padre eran firmes y daban seguridad.

Es una mujer hermosa, te entiendo, pero ¿por qué me lo cuenta ahora? ¿Qué le digo a mamá? Nada. No puedo decir nada.

—Y lo más bonito es que ese día no tenía prisa como todo el mundo. Después de haberme dado agua quiso escuchar mi historia. Ahora no te aburriré a ti también con todo lo que me ha pasado, pero la operación de mi hija fue bien, ahora Simona está bien. Y si ocurrió así es gracias a tu padre... Toma... —Abre una bolsa, la pone encima del mostrador y saca un sobre—. Son los cinco mil euros que tu padre me prestó, he venido a devolverlos y a dar las gracias. Aunque lamento no poder decírselo a él.

Y empieza a llorar en silencio y yo me quedo allí, avergonzado, y a mí también me gustaría echarme a llorar, liberarme de todo este dolor que llevo dentro, y una vez más no sé qué decir. Pero luego, al final, me sale algo.

—Venga, Ilaria, ánimo, no te pongas así...

Y tengo suerte, porque en el cajón del dinero encuentro una caja de pañuelos de papel, de modo que la tomo y se la paso. Ella deja de llorar un instante y empieza a reírse.

—Eso es, sí, haces como tu padre, qué bueno era... Lo extraño, ¿sabes? Necesito decírtelo, lo extraño mucho. Me habría gustado darle las gracias porque me ayudó así, por las buenas, sin decir nada, una mañana me dio este sobre y me permitió no perder la oportunidad que tenía en el hospital. Tu padre era todo un caballero, una persona especial. Me dijo: «Ya me lo devolverá cuando pueda», ¡pero no llegué a tiempo! —Y se echa a llorar otra vez, sollozando, todavía más fuerte que antes.

—¡Ya estoy aquí! —Gio entra con su perfecto don de la oportunidad—. ¡Tachán! ¡Mira qué traigo aquí! *Croissants* y capuchino, ¡para brindar por la cita! Ah, ¡yo le clavé el arpón!

En ese momento se percata de la presencia de la señora De Luca en un rincón, que ahora está llorando a mares.

—Oh. Perdone, señora... No la había visto. —Después me mira, agita las manos como queriendo disculparse y prosigue—: Es que ayer fui a pescar, eh..., sí, en fin, tuvimos suerte... Pulpos, pescamos pulpos.

La señora De Luca hace un gesto con la mano para que lo deje, está bien, no importa. Gio entonces se queda en silencio, sin saber muy bien qué decir o qué hacer.

Ilaria toma otro pañuelo y se suena la nariz.

—Perdónenme, perdónenme, es que no tengo un buen día. —Después me mira y me sonríe—. Gracias otra vez, Niccolò. —Y se va de prisa del quiosco.

Gio se queda mirándola mientras se aleja.

270

—Oye, pero ¿qué les das a las mujeres? No se te puede dejar solo ni un segundo..., ¡las emocionas, las haces reír, las haces llorar, y ahora hasta a las maduritas, ¿eh?!

Después pone la bolsa con los *croissants* en el mostrador y ve el sobre lleno de dinero.

—Pero bueno, ¿qué pasa?, ¿es que te dedicas a hacer de gigoló? ¡Carajo, y fuerte! ¡Hay un montón de dinero!

—Tonto, basta ya.

Se lo quito de las manos y me lo meto en el bolsillo.

—¡Debe de haber más de dos mil euros!

—Cinco mil. Pero era un préstamo que ha devuelto.

—Ah. —Gio pone una cara como diciendo «Bueno, no lo entiendo, pero da igual»—. En cualquier caso, ¡aquí hay *croissants* del Ungaria, que están de fábula! Y el capuchino como a ti te gusta, con el azúcar aparte.

Entonces abro la bolsa y tomo un trozo de *croissant*, todavía está caliente y fragante. Gio me sirve el capuchino en el vaso de papel.

—Bromas aparte... ¿Todo bien con esa señora?

—Sí, sí, gracias, todo bien.

—¿Te pongo azúcar?

—Sólo medio sobre.

Gio abre el sobre y echa un poco en el capuchino, después me lo pasa disolviéndolo en el vaso, moviéndolo en círculos.

—Toma, aquí lo tienes...

Lo tomo y me lo bebo, no está demasiado dulce ni demasiado caliente, perfecto. Continuamos desayunando en esta hermosa mañana de domingo con el sol todavía templado, poco tráfico y aire fresco. Algunas señoras mayores pasan de vez en cuando por la acera de enfrente, seguramente se dirigen a misa.

—¿Y qué? No me has dicho nada.

—¿De qué?

Me guiña el ojo.

—¿Bien?

—Bien, ¿el qué?

—¿Cómo fue?

Me como otro pedazo de *croissant*.

—¿Sabes esto? —Se lo enseño mordido por la mitad, luego lo meto en el vaso, lo mojo con el capuchino y me lo llevo a la boca—. ¡Pues así, mejor dicho, más!

—Por Dios, qué pesado eres, nunca cuentas nada.

—¿Qué quieres?, ¿saber los detalles?

—Pues sí, qué tiene de malo. Yo cuando la desnudé...

Deja el vaso sobre las revistas.

—¡Cuidado, que no se te caiga!

—Sí, sí, qué pesado. —Pone las manos abiertas hacia el vacío—. ¡Tiene dos pechos así!

Justo en ese momento entra el portero de los Stellari.

—Hola, Niccolò, me das el *Corriere dello Sport*... —Después mira a Gio—: Puedes seguir, ¿eh?, no te preocupes, que tengo buena memoria, de algo me acuerdo...

—Pues claro. Pero estábamos hablando de cosas privadas, sí, en fin, que tienen que ver con su novia... —Me señala—. ¿Eh?, ¿no lo ves?, eso no se hace.

El cliente se encoge de hombros, paga el periódico y sale.

—Pero ¿tú eres idiota? ¡Por qué siempre me metes a mí de por medio!

—¡De acuerdo, pero, total, tú has cortado!

—¡Y ¿qué tiene que ver?! Lo tuyo no es normal, ¿eh?...

Seguimos charlando y Gio, aposentado sobre los *Porta Portese*, saca unos sándwiches americanos.

—Pero, oye, ¿te vas a comer eso a esta hora?

—¡¿Qué pasa?, a mí me gusta lo salado!

—¡Ya veo, pero por la mañana podrías tomar algo más ligero!

—Pero si a mí me gustan éstos.

—¡Okey, desisto, no se puede contigo! —Y seguimos riéndonos y bromeando.

—Oye, ¿y Klose cuándo se reincorpora?

—¡Cuando esté mejor!

—Sí, muy bueno. —Gio me señala—. ¡Ésta es tu técnica! Hablar sin decir nada, no dar pistas al contrincante. Pero ¿de quién lo has aprendido? ¿De Lotito?

—De momento van cuatro puntos atrás.

—¡Nunca digas cuatro si no lo tienes en el saco!

—Pues ya me dirás de dónde sale ese proverbio...

¡El proverbio en realidad dice «gato», no «cuatro»!

—Cómo no...

—Que sí, «gato», el dicho nació en una especie de guerra del pasado. Si hasta lo he leído en Wikiquote.

—¡Así pues, no usas la computadora sólo para descargar cosas, sino también para informarte de esas idioteces!

—¡Es cultura!

Entra una mujer muy guapa de unos cuarenta años con un niño de unos seis.

—Buenos días, ¿qué vas a querer, Davide?

—Quería las cartas Yu-Gi-Oh.

—Ah, sí, ¿las tienen?

—Sí, aquí están, son los dos últimos sobres, Davide, precisamente los he estado guardando para ti.

El niño los toma sonriente, contento por esa inocente mentira.

—¡Gracias! —Luego recapacita y le pregunta a su madre—: Mamá, ¿puedo?

La madre sonríe.

—Claro, claro... —Y sabiendo perfectamente lo que valen, me da el dinero exacto para pagar las cartas.

—Gracias.

Están a punto de salir cuando a Gio se le ocurre una idea.

—Ah, oiga, señora, sólo por curiosidad. ¿Usted conoce el proverbio «No digas cuatro si no lo tienes en el saco»?

La señora primero me mira a mí, tal vez para ver si me río, pero yo me quedo impasible, mejor dicho, muy profesionalmente pongo en su sitio el dinero como si ni siquiera le hubiera hecho caso, después vuelve a mirar a Gio, pero él también está serio, es más, espera su respuesta con curiosidad, de modo que ella, al notar que no le estamos tomando el pelo, contesta:

—Bueno, creo que es una frase que dijo, ¿cómo se llama?, ese entrenador tan simpático que se fue a Alemania...

—¿Trap?

—¡Sí, Trapattoni!

—¿Lo ves?, y tú decías que no, hasta ella lo sabe, ¿verdad, señora? ¿De modo que no se decía «No digas gato si no lo tienes en el saco»?

—No, no lo sé, ahora me confunden. No sé, creo que era «No digas cuatro».

A continuación toma al niño de la mano y sale rápidamente del quiosco.

—Mamá, pero ¿qué quiere decir «No digas cuatro y luego lo metes en el saco»? ¿Es como cuando jugamos al bingo?

Pero no nos da tiempo a oír la respuesta porque ya se han alejado.

—¿Qué pasa?, ¿eres idiota? ¡No ves que así me espantas a la clientela! Ésta vive aquí en via Stelluti, es la mujer de un famoso ortopedista...

—¡Qué bien, así, si nos rompe una pierna nos la puede arreglar él mismo!

—¡Cómo crees! ¡Se ha dado cuenta de que le estábamos tomando el pelo!

—Qué va, se lo ha pasado bien, confía en mí, hoy en día la

gente se aburre. Todo el mundo se aburre. ¿No has visto lo de moda que se ha puesto Apalabrados?

—Sí, ¿y qué?

—Que la gente nunca tiene nada que decir, no hay temas ni preguntas divertidas, ¡como esa de Trap! Y entonces incluso las mujeres como ella se aburren y juegan a Apalabrados, es más, la próxima vez que venga hasta se lo voy a preguntar: «Perdone, ¿usted juega Apalabrados?» ¡Estoy seguro de que sí! Y ¿sabes por qué Apalabrados ha conquistado sobre todo a las mujeres? Porque están más hartas que los hombres, mejor dicho, precisamente están hasta la coronilla de sus hombres... —Luego se voltea hacia mí y me ve callado, con la otra mitad del *croissant* en la mano, completamente paralizado—. ¿Qué pasa? ¿Qué te ocurre? ¿Nicco?

—Alessia siempre jugaba Apalabrados.

—Ah.

Y él también se queda así, con la otra mitad del sándwich americano todavía en la mano.

—Okey, pero ¿eso qué tiene que ver?, yo lo decía por decir, y además es normal, al principio Apalabrados engancha un poco a todo el mundo, hasta al cabo de un tiempo no empiezas a cansarte...

—Alessia jugaba desde el principio, desde que salió, y nunca dejó de jugar.

—¡Carajo!

Justo en ese momento entra una señora mayor que, al oír a Gio, se queda un instante sorprendida, como si no lo hubiera entendido bien, y a continuación pide su revista:

—¿Tienen *Famiglia Cristiana*?

—¡No! —Lo decimos a la vez, después le hinco el diente al *croissant* y él al sándwich americano mientras la señora sale negando con la cabeza.

—¡Carajo!

Lo repetimos a la vez y nos echamos a reír.

—¡Gio, tienes la capacidad de quitarle siempre dramatismo a todo!

—Sí...

—Bueno, sí, pero el tema de Apalabrados y Alessia es penoso.

—Sí.

—¿Cómo que sí?

—¿Qué quieres?, ¿que te diga que no?

Y seguimos hablando de esa situación absurda, de ese juego con letras que te hace volver tonto. Alessia a veces se ponía en el sofá y jugaba todo el rato, ya no me hablaba, incluso toda una tarde de domingo. Pero eso no se lo digo a Gio. También por el hecho de que está muy ocupado contando algo de nuestras extranjeras.

—No, no lo entiendes, subí a su habitación, en el hotel, me dejaron pasar sin problema... ¡Y oye, al cabo de un rato, abajo pensaban que había un terremoto!

—¡Te creo, con lo que pesas!

—¡Sí, bueno!

—Te habrás puesto a bailar...

—¡Pues sí, bailé zumba! —Y hace dos pasos bastante dudosos mientras, naturalmente, entra otra señora. Pero esta vez sí le vendo *Famiglia Cristiana*.

Nos pasamos toda la mañana riendo y bromeando, y de vez en cuando Gio se divierte haciendo alguna pregunta a los clientes que entran. Se parece un poco a esa película en blanco y negro, *Clerks,* que vi en Sky hace tiempo y me gustó muchísimo. Nosotros también tenemos al cachondo de turno que viene el domingo a mediodía, finge interesarse un poco por todo y al final se lanza sobre las películas porno. Gio, obviamente, no lo deja escapar. El señor tiene en la mano *Paola Non Stop*.

—Eh, ésta no está mal, ya la he visto, pero si quieres que te diga la verdad, la que está realmente bien es *Labbra vogliose*, es superfuerte, en serio, para mí el director, Joe d'Amato, es el mejor.

—Gracias...

Ha pasado en seguida a tutearlo, a pesar de que el señor tiene por lo menos más de sesenta años, vive al final de via Stefano Jacini y los domingos por la tarde siempre da un paseo con su mujer, que parece una santa, la última persona que vería una peli porno. Y, entonces, ¿qué hace con todas las cintas que toma cada domingo?

Antes de que el señor salga, Gio lo detiene.

—Perdona, ¿me la dejas un segundo?

Se la pasa y Gio observa el DVD con atención.

—¡Cuánto!, catorce con noventa, yo se lo puedo descargar por ocho euros, con una calidad excelente, el próximo domingo aquí a esta hora, ¿de acuerdo?

El señor asiente, después sale sonriendo, no sabe cómo tomarse esa extraña oferta.

—Pero, oye, ¿me estás robando los clientes?

—¡En absoluto, te abro un nuevo mercado, vamos a medias, él se ahorra seis y nosotros ganamos cuatro euros!

—¡Tú estás completamente loco!

—¡Okey, tienes razón, te daré cinco!

—¡No es por eso! ¿Qué le voy a decir a mi tío?

—¡Oye, que él también sale ganando, y más de lo que sacan de los distribuidores!

—Ah, claro, y ya que estás, ¿por qué no te pones a vender también un poco de hierba?

—¿Con el porno? ¡Eh, no, mejor lo regalo, que es ilegal! Pero bueno, ¿sabes que no has dicho ninguna tontería? Nos convertiremos en una nueva cadena mundial y dinero a paladas, ya tengo el nombre...

—Oigamos cuál es...

—¡El quiosco del vicio! ¡Cuando tu tío vea lo que sacamos el primer mes seguro que está de acuerdo!

—Claro, lo único que siento es que hoy no vendrá a sustituirme porque es mi turno, ¡si no podrían hablar en seguida!

—¡Lo sé! Lo tenía apuntado y te he preparado una sorpresa, mira...

Me asomo desde el quiosco y la veo llegar.

María.

—Pero bueno, ¿tú eres idiota?

—¿Por qué? Está feliz de verte, te hace compañía y, en mi opinión, ¡con ella aquí todavía venderás más!

Gio la saluda y se aleja mientras ella entra divertida. Está preciosa y sonriente, sin una gota de maquillaje.

—*Ciao*, ¿no estás *felice di* verme? ¡Tu *amico* Gio me dio las *indicazioni*!

Me enseña una hoja de Google Maps impresa con instrucciones precisas del camino a seguir, el metro que hay que tomar, el autobús, un círculo con un montón de signos de exclamación en piazza Jacini donde dice «Casa de periódicos». Reconozco perfectamente la letra de Gio. La misma que pone en todos los DVD.

—¡Y también *mi ha detto* que te diera *questo*! —Me pasa una bolsa de Euclide, que no está muy lejos—. ¡Fui y lo compré *in una grande* tienda *vicino* de aquí!

Abro la bolsa. Hay dos bandejas perfectamente tapadas con papel de aluminio y unos sobrecitos de papel, y también una nota. La abro.

«Querido Nicco: ¡Después no digas que no pienso en ti! ¿Qué más se puede pedir? ¡Un sueño como María, que incluso te trae algo de comer! ¡Y todo pagado! ¡Soy todo un señor! Pues, bueno, te he hecho el programa del día: trabajas hasta cuando quieras con tu ayudante (¡no dejes que las señoras del barrio te pesquen mientras intentas hacer alguna acrobacia erótica sobre los periódicos, que además están frescos de las rotativas y sería cómico leer las noticias en el trasero de María, aunque un pequeño e inocente saqueo impreso como ése haría "subir" las ventas del periódico, y no sólo ésas!). Después, a las ocho y media compré entradas para Paula y para María (no te preocupes, ¡eso también está pagado!). Irán a ver *Butterfly* al Teatro de la Ópera, esperemos que entiendan algo. Se emocionarán y después de la ópera estarán enamoradísimas. Nosotros, en cambio, jugaremos a póquer en casa de Bato, última mano a las once y media (todos están de acuerdo), porque después tenemos un compromiso... ¡Y qué compromiso! P. D. Una mujer nunca tiene que arruinar las costumbres con los amigos, ¡da igual el país o lo guapa que sea! Tenemos que tenerlo siempre presente y, en caso de que se me olvide..., ¡escúpeme en un ojo! Ja, ja, ja, oh, no, huy, perdona. No debería haberlo dicho. O sea, ¡¡¡perdona si lo llamo error!!!»

Y de este modo María y yo nos tomamos una cervecita y nos la bebemos tranquilamente mientras abrimos la «cesta» que Gio nos ha preparado. Bolas de arroz, calzone, sándwiches de pollo y de salmón y también uno de huevo y tomate.

—¡*Questo* es porque *ieri* me preguntó qué *mi piace*! ¡Es genial! ¿Por qué su *nome* es Gio? ¿Es sólo porque es *come un gioiello*? ¿Una joya? —Y se ríe mientras me lo pregunta, luego se lleva la mano hacia adelante tapándose la boca mientras come.

María es deliciosa. De vez en cuando toma un pedazo de su bola de arroz y me la deja probar, como si yo no lo supiera de memoria.

—*Mi piace* el nombre «bolas de arroz». Pero ¿por qué se llaman «bolas de arroz»?

—¡Pesada! Nosotros lo decimos así. Pesada... Cuando alguien pregunta siempre lo mismo, al igual que tú ahora...

—Oh... Yo no soy «pesada». —Y me da un empujón—. Tonto, ¿no? ¿Es como tonto?

—Sí, *credo* que sí.

Y seguimos empujándonos, riendo, y de vez en cuando ella me da un beso y otro empujón y un beso un poco más largo, luego entra una señora.

—Perdonen.

—Sí, buenos días.

—¿Tienen *Sorrisi e Canzoni*?

—¡Por supuesto, señora! —Se la señalo a María y ella con una sonrisa se la pasa con amabilidad.

La señora la mira complacida, después ella también sonríe y sale recordando algún despreocupado momento de su pasado o simplemente que todavía tiene que comprar la repostería. Y María se pasa toda la tarde echándome una mano, pasando periódicos y revistas a los clientes que vienen, con su divertido acento.

—¿*Il Tempo* y el *Corriere*? *Per* supuesto... —Y toma dos periódicos.

—No, María, los *altri*, a la *destra*.

Entonces toma el *Corriere* y me mira indecisa.

—Sí, es *questo*. —Y hasta la dejo sola para ir a tomarme un café. Cuando vuelvo me da una nota.

—Es *per te*, es una sorpresa.

Me quedo boquiabierto, la abro, es de Gio.

«No sé si a tu modo ya has marcado gol, pero están a punto de empezar los partidos y si por casualidad le has dado "al poste", al menos puedes ver a tu Lazio. ¡Un amigo que por amistad incluso se salta el veto impuesto por la "Mágica"!»

María saca un iPad de la bolsa.

—¡*Questo* es *per te*! De *tuo amico*. ¡Es el iPad de Gio, y aquí están las explicaciones!

Y entonces sigo las instrucciones, voy a Sky y consigo ver el partido Lazio-Inter sin cables. María, en un momento dado, para complacerme, se desespera.

—¡Nooo! —Pero ¿qué hace? ¿Por un disparo malo de Milito?

—¡Pero, María! ¿Qué estás *faccendo*? ¡Mi equipo es *l'altro*! ¡Tú *debi* animar, como chicas de los pompones, *per* Lazio, Lazio, Lazio!

Y entonces grita conmigo, al final ha entendido cuál es la camiseta a la que hay que apoyar, y seguimos el partido abrazándonos y besándonos porque cualquier pretexto es bueno y todavía más cuando marcan gol. Y acaba con un bonito cuatro a cero para el Lazio.

—¡Oye, tú tienes que estar *sempre con me* cuando Lazio juega, eres una gran mascota!

No tenía duda de que alguien como María pudiera ser afortunada, pero ganar cuatro a cero al Inter significa que Gio está en lo cierto: ¡esta chica trae suerte!

30

La casa de Bato es especial.

Siempre nos lo pasamos bien porque es la más independiente de todas desde la época de la preparatoria. Bato, Guido, Gio y yo siempre fuimos juntos al colegio y, con catorce o quince años, solíamos quedarnos a dormir en su casa. Para mis padres nunca fue un problema, tal vez porque al fin y al cabo via Maffeo Pantaleoni estaba bastante cerca de donde vivíamos antes y pensaban que en cualquier momento podrían venir a rescatarme. Otros, en cambio, quizá porque vivían lejos o quizá por algún otro motivo, no dejaban a sus hijos dormir fuera los sábados por la noche. Gio, Pietra y yo, en cambio, siempre nos quedábamos. «*SáBato night*», lo llamábamos. Era la onda. Nosotros, dentro de nuestras posibilidades, nos ocupábamos de los cigarrillos y de la bebida, cerveza, Coca-Cola, aunque también podía ser un buen blanco o un tinto, según la época, y, por su parte, él, Bato, se encargaba de la comida. Era un excelente cocinero, o por lo menos yo siempre comí realmente bien en su casa, y todavía hoy se come de fábula. Antigua cocina napolitana, con una preciosa sartén grande y dorada para los sofritos y las frituras, y además hace una pasta de cine, siempre al dente, corta o larga, espaguetis con ajo y aceite y de segundo salchichas, jabalí, y además pimientos, achicoria salteada, total, cada sábado ir a su casa era un festival. Después, como todos empezamos a salir con alguna chica, los sábados se volvieron más complicados, de modo que cambiamos la cita al domingo. Pero Gio tiene razón, ¡aunque una mujer entre en nuestra vida, la relación con los amigos no debe cambiar en absoluto! Lo mejor de la casa de Bato es que está en la misma planta que la de sus padres y las dos casas se comunican, pero si quieren, también son independientes. La casa de Bato es mucho más pequeña que la otra, al entrar hay un pasillo, casi inmediatamente después está la cocina, luego un baño, un pequeño estudio, y al final se llega a una sala bastante grande, llena de sofás de terciopelo algo hundidos; cuadros antiguos casi todos relacionados con barcas napolitanas, espejos, y hasta hay una estatua de una venus donde generalmente colgamos los abrigos, Bato el primero. Esa sala da a la puerta, siempre rigurosamente cerrada con llave, que comunica con el departamento de sus padres. Gio, Pietra y yo siempre hemos dormido un poco repartidos al azar, en los sofás de terciopelo de la sala, en el pequeño estudio donde hay un sofá con una piel de oso encima, evidentemente de imitación, o en el dormitorio de Bato, donde hay una verdadera cama. Dependía de cuántos fumábamos en la sala y de las ganas que tuvieras de hablar y con quién; en resumen, durante la época de la preparatoria dormíamos a menudo todos juntos y charlábamos hasta el amanecer. Después se fue perdiendo porque todos, entre la universidad y algún trabajillo suelto, cambiamos de horarios, de modo que sólo quedó el domingo para el póquer.

—¿Y bien? ¿Qué es ese aroma?

Bato, que lleva un delantal blanco con unas rositas pintadas, cruza el pasillo con un gran plato.

—¡Ah, marica, por fin!

Gio siempre es el mismo.

—He trabajado para ustedes.

—Pues menos mal..., ¡ya estamos todos en la mesa!

Guido lleva una servilleta metida en el suéter. Exagerado como siempre, se ha puesto directamente el mantel en su suéter de cuello en V.

—¡Vas, que estamos a punto de morirnos!

—Sí, pues ahora se recuperarán... Bueno, estoy preparando una pasta riquísima, pero de momento traigo... —Bato pone el plato en la mesa—. Mozzarella fresca de búfala traída directamente de Nápoles, un poco de requesón y crema de queso, ¿qué más quieren?

Nos abalanzamos en seguida sobre la mozzarella, tomamos dos o tres cada uno mientras que Gio se queda el último.

—¿Sólo me han dejado una?

—¡Pues da gracias que haya quedado alguna!

Intenta robar una de mi plato, pero pongo el brazo encima para protegerlo.

—No..., oye, tienes que adelgazar.

—Ah, serás desagradecido, tú nunca tienes bastante, hoy incluso te has comido un jamón «ibérico» de importación, ¿no?

—¿Qué dices?, hemos estado trabajando...

—Ella, me imagino... Y ¿qué tal?

¡Cuando quiere es un poco guarro! Pero ni siquiera lo escucho, lo hace adrede, quiere distraerme para comerse mi mozzarella, igual que hacía en la preparatoria: durante el recreo, yo me compraba un hojaldre en el bar y Gio me distraía con algo que salía en el periódico, luego se abalanzaba con la boca abierta sobre mí mientras aún la tenía en la mano y le daba tal mordisco que sólo me quedaba un trocito. ¡Claro que se ha puesto así de gordo, gracias a mis hojaldres!

Me como la mozzarella, un poco de crema de queso y el requesón, está todo muy fresco. El padre de Bato es juez y se ve que toda esta comida fresca y recién hecha se la envía directamente un amigo suyo napolitano. En esta casa respetan el secreto de la mozzarella de búfala: nunca puede meterse en el refrigerador, hay que guardarla a temperatura ambiente y comerla inmediatamente después de sacarla de la leche, todo eso lo sé porque me lo dijo Bato.

Al poco rato llega de la cocina con un plato humeante.

—Venga, chicos, pasen los platos, que todavía está caliente, *rigatoni* a la amatriciana, ¿eh?, ¡y con la salsa de mamá! ¡Vamos allá!

Uno tras otro llenamos los platos, Gio cubre el suyo de parmesano y queso de oveja.

—Así se hace.

—Eso, llena los vasos con esto. —Y me pasa una botella de las que llevan paja alrededor—. Es un chianti joven…, ya verás cómo combina con la amatriciana.

Bato se ríe, bromea y nos llena los platos continuamente, está tan pendiente de nosotros que casi no come, disfruta haciendo que nos sintamos a gusto.

—Cuando acaben, quiten los platos, debajo hay otro extendido… —Y poco después regresa a la cocina—. Y ahora, salchichas, pimientos y papas fritas.

—¡Riquísimas!

Nos lo zampamos todo en un momento, alguno sigue con el chianti, otro abre una cerveza.

—Bato, ve a buscar el postre, está en el refrigerador. A propósito… —Gio se dirige a mí—. ¿Te ha gustado la sorpresa?

—¿María? ¡Mucho!

—Pero bueno, y ¿qué me dices de las bombas de arroz, los emparedados, el iPad y todo lo demás?… Oye, cuatro a cero con el Inter, ¿eh?, no está mal… ¡Últimamente te va bien la cosa!

—Bueno, en fin…

Gio entiende a lo que me refiero.

—Pero ya verás, en cuanto se vayan las extranjeras, ella volverá, con la suerte que tienes…

Asiento, pero en realidad, aparte del cuatro a cero del Lazio de esta tarde, que la verdad es que se lo ha merecido porque el Inter ha jugado realmente mal, la suerte no la veo por ningún lado.

—Y hablando de eso, ¿me has traído el iPad?

—Lo he dejado al lado de la chamarra, en la entrada.

—Okey, recuérdamelo cuando nos vayamos...

Después del segundo nos comemos el excelente postre de cuchara de Antonini que ha traído Guido.

—Eh, chicos..., ¡son cinco euros por cabeza!

—Pero ¿te has vuelto loco? ¿Y todo lo que se ha gastado Bato?

—Tendríamos que hacer un fondo común como en el viaje de bachillerato...

—Sí, una caja comunitaria, la KK... A mí me parece que había alguien que robaba, nunca he gastado tanto como en ese viaje. Cuando fui a Mikonos con mi novia al año siguiente, me gasté la mitad.

—No lo dudo, ¡te pasabas el día en la habitación! ¡Muy bien, Bato!

Y nos reímos y nos zampamos también el postre y un instante después no queda nada, luego empezamos a quitar la mesa con la música que ha puesto Guido.

—Eh, ¿se acuerdan de ésta? —Y pone «RockWrok» de los Ultravox, del LP *Ha! Ha! Ha!*

—Por supuesto, el CD «roquero»..., ¡lo pusimos durante todas las vacaciones!

—¡Cruzamos Grecia con esta música, ¿eh?!

Y bailamos mientras ponemos los platos en el fregadero y los cubiertos en el lavaplatos. Guido empieza a fregar alguno.

—¡Déjalo estar, mañana viene la chica!

—¡Te veo demasiado contento, a mí no me engañas, me parece que de vez en cuando te hace algún trabajillo extra...!

286

—¡Sí, de cogeamigos a cogecriadas!

Gio y Bato son divertidos, pero la verdad es que a veces son demasiado rufianes. Guido le toma el pelo haciéndose pasar por un lord y usando la erre floja.

—*Pelo, ¡pol favol...! Si os oyelan vuestlas novias, ¿qué pensalían?*

Estoy de acuerdo con él.

—Sí, efectivamente, pasan de ser unos bestias a parecer unos príncipes. De todos modos, es feo que un hombre se comporte de una manera completamente distinta si está su novia o no...

—Pero bueno, si es lo que ellas quieren, saben perfectamente cómo somos, pero quieren cambiarnos, y yo ya se lo digo, ¿quieres a otro? Pues entonces vete con el otro, ¿no?

Después extendemos el paño verde, agarramos la caja de las fichas y riendo y bromeando empezamos a jugar.

—Fichas.

—Cinco.

—Voy con diez...

—Lo veo... ¿Qué tienes?

—Tres ases.

—¡Y también mucha cara dura! Si sólo has cambiado tres cartas...

—Sí, iba para escalera...

—Okey, ¡pero no lo creo! Vas, ponme un whisky...

Bato sonríe.

—No hay.

—¿Cómo que no hay? Pero eso no se hace, acaba de tirar tres ases, y ¿ni siquiera hay whisky para olvidar? ¡Bueno, ya veo que todos están contra mí!

—Desgraciado en el juego, afortunado en amores...

—¡Pero si no cojo desde hace meses! Deberían perder ustedes, que cogen como locos y encima injustificadamente...

—Bueno, en realidad yo... —Intento en cierto modo recordarle a Guido mi situación con Alessia.

Pero Guido me mira y levanta una ceja.

—¡Sí, pero, ni lo intentes! ¡Fíjense en el pequeñín, se hace el abandonado, y con toda esta historia tienes una atracción sobre las mujeres que ni en Attak!

—¡Sí, pero no con nosotros!

—¡Así es como has podido ligarte a esa chava buena española y a su amiga!

—O sea, no lo puedo creer. —Me vuelvo hacia Gio—: ¿Se lo has contado?

—Pero ¿qué quieres decir con «Se lo has contado»? —interviene Bato en seguida—. ¡Entre amigos no tiene que haber secretos, carajo! ¡Nicco, me sorprendes!

Gio intenta justificarse.

—¡Nos vieron en Ponte, Nicco, todo el mundo lo sabía!

—Pero ¿el qué?

Guido asiente.

—Todo el mundo lo sabe, todo el mundo..., hasta Pepe te ha echado una mano para que te tiraras a la española...

Bato se levanta y dice mientras va hacia la cocina:

—Carajo, es inevitable, ¿eh?..., por una panocha ocurren los milagros más increíbles...

—¡¡¡Giooo!!! ¿Hasta eso les has contado? ¿Lo de Pepe?

Gio sonríe.

—¡Era la mejor parte! Perdona, ¡pero ¿dónde vas a encontrar a alguien como Pepe, que trabaja para ti para que tú puedas trabajarte a una chava?!

—Pues bien, desde ahora por mis huevos que no te voy a contar nada.

—¡Pero si nunca me cuentas una mierda!... ¡Ay, Nicco! ¡Pareces una de esas películas pesadas del siglo pasado donde todos cogían un montón y nadie contaba nunca nada! Cálmate, ¿no? Es la mejor parte y tú no quieres compartirla con un amigo. Yo soy muy amigo tuyo, lo sabes, ¿no?...

Gio se levanta, rodea la mesa y me abraza.

—Tenemos que querernos, Nicco, no hagas pucheros...

Y después se deja caer completamente sobre mí.

—Sácate, Gio... Ay, me estás ahogando...

Entonces oímos un extraño crujido y al final un ruido seco. ¡Catacrac! Las cuatro patas de la silla ceden a la vez y Gio y yo acabamos en el suelo sobre el asiento, que se rompe en mil pedazos.

—¡Ay, ay! —Gio está tendido encima de mí, completamente desparramado, los trozos de la silla han quedado esparcidos alrededor.

Guido empieza a reír como un loco.

—¡Dios mío, Dios mío, me encuentro mal, Dios mío, no es posible! ¡Bato, Bato, ven!

—¡Ay, me duele! ¡Gio, me haces daño! ¡Levántate!

Bato viene a la sala.

—¡Carajo, no! ¡Las sillas de mi abuela Uendalina!

—Y ¿por qué se llamaba así tu abuela? ¿Uendalina? ¿Con «Ue»?

—Oye, ¿y qué cambia eso?

—No, lo he dicho por decir, nunca había oído el nombre de Uendalina.

Gio, desde encima de mí, se voltea y los mira.

—¿Cambia algo?

—Sí, eso.

—¿Tal vez porque era europea, UE?

Ya no aguanto más, esta escena parece absurda, me agarra la risa fácil.

—Ay, ay... Dios mío, Gio, quítate, por favor, ¡empiezo a sentirme mal!

Gio también se ríe, y también Bato y Guido, igual que cuando íbamos a la preparatoria.

—¡Dios mío, no puedo más!

—Basta, basta, por favor...

—¡Sí, me encuentro mal! —Gio, cuanto más intenta levantarse, más resbala con los trozos de la silla, y Bato y Guido se ríen como locos y yo también, si no fuera porque Gio cada vez se cae encima de mí.

—¡Ay, no, Gio, para, me estás apachurrando entero!

Y, naturalmente, con esas palabras todos se ríen todavía más.

31

—¿Sabes que todavía me duele?

—¿El qué?

—¡Todo! Pesas un montón, me aplastaste.

—¡Ya, no te claves!

Gio se ríe divertido, hace un extraño eslalon entre los coches de corso Francia y a toda velocidad emboca la curva en dirección a piazza Euclide.

—Oye, de todos modos, por mucho que digas de María, has ganado un montón de dinero al póquer esta noche...

—Sí, he tenido suerte, pero eso debería hacerte entender algo, por mucha gracia que te haga...

—¿El qué?

—Que con una extranjera no basta...

Gio se ríe.

—¡Y Pozzanghera!

—¡Ni con Pozzanghera es suficiente!

—Mañana deberías presentarte en la oficina con unas flores.

—¿Sí? ¿Por qué? ¿Quién se ha muerto?

Gio levanta las cejas.

—¡Tú, si no lo haces, confía en mí!

—Tengo un as en la manga...

—Si eres tan afortunado como esta noche, entonces sí, tal vez te salga bien... —Gio toma piazza Euclide a toda velocidad, la cruza y sube derecho por via Antonelli, luego a la derecha, se pasa un primer semáforo en amarillo, un segundo y va derecho hacia via Veneto.

—¿Tú no has encontrado a Bato un poco raro esta noche?

—No, ¿por qué?

—Ha estado todo el rato pendiente del teléfono...

Gio me mira y se queda un rato en silencio.

—¿Y qué? ¿Qué quieres decir?

—Bueno, siempre ha tenido un montón de chicas, pero nunca le ha importado ninguna, siempre desconectaba el teléfono cuando jugábamos, en cambio, esta noche...

—¿Esta noche?

—¡Esta noche lo miraba a cada mano!

Gio se vuelve a quedar un instante en silencio.

—Ni idea, no sé qué decirte, no me he fijado, sinceramente...

—Qué raro...

—¿Por qué?

—¡Me parece que siempre te fijas en todo!

—Perdona, pero si tú te has fijado tan bien, ¿por qué no se lo has preguntado?

—No sé, me parecía fuera de lugar...

—Mira que eres raro, ¿eh? A mí siempre me tocas los cojones por todo, y con Bato y Guido tienes unas atenciones más extrañas... Pero bueno, de todos modos, qué noche tan mágica, ¿eh?...

—¿Por qué?

—Hemos ganado tú y yo..., ¡y ahora nos lo gastaremos todo con esas dos! ¡Ya las veo!

María y Paula están a la salida del Teatro de la Ópera. Hombres y mujeres de todas las edades bajan de la sala principal, muchos se alejan rápidamente sin hablar, otros forman pequeños grupos y comentan, más o menos entusiasmados o críticos, lo que acaban de presenciar.

«Mejor la última de Peter Stein cuando dirigió *La nariz* de Shostakovich», «Oh, sí, a mí me gustó mucho más...», «Pero ¿por qué esa desmesurada y a mi parecer excesiva afectación?...», «Para parecer extraños a toda costa», «De todos modos, el vestuario era precioso...», «Sí, pero ¿quién era el diseñador?», «Un inglés», «¡Qué raro, si no tienen gusto!».

Y se ríen divertidos por esa opinión general mientras María y Paula se paran y miran a su alrededor.

Gio y yo bajamos del coche.

—¡Eh! ¡Ya estamos aquí!

Movemos los brazos delante del teatro hasta que Paula nos ve y le hace una señal a María para que vea dónde estamos. María se ilumina con una espléndida sonrisa, de tal manera que Gio, aunque de lejos, se da cuenta.

—Es increíble la belleza tan especial de esa chica, desde aquí se nota lo contenta que se ha puesto al verte....

—En realidad es que odia el metro...

—Pero ¿qué dices?...

—Y también los taxis.

—Ahora comprendo por qué Alessia te ha dejado, ¡eres demasiado cínico!

—Qué va, ¿qué tendrá que ver?, pero en este caso es verdad...

—Sí, pero ¿cómo acabó todo con Alessia? ¿Te has preguntado realmente el motivo alguna vez? ¿Has analizado lo que pasó y, sobre todo, por qué?

María y Paula cruzan la placita y vienen hacia nosotros.

—Oye, Gio, perdona, ¿eh?, aclárame una curiosidad: has tenido no sé cuántos días para invitarme a hacer esas importantes reflexiones y ¿cuándo lo haces? ¡Esta noche! Y no sólo eso, sino que encima cuando nuestras amigas están a punto de llegar. O sea, debe de haber un propósito para todo esto, ¿no?, explícamelo porque sinceramente se me escapa.

Gio las mira, pero todavía les queda un trecho por recorrer.

—De acuerdo, tienes razón, pero dime sólo una cosa, Nicco. ¿Alguna vez te declaraste a Alessia? O sea, le dijiste alguna vez lo importante que es para ti, lo que significa... O mejor todavía, ¿le dijiste simplemente «Te quiero» alguna vez? —Y luego me mira fijamente en silencio y yo lo miro y no sé qué decir, entonces él abre los brazos y sonríe—. ¿Lo ves?...

Y justo en ese momento llegan María y Paula.

—¡Oh, *molte grazie*! ¡Ha sido *meraviglioso*!

Nos abrazan y nos besan, apartándonos de esa situación.

María sube al coche y no deja de hablar ni un instante, yo me reúno con ella atrás y echo el asiento hacia adelante mientras Paula se sitúa junto a Gio.

—La música era *bellissima*, te lo juro, he llorado. Ha sido *tanto* conmovedor. Siente el latido *del mio cuore*. —Y me toma la mano y se la lleva al pecho.

Gio, naturalmente, me mira por el retrovisor y se ríe.

—¡Y encima has ganado al póquer! Él es un *uomo veramente* afortunado...

—¿*Per* qué? —María lo mira con curiosidad.

—¡Primero porque *ti ha trovato*, y *secondo* porque me ha dado un fantástico regalo como Paula!

—¡Ohhh! —Paula se emociona con esas palabras, tal vez no se lo esperaba, entonces se quita la bolsa del hombro izquierdo y se lanza sobre Gio abrazándolo y estrechándolo con fuerza.

Gio me mira de nuevo por el retrovisor.

—¿Ves lo que quería decir? ¿Qué?, ¿tan difícil es soltar un par de idioteces? Ellas son felices así..., ¡pues hazlas felices, ¿no?! ¡Hazme caso, que después tú también eres feliz! —Y traza una curva de noventa grados de tal modo que acabo al otro lado del coche, justo sobre María, y casi no tengo tiempo de poner el brazo contra la ventanilla para no aplastarla del todo.

—Disculpa...

—Oh... —María sonríe—. Es un *piacere*. Aplástame con *amore*. —Y lo dice de una manera, con una mirada... que me gustaría seguir las indicaciones de Gio y hacerle una declaración ahora mismo, larga y preciosa. Pero en este caso es distinto, no hablo su idioma, tengo la excusa adecuada.

Gio enciende la radio y pone un CD.

—¿Y bien?, ¿salimos o vamos al hotel?

—¡La noche es larga..., sí!

María se ríe.

—¡Acaba de *cominciare*!

Y empiezan a bailar con la canción *Stay*, de Rihanna y Mikky Ekko.

—¿Sabes qué quiere decir esta canción? Habla de nosotros... dice *Something in the way you move, Makes me feel like I can't live without you, It takes me all the way, I want you to stay!*; algo en la forma en que *ti muovi*, me hace *sentire come* que no puedo *vivere senza te, mi porta* hasta el final, *¡voglio* que te quedes!".

Al cabo de un rato llegamos al obelisco del Eur. Gio da otra curva cerrada y empieza a dar vueltas alrededor del obelisco a una velocidad alucinante, haciendo chirriar las ruedas a lo loco. María y Paula están las dos contra la ventanilla, riéndose y gritando como locas.

—¡Síííí!

Después Gio acaba de dar vueltas y se mete por via Chopin y aparca delante de Spazio 900, a continuación baja como si fuera Bruce Willis en una de sus mejores películas.

—Eh, Danilo... Toma. —Le tira las llaves al valet parking del local, un tipo de unos treinta años, rapado y con barriga, pero que sólo debe de haber visto las películas de Verdone, porque no las toma y las llaves caen al suelo.

Haciendo como si nada, entramos en Spazio 900.

—¡Eh, Nicco, esta noche está Coccoluto! ¡Escucha qué música!

Gio se alborota en seguida bailando y pasa por debajo de la cuerda con una agilidad inesperada. El gorila acude rápidamente a su encuentro para echarlo, pero cuando lo reconoce niega con la cabeza.

—¡Sigues siendo el mismo, ¿eh, Gio?!

—El mismo...

—¿Cuántos son?

—Cuatro.

—Okey.

Alceste, el gorila, habla con Fritz, el director, elegante como siempre, impecable con su bigotillo a la francesa, unos astutos ojos azul claro y esos lentes con un armazón distinto cada vez. Fritz lo escucha, después Alceste nos señala, él nos saluda desde lejos y le da algo. Alceste se reúne con nosotros y entrega a Gio cuatro entradas.

—Pásenla bien y tengan cuidado...

—¿Por qué?

—Han hecho buena pesca... Estas dos son muy guapas y hoy está lleno de rufianes...

Gio sonríe.

—Sabemos defendernos... Oye, si eso nos defiendes tú.

Alceste se ríe como un loco y al final empieza a toser preso de un exceso de animación.

—¡Muy bueno, Gio! *Oi lakedaimonioi*...

—¡Siempre! —Y entramos.

—¿Qué quería decir esa última frase?

Gio toma a Paula del brazo como si fuera su novia de toda la vida.

—¡Nada, es algo que decimos como saludo! Le hice la tesis...

—¿Tú?

—¡Sí, yo! ¿Por qué? Se licenció en Derecho, en Jurisprudencia. ¿Ves cómo es la vida hoy en día? Podría ser un excelente abogado y, sin embargo, con la crisis que hay tiene que trabajar de gorila.

—Perdona, ¿eh?, pero si se licenció gracias a ti, yo alguna duda tendría...

—Bueno, gracias a mí, ¡gracias a la tesis! ¡Oye, que hoy se pueden descargar las tesis de internet, ¿eh?! Hicimos un trato, ¡yo le llevaba la tesis y él me dejaba entrar gratis allí donde estuviera trabajando de gorila!

—Ah, ya...

—Y cuando lo necesito hasta me da algún consejo legal.

—Pues claro..., ¿cómo no se me habrá ocurrido? Así por lo menos haces que se sienta más valorado.

Y entramos en esa especie de discusión. María y Paula charlan entre sí. María de vez en cuando señala algo a Paula, haciéndole notar algún detalle de la discoteca.

—Queremos ir a *bailare*...

—Claro...

Y diciendo esto se ponen la bolsa en bandolera, se quitan las chamarras y las colocan de manera que no tengan que llevarlas en la mano. Vaya, qué cosas hacen estas extranjeras. Gio se da cuenta.

—No, no, no es bueno. ¡Cuando están con *noi* no tienen *problemis*! —Saca las chamarras de las bolsas y lo deja todo en una mesa allí al lado, luego se va a hablar con Alceste.

Los veo desde lejos, Gio nos señala, después señala la mesa. Alceste asiente y le dice algo al oído. Gio con un gesto le dice que está loco, cómo se pasa. Entonces Alceste le dice otra cosa al oído. Gio se ríe y le da una palmada en el hombro. Luego, negando con la cabeza, vuelve hacia nosotros con la música de Daft Punk, *Get lucky*.

—En fin, sí que está cabrón Coccoluto, al menos deben de darle veinte mil por noche, ¡pero se lo merece!

—Siempre estás hablando de dinero. ¿Qué te ha dicho Alceste?

—¿Eh? —Gio me lleva a la mesa—. Sentémonos aquí...

—¡Primero dime qué te ha dicho!

—No te preocupes...

—¿Has tenido que pagar algo?

Gio se deja caer pesadamente sobre el sofá arrastrándome consigo entre esos cojines de piel negra que todavía huelen no sé a qué ni a quién.

—Esta noche vamos a toda vela... ¡Estate tranquilo! Eh...

Llama a un chico con una bandeja.

—¿Nos traes dos rones con cola? Gracias.

—¡Pero si yo no quiero ron con cola!

El chico se queda esperando. Gio se ríe y me palmea el muslo.

—¡Ay!

—Qué delicado eres, de todos modos yo tengo sed, los dos rones son para mí, ¿tú crees que iba a pedir lo tuyo sin preguntarte?

El chico con la bandeja en la mano parece impacientarse.

—Entonces ¿tú qué tomas?

Gio se yergue como puede de los cojines del sofá.

—¡Oye! ¡Tranquilo, ¿eh?! Tenemos toda la noche por delante, somos invitados del príncipe Colonna. ¡Sé más amable o ya puedes olvidarte de la propina!

Trago saliva.

—¡Para mí un gin-tonic!

—¡Y trae también una botella de champán con cuatro flautas!

El chico se va sin contestar.

Gio vuelve a hundirse en el sofá.

—¡Estos muchachitos han perdido todo el respeto!

—Pero si casi tiene nuestra edad...

—Le faltan esos dos años que marcan la diferencia. Y además, nosotros tenemos la vida en el bolsillo, se nota que él la pisotea... —Gio levanta la voz intentando hacerse oír en medio de las notas enloquecidas—. ¿Y se dice «flautas» en vez de «copas»? No sé...

Después se levanta y empieza a bailar allí delante.

—Pero ¿en serio que lo paga todo el príncipe?

Me guiña el ojo y asiente, después, bailando siguiendo perfectamente el ritmo, va hacia Paula y María. Se reúne con ellas, la gente le deja sitio, Gio saluda a alguien, luego gira sobre sí mismo y besa a Paula como si no estuviera comprometido con nadie y sólo estuviera con ella.

—¿Lo dejo aquí? —Ha vuelto el chico, que pone los dos rones sobre la mesa, mi gin-tonic, una cubitera llena de hielo y la botella de champán con las copas.

—Sí.

—¡Muy bien, ahora pon una firma aquí!

Me pasa el bloc, yo miro a Gio para buscar su aprobación, pero él sigue bailando como un loco rodeado por Paula y María y mucha otra gente. Entonces me vuelvo hacia el gorila, que por suerte me está mirando y asiente, de modo que tomo el bloc del chico y, ante la duda, escribo algo que pueda parecer cualquier cosa menos Niccolò Mariani. El joven mesero ni siquiera lo mira, se voltea, se mete el bloc en el bolsillo de atrás y desaparece en medio de la gente. Yo me vuelvo hacia Alceste, levanto la mano para darle las gracias y hasta me gustaría decirle «*Oi lakedaimonioi...*», pero no me da tiempo y se gira hacia otro lado haciendo como si nada.

De modo que no me queda más que tomarme mi gin-tonic. Está frío, está rico, está bien mezclado, pruebo un sorbo, entra de maravilla, así que me lo zampo de un trago y lo termino, qué más me da, mejor dicho, me siento como un príncipe, ¡incluso he firmado como príncipe Colonna! Y con este pensamiento voy a bailar en medio de la pista con ellos.

Me acerco a Gio y le grito al oído:

—¡Gio!

—¿Eh? ¿Qué quieres? ¡Está todo pagado!

—¡Sí, ya lo sé, quiero decirte otra cosa! Pero ¿no te da miedo que te descubran?

—¿Quién? —Me mira perplejo.

—¿Cómo que quién? ¡Tus dos novias!

—¿Qué pasa?, ¿quieres atraer la mala suerte?

Da un paso de baile y sin hacerse notar se toca ahí.

—Pero si ya saben que esta noche jugamos en casa de Bato hasta tarde y las dos ya están durmiendo, he recibido los sms... ¡Y, además, aquí hay más de tres mil personas! Tendría que ser una muy mala pata...

Y sigue bailando con una tranquilidad fantástica. Y la música enloquece, el disc-jockey es realmente bueno, pasa del *house* con matices y cadencias latinas al *minimal techno* y la música electrónica. Y de tanto en tanto volvemos a la mesa. Gio se sopla los dos rones, después abre la botella de champán, llena las copas y las levanta al cielo.

—¡Gracias, príncipe Colonna!

—¿Un príncipe? ¡Qué bien, *grazie*! —¡Y brindan por él y luego se beben su copa riendo! Y después otra, y otra más, y luego volvemos a bailar y la música parece todavía más bonita. Con los brazos abiertos y los ojos cerrados, siguiendo el ritmo, con el techo girando al mismo tiempo que la bola de mil colores con la música de *Feel this moment*.

—¡Qué bueno, Pitbull!

—¡Sí, a *noi* nos *piace*!

Y saltan con placer con las notas de nuestro querido capitán. Y regresamos a la mesa y sale otra botella de champán, y esta vez son María y Paula las que levantan sus copas en primer lugar.

—¡Gracias, *principale* Colonna!

—Que no es «*principale*»... Príncipe... Bueno... ¡De hecho, *principale* también suena bien!

¡Y seguimos bailando con la música de Mengoni, Pink, Bruno Mars, Max Gazzè, Ola!, y entre un disco y otro bebemos algo, y luego seguimos bailando. Después Gio se aleja y por un instante me preocupo. ¿Qué va a organizar ahora? ¿Dónde se ha metido? Entonces lo veo de lejos. Está junto a la cabina del disc-jockey y le dice algo. Coccoluto asiente sonriendo. Gio levanta la palma de la mano. ¡No! Incluso chocan los «cinco». No sé. Es el hombre de los mil misterios. Y así, mientras vuelve sonriendo, la música cambia y suena Eros.

Che cosa ti aspetti da noi... Chissà se ci pensi mai... Lo sai che anche il mare è più blu... A veces podemos pensar... en lo que sucederá... Sabes que el mar es más azul...

Y todo el mundo parece estar de acuerdo con Gio, y se abrazan y forman parejas y empiezan a bailar, lentamente, como si no esperaran otra cosa más que ese momento. Se suavizan las luces en todo Spazio 900 y Paula está allí llorando con los brazos a lo largo del cuerpo, ríe y llora.

—Sí...

Llega Gio y le sonríe.

—*Questa canzone* es la de anoche...

Y ella lo estrecha con fuerza y se esconde entre sus brazos y se pierde en ese pecho entre cadenas y cachivaches y cierra los ojos, enamorada, y yo me pregunto si todo esto es verdad. No, puede que desde el principio me encuentre en un *Show de Truman* a la italiana dirigido por un gran director: Gio. Pero entonces siento que me abrazan y comprendo que no, que todo es real, y si de todas formas hay una cámara oculta es la broma más bonita que podían hacerme, porque María es única. Y, así, cierro los ojos y me dejo llevar y bailo con ella, y la música es preciosa y Eros es genial: *Questa nostra stagione di vita insieme, a innamorare noi è perfetta così, ma non c'è vero amore che non abbia bisogno di un po' di cure...* Este tiempo tan nuestro, de vida juntos, enamorándonos. Es perfecto así, y no hay amor verdadero que no necesite de algún cuidado... Y esas palabras no pueden evitar sugerir ese beso de María, maravillosamente mío. Después ella se aparta y se apoya en mi pecho. Pero ¿cuánto hacía que no iba a una discoteca? ¿La vida se había vuelto aburrida con Alessia? Yo me había vuelto aburrido. O no, ahora lo entiendo, ¡tal vez es que *soy* aburrido! Miro a María, tiene los ojos cerrados y se balancea conmigo siguiendo el ritmo de la canción. Es preciosa, es cierto, pero ¿qué puede entender una española? Siempre hemos visto a las extranjeras acompañadas de los rufianes más rufianes, perder la cabeza por los más gañanes, enloquecer por los más vulgares. ¿Por qué no tienen el mismo gusto que nuestras italianas? Siempre nos hemos reído con Gio sentados en piazza Navona mirando a los que acompañaban a las extranjeras, siempre hemos pensado que eran las sobras de las chicas italianas, en fin, ¡basura! Pero Gio sale con dos chicas italianas, al único al que han abandonado es a mí, ¡de modo que la basura soy yo! Pero no me da tiempo de acabar ese pensamiento cuando me veo separado de María a la fuerza, alguien me tira del brazo y oigo una voz gritar tan alto que sobrepasa la música:

—¡Ahí tienes el porqué! ¡Porque eres como todos! Mejor dicho, eres el peor de todos, el más idiota...

¡No lo puedo creer! Está allí delante de mí con las manos en la cintura, con los ojos inyectados en sangre, mirándome como asqueada, después mira a María y naturalmente todavía se cabrea más.

—¿Y bien? ¿Qué me contestas? —Y niega con la cabeza—. Qué asco...

—Pero Pozz..., ejem, Benedetta, perdona, pero ¿por qué te pones así?

—¿Por qué? ¿Tú me preguntas por qué?

—Eh, sí, ¿por qué?...

—¡Porque después de todo lo que pasó ni siquiera me has enviado un mensaje! ¡Y no sólo eso, te he escrito y no me has contestado!

—A lo mejor es que no me ha llegado.

—¡Te lo he mandado hace media hora!

—Pues no lo he visto, en serio.

—Déjalo así, diviértete, me he equivocado... pero del todo, ¿eh? —Hace ademán de irse, yo intento detenerla—. ¡Déjame! —Y me da un empujón—. Total, por desgracia nos veremos en la oficina, ¿no?

Y lo dice en un tono burlón como diciendo: «Te lo haré pagar, ya lo sabes, ¿verdad?» Y se aleja.

—¿Qué?... ¡Lo sabía! —Le doy un empujón a Gio—. ¿Cómo era? Hay tres mil personas, ¿cómo va a encontrarte nadie aquí?...

Y junto el pulgar y el índice dibujando una línea en el vacío.

—Perfecto.

Gio se encoge de hombros.

—Tú mismo has llamado la mala suerte. De todos modos es mejor que haya ocurrido, confía en mí, has puesto las cosas en su sitio y has salido de la mejor de las maneras. Habrías tenido un montón de problemas, en cambio ella ahora ya ha entendido que sólo ha sido un revolcón...

Y empieza a bailar otra vez mientras suena un remix de Califano, tipo disco, *Tutto il resto è noia*. Parece que la hayan elegido adrede para quitarle hierro a la situación. Entonces María se me acerca.

—Eh, ya sé que *hai* sufrido *molto* por esa *ragazza*, *mi* imaginaba Alessia diferente, en serio. Pero *ancora mi piaci di più* por lo que sientes por una *ragazza* como ella... —Y me abraza con fuerza.

Gio se da cuenta de la escena, se me acerca y me grita al oído:

—O sea, no lo puedo creer, ¡piensa que Pozzanghera es Alessia! ¡Y por eso le gustas todavía más! ¿No te das cuenta? Esta noche puedes pedir todo lo que quieras. ¡Menuda hembra tienes, y por partida doble!

32

Me despierto sobresaltado y me enredo entre las sábanas, estoy completamente enrollado, no encuentro el modo de salir, casi no puedo respirar, pero al final acabo emergiendo.

—¡Ufff!

Me quedo sentado, completamente sudado, con los brazos abiertos apoyados en el colchón, mirando alrededor. Sí, estoy en mi cuarto. Pero ¿qué ha ocurrido? ¿Ha sido todo un sueño? Después veo la ropa esparcida por todas partes, la reconozco y sonrío. No, todo es real, tanto lo que me bebí como la noche entera, el encuentro con Pozzanghera y lo que vino después... Tal vez Gio me trajo a casa. ¡Sí, ahora me acuerdo! O sea, ¡esto parece *Resacón 23*! Estábamos tan borrachos que Gio buscó un taxi o a alguien que manejara su coche, no sé, total, sólo sé que no manejábamos ni él ni yo, y mucho menos una de las chicas.

Me levanto y, en una nebulosa, me arrastro al baño. Me miro al espejo, pero ¿qué parezco?, ¿una fotocopia? ¿Se había terminado el tóner? Tengo las facciones descoloridas. Me echo agua en la cara. Tengo un dolor de cabeza brutal, típico de haber mezclado varias cosas, ron, que al final tomé, gin-tonic, champán y luego otra vez ron. Dejo correr el agua. Me mojo también por detrás del cuello, vuelvo a echarme agua en la cara y lentamente empiezo a recuperarme.

Por suerte no hay nadie en casa. Mamá debe de haber salido

y Valeria estará en la universidad. No habría soportado sus habituales discusiones. Siempre repiten lo mismo, y lo más absurdo es que lo hacen a gritos, y no sólo eso: me temo que desde que papá no está todavía gritan más.

Pongo la cafetera. Me siento a la mesa. Por la ventana, con la persiana subida hasta la mitad, entra el cálido sol de la mañana. Qué bien, hoy puedo tomármelo con calma, ¡no me toca ir al quiosco!

Por fin sale el café borboteando, me lo sirvo en la taza grande con un poco de leche fría, después tomo unas galletas integrales. Llevan poco azúcar y me las como despacio, saboreando el café con leche a la temperatura idónea. Poco a poco voy recordando la parte final de la noche.

Me parece como el montaje de *Infiel*, esa película de Adrian Lyne, con Richard Gere y Diane Lane. La escena de Diane Lane cuando está en el tren de regreso a casa y recuerda los momentos de pasión que ha vivido con Paul, es decir, Olivier Martínez. Es un montaje demencial. Pues eso, revivo de la misma manera mi noche con María. Su pantalón al abrirse. Negro. Ella agachándose hacia adelante y riéndose. Negro. Yo quitándome la camisa. Negro. Ella abrazándome fuerte y besándome. Negro. Ella quitándome el pantalón y agachándose. Negro. Yo empujándola hacia abajo y besándola entre las piernas. Negro. Ella suspirando mientras le separo las piernas. Negro. ¡Oh, Dios mío! Me paro en seco, todavía soñando, dejo la taza y voy corriendo a la habitación, rebusco en medio de toda la ropa, aparto la camisa, los calzoncillos, los calcetines, aquí, encuentro los pantalones, meto la mano en el bolsillo y tomo la caja. ¡Uno, dos, tres! ¡Ufff..., menos mal, falta el cuarto! ¡Usé el preservativo! Pero ¿estaba tan borracho como para habérmelo puesto bien? ¿No será que se lo puso Gio?

—¡Hola, Niccolò!

—Hola, mamá. —¡No la había oído!

—¿Todo bien?

Vuelvo a meterlo todo en el pantalón.

—Sí, hola, mamá, estaba desayunando...

—¿Y luego?

Oh, no se le escapa nada.

—Y después no me acordaba de dónde puse las llaves del coche.

Decide creerme.

—Ah. Se te hizo tarde, ¿no?

—Sí... —Regreso a la cocina, delante de mi capuchino—. Ayer me tocó el turno largo.

—Mejor, así has podido dormir un poco más.

—Pues sí...

Mamá se quita la chamarra, la deja sobre la silla, mete unos platos en el fregadero, los lava con el detergente y los coloca en el escurreplatos. Son los platos de Valeria y debería haberlo hecho ella. Mi hermana es una idiota. Si alguna vez en la vida hago una película, ése será el título.

—Y ¿qué pasa con tu hermana?

Oh, Dios mío, ¿es que puede leerme la mente?

—Pues no lo sé, creo que ha roto y ahora sale con otro...

—¿Qué? ¿Cómo que ha roto?

—Pues sí, mamá, cosas que pasan...

—¡No son cosas que pasan! ¡O al menos no deberían pasar, la gente se casa, tiene hijos y luego las cosas pasan, pues no! ¡Ustedes lo ven muy fácil! ¡Hay demasiada libertad, internet, los celulares! ¡Esos programas en los que todos se enredan con todos en esa casa, han creado un caos!

—¡Pero que no, mamá, no nos hemos entendido, pensaba que hablabas de Valeria!

—¡Qué va, Valeria siempre ha sido un desastre! ¡Ya no le

307

hago ni caso! Hablaba de Fabiola. Fuiste a cenar con Vittorio, ¿no?

O sea, mis hermanas son excepcionales, arman lío, se los cuentan a mi madre pero sólo en parte y luego esperan que yo ponga las piezas que faltan, como si fuera un rompecabezas.

—¿Y bien? ¿Me vas a decir qué ocurre con Fabiola o no? ¡Ahora eres tú el hombre de la casa!

Yo sólo sé que ya no soporto esta frase.

—Pero mamá, qué quieres que pase, pues cosas que ocurren normalmente en una pareja, ¿no? Peleas, discusiones, alejamientos, también les debería pasar a ti y a papá...

Mamá se queda en silencio un instante, después me mira y me sonríe.

—No. Nosotros nunca nos alejamos. E incluso si alguna vez estábamos lejos físicamente, en realidad estábamos aún más cerca.

Y se va despacio a su habitación, sin una sonrisa o un ruido, en silencio, del mismo modo que se queda la cocina y la casa entera. Desde el balcón llegan los ruidos del patio. En alguna parte alguien está arreglando algo. Lo que más me sorprende, ahora que lo pienso, es que siempre hay alguien dando golpes.

Voy a mi cuarto. Me tiendo en la cama y miro al techo. ¿El amor entre mi madre y mi padre no ha atravesado ni un solo momento de dificultad? ¿Un cambio de idea? ¿Un alejamiento? Por lo que ella me dice, no, y no tengo manera de saber nada de la otra parte. Y este pensamiento por un instante me encoge el estómago, me corta la respiración. No puedo asumir que él ya no esté, que no pueda hablarme de su historia. Él me diría la verdad. Y, sin embargo, hubo esa otra mujer, Ilaria de Luca. Y de repente me incorporo. Hurgo de nuevo en mi pantalón, esta vez con otra preocupación. No, aquí está. Miro el sobre con el dinero. Está todo, los cinco mil, no me he gastado ni un euro.

¡Ah, claro! Qué tonto. Éramos invitados del príncipe Colonna. Después vuelvo a pensar en ello, esa mujer... ¿me dijo la verdad? ¿Tal vez sólo me dijo lo que quería escuchar? Y me quedo con el sobre en la mano. Si pasó algo, había dinero de por medio. El dinero lo vuelve todo más sucio. Y si no sucedió nada, entonces ese gesto es todavía más hermoso. Sí, pero ¿ahora cómo lo hago?

—¿Mamá? ¿Puedo...? —Está en la sala, ordenando las cosas que Valeria ha dejado esparcidas, naturalmente.

—Sí, dime... —Me habla sin mirarme, quizá como si todavía se sintiera incómoda por lo que ha dicho, como si le pesara la belleza de su amor.

—Bueno, mamá, quería decirte que últimamente el quiosco ha ido muy bien y...

Entonces se vuelve y me ve con el sobre en la mano.

—¿Qué es?

—Dinero, mamá.

—¿Por qué?

—Porque a lo mejor puede serte útil. Hay cinco mil euros.

—¿Qué has hecho, Niccolò?

—Pues nada, ya te lo he dicho, las ventas han ido bien, he ahorrado un poco y también he hecho algún que otro trabajillo por ahí.

Entonces se pone seria, casi severa.

—¿Qué otro trabajillo? ¿Con tu amigo Gio? ¿De dónde has sacado este dinero? No hagas que me preocupe, Niccolò, por favor...

Siento por su voz que se está poniendo tensa, incluso se le ve en la cara.

—Que no, mamá, te lo aseguro... —Pero veo que no está convencida—. De acuerdo. —Cedo—. ¡He ganado... al raspadito!

Suelta un suspiro de alivio.

—En serio, ¿verdad? No me estás mintiendo.

—No, mamá, en serio. He raspado «Locos por las compras» y he ganado diez mil euros. Quiero darte la mitad... —Y le tiendo el sobre—. De verdad, toma.

Lo mira un instante.

—No, Nicco, gracias, eres un tesoro... —Casi se conmueve al decírmelo, pero luego se pone seria. Me hace gracia, hasta ahora no me había llamado Nicco—. Quédatelo tú, puede serte útil el día de mañana. En este momento no necesito nada, en serio...

—Como quieras, mamá. —Me lo meto en el bolsillo—. De todas formas, cuando lo quieras aquí está.

Y, como liberada de la situación, exhala un suspiro.

—¡Por un momento he pensado que a lo mejor vendías marihuana!

—Mamá, eso es ilegal.

—Bueno, lo que sea. Con ese amigo que no se sabe exactamente lo que hace...

—Gio hace sitios de internet, o sea plataformas, para que lo entiendas. ¿Tú sabes quién es Mark Zuckerberg?

—¿Ese que salía en aquella película que vimos en la tele?

—¡Sí, ése! Pues Gio hace más o menos el mismo trabajo.

—Pero si ese hombre siempre iba por ahí con las sandalias desabrochadas, con alpargatas, incluso nevando. Era..., ¿cómo dicen ustedes? ¡Un pendejo!

—Sí, sí..., ojalá nosotros fuéramos igual de pendejos, mamá.

Y le doy un beso aspirando la crema que se pone desde que nací y toda su espléndida genuinidad.

33

Yo, en cambio, me he hartado de ser ingenuo, me he hartado de todo, de esta sociedad, de que todo sea una tomadura de pelo y todo siga siendo igual que antes, basta con mirar la política: nos toman por estúpidos en todo el mundo, hacemos elecciones sólo para que al cabo de dos meses estemos en la misma situación que estábamos, aquí hay mucho listo, siempre pensando en cómo hacerse más rico, me parece estar en esa novela, *El gatopardo*, con Tancredi, diciendo: «Es necesario que todo cambie para que todo siga igual.» Políticos idénticos a los viejos e iguales que los del futuro. Y es que Paolino *el Loco*, que recorría piazza Barberini con dos especies de muelles en la cabeza colocados alrededor de las orejas, tenía razón cuando decía: «¡El diablo está aquí, el diablo está en el dinero, en el poder, en lo fácil que es todo!»

Y después señalaba a los que pasaban: «¡Tú! ¡Sí, sí, tú! ¡Tú también te venderías por nada! ¡Son como los futbolistas! Con una semana de diferencia están jugando en el equipo contrario, quizá incluso contra el que han marcado. Por dinero, todo se hace por dinero, hasta las putas son más honestas, ¡al menos ellas no fingen lo que no son!» Y seguía dando vueltas por la plaza y parecía que la tenía tomada con todo el mundo, iba en una especie de bicicleta y llevaba una pequeña radio que ponía con el volumen alto en el borde de la fuente y bailaba, bailaba como un loco, agitándose sin medida, sin criterio. Un loco simpático. Después, de un día para otro desapareció. Gio, Bato y Guido iban de vez en cuando a tomarse una cerveza a piazza Barberini, a escuchar sus invectivas y a reírse. Pero cuando una noche ya no lo encontraron, se sintieron fatal. Entonces en seguida alguien dijo que se había sacado la lotería, otro dijo que siempre había sido rico y había estado tomándonos el pelo. Gio, en cambio, que es más realista y menos romántico, simplemente dijo que había muerto. Yo no sé lo que le ocurrió realmente, pero creo que no estaba tan loco, que decía la verdad. Recuerdo que una vez en el colegio la profesora de Historia del Arte, hablando de Van Gogh, dijo: «Los locos abren los caminos que más tarde recorren los sabios», estaba citando a Carlo Dossi. Nunca le prestaba atención, pero de vez en cuando decía algo interesante.

La mirada se me posa en la foto de Anzio. Sí, creo que lo hemos arruinado todo, que el mar al que me llevaba mi padre cuando era pequeño ya no está tan limpio como en esa foto. Menos mal que todavía quedan esas playas que de vez en cuando veo en internet, aunque nunca he estado allí. ¿O ésas también son falsas? Retocadas con Photoshop, como todas las modelos de las revistas o esas mujeres que ponen la foto en el perfil de Facebook y que se nota que es un engaño y encima está mal retocada. El mundo ya no es limpio, la comida ya no es buena, la mozzarella ya no es sana y todos buscan desesperadamente la manera de construir un futuro que tal vez no existirá.

También pienso que comerme el coco es normal en mí, es el clásico efecto después de una borrachera, siempre me sienta mal, ¡aunque la noche haya salido perfecta y haya sido divertida como la de ayer! Pero lo más fuerte es que me desaparece el freno inhibidor, de modo que lo digo todo, en fin, me freno poco o nada, y lo más tremendo es que estoy a punto de entrar en el portal de la agencia inmobiliaria. Llamo al elevador, llega, entro y no tengo tiempo de pulsar el botón cuando ella entra conmigo, con esa tempestividad que sólo el destino puede tener. Pozzanghera.

—Hola, Benedetta.

—¿Hola? ¿Hasta tienes el valor de saludarme?

Bueno. Tal vez no debería haber bebido, pero también es verdad que nunca habría conseguido escapar de esta situación. De modo que sonrío, quizá porque ya me imagino lo que voy a decir. En realidad, si te paras a pensarlo, nunca sabes realmente lo que saldrá de tu boca cuando empiezas una discusión, y a veces puedes sorprenderte porque no te creías capaz de decirlo.

—¿Ah, sí? ¿Y bien, querida Pozzanghera?...

—¿Pozzanghera?

—¡Sí, como el charco que te hace maldecir cuando acabas metido dentro! Pues eso, cuando te pones así eres una verdadera *pozzanghera*, ¿sabes? ¿Acaso te violé, eh? ¿Fui yo quien te obligó a hacer todo lo que hiciste? ¡No! Es más, ¡tendría que ser yo quien se quejara! Fui a verte para darte mi apoyo, porque vi que estabas desesperada, y ¿qué haces tú? Te aprovechas de mi bondad y te restriegas encima de mí con pechos y cola de una manera que hasta el último de los gays habría pensado que se había equivocado...

—Ejem...

No lo puedo creer. Hasta ahora no me he dado cuenta de que detrás de mí las puertas están abiertas. Este elevador lleva directamente a la entrada de la agencia, donde está la recepción, los carteles con las distintas tareas de la semana y, naturalmente, mis compañeros. Están todos allí, y por cómo se han quedado, paralizados y atónitos, deben de haberlo oído todo. Salgo del elevador como si nada.

—Okey, Benedetta, estoy de acuerdo contigo. Ya verás como haciendo la rebaja que sugieres se venderá en seguida...

Luego cruzo la sala buscando algo dentro de mi bolsa.

—Ah, buenos días a todos... —Y desaparezco detrás de mi escritorio.

Enciendo en seguida la computadora y reviso el correo escondiéndome detrás de la pantalla, agachándome, como si buscara algo dentro de un rincón de no sé qué indefinido correo. Nada, naturalmente Alessia no me ha escrito. Miro el celular, allí tampoco nada, ningún mensaje. Lo dejo y abro Facebook. Voy a la página de Alessia, nada, no hay ninguna pista, nada que pueda hacerme imaginar que haya alguna novedad significativa en su vida. Las fotos de siempre. Bueno, debe de haber salido a cenar con sus amigas como todos los sábados que no salía conmigo. Sigo haciendo clic en las fotos, una tras otra. Hay una de ella muy bonita. Es reciente, a saber quién se la habrá hecho, seguramente Alessandra, está obsesionada, continuamente está sacando fotos con el celular. Se compró el iPhone 5 sólo porque tenía más definición que el 4S. Miro la foto con más detenimiento. «La estructura...» Hay una frase extraña detrás de ella, me parece que la conozco. Tal vez la he visto en algún bar. Ah, claro, ya sé dónde están, en Settembrini, cerca de piazza Mazzini. Pero no es un restaurante, es una librería en la que se puede comer. Qué buena idea poner la cultura al servicio del estómago, sí, han tenido una muy buena idea. Pero es raro que Alessia haya vuelto allí. Recuerdo que el día que fuimos con los demás ella dijo:

—Pero ¿tú te crees que todos estos libros tengan que impregnarse de ese olor a frito? Huele, huele... —Se olía el pelo—. Voy a darme un regaderazo. —Y se alejó...—. ¿Y esto? —Tomó un libro que se titulaba *Crimen y castigo*—. ¿Y a Fiódor se le va a quedar pegado este olor a frito? ¡Pues vaya!

—Sí, es realmente un crimen, mejor dicho, un castigo freír un libro como éste... —Intenté hacer un chiste, pero ella no se rió.

—Cuando te pones así te mereces los amigos que tienes.

—Oye, era una broma...

—¡Eres un tonto!

—¡Pero, Alessia, estás exagerando! —Y se fue del local. Recuerdo que me encogí de hombros y seguí tomándome el vino blanco que había escogido Guido.

—Qué pesada, ¿eh?... —dijo él.

Yo no contesté. En realidad me habría gustado correr detrás de ella, y si no hubieran estado mis amigos, lo habría hecho. Qué manera tan distinta tenemos de hacer las cosas cuando no estamos solos, y qué matiz toma nuestra vida a veces por culpa de los demás.

Una vez vi un cuadro que me gustó muchísimo. Era una mujer de espaldas y debajo había una frase toda corrida, pero que de lejos se leía con claridad: «Y los demás ¿quiénes son?» Sólo decía eso. Habíamos ido a ver a Gloria a su preciosa galería de arte en piazza di Spagna, Ca' D'Oro. Esa vez Alessia se lo pasó en grande, la recorrimos juntos, y cuando le enseñé el cuadro no me insultó, al contrario. Le gustó de veras.

—Es verdad... —dijo—. Y los demás ¿quiénes son? ¡Es superbonito!

Y en mitad de la exposición me tomó de la mano y me arrastró a la piazza di Spagna, hacia arriba, hasta la parte más alta de la escalinata. Se tomó una cerveza y empezó a bailar sobre los peldaños en medio de los guitarristas que se habían reunido allí para una extraña *jam session*. Uno llevaba el pelo largo como Kusturica, o como se llame ese director que hace esas películas con un montón de música increíble. Pues eso, el tipo tocaba bien y miraba a Alessia un montón, pero ella no veía a nadie, sólo a mí, y me besaba como si los demás no estuvieran, no existieran, porque y los demás ¿quiénes son? Me echo a reír al recordarlo. A eso se refería. Por eso le gustó ese cuadro, por eso aquella noche decidió comportarse así. Y tal vez fuera un mensaje que, sin embargo, no supe escuchar.

No hay ningún correo para mí, ningún mensaje, al otro lado de la sala veo que Pozzanghera me está mirando. Entonces vuelvo a esconderme detrás de la computadora y sin quererlo me impresionan tres cosas de la página de <affaritaliani.it.> La primera es que la gente critica los artículos de *Affari Italiani*, la segunda es que ahora hay unas ofertas increíbles para viajar por Italia y es una lástima perderlas, y la tercera es la que me hace tomar una importante decisión. De modo que me levanto de mi mesa y cruzo la sala justo en el mismo instante en que Pozzanghera se levanta de la suya para venir hacia mí.

—Oye, Niccolò, para ese ático he pensado...

—No te preocupes, ya no me ocupo yo si no quieres, no hay problema, he dejado las llaves sobre mi mesa.

—Ah. —Y se queda así, sin saber que más decir—. Pero yo no quería decirte eso...

Y antes de que pueda terminar la frase ya estoy en el despacho de Gianni Salvetti.

—Hola, Niccolò...

—¿Puedo?

—Sí, sí..., claro.

—Bueno, anoche nos encontramos en una situación extraña...

Justo en ese momento Marina pasa por delante del despacho, primero me mira, después, sintiendo cierta incomodidad, se voltea hacia el otro lado.

—¿Cierro la puerta?

Y sin esperar a que me conteste lo hago.

—Bueno, Gianni, yo de alguna manera me he vuelto..., no sé cómo decirlo...

Dejo el celular sobre la mesa y me quedo un instante en silencio. Gianni mira el teléfono, después de nuevo a mí, de modo que continúo.

—Sí, en fin, he sido testigo de algo. Bueno, yo no tendría que haber estado en ese ático anoche y enterarme de cierta realidad que, las cosas claras, no me esperaba en absoluto..., pero por desgracia ahora estoy al corriente y me encuentro en un aprieto.

Gianni se recuesta en el respaldo de la silla. Está muy pálido, frunce el ceño, junta las manos sobre la barriga. No puedo evitar fijarme en la alianza que lleva en la mano izquierda. Se da cuenta y cambia la posición de las manos, ocultándola.

—Así pues, Niccolò, ¿qué es lo que quieres decirme?

Poco después salgo por esa puerta con una sonrisa. Tengo que decir que Alessia tenía razón, a veces leer el periódico te sugiere una perspectiva que quizá nunca se nos habría ocurrido. Gianni en seguida ha estado de acuerdo, me dedicaré a ampliar el potencial de la agencia, de manera que en los próximos días viajaré, lo que me permitirá evitar a Pozzanghera durante un tiempo, pensar menos en Alessia y sobre todo poder enseñar a nuestras dos bellas extranjeras alguna otra parte de Italia, tal como sugería *Affari Italiani*. ¿Que cuál era la tercera cosa que me impresionó del periódico? Ah, sí, que cada vez se producen más chantajes en el trabajo.

34

Y de ese modo regreso a casa y preparo la maleta.

—Mamá, tengo una bonita sorpresa... Mamá, ¿estás aquí?

Pero ya no hay nadie. Tal vez haya salido a hacer las compras, mejor así, le dejaré una nota y después la llamaré, si no, tal como es, se preocupará.

—Hola, tío, ¿eres tú? Quería decirte que estaré fuera por trabajo.

—Ah, de acuerdo.

—¿Puede sustituirme Sergio?

—Tú ya sabes que tu primo no quiere oír ni hablar de trabajar en el quiosco, dice que es *cheap*...

Me echo a reír.

—Bueno, en fin, ya me entiendes, ¿cómo lo dicen ustedes? ¡Es de gañán, es vulgar!

—Que no, que *cheap* se entendía perfectamente...

—Y entonces, ¿por qué se dice «*cheap*»? Porque los gañanes suelen jugar al póquer, me parece... ¿Es como cuando pones las fichas y dices *chip*?

—No, tío, es una moda americana.

—Ah, ya entiendo, y ¿sabes cuándo volverás?

Me quedo en silencio.

—No. Pero creo que pronto, ya te lo diré, te llamaré. Adiós.

—Y cuelgo.

Poco después estoy en casa de Gio. Toco dos veces al timbre y al cabo de un rato oigo llegar a alguien por detrás de la puerta y luego el sonido de la mirilla.

—¿Quién es?

—¿Yo?

—¿Yo, quién?

—Tu mejor amigo...

—Venga ya... ¡Mark Zuckerberg! ¡Fantástico!

Abre la puerta en calzoncillos, completamente hecho polvo, la deja abierta y se vuelve hacia su cuarto.

—Mark, deja unos cuantos miles de tus acciones en la cocina, por favor, ahora no tengo tiempo...

Después se deja caer en la cama.

—¡Eh, que así la vas a echar abajo! —digo yo cerrando la puerta—. Pero ¿has estado durmiendo hasta ahora?

—Sí.

—¿Y tus padres?

—¡Trabajando!

—¿Y no vuelven para comer?

—Hoy no. Pero ¿esto qué es?, ¿un interrogatorio? Todavía no he desayunado, y con la excusa de Zuckerberg la Gestapo ha entrado en casa.

—¡Vaya comparaciones! Arriba, ya verás como ahora te despertarás, mira aquí. —Saco de detrás de la espalda una bolsa con todo lo que le gusta.

—*Croissants* normales, *croissants* de chocolate y crema, bollos con crema, emparedados de salmón, emparedados de pollo, mixto de jamón y queso...

—Pero ¿no querías ponerme a dieta?

—Así es, esto es para toda una semana. Salimos en seguida.

—Pensaba que ya me había despertado, pero veo que todavía estoy soñando...

—No, no, hablo en serio, mira... —Me siento a su mesa y toco la computadora.

—¡Quieto! —Se levanta de golpe, se acerca hacia mí y me quita el ratón de la mano—. Toma, ponte en la otra... —Y hace rodar la silla hasta que acabo frente a otra computadora—. En ésa me estoy bajando unas películas que acaban de salir...

—Me parece que aquí antes o después harán una redada.

Miro a mi alrededor: su habitación es prácticamente como un inmenso Blockbuster, las paredes están llenas de DVD desde el suelo hasta el techo. Se fija en los que estoy mirando.

—Toda esa parte está en versión original, ¿sabes?, ¡hay gente a la que le gusta verlas así!

—O sea, las quieren en versión original... ¡pero copiadas!

—La gente es rara.

Una pared tiene todos los DVD con las carátulas rojas.

—Esto de aquí, en cambio, es el porno, ¡así no se confunden! Ah, ahora que pienso, el domingo recuérdame que lleve una al quiosco cuando estés tú, a las doce y media, o si no te lo doy la noche antes y ya se lo darás al falso cura. ¿A cuánto se lo dejé?

—¡A ocho!

—Eso, muy bien, y encima tienes buena memoria, ¡casi que te voy a tomar en la empresa!

Lo apunta en un *post it* que pega a un DVD.

—Pues llévale ésta, es una de las primeras que hizo Sasha Grey, es buena pero no mucho, hace que tengas ganas de ver más, una peli porno tiene que ser como las cerezas, tiras de una y arrastra a la otra, y al final, te caen un montón, ¡ja, ja, ja!

Mientras dice esas idioteces, encuentro lo que buscaba.

—Aquí está.

Giro la computadora hacia él y le enseño la oferta especial.

—Genial... —Se ha terminado el *croissant* y la mira chupándose los dedos, llenos de chocolate y crema, luego da un sorbo al capuchino, toma una servilleta de papel y se seca la boca—. Me parece una oferta excelente... pero ¿qué tiene que ver con nosotros?

Sonrío y entro en la página, introduzco los datos, hora, día y personas, cuatro.

—¡Iremos con las extranjeras!

Gio un poco más y se atraganta.

—Pero... ¿cuánto tiempo estaremos fuera?

—No sé, tres días...

—Tres días, pero... pero yo no puedo, tengo que descargar películas, el jueves es cuando salen las nuevas...

—¿Y qué? Programa las descargas, ¿no?

—¡Pero... pero yo estoy comprometido!

—Déjalas a las dos tranquilas un rato, que les irá bien...

—Y ¿qué les digo?

—La verdad, siempre hay que decir la verdad. ¡Que vienes conmigo para ayudarme a hacer una prospección inmobiliaria y que está todo pagado!

—¿En serio?

—Bueno, siempre es necesario decir una parte de la verdad.

—Y ¿cuál es la parte de verdad?

—¡Que en parte está pagado y en parte no, que trabajaremos un poco como agencia inmobiliaria y un poco no!

Gio le hinca el diente a otro *croissant*, mira de nuevo a la computadora y después a mí.

—¿Sabes que en América se está imponiendo precisamente este concepto? Dicen que de vez en cuando es necesario tomar vacaciones. ¡Las vacaciones y el juego reposan la mente y la vuelven más productiva! Me parece una excelente idea, y como se trata de una afirmación que he leído, se lo voy a decir también a mis novias.

—Eso, muy bien, ahora que pareces convencido, ¡entra aquí y paga!

—Pero ¿cómo? ¿No has dicho que estaba todo pagado?

—¡En parte! El viaje no está pagado y lo pagas tú...

—Y ¿por qué?

—Porque tienes PayPal y siempre dices que es seguro.

Se queda un instante perplejo.

—Vas, hombre, ¿qué te pasa?, después te lo pago, haremos una nota de gastos para la agencia...

Gio está algo perplejo, pero al final lo convenzo.

—Pero ¿todavía lo estás pensando?

—¿Tú has pensado en el hecho de poner en el quiosco mi línea de DVD «especiales» en oferta reducida? ¡Espera, no me contestes! Podrías precipitarte. Piénsalo durante este viaje, ¿de acuerdo?

Me sonríe, bebe otro sorbo de capuchino y luego empieza a investigar en el teclado de la computadora, entrando en todos los apartados de la página y acabando en poquísimo tiempo toda la operación.

—Ya está, he conseguido todos los descuentos posibles, son cuatrocientos treinta y ocho euros...

—Pues menos mal que hay descuentos...

—Te tocan doscientos diecinueve..., ¿o dividimos entre cuatro?

—Sí, hombre, ahora que te la has tirado ¿te vuelves tacaño? ¡Vas, muévete!

Y lo empujo hacia la regadera.

—Eh, eh, espera. ¡Todavía me queda capuchino! —Pero al final se lo hago dejar en la mesa y, sin darle siquiera tiempo a replicar, abro la llave.

—¡Está heladaaa!

—¡Mejor, así te despiertas!

Vuelvo a la habitación, abro la ventana, subo la persiana y me tiro en el sofá. El cuarto de Gio está lleno de altavoces Bose último modelo, tres computadoras, servidores portátiles, impresoras inalámbricas, lámparas halógenas. Las otras habitaciones están mucho más en la línea de las películas italianas como *Go-*

morra. En efecto, Mario y Enrica, los padres de Gio, la verdad es que no tienen nada que ver con él. Son delgados, no saben utilizar una computadora, los dos trabajan en el ayuntamiento y son de izquierdas, me parece que es adoptado.

—Ya estoy listo, ¿nos vamos?

Cuando lo veo aparecer con todo el pelo engominado hacia atrás, el pantalón negro, al cuello una cadena de acero casi tan gruesa como mi muñeca y una camiseta negra en la que pone «Como como un buitre. Por desgracia el parecido no termina aquí. Groucho Marx», no me cabe duda. No sólo es adoptado, sino que fueron a buscarlo a América, o mejor aún, a Rusia, a esa parte de Rusia que según he leído en los periódicos se está rebelando contra todos los sistemas. En fin, más que educación siberiana, esto es mala educación Gio.

Cuando llegamos delante del hotel, María y Paula están sentadas a una mesa del bar de al lado, tomando el sol, radiantes, con unos botellines de Aquarius sobre la mesa de los que se han bebido la mitad.

—¡Eh, ya estamos aquí!

—*Ciao!* —Ya parecen italianas.

—¿*Come* están? ¡Están espléndidas!

Luego María me besa, Paula también parece muy contenta de ver a Gio.

—¿Y *bene*? —María me mira a los ojos—. ¿Qué sorpresa *tenete*?

Gio saca los boletos del bolsillo de su maleta de ruedas.

—Aquí está, tres días, *tre giorni di visita* por las ciudades *più belle d'Italia.* ¡Florencia, Venecia y Nápoles!

—¡Sí! —María me salta al cuello y casi me tira—. ¿Quién ha *tenuto* esta *ocurrenza*?

—Creo que pregunta de quién ha sido la idea...

—¡De él! —Y lo decimos a coro, señalándonos el uno al otro, luego nos echamos a reír y nos abrazamos.

35

Ayudo a Gio a cargar la maleta en el vagón.

—Eh, pero ¿qué llevas ahí?

—Algo de leer, música para escuchar, algún video para posibles peripecias nocturnas...

—No lo creo.

—¡Créelo, y algunas camisetas y calzoncillos!

—Bueno, por lo menos te has traído eso.

Después cargo también las mochilas de las dos chicas. La de Paula es ligera, ¡pero la de María es una pluma!

—*Ma* ustedes *avete capito* que vamos a estar *tre giorni*...

—Sí. —Se ríe—. Sólo *porto* un cepillo de dientes y Chanel... Hace tanto *calore*. —Y me sonríe tomándome el pelo—. No, no, estoy bromeando, quiero *comprare* un montón de *cose belle* aquí en Italia, lo voy a hacer *in questo viaggio*.

Paula interviene:

—María *é* una modelo *molto* importante en España.

Pero María la interrumpe:

—¡Paula! Él no está interesado en eso.

Estas últimas palabras las entiendo perfectamente.

—No es cierto, *non è vero*, soy curioso *di te*...

Y ella me mira de un modo..., es como si en ese momento hubiera descubierto la combinación perfecta, como en aquella película, *El gran truco*, o como cuando juegas a «Pasapalabra» y encuentras la palabra exacta, en seguida te das cuenta de que la has adivinado porque encaja perfectamente con todas las demás aunque no conozcas exactamente su significado. Todavía no hemos llegado a nuestros asientos cuando el tren empieza a moverse, de modo que me siento junto a la ventanilla. María, después de tomar una botellita de agua de su mochila, se sienta a mi lado y se recuesta sobre mi pecho. El tren acelera y fuera el panorama en seguida discurre de prisa. Acabamos de salir de la estación y cruzamos el paso elevado, algunos coches en fila parecen silenciosos, seguro que están tocando el claxon. Después pasamos un tramo entre antiguos y sucios edificios de la Tiburtina y, de repente, aparecen pequeños espacios verdes, un trozo de Tíber, la curva del Aniene y a continuación todo se vuelve amarillo, campos de girasoles y grandes colinas con algunas ovejas blancas. Las saludo y después me meto la mano en el bolsillo.

—¿Qué estás *facendo*? —María se incorpora y me mira con curiosidad—. ¿Quién está en las colinas? ¿Algún *amico* tuyo?

—No, no... *Saluto le pecore*, es como una broma, *dico* adiós *alle pecore*... —Se las señalo—. Si tú le dices adiós a una *pecora* y *ti metti* la mano *nella tasca*, tienes un montón de *soldi*...

—Ah, qué *superstizione* tan rara.

—No, es algo que es *di buona* suerte... ¡y buen dinero!

Gio saca su iPad y lo abre.

—¿Incluso eso te has traído?

—Pues claro, Google Translate. A ver... «*Saluta le pecore che portano bene e soldi*» —Y aparece la traducción: «Da la bienvenida a las ovejas, que llevan bien y el dinero.»

María y Paula se ríen como locas, después María me reconviene.

—No, la *traduzione* correcta es: «Saluda a las ovejas, que traen suerte y dinero.» —Después intenta corregir mi pronunciación—. Oveja. Ja, jota. —Y forma un círculo con la boca mientras yo intento desesperadamente imitar el sonido.

—Io... Io...

—No, no es exactamente así...

Y saca los labios hacia afuera y me los muestra, el sonido sale entre los dientes, con ligereza. Y me recuerda a una película que me gustó muchísimo, *Para todos los gustos*: él es muy rico pero no tiene buen gusto y ella es una profesora de Inglés arruinada pero con un gusto exquisito. Ella intenta enseñarle Inglés de esa misma manera, entonces miro a María y casi no la oigo mientras se señala los labios y sonríe y me invita a hacerlo, y el ruido del tren es fuerte y va cada vez más de prisa. Esa película la vi con Alessia. Cuando salimos del cine me dijo:

—Se parece un poco a nuestra relación: tú nunca te fijas en nada, por ti podrían incluso no existir las estrellas...

Y dio media vuelta y empezó a caminar, pero yo la alcancé, la detuve y luego hice que se volteara lentamente.

—En ti me he fijado. Y eres más que una simple estrella.

Entonces Alessia sonrió.

—¡Oh..., has conseguido decirme algo bonito! ¡Menos mal! Pero ¿qué te hicieron de pequeño?

Y me abrazó con fuerza, después se apartó y me miró a los ojos.

—¡Dime siempre esas cosas, por favor, nunca te canses, invéntalas si quieres, cópialas de los libros, de las canciones!

Luego se echó a reír.

—¡En fin, dime algo! ¡Pero nada de izquierdas o, peor aún, de derechas, dime algo de amor!

Y nos pusimos a caminar otra vez, luego ella me apoyó la cabeza sobre el hombro y yo la abracé con fuerza pero no dije nada más. Estuvimos caminando en silencio, no se oía nada alrededor, ni un coche, ni un autobús, ni una ambulancia, nadie, ni un gato, hasta las estrellas estaban como suspendidas y parecían tener ganas de escuchar algo por mi parte. Pero no dije nada más.

—Dime algo de amor...

Nada, me quedé en silencio, igual que ahora, que miro los campos que pasan cada vez más de prisa por la ventanilla.

María ha dejado sus desesperadas tentativas de pronunciación y se ha recostado sobre mi pecho. Con la mano izquierda juega con el botón de mi camisa mientras yo le acaricio el pelo. De vez en cuando cierra los ojos, luego vuelve a abrirlos y mira por la ventanilla, veo que la punta de su nariz es recta y perfecta, está ligeramente bronceada. Frente a nosotros, Paula y Gio están mirando algo en la computadora, cada uno lleva sus audífonos conectados con un doble adaptador. De vez en cuando se ríen. La gente que está sentada a su lado en la fila de la derecha de tanto en tanto los mira y echa un vistazo a la computadora, con curiosidad. Sólo espero que no estén viendo una peli porno.

Florencia. Cuando salimos de Santa Maria Novella, María y Paula se quedan con la boca abierta.

—*Questo posto* es mágico...

En seguida abren la *Lonely Planet*, pero las detengo.

—¡Ahora *andiamo* al hotel, dejamos *i bagagli* y *andiamo* a ver la *città*!

—¡Sí, perfecto!

Y siento un gran placer, alegría y cierta satisfacción al pensar que en este momento debería estar en el quiosco, y especialmente porque todo esto está sucediendo gracias a Gianni Salvetti.

Nos acercamos a la parada de taxis, mientras caminamos Paula habla con María, no entendemos muy bien lo que dicen, luego, justo cuando llegamos delante del primer taxi libre, María se dirige a mí.

—No, Nicco, ya *non stiamo* a Roma, por lo que ahora déjanos *pagare i biglietti di treno* y el taxi...

Gio se acerca.

—¿Qué están diciendo?

—Me parece que quieren pagar algo...

El taxista, un joven florentino con cara de saber latín, se acerca.

—Sí, quieren pagar el tren, o vamos a medias o les tocará tomar el autobús. —Y pone cara de sabiondo. Lleva unos lentes pequeños, el pelo rizado, un poco de pelusa en el rostro, debe de tener nuestra edad y se hace mucho el gallito. Sonríe a nuestras amigas—. Lo están *decidendo*.

—Disculpa... Jefe... Mete nuestras bolsas en tu taxi y limítate a eso. Gracias.

—Perdona, ¿eh?, pero están intentando aprender italiano...

Y le sonrío con suficiencia mientras él se encoge de hombros y agarra nuestro equipaje. Éste es el único momento en el que estoy encantado de que Gio se haya traído un montón de cosas. Él me sonríe, levanta la mano y se la pone cerca del pecho, listo para la palmada, chocamos los cinco.

—¡Qué grande eres, Niccolò! —dice en voz baja. Después mira a las extranjeras con más atención—. Pero podríamos hacerles pagar algo, ¿no?

—¡Pero ¿qué dices, Gio?!

—¡Pero si son ellas las que lo quieren así!

—¿A ti te parece que voy a hacer un fondo común con ellas como con Bato y Guido cuando fuimos a Grecia después del examen de la universidad? Oye, me parece un poco diferente, ¿no?

—No sé, tampoco tanto, viajamos juntos, comemos juntos, es más, a veces Paula come incluso más que nosotros..., ¡diría que es lo mismo!

—¡Claro que no es lo mismo, son mujeres!

—Oye, perdona, ¿en España no hay feministas?

—Está bien, olvídalo, vamos... —Bajo los brazos—. Bueno, *andiamo, tutti* al taxi. —Abro la puerta—. ¡Ahora ustedes están *nel nostro paese*, Roma, Florencia, Venecia es *tutto* lo mismo, es *il nostro paese, la nostra casa*! Y ustedes son nuestras... —Miro a Gio.

—¿Cómo se dice «*ospiti*»?

Gio pone inmediatamente el traductor.

—«Invitadas»...

—Sí, ustedes son *le nostre* invitadas, o sea, ¡*niente* de dinero con *noi*!

Y subimos todos al taxi del simpático florentino, que no dice nada más en ningún idioma hasta que llegamos. Bajamos y entramos en la multipropiedad.

—No le habrás dado propina al taxista, ¿no?

A veces Gio se interesa por unas cosas...

—¿A ti qué te parece?

—Me parece... —Me mira, entorna los ojos y me analiza justo igual que cuando jugamos a póquer. Después los abre de repente como si hubiera visto la solución—. ¡Me parece que no!

—¡Muy bien! Pues por eso pierdes siempre conmigo al póquer, todavía no has entendido el contrafarol. Toma, agarra tu maleta, que yo no puedo.

Y me dirijo hacia el mostrador, al que llega un simpático señor de unos cincuenta años con el pelo bien peinado y las mejillas rojas.

—Buenos días, ¿en qué puedo ayudarlos?

—Hemos reservado dos habitaciones, venimos de parte de B&B para supervisar la gestión del inmueble.

Lo comprueba en un registro.

—¡Claro, ya están aquí! Nos ha llamado el señor Salvetti y me ha pedido encarecidamente que les diera las mejores habitaciones del último piso, espero que se encuentren a gusto entre nosotros. —Mete dos tarjetas en una máquina y me las da un instante después—. Avísenme si necesitan cualquier cosa. Me llamo Osvaldo y estaré aquí en la portería hasta mañana por la mañana. ¿Quieren que avise al botones para que suba las maletas?

—No, no, gracias, no pesan. —Y voy hacia el elevador, veo reflejada la cara de Gio en el espejo mientras niega con la cabeza y arrastra tras de sí su maleta. Pulso el cuatro.

—Bueno, dejamos las cosas y nos vemos abajo dentro de un rato...

Miro a Gio, que mueve las cejas como diciendo: «Yo haría otra cosa.»

—Venga ya, así no vamos a ver la ciudad...

—Pero le haré ver las estrellas.

Se abre el elevador.

—Ya las verá esta noche si hay, o sea, que dentro de diez minutos abajo.

Salgo con María y las puertas vuelven a cerrarse. Exactamente una hora después llegamos al vestíbulo todos a la vez.

—Nos conocemos muy bien, ¿eh?...

—Pues sí...

Osvaldo se asoma de la habitación de detrás del mostrador.

—¿Todo bien?

—Sí, gracias... Queríamos saber si hay alguna novedad, bueno, en fin, si hoy hay alguna cosa curiosa en Florencia, un sitio especial para tomar el aperitivo, para ir a cenar, algún espectáculo...

Osvaldo pone una hoja sobre el mármol del mostrador.

—Aquí tienen, esto lo preparamos a diario para nuestros clientes. Está todo lo interesante que hay para hoy. —Después añade, más bajito—: También con precios diferentes, hay ofertas...

Tomo el papel, lo doblo y me lo meto en el bolsillo de atrás de los jeans.

—Oh, no se preocupe, gracias, el señor Salvetti confía mucho en nuestro trabajo, ¡venimos con gastos pagados!

Y salgo así de los departamentos de tiempo compartido, tomado de la mano de María.

Empezamos a caminar en la preciosa luz del atardecer de Florencia, llegamos al ponte Vecchio.

—Miren allí... ¡Es lo mismo, *come il ponte Milvio di Roma*!

Hay algunos candados enlazados justo en el centro del puente.

—Tengo una idea... —Me acerco a un marroquí que está por allí con su tenderete. Veo los candados en una esquina. Se los señalo—. Sí, *due*...

Me mira sorprendido.

—¿Eres *straniero*? Pareces italiano...

—Sí... —Sonrío—. Me he equivocado. Dame dos, éste y aquél, sí, eso... Espera, ¿puedes hacerlo? —Y le señalo la maquinita que tiene al lado con unas pulseras de cuero preparadas.

—¡Claro! —Me sonríe con sus grandes dientes.

Al poco rato regreso con el grupo.

—Aquí está, para ustedes dos elegí uno más grande, así Gio estará más cómodo.

María y Paula toman los candados.

—¡*Meraviglioso*, con nuestros *nomi* en ellos!

—Sí. ¡Los *ho fatto* poner!

Y así cerramos los candados justo en la cadena del farol central.

—¡Eh, tú! ¿Nos haces un favor? —El marroquí se acerca, le paso el iPhone de Gio—. ¿Sabes cómo va?

—¡Claro, yo los vendo!

—Ah, bueno, ¿nos sacas una foto?

Entonces nos ponemos todos de espaldas al Arno y al «¡Tres, dos, uno! ¡Amor!» tiramos hacia atrás las llaves al río. El marroquí hace una serie de fotos justo en ese instante y también después, mientras nos besamos.

—Gracias...

Me devuelve el iPhone, se lo paso a Gio y en seguida nos ponemos todos alrededor para ver las fotos.

—¡Mira qué rápido es! ¡Mira qué fotos hice! —Es una especie de secuencia de cada uno de nuestros movimientos, con el lanzamiento de las llaves y el beso.

Reímos todos juntos y continuamos nuestro paseo. Vamos a tomar un aperitivo al Note di Vino, en Borgo dei Greci.

—Tomen, prueben esto, las hago yo, son únicas... —nos dice Lorenzo, el propietario. Y nos deja allí sobre la mesita de madera unas *bruschettine*, rebanadas de pan con salsa picante, aceite, queso y rúcula. Después nos trae un plato de embutido y queso.

Gio coge el iPhone.

—Espera, ¿puedes traernos cuatro copas de vino tinto? Un... montepulciano.

Las *bruschettine* todavía están calientes. María se las come con placer.

—Mmm, *molto molto* rico...

Después se limpia con el dedo un poco de aceite que le resbala por la comisura de la boca y yo todo eso lo encuentro increíblemente erótico y ella me mira, me sonríe, pero después frunce el ceño como si se hubiera dado cuenta de lo que estoy pensando, como si lo hubiera comprendido. Entonces niega con la cabeza, divertida, toma un pañuelito y se seca la boca con él y casi me regaña.

—Oye, pero si ahí está Santa Croce, tal vez esté un amigo mío, ¿vamos a buscarlo? A lo mejor nos enseña el interior de la iglesia, será algo único para ellas... —Gio señala a las dos extranjeras.

Me parece una excelente idea, de modo que intento explicárselo mientras levanto la mano llamando la atención para que traigan la cuenta.

—Sí, es *una cosa molto bella* sólo para ustedes...

María y Paula le dan las gracias a Gio contentas por esa oportunidad mientras llega Lorenzo con la cuenta. Miro cuánto es, hago además de pagar pero Gio me la quita de la mano.

—¿Treinta y dos euros? —Después recapacita un poco—. Bueno, sí, efectivamente, cuatro copas de vino y dos tablas llenas de comida es un precio honesto... Venga, paga.

Y me la devuelve. María mete la mano en su bolsa.

—*Non ti preoccupare*, es por nuestro trabajo. ¡Nosotros no pagamos, paga Salvetti!

—Sí... —añade Gio—. ¡Es *come il* príncipe Colonna!

De modo que María y Paula se miran perplejas, sin acabar de entenderlo, pero después a María se le ocurre una idea, toma la copa todavía medio llena de vino tinto y la levanta:

—¡Gracias, Salvetti!

Me hace una gracia tremenda cuando dice según qué cosas con ese acento español, y de este modo brindamos todos a la vez.

Después Paula pone su mano sobre la de María.

—¡Quieren ser amables, y eso significa que si alguna vez vienen a España serán nuestros invitados! —se dirige a nosotros con una sonrisa.

Al poco rato Gio llama al portón del convento de Santa Croce.

—Perdona, pero... —digo, y él ya me entiende.

—Les copiaba los DVD...

—Pero ¿cuáles? ¿Ésos?

No le da tiempo a contestar, justo en ese momento se abre la puerta.

—Buenos días, ¿qué desean?

Es el vigilante, un señor de unos cincuenta años con un uniforme que me recuerda al conserje que había cuando iba a primaria.

—Buscábamos al padre Fiasconaro.

—Esperen aquí.

Deja la puerta abierta y se aleja. Veo una larga extensión de césped perfectamente cuidado en el interior del patio.

—Perdona, ¿puedes decirme, por favor, qué DVD? No será de ésos, ¿no?...

Gio se voltea hacia mí, levanta una ceja y se queda en silencio con una cara que me recuerda a John Belushi de los *Blues Brothers*.

—No, por favor, dime que no. ¡Yo me voy!

Tomo a María de la mano y hago ademán de irme cuando él me detiene.

—Que no, hombre, ¡era una broma! Les dupliqué un DVD, le hice cien copias.

—Sí, pero ¿de qué clase?

—Era una grabación en la que se explicaba la importancia de san Francisco, después se veían las imágenes de la iglesia, los cuadros que hay en ella, y hablaba de Hermana Arte, que es una fundación que tienen, creo...

—Y ningún otro tipo de imagen, ¿verdad?...

—¡Por supuesto... que no!

—Y, por curiosidad, ¿cuánto ganaste con eso?

—Nada. Lo hice gratis... —Después levanta la mirada hacia arriba—. Y me gustó hacerlo... —Y también levanta la voz—: Va bien reservarte algún pequeño favor, ¿no? Al menos me borrarán algún pecadillo...

Lo miro pasmado.

—No lo puedo creer, ¡¿incluso tienes tratos con Dios?!

Hay una película, *Los juegos del destino*, creo, en la que dicen una frase buenísima: «Cuando nací, creo que Dios tenía otras cosas que hacer.» Aunque tal vez no fuera ésa la película.

—¡Gio! —Llega un párroco, camina de prisa con sus cortas piernas y abre los brazos con una sonrisa sincera—. ¡Qué contento estoy de verte! ¡Qué bonita sorpresa!

Y abraza a Gio intentando, dentro de lo posible, abarcarlo por entero. El párroco nos mira.

—Hola, yo soy Niccolò, y ellas, unas amigas nuestras.

—Pasen, pasen adentro, les ofreceré algo de beber, yo soy el padre Paolo Fiasconaro. —Y dicho esto cierra la puerta y nos lleva al interior de la increíble basílica.

María y Paula abren su *Lonely Planet* y están encantadas cuando oyen que el padre Fiasconaro habla perfectamente español y les explica que la iglesia está cerrada, pero que nosotros podemos entrar por detrás. Y es muy amable porque también habla un poco en italiano para nosotros.

—Aquí fuera han visto la plaza, es muy grande, en el Renacimiento jugaban a futbol y todavía hoy, todos los años, en junio, se disputa un partido con trajes de época.

—¡Ah, pues entonces vendré a jugar, padre Paolo!

—¡Se juega con un balón hecho de trapos, es una especie de rugby!

—Mejor, yo puedo ser un excelente pilar. ¡Y también para esta basílica!

El padre Fiasconaro se echa a reír, después abre una puertecita de madera que da directamente al interior de la basílica.

—En el pasado las iglesias eran horizontales. Los franciscanos, en cambio, fueron los primeros que se decidieron a seguir un mismo patrón para que la iglesia representara un punto de referencia para la gente. Tiene forma de cruz, como una «T», típica de otras grandes iglesias conventuales. Desde que se fundó hace siete siglos, poco a poco ha ido transformando su simbología, nació como iglesia franciscana y más tarde pasó a ser un obrador, e incluso un taller artístico.

Veo que María y Paula escuchan al padre Fiasconaro, consultan la *Lonely* y asienten. Después deciden cerrar la guía y dedicarse sólo a escuchar. Miramos todos hacia arriba.

—¿Ven allí?, la luz procede de aquellas altísimas naves llenas de ventanas con muchos colores distintos y se difunde por el interior matizando las columnas. Miren las estatuas.

Alrededor está lleno de cuadros y bustos.

—Aquí fueron enterrados Miguel Ángel, Galileo, Maquiavelo... Se acuerdan de quiénes eran, ¿no?

Nos mira preocupado por si ya lo hemos olvidado todo.

Intento tranquilizarlo.

—Sí, sí, claro...

Gio me da una palmada en el hombro.

—Él iba bien en la preparatoria, yo un poco menos.

El padre Fiasconaro asiente.

—Me lo imagino... ¿Ven esta estatua de Dante? Él también tenía que haber sido enterrado aquí en Florencia, pero Ravenna no lo permitió. ¿Ven esta mujer inclinada sobre el sarcófago? Es la poesía llorando.

María y Paula se emocionan al escuchar esa historia.

—Eran otros tiempos... —concluye el padre Fiasconaro, y nos conduce al interior.

Continuamos con la visita descubriendo el comedor de los franciscanos y probamos un peculiar licor de rosoli que elaboran ellos mismos.

—¿Les gusta?

María lo saborea lentamente.

—Es *incredibile*.

—Tiene su secreto... —El padre sonríe.

Después vamos a ver las obras que están haciendo, subimos por los andamios y llegamos a lo más alto, hasta el crucifijo. Estoy preocupado por Gio: no sólo está sin aliento por el ascenso, sino que además, y lo más importante, ¿el andamio aguantará? Pero no digo nada.

—Eh, deberías venir a verme más a menudo, te quedarías como un figurín...

—¡Sí, ya! —es lo único que Gio consigue decir.

Después bajamos a las celdas, donde encontramos viejos cuadros, documentos y antiguas botellas.

—¡Gracias! —María y Paula se despiden así de él cuando nos acompaña de nuevo a la puerta, están realmente contentas.

—Faltaría más. Vuelvan cuando quieran, rezaré por ustedes... —Y se lo dice tomándolas de la mano a las dos con un verdadero y sincero afecto.

Después nos dirigimos hacia el Palazzo Vecchio.

—¿Aquí no has hecho nada? ¿DVD, descargas, tesis? ¿Nada?

—No, no conozco a nadie.

De modo que tenemos que hacer veinte minutos de cola para entrar en la Galleria degli Uffizi. Pero Gio siempre consigue sorprenderme, toma su iPhone y empieza a buscar, y cuando llegamos a la caja me sale con éstas:

—He reservado cuatro entradas, ¡así que sólo pagaremos cuatro euros por entrada en vez de seis con cincuenta! Hemos hecho un poco de cola, pero algo nos hemos ahorrado.

María y Paula toman la audioguía y siguen perfectamente todo el recorrido.

Después vamos a cenar a Latini, en via dei Palchetti. Incluso aquí Gio es un genio.

—Tenemos reserva, gracias, perdonen, gracias... —Y de este modo nos saltamos una fila de al menos treinta personas.

Nos sentamos a una gran mesa al lado de unos señores alemanes. Gio, que lo ha leído todo en TripAdvisor, las tranquiliza.

—Aquí funciona así, es *normale*, ¡*mangiamo* todos juntos pero *ognuno* con su plato!

Se ríen divertidas, sólo Paula se queda un poco desconcertada al pedir.

—Un filete bien hecho...

El mesero la mira y le sonríe intentando ser amable.

—Es imposible, la *bistecca fiorentina* tiene que estar poco hecha.

Al final Paula decide hacerle caso y cuando traen el filete y lo prueba está de acuerdo, con ese punto de cocción está riquísimo, casi se deshace en la boca. Y además de la *fiorentina* comemos otros platos toscanos acompañados de un buen chianti: jamón cortado a mano, rodajas de salchichón, tostadas y polenta con setas y una sopa de jitomate realmente sabrosa. Y al final María y Paula se vuelven locas.

—*Buono*, ¿verdad? —Mojan los *cantuccini* en el vino de mesa.

—*Molto buono!* —Y se beben varios vasos, de modo que cuando salimos están un poco achispadas.

Gio besa a Paula, después mira a su alrededor.

—¡Eh, a ver si me va a pillar el padre Fiasconaro y me pondrá a hacer penitencia!

—¡Sí, será por eso! ¡Si le cuentas todo lo demás seguro que te hace entrar en el convento!

—Ja, ja, ja... —Se ríe como un loco y Paula le pregunta, curiosa:

—¿Qué está *dicendo*?

—*Niente*, es una broma...

Después Gio se acerca a un grupo de chicos que pasa por allí en ese momento, habla con ellos, les pregunta algo.

—¡De acuerdo, gracias! —Y se aleja—. ¡Vengan, vengan, que están a punto de irse!

—Pero ¿adónde van?

—¿Qué importa? ¡Nos lo pasaremos bien!

Y entonces compra los boletos en un puesto de periódicos y

nos hace subir a un autobús que sale en ese momento. Viajamos en silencio, ligeramente borrachos, digiriendo ese extraño sosiego. Gio y Paula hablan de no sé qué, otras personas, en cambio, están en silencio. María y yo nos miramos fijamente, y es una mirada hecha de mil palabras en cualquier idioma, o al menos es lo que me gustaría creer.

Llegamos arriba, al piazzale Michelangelo. La vista de Florencia desde aquí es preciosa. Y permanecemos en silencio como cuatro estatuas, tomados de la mano. Un viento cálido y ligero revuelve el pelo de María y se desliza más abajo, envolviéndole el vestido, dejándoselo ceñido a su cuerpo, ya de por sí bonito, pero que de este modo todavía lo parece más. Está ahí, con las piernas un poco separadas, con el perfil dibujado en las luces de Florencia.

Nos llega la música de la discoteca Flo, que está allí cerca. Suena como *L'immenso* de los Negramaro. Y de repente esas notas llegan más nítidas, parece que el viento ha cambiado de dirección. *Se potessi far tornare indietro il mondo, farei tornare poi senz'altro te...* Si pudiera hacer volver el mundo hacia atrás, sin duda haría que tú volvieras...

María se voltea y me mira, hay luna llena, preciosa, ella se acerca y me abraza.

—*Abbracciami...* Me encanta *questo viaggio*, es especial, y lo recordaré *sempre*. Tú serás mi Italia, *ricordaré* cada beso *segreto*.

Y la estrecho con fuerza entre mis brazos y sus palabras medio en español medio en italiano me han gustado más de lo normal, tal vez porque me ha parecido una preciosa declaración de amor, la que yo no le he hecho a nadie. Ahora la música es otra, *Girl on fire*, de Alicia Keys. *This girl is on fire, this girl is on fire, she's walking on fire, this girl is on fire. Looks like a girl, but she's a flame, so bright, she can burn your eyes. Better look the other way, you can try but you'll never forget her name.*

María me mira.

—*Questa canzone* es verdad, habla sobre mí, *per favore*, no te olvides de mi *nome*.

Yo le sonrío.

—Descuida.

No la he seguido mucho, pero he entendido que no debo olvidar algo, como este momento. Esa canción no la he escuchado nunca con nadie, la estoy oyendo ahora con ella, aquí, entre mis brazos. Y todo es nuevo y único. Un helicóptero pasa en busca de algo, ilumina durante un instante los tejados de Florencia, después apaga las luces y se aleja junto con su ruido. Un gato salta sobre el muro que está frente a nosotros, una mujer pasa por la plaza en bicicleta. Las luces de Florencia son como una poesía junto a las notas que escucho. Ahora. Este instante. Sí, todo esto Alessia nunca lo vivirá, forma parte de este momento, de esta belleza, por insulsa que sea. Cuando ya no estamos con una persona, a medida que seguimos adelante, vivimos nuevos momentos que nos alejan cada vez más de ella. Estos momentos serán míos, no, nuestros, y por mucho que me esfuerce en intentar retener desesperadamente cada fotograma, en recordar todo lo que estoy viviendo sin ella, no podrá ser de otra manera. Antes la habría visto o la habría llamado quizá varias veces en el mismo día. «Ale, ¡no te imaginas qué espectacular, qué puesta de sol en el puente de corso Francia!, ¿tú también la has visto?» O bien: «Tendrías que verlo, es una maravilla, hay hidroaviones que vienen del lago Bracciano, amarillos y llenos de agua para apagar el fuego de las colinas del monte Mario» «¿Lo has visto? ¡Está nevando! ¿En tu casa también? Qué espectáculo...» «Estoy aquí en viale Giulio Cesare y unas enormes bandadas de golondrinas bailan juntas en el cielo, formando figuras, una pelota, después un triángulo, una especie de torbellino de pájaros... Los he grabado con el celular, más tarde te lo enseño.» Sin embargo, este espectáculo de ahora, como otros mil pedazos de días que ya han pasado o que vendrán, los habremos perdido para siempre, Alessia. Y sólo en ese instante, por primera vez desde que ocurrió, entiendo que hemos roto de verdad.

36

Al día siguiente tomamos el tren temprano y en poco tiempo llegamos a Venecia.

—*Questa è la città* del amor... ¡Es para nosotros! —Gio siempre está increíblemente en forma—. Y lo tengo *tutto pronto*.

Lo ha organizado todo perfectamente, dice él. De modo que llegamos a otro tiempo compartido en la que Salvetti, naturalmente, ha hecho una reserva para nosotros.

—Por supuesto, los estábamos esperando... —nos dice otro amable portero que se llama Pietro.

Dejamos las cosas en la habitación y nos «perdemos» por Venecia.

—Perdidos *in Venezia*... ¡Podría ser *un film*! —María siempre tiene la necesidad de encuadrar las cosas, pero al final seguimos las indicaciones de Gio, mejor dicho, las «no indicaciones», y nos perdemos.

Y de ese modo empezamos a caminar sin rumbo por calles y «campos», nos cruzamos con algún pequeño mercadito en el que María compra algo. Como corresponde a un perfecto turista, las chicas no paran de hacer fotos delante de los edificios, de las estatuas, de los puentes y de las antiguas iglesias venecianas, a veces pequeñas pero con un interior lleno de sorpresas, desde un antiguo cuadro hasta monumentos fúnebres de personajes importantes. Y, naturalmente, María y Paula no dejan de destacar todo lo que encontramos a través de los apuntes de la *Lonely Planet*.

«*Questa* es la basílica de Santa Maria Gloriosa dei Frari», «*Questo* es San Rocco, ¡al lado del órgano hay unas *porte* pintadas por Tintoretto!», «¡Aquí, en *questa chiesa* llamada Madonna dell'Orto, fue enterrado Tintoretto!». Y vamos siguiendo la voz de esas dos extranjeras y Gio les pone al lado su iPhone, que, con «Dragon dictation», traduce todo lo que dicen. Descubrimos que el centro de todos los negocios de Venecia era Rialto, que aquí se encuentran «los bancos» en los que se registraban las operaciones, el debe y el haber de los contratos entre venecianos y extranjeros, y luego vemos la iglesia de San Giacomo, llamada San Giacometo porque es muy pequeña, pero de una belleza increíble. Se considera la iglesia más antigua de Venecia, construida incluso antes que la misma ciudad. Aquí fue donde Alejandro III y Barbarroja se reunieron para firmar la paz. Y luego nos divertimos conociendo los productos típicos: las *castronze*, que no son otra cosa que alcachofas, los *bruscandoli*, que es lúpulo con el que se elaboran riquísimos platos, y luego los *sparesi*, parecidos a los espárragos silvestres. Después tomamos el *vaporetto* y recorremos todo el Gran Canal. Nos apoyamos en el barandal y miramos la vida de Venecia sobre el agua: hay tráfico, aunque a su manera. Barcas de todo tipo se cruzan por la «calle» principal para desaparecer después a derecha e izquierda por los varios «callejones».

—¿Qué *stai* pensando?

—En nada.

—*Vero?*

María me mira con curiosidad, me pone un brazo sobre el hombro y luego estira el otro por fuera del *vaporetto* para hacer una foto con el celular. La hace, después la mira, no sé si ha quedado bien, pero por su sonrisa me parece que sí, y nos quedamos en silencio mientras el *vaporetto* continúa su recorrido.

Una cosa es cierta, me siento como un turista, igual que ella, y esto de Venecia es una de esas cosas que estoy haciendo sin Alessia y que sin duda permanecerá en mis recuerdos. María, como si hubiera entendido que en realidad estoy pensativo, me da un beso en la mejilla pero no dice nada. Y los dos seguimos mirando los palacios que discurren delante de nosotros, que surgen del agua y se elevan hacia el cielo, con sus paredes de colores y las ventanas más oscuras, y esos pequeños embarcaderos, garajes acuáticos incomodados por las olas del tráfico matutino.

—Eh, ¿qué les parece si *mangiamo qualcosa*? Tengo *fame.* —Gio se toca el estómago, haciéndose un masaje.

Paula pone su mano encima.

—Sí, me encantaría, y está sincronizada *con la mia.* ¡Yo también tengo *fame*!

—Podemos ir a *l'ombra...* —Esta vez soy yo quien ha leído algo en la parte de atrás del mapa que nos ha regalado Pietro al salir del tiempo compartido.

—¿Qué?

—El almuerzo es *in quest'ora*, y *l'ombra* se debe a que en el *passato* ponían el vino a *l'ombra* de la torre del *campanile* de San Marcos... *Questo* es «*l'ombra*», podemos encontrar un montón de «*bacari*», pequeños restaurantes, *molto buoni.*

Y al poco rato estamos en Al Ponte, en la calle Larga Giacinto Gallina, nos hemos sentado a una mesa después de llenarnos los platos en la barra con puré de bacalao, sardinas, almejas, caracoles de mar y unos pequeños pulpitos guisados.

—¿Qué es *questo*?

—Es como *pólipo...* —Gio alarga las manos y mueve los dedos imitando un extraño pulpo—. ¡Pero éstos son más *piccoli*!

—*Delizioso!* —Y seguimos comiendo, a la sombra, en una pequeña callejuela por donde el aire pasa ligero y los «chupitos» de vino blanco entran que da gusto.

—¿Y *questi* qué son?

Lo miro en el papel pero no lo encuentro. Gio me ayuda y lo busca en el iPhone.

—Son nervios, pero no de un *uomo* enojado... —Y empieza a imitar a un loco con la boca abierta—. ¡*Ma un uomo molto dolce*!

María y Paula se ríen y se comen con placer esos pedacitos de ternera hervida y aderezada con vinagre y aceite. Un poco más tarde, nos detenemos en la isla de Murano, caminamos durante un rato y al final entramos en una fábrica. Nos quedamos fascinados con un hombre que sopla por una larga caña de hierro, como si hiciera una bola de cristal. Después Gio le dice algo, y Paolo, que así se llama, asiente. Entonces Paolo trabaja el vidrio, lo calienta, lo pliega, lo ablanda, de vez en cuando lo apoya sobre una esfera que gira y al final entrega a María y a Paula dos pequeños corazones de cristal. Incluso ha conseguido hacerles una especie de agujerito por el que pasar un cordón de cuero.

Salimos del obrador, María y Paula llevan sus corazones de cristal al cuello y están contentas, no habían pensado incluir estas ciudades en sus vacaciones.

—*Andiamo* hacia allí, dicen que hay una *bella vista*.

Y es verdad. Al cabo de un rato estamos en la cima del campanario de San Marcos y se ve toda la basílica, la plaza y, un poco más lejos, la laguna, tierra firme e incluso las montañas.

—¡Un *giorno* tenemos que ir al cielo juntos! —dice Gio señalándoselas.

—Sí, la próxima *volta*.

Y él, de repente curioso, replica:

—Pero ¿cuándo regresan a *Spagna*?

María y Paula se miran, pero es sólo un instante, luego María contesta de prisa:

—Oh, *ancora* no lo hemos decidido, *abbiamo* un boleto abierto...

—*Bene*...

Inmediatamente después estamos en la basílica de San Marcos, donde, a pesar de que la entrada es gratuita, Gio ha reservado de todas formas y nos hace saltar la larga cola. Después regresamos al hotel, nos damos un baño mientras en la radio que hay junto a la cama suena *Amami* de Emma. *Amami come la terra, la pioggia, l'estate, amami come se fossi la luce di un faro nel mare, amami senza un domani senza farsi del male, ma adesso amami dopo di noi c'è solo il vento e porta via l'amore...* Ámame como la tierra, la lluvia, el verano, ámame como si fuera la luz de un faro en el mar, ámame sin un mañana, sin hacernos daño, pero ahora ámame... Después de nosotros sólo queda el viento que se lleva el amor... Y después, los dos en bata, nos asomamos a la ventana que da a un pequeño canal y nos bebemos una cerveza a medias mirando una góndola que pasa con un grupo de turistas. La observo divertido.

—¿Quieres *fare un giro* en góndola?

—Es para gente *vecchia*...

—¿Pero *perchè*? Es romántico...

—No, es *troppo caro* y no está *permesso* parar cuando quieres, ni siquiera te puedes bajar de la góndola, el gondolero *sempre* está ahí mirándote. En las ocasiones románticas no tiene que haber *nessuno*, excepto la persona que *ti piace*... —Me lo dice mirándome a los ojos, y su piel, su pelo, se iluminan con el sol que se refleja en el agua al atardecer. María me abre la bata poco a poco y estoy de acuerdo con ella: esto es romanticismo.

Cuando bajamos, Pietro nos sonríe, es como si nos estuviera esperando.

—¿Está todo bien?

—Sí, sí, perfecto, gracias.

—Pues dígaselo al señor Salvetti, ¿eh?, que hemos mejorado todos nuestros servicios, hemos conseguido que el *traghetto* pare justo aquí delante y un descuento en los taxis para nuestros clientes.

—Descuide, se lo diré...

Pietro sonríe satisfecho, ha hecho su trabajo.

—Su amigo lo espera fuera.

—Ah, gracias.

Salgo al jardín. Efectivamente, esta vez somos nosotros quienes nos hemos retrasado. María y yo nos tomamos de la mano y cruzamos el jardín, al final del muelle está Gio.

—¿Qué?, lo han conseguido, ¿eh? Esta vez no has sido tan puntual como yo, ¿cómo tengo que interpretarlo?

—Como quieras... ¿Y Paula? ¿Dónde se ha metido?

—Está aquí.

Entonces me doy cuenta de que al pie del muelle hay un taxi. Está completamente revestido de fórmica, con cojines cafés de piel y los interiores en beige, es muy elegante.

—*Ciao.* —Paula me sonríe, lleva el pelo recogido, una chamarra azul con un cierre que la atraviesa de derecha a izquierda y unas hombreras un poco años ochenta, debajo lleva un pantalón azul cielo, unos zapatos altos de mecate y tela blanca y azul y una bolsita de charol blanco en bandolera.

Me acerco a Gio.

—Oye, pero ¿nos lo podemos permitir? No sé si me aceptarán el taxi en la nota de gastos. Yo no tiraría demasiado de la cuerda con Salvetti.

—Tranquilo. —Me guiña el ojo mientras se dirige a la escalerilla—. Carrera gratis de ida y vuelta...

Bajo los primeros peldaños un poco más aliviado.

—Y ¿eso por qué?

—¡Fausto es un forofo de mis artículos!

—Buenas noches —me saluda Fausto, el marinero, mientras yo tomo asiento al final de la embarcación, en el gran sofá junto

347

a María. En ese momento me doy cuenta de que al lado de los controles hay una decena de DVD rojos.

Gio se sienta frente a nosotros al lado de Paula y me guiña otra vez el ojo.

—Nunca salgo sin ellas... No hay nada que hacer, ¡Rocco tiene un montón de fans! —Y justo en ese momento, la embarcación se separa del muelle, luego, con una gran curva entra en el canal adelantando a toda velocidad a unas barcas más lentas.

—Eh...

María y Paula miran la estela, el viento acaricia el pelo pero sin revolverlo porque los costados de la embarcación lo protegen.

—¡Va *molto* de prisa!

—Sí, *direi* que *vuole* tornare *presto* a casa... ¡Quiere ver las pelis porno! —Naturalmente, esto último Gio me lo dice sólo a mí.

Un rato después, el taxi estaciona con una facilidad increíble junto a un muelle, Fausto ata un cabo alrededor de un amarradero y bajamos. Gio cuchichea un rato con él, se ponen de acuerdo para el regreso y poco más tarde estamos sentados a la mesa de un restaurante.

Llega el mesero.

—¿Qué les traigo?

—Mientras miramos la carta, ¿puede traernos un poco de agua mineral?

—Por supuesto.

—Gracias.

María y Paula nos escuchan con curiosidad.

—¡*Il nome* de *questo posto* es asesinos!

—¿De verdad?

Hacen ver que están asustadas.

—*Ma*, el dueño parece tan *buono*...

—Y además también es *bello*...

—¿Qué? —Gio hace ver que se pone celoso—. Ah, tú prefieres a Giusy... ¡*questo* es el *nome* del dueño! Giusy, alias *Giuseppe Galandi*, ¡pero es mayor y tú prefieres a un *uomo* como él en vez de a mí! —Y se ríen y bromean y se empujan, de modo que cuando llega el propietario parece que lo hagan en serio.

—Eh, pero ¿qué ocurre? ¿Se están peleando? ¡No, ¿eh?, aquí no quiero peleas! ¡Aquí todo el mundo tiene que estar a gusto, que después piensan que es culpa mía!

Gio y Paula se echan a reír y Giuseppe finge enojarse, pero luego sonríe.

—¿Saben por qué este sitio se llama Osteria Ai Assassini? Porque eran los secuaces de Hasan-i-Sabbah, de donde deriva la palabra «hachís»...

Gio hace el gesto de fumar.

—Sí, eso... Piensen que nuestras mesas proceden del desmantelamiento del viejo mostrador del registro civil del Comune de Venecia. Hubo una época que para demostrar fidelidad a alguien se decía: «Soy tu asesino», así pues, de una manera u otra estoy aquí sólo para ustedes.

Y de este modo aceptamos todos sus consejos, mientras Paula y Gio siguen bromeando entre sí y cada vez que Gio la sorprende mirándolo, la golpea suavemente por debajo de la mesa.

Al final pedimos los platos que Giuseppe nos aconseja, una degustación de girasoles con cigalas y ñoquis con cangrejo, un surtido de bacalao y pescadito frito, todo ello acompañado de cerveza para Gio y de una botella de vino personalizada «a los asesinos de la casa» para nosotros tres realmente excelente. Después, de postre, unos riquísimos dulces venecianos y una cuenta no demasiado amarga.

Y de este modo, tras una noche romántica mecida por esta ciudad sobre el agua, abandonamos Venecia.

37

—¡Ahí está, nos está esperando al final del andén! —Gio baja rápidamente del tren con su maleta, nosotros lo seguimos.

—¡Picchio!

—¡Gio!

Corren a abrazarse. El tipo al que ha llamado «Picchio» lleva una camiseta negra como la de Gio, el pelo engominado como el suyo y recogido con una diadema negra, un arete en el lado izquierdo, un pantalón ancho que lo hace parecer quizá un poco más delgado, pero no mucho, y unos tenis sin agujetas. En resumen, es como si Gio se hubiera puesto delante del espejo.

Gio nos lo presenta orgulloso.

—¡Él es Picchio, mi hermano napolitano!

El tipo sonríe.

—Eh, sin bromas... —Se golpea el pecho—. Hoy están aquí y no se tienen que preocupar por nada... —dice con un marcado acento napolitano.

María me mira con curiosidad.

—¿Qué está *dicendo*?

—Nada, no te preocupes...

Nos reímos mientras lo seguimos y un instante después estamos en su coche, un Escarabajo de los antiguos, blanco con la capota abierta. Maneja exactamente igual que Gio, dos curvas y ya ha adelantado a todos los taxis.

Voy sentado atrás, en medio de María y Paula, y nos zarandeamos de un lado al otro.

—¡Ustedes dos son idénticos en todo, ¿eh?!

Gio se voltea hacia nosotros.

—Él es mi franquicia aquí en Nápoles... Le mando DVD y otras cosas todas las semanas.

Picchio también se voltea hacia nosotros.

—¡Pero aquí el mercado es mucho más complicado! Hay mucha competencia.

Gio le pone el brazo alrededor de los hombros.

—Sí, sí, lo dice para no pagarme derechos... Lo que yo te doy no te lo dará nadie...

—¡Sí, claro!

—¡Como calidad!

Picchio se voltea de nuevo hacia nosotros.

—Siempre dice lo mismo...

Sonrío, pero entonces me doy cuenta de lo que está a punto de ocurrir.

—Sí, pero mira al frente...

Voltea justo a tiempo para no atropellar a una moto que cruzaba con el semáforo en rojo. Picchio lo esquiva hábilmente con un rápido viraje. Controlo la maleta de Gio en la cajuela y Picchio se da cuenta.

—¿Va todo bien, Nicco?, ¡conmigo están seguros!

María y Paula se miran entre sí y niegan con la cabeza, preocupadas. Después María me pregunta con curiosidad:

—¿Aquí *nessuno* usa casco para ir en moto? *Guarda*, ahí van tres con un *bambino*...

Picchio se vuelve divertido.

—Señores, aquí la compañía de los cascos..., ¡cerrado, acabado, *kaputt*! Nos *piace molto* el viento en el pelo, escuchar las olas, *il profumo* del mar...

Gio le da un puñetazo cariñoso.

—¡Ya nos ha salido otro poeta!

Picchio se echa a reír.

—Yo, a las extranjeras... —se lleva la mano a la boca y junta los dedos como si enviara un beso, pero en cambio después se los chupa— ¡me las como aunque sean un callo!

Los dos se ríen como locos, realmente están como una cabra. Mientras tanto, con la historia de este otro poeta, me han hecho pensar en mi hermana Valeria y también en Fabiola, en todos sus líos, y naturalmente en Alessia y en los míos, aunque todavía no los he entendido. Tomo el celular, lo he puesto en silencio aunque también podría no haberlo hecho, no hay nada, ningún mensaje, excepto uno de mi madre: «¿Cuándo vuelves?» Y eso que ya le había escrito. Vuelvo a contestarle: «Pronto.» Me meto el teléfono en el bolsillo, me pongo los Ray-Ban y me dejo llevar por el viento. Debería ser feliz en este momento. Estoy con una chica preciosa en el paseo marítimo que va de Nápoles a Mergellina, hace sol y tengo ante mí un día lleno de cosas por hacer. Sin embargo, falta algo. Sí, lo sé, me río, bromeo, charlo un montón, pero cuando paro y me vuelvo un instante hacia el otro lado descubro que siento una profunda insatisfacción. Tal vez sea por el hecho de que ahora soy yo el hombre de la casa y no quería serlo en lo más mínimo. Me gustaría calmar a mi madre: «Ya está, mamá, puedes estar tranquila, he encontrado la solución...»

Pero no sé hacerlo, no me sale y, sobre todo, no la tengo.

El Escarabajo sigue circulando veloz por el paseo marítimo, ahora, curiosamente, incluso hay menos tráfico. Paula se ha puesto una gorra, María, en cambio, intenta sujetarse el pelo con las dos manos, pero todo el tiempo lo tiene delante de la cara. En un momento dado se voltea hacia mí.

—¿Va *tutto bene*?

—Sí..., gracias.

—No, gracias a ti *per tutto*.

Llegamos al tiempo compartido de Nápoles. Nos damos un regaderazo y salimos en seguida. Picchio está delante del coche fumándose un cigarrillo, cuando nos ve lo lanza hacia el mar.

—¡Vamos, que el Vesubio nos espera!

De modo que nos subimos al coche y Picchio nos explica el recorrido.

—Esto es Spaccanapoli. Saldremos por los barrios españoles y subiremos hasta Forcella.

Picchio maneja de prisa, de vez en cuando saluda a alguien sacando la mano por la ventanilla y luego nos señala algo dando una explicación más o menos clara de una iglesia, un palacio antiguo o incluso de un plato especial.

—¿No notan el aroma? Buñuelos con jitomate, ¡después los probamos! —Luego Picchio se para en piazza San Gaetano—. Bueno, ¿ven a esa de ahí? Es Marianna. ¡Les hará una visita privada! Vayan, que nos vemos luego.

—¡Ya están aquí, los estaba esperando! —Es rubia con los ojos azules, sonríe a María y Paula y se presentan. Es una chica muy guapa, pero más entrada en carnes que la Marianna francesa—. Síganme.

—¿Adónde vamos?

—¿Cómo es posible?, ¿Picchio no les ha dicho? Vamos a bajar a la Nápoles subterránea...

Y dicho esto nos sumergimos a más de cuarenta metros bajo tierra, por una serie de pasajes con un ambiente cada vez más diferente, mágico, misterioso.

Gio, llegados a cierto punto, al ver una galería cada vez más estrecha, empieza a preocuparse.

—A ver si me voy a quedar atorado.

Me parece gracioso.

—Ya te empujaré por el otro lado si hace falta.

Marianna habla un poco de italiano y un poco de español y nos lo explica todo a la perfección.

—Bueno, ¿oyen esas voces? Es el *muniacello*, un duende que, según un dicho napolitano «a unos da y a otros quita». Pero no se preocupen..., ya se va hacia su casa, a Marina del Cantone, en la torre di Montalto... Si lo ven y se les acerca, no se lo tienen que decir a nadie, déjenle algo de comida y ya está... Y si quiere los llevará hasta el tesoro...

Al oír esas palabras, a Gio se le despierta la curiosidad.

—Perdona, Marianna, pero ¿cómo lo reconoceremos?

—Es fácil, es un chiquillo deforme, bajito, lleva un sayo y hebillas plateadas en los zapatos... —Se voltea y continúa explicando en español a María y a Paula las particularidades de las cisternas subterráneas.

Gio pone unos ojos como platos.

—Pues claro, ves a un *munaciello* de ésos entrar en una habitación, a lo mejor mientras estás cogiendo, ¡y no veas lo contento que te pones!

Poco rato después estamos nuevamente en el coche con Picchio.

—¿Y bien?, ¿les ha gustado? *Vi è piaciuto?*

—*Moltissimo*, pero hacía *freddo* ahí... —María se frota los brazos con las manos intentando entrar en calor.

La abrazo porque veo que tiene la carne de gallina y está temblando, incluso tiene escalofríos. La estrecho con más fuerza.

Picchio nos mira por el retrovisor.

—¡Nada de acoplarse aquí, ¿eh?! Ahora pongo el aire caliente natural... —Regula el termostato y luego, mientras maneja, empieza a contarnos los problemas de Nápoles, la convivencia con la Camorra, el trabajo fácil que ofrece a los chicos jóvenes y lo difícil que es resistirse cuando no tienes un empleo, después para y estaciona—. Los espero aquí. ¡Vayan, que ahora entrarán en calor!

Tomamos unas bicicletas y recorremos toda la via Caracciolo. Es preciosa, con el Vesubio y castel dell'Ovo al fondo, y el sol del atardecer calienta de verdad.

—¡Desde aquí *possiamo andare* a Procida, Ischia, Capri!

—Sí...

María asiente, está mejor y pedalea divertida delante de nosotros, al lado de su amiga. ¿Quién sabe?, tal vez un día vayamos realmente a una de esas islas. Después regresamos hambrientos al coche.

—¿Tienen hambre? Ahora los voy a llevar a un sitio fantástico, ya verán. —Y Picchio maneja de nuevo como un loco adelantando a los coches que circulan por corso Umberto, después entra en una callejuela y luego en otra y otra más, y al final llega a via dei Tribunali, 94, al restaurante de Matteo—. Ya hemos llegado, entren, ahora me reúno con ustedes. De todas maneras, he reservado...

—Buenas tardes, somos cinco, ha reservado ese chico de allí...

El pizzero mira hacia afuera por el cristal.

—¡Ah, sí, Picchio, les he guardado una mesa en el piso de arriba, en la esquina, es la mejor!

Subimos, nos sentamos y al cabo de nada llega Picchio.

—¡Oh, para mí éste es el mejor sitio de Nápoles! ¡Se come una pizza fantástica! Hola, Nunzio, ya estamos aquí. —Llega un simpático mesero a nuestra mesa—. A ver, tráenos pizza frita y margarita, un buen *calzone* al horno y una marinera, ah, sí, y cinco cervezas.

—¡Claro, Picchio, en seguida sale, mientras les traeré una tortilla de macarrones con croquetas y bolitas de arroz con carne!

—Muy bien.

—¡Y después les dejaré probar una pizza blanca de rúcula, jamón y virutas de parmesano que ya verán cómo les gusta a las *ragazze*!

—Pues claro, tráela.

Y, efectivamente, en esa pizzería se come de maravilla, y cuando nos traen la cuenta nos quedamos sin palabras.

—O sea, la pizza frita ¿sólo cuesta dos euros? La marinera, dos y medio, y la margarita, que es la más cara, tres y medio.

Gio me arranca el papel de la mano.

—Pues entonces en Pizza-Re y en las otras pizzerías de Roma, ¿han estado tomándonos el pelo hasta ahora?

Y de esa última consideración sólo nos recuperamos con un paseo por el barrio de Chiaia. Es un mundo aparte: chicas muy guapas, chicos con una manera muy rebuscada de vestir, de peinarse, hasta el último detalle: cinturón Hermès, zapatos Prada, gorra Gucci, bolsa Louis Vuitton. Todos mirando y haciéndose mirar, pero nosotros, en cambio, caminamos distraídos, con esa sensación única que sólo puedes tener cuando estás en otra ciudad.

Miro a Gio mientras se ríe con Paula, su compadre Picchio camina un poco por delante de nosotros, y María de vez en cuando, curiosa, se detiene en algún puestito. La miro y me siento ligero y tengo una extraña sensación. Sólo estás así de bien cuando no tienes problemas, cuando no te preocupas por nada, cuando sin un verdadero motivo te sientes satisfecho y cuando no tienes nada que hacer después. Entonces aspiro profundamente y sonrío. En efecto, es un instante de felicidad. Pero en seguida me asalta un pensamiento, basta muy poco para que ese instante ya haya pasado. Ya no está, lo he perdido, y me pregunto cuándo volveré a encontrarlo.

38

Llegamos a Roma a la hora de comer del día siguiente.

Delante del hotel, cansadas pero contentas, las chicas bajan corriendo del coche y se apresuran hacia la entrada después de despedirse de nosotros.

—Bueno, *ci vediamo* esta *sera*...

—¡De acuerdo!

—*Certo!* —Y se despiden de nuevo con la mano, después las vemos desaparecer en el interior del hotel.

Gio llega debajo de mi casa y me deja delante de la reja.

—Nos lo hemos pasado bien, ¿eh?

—¡Muchísimo! Y además Picchio es un tipo simpático, ha sido muy amable al preocuparse de todo por nosotros. La última vez que estuve en Nápoles fue para ver al Lazio, y todas esas cosas tan bonitas no las visité...

—¡No hace falta que me digas que no te enteraste de nada, se vinieron abajo!

Gio y su indómita fe romanista.

—Bueno, nos vemos luego.

—Pero ¿vas a ir a la oficina?

—¿Tú estás loco? Me han dado vacaciones hasta el lunes.

—¡A lo grande! ¿Sabes?, podríamos intentar trabajar juntos. He pensado que esa idea de las extranjeras, los viajes y luego el porno, el quiosco con las cintas...

—Claro, Gio, por supuesto, ¡hasta luego!

—Espera... Toma. —Se saca unas entradas del bolsillo—. Son para ti, las he conseguido a través de un amigo, pero sólo he podido encontrar dos.

—¡Qué bien, son fantásticos, me gustan un montón!

—Lo sé; yo, a fuerza de descargármelos, me los sé de memoria. Es la primera vez que vienen a Roma, ya verás como se volverá loca... y después le das esto.

Abre la maleta y me da una copia del último CD.

—Ha quedado estupendo, mejor grabado que el que hicieron en París, se quedará con la boca abierta. —Después le da una palmada a la maleta—. ¿Lo ves?, tú te quejabas de la maleta, pero está llena de sorpresas, y no sabes lo que ha estado sacando estos días.

—¡Me lo imagino, menos mal que no nos han detenido! Gracias otra vez.

—Nosotros después iremos a cenar al restaurante de Francesco, en el callejón del Fico, si quieren pasen, he reservado mesa fuera.

—¿Estás seguro? Pero si por ahí pasa un montón de gente.

—Esta tarde ya he hablado con ellas, una va a ir a la fiesta de su prima, sólo para mujeres, un velatorio, y a medianoche menos un minuto se irá a dormir, como si fuera la Cenicienta. La otra, en cambio, volverá pronto porque la tienen que escoltar hasta casa, si no se pierde, ¡es la Pulgarcita del Salario!

—¿Qué pasa?, ¿las conociste en la Disney de via del Corso?...

—Sí, bueno, vamos, Nicco, nos vemos. —Y se va dando gas como hace siempre, como para no hacerse notar. Abro la reja y voy hacia la portería, pero mientras me acerco oigo su voz.

—Baja, te he dicho que bajes.

Y reconozco la respuesta que sale del interfono.

—Nooo..., no quieres entenderlo, nooo, te he dicho que nooo.

—Y yo te he dicho que bajes...

Y creo que la cosa hace un buen rato que dura, al menos por el tono de voz, que se ha convertido en una especie de letanía.

—Te lo repito, baja...

—Hola, Ernesto.

Pero cuando se voltea no lo reconozco, tiene la mitad de la cara llena de arañazos y lleva un ojo morado. Ah. Pepe debe de haber dado señales de vida aprovechando mis breves vacaciones. Aparta el dedo del timbre y lo usa para señalarme.

—Sí, muy bien, tú lo sabías, lo sabías y no dijiste nada... Muy bien, muy bien...

Y empieza a aplaudir lentamente, hacia mí, de una manera irritante.

—Oye... —Al final consigo abrir la puerta—. Yo no quiero meterme en sus líos.

Y de ese modo dejo a Ernesto al otro lado de la reja, y mientras llamo al elevador oigo que todavía está refunfuñando algo. Sacudo la cabeza. Oh, no hay nada que hacer, mi hermana es única organizando líos, a nadie le sale tan bien como a ella. Entro en el elevador, que ha llegado mientras tanto. Pero está claro que Pepe ha sido indulgente, para él eso son caricias.

—¡Hola! —Cuando llego al pasillo, Valeria está delante del elevador, se me echa encima y me abraza—. He oído tu voz por el interfono, has saludado a ese idiota, ¿verdad? ¿Has visto cómo ha quedado? Qué imbécil, no debería haberse atrevido.

—Pues sí. ¡Es más, me parece que no le ha hecho mucho daño!

Valeria pone una expresión extraña como diciendo «cuidado con lo que dices», y un segundo después entiendo el porqué.

—Él es Giorgio Pallini, seguro que lo conoces, es campeón de Italia de windsurf.

—Hola.

—Hola.

Nos damos la mano. Efectivamente, se le notan todos los callos provocados por miles de virajes. Tiene el rostro marcado por el sol, y cuando sonríe todavía se le marcan más las arrugas.

—A lo mejor has visto mi imagen en los carteles de la Esso, me eligieron para la publicidad...

—No, lo siento, siempre pongo gasolina en la IP de Luigi, en la Camilluccia.

—Ah.

No se lo toma muy bien, pero sinceramente a mí me importa un pepino. Valeria lo adelanta y me sigue mientras voy a mi habitación. Dejo la mochila sobre la cama.

—Venga, no te pongas así. ¿Sabes lo que ha hecho? ¡Me ha defendido! Estaba discutiendo con Ernesto, ese imbécil, y ha empezado a retorcerme el brazo porque quería irme a casa, ¡¿has visto?, de poeta, nada! Encima he descubierto que todas esas cosas que me había escrito las copiaba de las canciones, ¿sabes? Es sólo un imbécil.

Deshago el equipaje y saco la ropa para lavar.

—Giorgio pasaba por allí y se ha parado, ha bajado para ayudarme y entonces han empezado a pegarse... Después se ha empeñado en acompañarme...

Guardo la mochila, luego voy al baño y meto la ropa interior en el cesto de la ropa sucia.

—¿No lo entiendes? Giorgio ni siquiera quería pelearse, se ha visto obligado.

Vuelvo a mi cuarto y veo al campeón al fondo fingiendo que no está escuchando. Mira con increíble atención un cuadro de Magritte.

Le grito desde lejos:

—Es falso, es una copia comprada en la Isola del Sole, en via Ripetta. ¡Allí tienen de todo, hasta Botero o Matisse!

No creo que sepa quiénes son, eso es lo bueno de la cultura de quiosco, después me dispongo a cerrar la puerta de mi habitación, pero Valeria pone el pie para impedírmelo.

—Eh. —Se me acerca para decirme bajito y con expresión seria—: Oye, que no hemos hecho nada...

—Ah, muy bien, ¿qué quieres de mí? Lo siento.

Y la empujo hacia afuera para poder cerrar la puerta. Valeria se voltea hacia el surfista, sonríe y se encoge de hombros.

—¿Sabes?, te aprecia un montón, es que mi hermano está celoso. Soy su hermana más pequeña.

Giogio Pallini le sonríe.

—Lo comprendo.

Después Valeria lo toma de la mano y lo conduce hacia la cocina.

—Ven, ¿quieres tomar algo?

—Gracias.

—¿Sabes?, ahora él es el hombre de la casa, es normal que esté así, nota el peso de la responsabilidad...

Abre el refrigerador y se da cuenta de que hay poca cosa.

—Si quieres tenemos té verde. Si no, tendremos que bajar, pero todavía está ése pegado al timbre.

—Un té está perfecto.

Se lo sirve.

—¿Cuándo tienes las próximas competencias?

—Oh, todavía falta. —Giorgio toma el vaso y se sienta sobre la mesa con las piernas cruzadas—. No antes de diciembre. De momento sólo entreno.

Valeria termina de servirse el suyo y después brindan.

—Bueno, pues por las próximas competencias, quizá vaya a verte.

—¿Por qué no?, son en Honolulu.

—¡Yupi, entonces seguro que voy!

Valeria se sienta a su lado a la mesa, pero justo en ese momento oye abrirse la puerta de casa.

—¡Somos nosotros!

Reconozco la voz de mamá, de modo que abro la puerta de mi habitación.

—¡Hola!

Veo que deja algunas bolsas en la entrada e inmediatamente después, detrás de ella, entra Vittorio con Fabiola, y también está Francesco.

—¡Está toda la familia!

—Hola, Francesco. —Le acaricio la cabeza.

—Hola, Nicco. —Pero lleva un coche en la mano y no me presta mucha atención.

Mi madre me mira con curiosidad.

—Volviste. —Siempre intenta adivinar si hay algo que no va bien—. Ven aquí, dame un beso. —Mamá abre los brazos y yo la saludo apresuradamente, aunque ella no hace mucho caso y empieza con las preguntas—: ¿Y qué? ¿Qué tal lo pasaron? ¿Fue todo bien? ¿Cómo fue el trabajo?

—Bien...

Fabiola me mira con curiosidad.

—¿Qué trabajo?

—Para la inmobiliaria, me han enviado a Florencia, Venecia y Nápoles.

—Bueno, no está mal, y además hizo buen tiempo...

Después se me acerca y comprueba dónde está Vittorio. Está en un sofá leyendo el periódico.

—Fuiste a cenar con él y no le dijiste nada.

—Me pareció que ya se lo habías dicho tú.

Fabiola me da un empujón.

—Me debes una cena.

—Pues mejor no te recuerdo todo lo que me debes tú a mí.

Mamá se asoma desde la cocina.

—¿Qué haces?, ¿te quedas tú también a comer? Hoy es el cumpleaños de Francesco.

—Es verdad, se me había olvidado.

Mamá abre el paquete de pasta y empieza a pesarla.

—¡Por eso han decidido venir todos aquí! Vamos, quédate.

—No, tengo que pasar por la oficina...

—De acuerdo. Pues entonces hazme un favor, tráeme la bolsa, la he dejado en la sala.

Voy a buscarla. La veo, está sobre una repisa debajo del espejo grande.

Vittorio deja de leer, dobla el periódico y se me queda mirando.

—¿Crees que yo no lo sé? Pues ya me había dado cuenta por mí mismo.

Me quedo helado y miro hacia la puerta en busca de ayuda.

—Hay cosas que se intuyen..., pensaba que la otra noche querías hablar de ello.

—Sí... —Me quedo un instante en silencio—. De hecho, quería hacerlo pero...

Me hace un gesto con la mano para que no siga.

—No digas nada. Déjalo estar, Nicco. Son cosas que pasan. O sea, nosotros nunca hemos tenido oportunidad de estar un rato a solas, pero quería decirte que aunque no lo parezca, pues, lo siento...

—Bueno...

—No, no, en serio, lo siento por ti.

—¿Por mí?

—Sí, que hayas cortado con Alessia.

—Ah. —Y me quedo sin palabras. Pero ¿quién carajos se lo ha dicho?, ¿Fabiola? En vez de hablar de sus problemas... ¡le habla de los míos!

363

Vittorio deja el periódico sobre el reposabrazos del sofá.

—Recuerdo que a tu edad salía con una chica que me gustaba un montón, mis amigos no la soportaban, pero yo estaba completamente loco por ella. Después, un día cortamos porque nos peleábamos demasiado, ella era celosa, yo también, de un posesivo... Una vez incluso llegamos a las manos por eso. Cuando rompimos me lo tomé fatal, pensaba que nunca más volvería a enamorarme y, sin embargo, un buen día conocí a Fabiola y nunca más me he acordado de ella... —Abre los brazos y sonríe—. ¿Entiendes?

Lo entiendo.

—Gracias, Vittorio...

Yo no sé cuándo se lo dirá Fabiola, si es que se lo dice, pero ese día no me gustaría estar presente.

—¿La has encontrado? —Mamá aparece en la puerta.

Vittorio se excusa.

—Estábamos hablando...

—Aquí está.

Rebusca en la bolsa.

—Perdonen si he interrumpido algo...

Niego con la cabeza.

—Nicco, ¿puedes comprar un pastel en el Caffè Fleming o donde tú quieras?, se me ha olvidado.

—¡Yo te acompaño!

Francesco aparece por detrás de ella y me sonríe.

—Sí, quiero ir con Niccolò. —Y lo dice seguro, envalentonado, decidido, como si se pudiera hacer todo lo que uno quiere. Tres años de convicciones.

—Bueno, vamos.

Me entran ganas de reír. Fabiola se me acerca otra vez.

—Por favor, dale la mano, no lo sueltes en ningún momento, no te distraigas y quédate con él todo el tiempo. —Lo dice de un modo completamente distinto del habitual. En eso es ella, ella y punto. Ella fuerte, ella mujer, ella decidida, ella que ama y sabe lo que quiere, sin medias tintas. Ella mamá.

—Sí, claro. —Y no se me ocurre burlarme. Yo también soy distinto, a veces.

Entramos en el elevador.

—Aprieto yo, aprieto yo...

Hago ademán de cargarlo, pero me aparta con las dos manos.

—¡Yo llego! —Se alza de puntitas y consigue llegar hasta el primer botón de abajo, en el que pone PB, después lo pulsa.

El elevador arranca.

—¿Viste?

Y se queda así, pequeño, con su metro y poco, apoyado en la pared golpeando lentamente el pie en el suelo mientras yo lo miro desde mi metro ochenta. Después, poco a poco, Francesco levanta la cabeza y se me queda mirando desde abajo.

—Hoy es mi cumpleaños.

—Lo sé.

—Pero no quiero que aplaudan.

—Se los diré.

Y vuelve a mirar hacia abajo, un poco más tranquilo. Salimos a la calle. El Poeta ya no está. Eso también es una nota positiva. Al cabo de poco estamos en el bar. Miro los pasteles, al final me decido.

—Quisiera ese de dieciséis con ochenta.

La señorita intenta leer el precio desde detrás del mostrador, al final lo encuentra.

—Sí, el de la abuela, de crema y piñones. ¿Te gusta, Francesco?

Pero él no hace mucho caso.

—Sí. Pero quiero jugar a eso de ahí.

Está pegado a un cristal y mira el brazo de una grúa que va arriba y abajo. De vez en cuando desciende sobre las paletas, los ositos, los cochecitos, los pirulíes, se cierra, toma algo, pero cuando sube lo deja caer de nuevo.

—¡Quiero jugar a esto! —insiste Francesco golpeando el cristal con las manos.

—Está bien.

Me acerco, miro cuánto hay que poner, tomo cincuenta céntimos del bolsillo y los meto en la ranura. Se oye caer el dinero, y la grúa esta vez se mueve en serio.

—Aquí, aquí, toma esto, muévela con esto...

Le pongo las manos sobre el joystick.

—Adelante, adelante, así, Fra...

La grúa llega a un punto en que, debajo, hay muchos más objetos.

—Sí, así, así, ahora aprieta el botón, el rojo, el de encima, así bajará...

Francesco me mira.

—Sí, ése.

Lo pulsa y la grúa se abre y baja, cada vez más abajo. Cuando llega al fondo empieza a cerrar sus fauces metálicas, rasca el fondo, recoge caramelos, paquetes de chicle, paletas, se queda un instante indecisa y de repente vuelve a subir.

—¡Sí! —Francesco está encantado.

La grúa ha agarrado un pirulí y poco a poco se mueve hacia el agujero de salida, pero antes de llegar, lo pierde. El pirulí cae hacia abajo y se queda en el borde. Francesco se voltea de golpe hacia mí y se queda en silencio. Quiere que le dé una explicación, le gustaría entender por qué no ha conseguido ese pirulí que ya era suyo, que la grúa había pescado y que simplemente debía poner en el agujero.

—Lo siento... —No sé qué otra cosa decirle, y esa frase que

me sale así me recuerda dramáticamente a otro momento, y sólo por eso añado algo más—: A veces pasa...

Pero no le basta, sí, efectivamente, no es suficiente.

—¡Vámonos!

—Pero podemos volver a intentarlo.

No dice nada más y se dirige a la salida. Por suerte, la empleada ya ha envuelto el pastel, de modo que pago de prisa y salgo con él. Francesco camina delante de mí, lo dejo hacer aunque lo vigilo. Hoy cumple tres años. De vez en cuando me mira con esos ojos, con una profundidad que te hace pensar que ya lo sabe todo. Y, sin embargo, sé que no es así. Me pregunto cuánto sufrirá en la vida, cuándo tendrá las primeras decepciones, cuándo perderá de repente y sin ningún motivo lo que se esperaba, lo que le había sido prometido, lo que creía merecer, al igual que esa estúpida grúa con su pirulí.

—¿Francesco? Mira esto...

Entonces se para y me espera, curioso.

—¿Qué es?

Dejo el pastel sobre el techo de un Golf y me pongo una mano por detrás de la espalda.

—¿Derecha o izquierda?

—Ésta.

Me señala la derecha, la saco de detrás de la espalda y la abro lentamente delante de él.

—¡Sííí! —Es feliz—. Mi pirulí.

—Así es, te lo abro. —Está impaciente y casi me lo arranca de las manos, luego se lo mete en la boca, empieza a chuparlo y se calma un poco, es su extraña manera de vengarse de la grúa y su injustificada puntería.

Entramos en el elevador.

—¿Quieres pulsar el botón?

Niega con la cabeza.

—Okey, lo hago yo.

Durante las primeras plantas permanecemos en silencio. Después decido romperlo.

—¿Te gusta el pirulí?

Asiente con la cabeza.

—¿Sabes lo que me han regalado papá y mamá por mi cumpleaños?

—No, ¿qué?

—Una bicicleta preciosa, y hoy he intentado andar con mamá.

—Y ¿cómo fue?

—Muy bien, mamá me lo explicó todo y al final lo conseguí...

Hemos llegado, sale del elevador y se dirige a la puerta, independiente, saboreando su pirulí. Toco al timbre. Quién sabe cómo le explicará su madre todo lo demás.

—¡Oh, ya están aquí, han tardado mucho!

—¡Hemos dado una vueltecita!

Francesco entra en seguida en casa y va a buscar a Fabiola.

—Toma, mamá, el cambio.

—¿Qué compraste?

—Un pastel de la abuela, de crema y piñones, me parece que aún está caliente.

Mamá mete toda la cara en la bolsa.

—Por el aroma parece riquísimo. —Después la cierra de golpe y me sonríe—. Vamos, pero ¿por qué no te quedas?

—No, mamá, en serio. Tengo un compromiso, no puedo.

—Espera un momento. —Deja el pastel sobre el aparador de la sala y se acerca a mí. No sé qué quiere decirme, si ha intuido algo, pero se queda un segundo en silencio y luego me abraza—. Gracias.

Y me estrecha fuerte, muy fuerte, tanto que cierro los ojos

368

porque la verdad es que no me lo esperaba. De repente me entran ganas de llorar y me siento realmente tonto.

—Pero ¿por qué, mamá? ¿Por el pastel?

Entonces se aparta de mí y me mira a los ojos.

—Por todo.

Y entonces ya no puedo más, nada, tengo que irme en seguida. Abro la puerta y me refugio en el elevador.

—Adiós, mamá.

No tengo ganas de ver a Fabiola y a Vittorio, Vittorio hablándome de Alessia. No tengo ganas de ver a Fabiola y a Vittorio, fingiendo que todo va bien. Aunque tal vez sólo finge ella, Fabiola. Bueno, pues entonces digamos que no tengo ganas de mirar a Vittorio riéndose, bromeando, sin darse cuenta de nada, no tengo ganas de verlo como un imbécil. ¿Es eso lo que siente Dios cuando nos mira? ¿Qué piensa de nuestra ingenuidad? ¿O de nuestras ridículas tretas? ¿De nuestra mezquindad? Pero ¿alguno de nosotros consigue sorprenderlo de vez en cuando? Cómo me gustaría saberlo. Puede que mucho, pero que mucho más de lo imaginable. Pensándolo bien, no es que me interese en exceso, pero sí siento curiosidad por otra cosa: Giorgio Pallini, el gran campeón del mundo de windsurf al que no conocía hasta hoy, ¿se ha quedado a comer con ellos? No, es que Valeria es capaz de todo.

39

Estaciono y doy unos pasos a pie. Turistas de todas las lenguas pasan por allí, un marroquí intenta vender un extraño muñeco, lo tira sobre un cartón en el suelo y se aplasta, después, poco a poco, se va recomponiendo. Tal vez alguien se lo compre.

Entro en el Fontana Hotel Roma y María está allí al fondo, cerca del mostrador. Habla con Roberto y se ríe no sé de qué, pero cuando me ve no se incomoda lo más mínimo.

—¡Niccolò! *Ciao!* —Corre a mi encuentro, me abraza y nos damos un beso ligero, en los labios, después vamos hacia la salida, ella se voltea y lo saluda.

—¡Adiós, Roberto! *A dopo.*

Y un momento después nos subimos al coche y empiezo a manejar tranquilamente por el centro, via del Corso, piazza Venezia. María está contenta.

—¿*Dove* me estás *portando*? ¿Qué sorpresa tienes *per me*?

Se da cuenta de que no entiendo bien lo que me pregunta, o al menos de que no estoy muy seguro, y entonces me lo repite más despacio.

—¿*Dove* me estás *portando*?

—¿Sabes *chi sono*? —Saco las entradas y se las paso.

Ella las mira, después con la mano izquierda se recoge el pelo que le cae por la frente y se lo echa hacia atrás.

—¿Coldplay? ¡Me encantan! *Grazie!* —Se me echa encima y

se pega al volante, casi damos un bandazo, por suerte la plaza es grande y no viene nadie por el otro lado.

Dejamos atrás el Campidoglio y continuamos todo recto hacia el teatro Marcello y seguimos bajando. María me habla de los Coldplay y me dice que son muy buenos y que el líder «está *sposado* con Gwyneth Paltrow». Total, he entendido que el tal Chris Martin está casado con Gwyneth Paltrow y que tienen dos hijos.

—¡Sí, *lo so*, Apple y Moses! —¡En estos casos el quiosco se convierte en tu mejor carta!—. Y también sé que ella *ha avuto dei problemi* porque estaba esperando un bebé pero *l'ha perso*...

—¿De verdad? Oh... *Non* lo *sapeva*...

Y se queda sorprendida y me mira con curiosidad, con otros ojos, le divierte que yo pueda saber eso. Y sigue contándome que son muy buenos, que han hecho canciones realmente preciosas y que ella hace siglos que quería verlos y nunca había tenido oportunidad.

—¡De veras, *mi piacen* un montón! —Y después me dice que cree que fueron acusados de haber copiado alguna canción—. ¡Sí, en serio! ¡Lo leí *in un giornale*! ¡Decía que *Viva la vida* es *simile* a una canción de Cat Stevens, *Foreigner Suites*, pero también *un altro* músico, Joe Satriani, decía que sonaba *come* su *If I Could Fly*! Las tres son *belle*, y yo *penso* que es como *l'amore*. Besamos *uno al altro* y a otras personas durante *la nostra vita*, pero cada *volta* es especial.

Y me sonríe. Creo que ha hablado de un beso, quizá del nuestro, y de que nosotros no hemos copiado, en resumen, que nosotros somos únicos y especiales.

—Tú dices que *siamo* como una *bella canzone*..., y ¿es la única?

—Sí... —Me sonríe y estoy seguro de que ha dicho un montón de cosas más, pero tal vez la esencia era ésa, y de todos modos la idea le ha gustado, porque se apoya en mi pecho y me deja manejar tranquilo sin dar más bandazos hasta el Circo Massimo.

Alessia nunca ha sido así. Si por casualidad yo no tenía una buena actitud ante alguien que hubiera escrito, pintado, interpretado o hecho quién sabe qué, no reía ni bromeaba conmigo, sobre todo durante la última época. Y, sin embargo, tienen una cosa en común: Alessia también se sabe todas las canciones de Coldplay y precisamente su sueño era escucharlos en vivo.

—¡Júramelo, si vienen a Italia iremos a verlos, a cualquier precio, te lo ruego, Nicco, aunque estén en Turín! ¡Júramelo!

—¡Te lo juro!

—¡Bieeennn! Ya lo verás, a ti también te gustarán un montón...

Bueno, pues las cosas han ido así.

Estacionamos el coche y bajamos, caminamos en silencio entre el resto de la gente que va al concierto. Alessia, yo habría mantenido mi juramento, habría comprado las entradas, te habría dado una sorpresa, no se me habría olvidado, aunque de todas formas me lo habrías estado recordando toda la semana. Pero no he podido porque tú ya no estás.

Un chico y una chica pasan corriendo junto a otros, tal vez todavía no tienen entradas o quizá quieren ponerse justo al pie del escenario.

—¡Démonos *fretta*!

—No, *non abbiamo* ningún problema. Gio es *incredibile*... —Le muestro las entradas—. ¡Éstas son las mejores, con esto *possiamo toccare* a los Coldplay!

—¡Oh, fantástico!

Gio nos ha encontrado entradas en el mejor sector del concierto, estamos justo debajo del escenario, en la zona vip. Este Gio es increíble, vaya a saber cómo las habrá conseguido y qué ha utilizado para el contrabando. Quién sabe hasta dónde llegará, ¡quizá un día lo veamos sentado en el Parlamento! E incluso allí sus adversarios se convertirán en clientes suyos, Gio es así.

Pasamos por delante de la Bocca della Verità, el vigilante la ha abierto especialmente para este acontecimiento y está allí, en la puerta.

—¿Se puede entrar?

—¡Claro, es la noche de los museos!

—No lo sabía...

—Los demás tampoco... —Señala a la gente que pasa y no se detiene.

—Mejor... —Entro con María y nos paramos frente a la antigua cara de mármol empotrada en la pared de la iglesia.

—¿Sabes lo que es *questo*?

—¡¿Un caballero que debe de haber *fatto qualcosa* mala?!

—¡No, no, *niente de tutto questo*! La *storia inizia* con *Vacaciones en Roma, il film*, ¿verdad? Todo comenzó con *Vacaciones en Roma*, ¿no? ¿Con la película de Audrey Hepburn? —le pregunto amablemente al vigilante, que se echa a reír.

—Eso lo dio a conocer al mundo entero, pero lo cierto es que en época romana este mascarón era una alcantarilla, mira... —Me señala la imagen esculpida—. Esto es una divinidad fluvial que se tragaba el agua... ¡cuando servía de sumidero! ¡Ahora los turistas meten la mano! Resulta que está en esta pared de la iglesia de Santa Maria in Cosmedin desde 1632... ¡Pero antes de la película no le importaba un pepino a nadie! —Sacude la cabeza y se aleja.

—¿Has visto *il film Vancanze romane*?

—Sí, pero no *mi ricordo*...

—Es la *storia di una giovane principessa* que viene a Italia y está unos días en la *città* ¡pero nadie sabe que es una *principessa*!

—Oh, lo *ricordo*, esa escena... —y hace el gesto de poner la mano.

—Porque si *metti* la mano tienes que *dire la verità*...

—Oh, esto *non è per me*, soy una mentirosa...

Y me sonríe con malicia, da media vuelta y se aleja. Yo la sigo y por primera vez la miro con otros ojos. El vigilante también la sigue y también la mira con más atención, como si María pareciera diferente, más hermosa.

—Adiós, ¿eh?...

—Ah, sí, claro, buenas noches —reacciona.

Me reúno con ella, la tomo de la mano y caminamos juntos, hace una noche preciosa. Ahora hay más gente y todo el mundo corre hacia el Circo Massimo, algún coche toca el claxon porque se ha equivocado de calle y se ha quedado atrapado entre la multitud. Llega la música desde el escenario, están haciendo pruebas. Seguramente están haciendo las pruebas de sonido. La luna está alta en el cielo y desde el mar se levanta la brisa de poniente, ligera y pícara, perfecta para esta velada. Tras pasar el control, entramos en el Circo Massimo, mostramos las entradas a un auxiliar que nos deja pasar y vamos a la zona vip. Hay un montón de gente, algunas personas están sentadas en el suelo encima de sus chamarras, otras están de pie, incluso hay alguien que se ha traído al niño y lo lleva sobre los hombros, quién sabe si recordará nada de esta noche y si entenderá algo de todo esto, ¡teniendo en cuenta que cantan en inglés! Y después está María. María alegre, María curiosa, María bonita, María sencilla, María mirando a su alrededor, divirtiéndose, observando a la gente, robando con los ojos... María, que parece feliz.

—¿*Ti piace* estar aquí?

—*Moltissimo!* Es *incredibile* ver este concierto aquí en Roma y *con te*. ¡*Questa notte*, tú, yo y Coldplay!

Y justo en ese momento, como si nos hubieran oído, con un don de la oportunidad perfecto, se vuelve todo oscuro y empiezan los fuegos artificiales detrás del escenario. Se iluminan las pulseras que nos han puesto en la entrada. Salen globos del escenario y, por encima de un haz de luces, sale él.

—¡Chris Martin!

María grita como una loca y se pone a bailar al ritmo de *Us Against the World*. Se la sabe entera y me canta mirándome a los ojos.

—«*Oh, morning come bursting, the clouds, Amen. Lift off this blindfold, let me see again. And bring back the water, let your ships roll in. In my heart she left a hole...*»

Y me traduce hasta el último fragmento con un italiano indeciso pero que me gusta un montón.

—«En mi corazón... tú has dejado un agujero...»

Y sigue bailando y es hermosa, y es alocada, y es libre, y levanta los brazos al cielo y mira las estrellas y vuelve a mirarme y entonces yo también me dejo llevar y bailo con ella. Y empieza la segunda canción, *Yellow*.

—«*Look at the stars..., look how they shine for you! And everything you do...*»

Ésta también la conoce y ha empezado justamente cuando mirábamos las estrellas, y ella se ríe, casualidades de la vida, y después me señala y yo bailo feliz, y bailo, bailo, bailo a su alrededor y sigo dando vueltas cuando abro los ojos... ¡Casualidades de la vida! En vez de estrellas, ¿qué me encuentro delante?

—¡Benedetta!

—¡Hola!

Me dirige una sonrisa forzada y prosigue:

—Tú también aquí, ¿eh?...

Mira a María, que no se ha dado cuenta de nada y que sigue bailando tan tranquila, porque además, todo hay que decirlo, ¡no hay nada! Pero Benedetta no es de la misma opinión, la repasa de la cabeza a los pies, después me mira otra vez a mí.

—Claro... —Como si hubiera entendido yo qué sé qué—. Tenía razón. Ah, él es Domenico, hace el mismo trabajo que tú, casi nunca lo ves porque siempre viene por la mañana...

—No, no sé quién es...

Y lo saludo.

—Bueno, nos vemos...

—Claro, el lunes.

—Sí, sí...

Y lo dice con una extraña sonrisa, como si de alguna manera tuviera que entender que mi trabajo corre peligro, pero ¿sabes qué? Por muy absurdo que pueda parecer, la verdad es que me importa un pepino. Y sigo bailando.

«When she was just a girl, she expected the world... but if flew away from her reach, so she ran away in her sleep...»

Entonces María me interrumpe:

—¿Qué te pasa? ¿Era *la tua ragazza*? Lo siento...

—¡Qué va! ¡No, María, tú te equivocas! ¡Ella *non è il mio amore*! ¡*Il mio amore* es mejor que ella!

Y me pongo a reír, no quiero pensar en ello. Claro que imaginar que mi dolor, mis líos, mi mal humor pudieran estar provocados por el hecho de que Pozzanghera me hubiera abandonado, bueno, ¡no estaría mal! Y me gusta esta canción y todo el mundo baila como loco y me gustaría saber inglés y cantar con ella.

«And dreams of para-para-paradise, para-para-paradise... para-para-paradise...»

Ésta es fácil, habla del paraíso, y nos damos un beso. Me llega olor a mota, alguien nos lo pasa y damos dos caladas, sólo dos, y luego se lo pasamos a otro, y ella me da un largo beso y después se aparta y me sonríe y sigue bailando. Yo la miro y en este instante estoy contento, sí, es otro momento único, las estrellas, la luna, María, esta música, pero extraño a mi padre y, en el preciso instante en que se me pasa por la cabeza, ese instante de felicidad ya se ha escapado. Cierro los ojos y veo a mi madre ordenando las cosas de la cocina, la veo de espaldas, se para, no se voltea, la veo posar las manos en el borde del fregadero. Después toma una servitoalla del rollo, lo arranca y se suena la nariz. Está llorando, pero después intenta corregir la voz. «¿Qué tal?, ¿cómo ha ido hoy?, ¿todo bien?» Pero permanece de espaldas, sabe que sus ojos no podrían mentirme.

«*This could be para-para-paradise... para-para-paradise, oh, oh, oh, oh, oh, oh.*»

Sigo bailando y me gustaría estar en el paraíso sólo un segundo, por favor, para poder abrazarlo, un único segundo, de verdad... pero no puede ser.

«No, mamá, no ha ido bien.»

¿Por qué? Porque quisiera verte feliz, y que mis hermanas resolvieran sus líos, y sobre todo que papá estuviera aquí. Sí, me gustaría que estuvieras aquí y te ocuparas de todo, papá, ve tú a hablar con ellas, tranquilízalas, diles lo que hay que hacer y lo que no hay que hacer, y después al final te volteas hacia mí, me sonríes y dices una de esas cosas que sólo tú sabes decir.

Y empieza a sonar *Viva la vida,* y al fondo aparece un enorme cuadro de Eugène Delacroix, y todos somos prisioneros y bailamos con Chris Martin y los Coldplay entre las nubes que salen de debajo del escenario, y saltamos siguiendo el ritmo. Después las luces del escenario se atenúan y detrás del grupo aparece un sol, una luz casi cegadora. María se me acerca.

—*Guarda*, ahora Chris tocará un *vecchio* teclado, era el teclado de Bruce, el padre de Gwyneth. —Me abraza por la espalda y sigue contándome—: Nadie había tocado *mai* ese teclado... Bruce lo compró antes *di morire. Questa canzone* es *l'amore* que siente por Gwyneth.

Y entonces empieza un tema lento, *Sparks.* Y yo la miro y ella sonríe y tal vez no espera nada más.

—Ésta es preciosa. ¿Bailas *con me*?

Nos abrazamos y los demás también nos siguen, como si se

hubieran dicho lo mismo. *«My heart is yours, it's you that I hold onto, yeah, that's what I do.»* E intenta traducírmelo con su italiano indeciso: «Mi corazón es tuyo, llévame contigo.» Y me abraza todavía con más fuerza. Y los Coldplay tocan una canción tras otra. *Speed of sound, Strawberry Swing.* Y María me besa en los labios y los muerde, los succiona y se ríe.

—Tú eres la *mia* fresa, cómo si *dice,* cuando das *inizio, non pode* parar.

Y después interpretan *We Found Love, Run This Town, The Scientist* y otras canciones de *X&Y* y *Mylo Xyloto.* El concierto es espectacular, pero después, de repente, todo se detiene y se van. Nos quedamos allí, en el inesperado silencio de la noche. Se enciende alguna luz, entonces empezamos a gritar todos como locos: «¡Bis, bis...!» Y al cabo de un rato vuelven a apagarse las luces y salen de la penumbra. Los acogemos con un estruendo. Y empiezan a tocar *Everything's Not Lost.* Bonita, conmovedora pero optimista, con la esperanza de que no todo esté perdido. Esta noche veo a María con una luz distinta, ya no me parece tan lejana, con su vida en España y su manera de hablar, tal vez algún día me salga, conseguiré decir lo que quiera. Y en ese momento empieza a sonar *Charlie Brown.* Y me arranca una sonrisa porque parece dedicada a mí, Charlie Brown es ese niño al que siempre le van mal las cosas, pero es testarudo y nunca se rinde, y me acuerdo de que a pesar de ser un negado para el beisbol, en una ocasión hizo un *home run* que significó la victoria. Acaban así el concierto, con esa última canción que me parece un mensaje. Las luces se encienden, algunos todavía insisten un poco: «¡Bis, bis!», pero ya están todas encendidas, y cuando es así, por mucho que insistas, no hay nada que hacer. La gente empieza a irse. María y yo nos damos la mano para no perdernos, pero de tanto en tanto tropezamos con otras personas porque cada uno va en una dirección distinta.

—Nicco, *veramente mi piace* Chris Martin, creo que podría tener un montón *di donne*, pero creo que él entendió lo especial que es estar *innamorato* de la misma *donna*. Tal vez se quede con Gwyneth *per sempre...*, y sería *bello* que tú hubieras pensado lo mismo...

Después me mira y me sonríe.

He entendido algo, o al menos eso creo.

—¡Pero yo *non sono capace* de cantar como Chris Martin! —Y ella se ríe un montón.

—Oh, no pasa nada si desafinas *un po'*. —Entonces ve un puestito con camisetas, gorras y otras mil cosas de los Coldplay—. Oh, fantástico. ¡Oye, *aspetta* aquí un momento!

Y no me da tiempo, se va corriendo, se pierde entre la gente y llega hasta allí. La sigo desde lejos y vigilo que no le suceda nada, que no vuelvan a robarle el monedero que debe de llevar en el bolsillo de los jeans. Me muevo de vez en cuando entre la gente que pasa para no perderla de vista, alguien choca conmigo.

—Oh, disculpa, lo siento mucho.

—¿Nicco?

—Alessia. —Y me quedo sin palabras, pero esta vez sólo porque no me lo esperaba.

—¡Hola! —Ella sonríe, parece encantada de verme—. ¿Cómo estás? —Y me abraza con fuerza y me parece extraño, sí, pero tampoco tanto, o sea, no lo entiendo, no consigo acabar de entenderlo, después ella se aparta—. Qué bonito el concierto, ¿eh? Precioso, ¿verdad?

Es como si nos hubiéramos visto ayer.

—Sí, el espectáculo ha sido increíble.

Y me quedo sorprendido por mi desenvoltura.

Entonces Alessia mira hacia adelante.

—Disculpa... —Vuelve a sonreír—. Si no, me dejarán aquí y me perderé...

¿Con quién estará?, ¿con un hombre? ¿Quién será? Y no lo pienso dos veces, me volteo de golpe. No, son sus dos amigas de siempre, que me saludan desde lejos.

—Bueno, adiós, Nicco, me voy, llámame si quieres. —Y me da un beso en la mejilla y se va corriendo.

Apenas me da tiempo a ver cómo va vestida: jeans, una blusa rosa pálido, ese color pastel que tanto le gusta. Pelo recogido, lleva alguna pulsera más de lo habitual y un collar que nunca le había visto, en cambio, la cinta de cuero la conozco. Y nada más. Ya no la veo, la he perdido. Otra vez.

—Eh, *ti piace?* —Me volteo, María está delante de mí. Se ha puesto una camiseta encima de la que llevaba. Es azul cielo y pone «Coldplay», las letras brillan. Igual que sus ojos.

—Sí, *mi piace* —digo, aunque tal vez no consigo parecer muy contento.

—¿Seguro?

—Sí.

—Bueno... ¡Tengo una cosa *per te*! —Y saca una camiseta igual, sólo que más grande—. ¡Es *per te*..., por nuestro concierto!

Y me da un beso, luego me toma del brazo y nos ponemos a caminar en silencio hacia la salida. María ha sido muy amable, pero no consigo sonreír. ¿Alessia se acordaba de que teníamos que ver juntos este concierto? Lo dijimos un montón de veces. Tal vez al verme se haya acordado. Y todo lo demás, ¿lo recuerda? «Llámame si quieres.» Pero ¿qué quiere decir? ¿Qué sentido tiene? ¿Se acuerda de todas las veces que comimos juntos, de lo mucho que nos queríamos? ¿Y si María hubiera llegado antes? Miro a María, camina tranquila con las manos en los bolsillos. Me habría gustado que hubieran coincidido. Yo también habría entendido algo más. Alessia ni siquiera me ha preguntado con quién estaba. Pero tal vez no era Alessia, quizá lo haya soñado todo. Y por un instante me gustaría que realmente fuera así.

40

Gio está sentado a una mesa en el restaurante de Francesco, en vicolo del Fico. Se ha formado un pequeño grupito a su alrededor, los meseros se han quedado escuchando quién sabe qué anécdota. Paula lo sigue con curiosidad y, a pesar de no entender mucho, se ríe con todos los demás.

—¡Eh, así que aquí es la fiesta postconcierto de los Coldplay!

—¡¿Qué pasa, Nicco?! ¿Y bien? ¿Qué tal el concierto?

—¡Fantástico! ¡Han tocado *molto tempo*!

María y yo nos sentamos a su lado.

—Precioso, de verdad, nos ha gustado muchísimo.

—¿Qué les traigo? —Un mesero llega con prisa, no le interesan para nada las canciones del grupo.

Nos decidimos por una Margarita, una Diavola y una cerveza, pero pedimos que antes nos sirva una *bruschetta*, una bomba de arroz con carne y una croqueta.

—Muy bien, ¿agua con o sin gas?

—Sin gas, gracias.

—¿Y bien? ¿Cómo ha ido el concierto? —Gio parece realmente interesado—. ¿Qué canciones han tocado?

Sobre esto dejo hablar a María, que se las sabe todas de memoria.

—Ah, claro, ¿y no han tocado *In My Place*?

—¡Oh, sí!

—Ah, me parecía raro. ¡*A Rush of Blood to the Head* es uno de sus mejores temas!

Por fin llega la bebida, le sirvo agua a María y luego tomo un poco de cerveza. Hace calor pero se está bien, un viento ligero pasa por los callejones que hay detrás de la piazza Navona. Gio, con lo de que siempre está metido en internet, resulta que al final sabe un montón de cosas, en parte porque se las descarga y en parte porque es curioso por naturaleza.

De repente se voltea hacia mí.

—¿Había mucha gente en el concierto? —Es como si le acabara de venir algo a la cabeza.

Paro de beber y dejo la copa.

—Mucha, realmente mucha...

—¿Y no te has encontrado a nadie?

Antes bebo otro trago.

—No me hables. Ha sido un concierto de encuentros, a pesar de que había por lo menos cuarenta mil personas, parecía que hubiéramos quedado todos allí. ¡Me he encontrado a Pozzanghera!

—¡No, no puedo creerlo! —Gio se lo pasa en grande. Le hace una señal al mesero—. ¿Me traes otra a mí también? —Señala mi cerveza. Quiere disfrutar al máximo de este momento—. ¿Y qué? ¿Qué te ha dicho?

—Nada de nada, estaba molesta...

—No lo dudo, hiciste el clásico espectáculo de música y magia...

—¿Cómo? —Lo miro con curiosidad.

—¡Primero tocas y después desapareces!

Mira que lo sabía, siempre me pesca. Dos chicas en la mesa de al lado nos miran incómodas. Lo han oído todo. Una le dice a su amiga:

—Sólo podían estar con dos extranjeras...

—Pues claro, si los entiendes los evitas.

Gio no lo ha oído, de modo que retomo el hilo.

—Pues eso, iba con Domenico, uno de la oficina, un idiota.

—¡Ten cuidado, que ésa lo convierte en tu jefe directo sólo por hacerte rabiar!

—Ya..., diría que lo está pensando.

Traen su cerveza. Gio le da un buen trago, después deja la copa y cierra los ojos.

—Ah... Lo necesitaba, hace mucho calor esta noche.

Traen las *bruschette*, nos las ponen delante junto con las bombas de arroz y carne y las croquetas.

—*Fai attenzione...* —le digo a María—. Son *molto, molto* picantes.

Ella se ríe, toma la *bruschetta* y le da un bocado, después me guiña el ojo.

Gio no pierde la oportunidad.

—¿Así es como te come?

—¡Basta ya!

Me volteo hacia las dos vecinas, pero por suerte están pensando en otra cosa.

—¿Y bien?

—¿Qué?

Me como la *bruschetta*, está realmente rica. Lo que más me gusta de un restaurante es cuando el jitomate está recién cortado y no te dan esos trozos que han cortado por la tarde y han dejado en el refrigerador demasiado tiempo.

—¿Y bien? ¿No te has encontrado a nadie más?

Gio insiste, es como si lo supiera. Lo observo un instante, lo miro fijamente a los ojos, él permanece en silencio con la cerveza que estaba a punto de beberse a medio camino.

—¿Qué pasa?

—Nada, nada.

—Pues dime...

Sigo comiéndome la *bruschetta*.

—Me encontré a Alessia.

—¡No, no lo puedo creer, qué intenso! Pozzanghera... y ella. Oh, cuando la vida se lo propone, mira que llega a ser sarcástica...

—¡Sí, sólo a ti te sonríe siempre!

Gio para de beber, deja la copa y se toca en seguida por debajo de la mesa.

—¡¿Joder, eres tonto o qué?! ¿Qué quieres?, ¿traerme mala suerte? ¡No digas eso ni en broma! —Después mira el celular—. Aunque esta noche me parece un poco raro... O no me llegan los mensajes, o ninguna de las dos me ha contestado...

—Yo me iría a casa...

—¡Otra vez! —Vuelve a tocarse entre las piernas—. Venga ya, Nicco, deja de hacer bromas, ¿no? ¡Mejor háblame de Ale!

Miro a María, está riendo y bromeando con Paula, tal vez le esté contando algo del concierto.

—¿Qué quieres que te diga? Hay poco que contar...

—¿Qué te ha parecido?

—La he visto cambiada, no sé, o sea, no sabría decirlo, quizá más mayor. Pero, perdona, ¿qué clase de pregunta es ésa?

—Yo qué sé, me ha salido así...

—¡Pues te ha salido mal!

—Okey, ¿y qué?, ¿cómo estaba?

—¿Qué quieres decir?

—¿Estaba guapa?

—Guapa, claro, cómo quieres que haya cambiado en tres semanas y media...

Gio empieza a reírse.

—¿Y ahora qué pasa?

—Nada, perdona, es que me ha venido a la cabeza una idiotez: ¡nueve semanas y media, la película en la que sólo se masturban!

Esta vez las dos chicas nos han oído. Una toma la bolsa y dice:

—¡Felicidades..., al menos ésa era graciosa!

Gio no pierde la oportunidad de contestar:

—Gracias. ¡Y ten en cuenta que esta noche no estoy en forma!

La chica niega con la cabeza y se aleja con su amiga.

Gio me guiña el ojo.

—¿Has visto? Podríamos habernos ligado a otras dos, tú y yo somos irresistibles...

—Ya...

Me como una croqueta. Gio, en cambio, toma mi bomba de arroz con carne.

—Perdona, pero ¿tú no habías cenado?

—Sí, pero aquí hacen unas bombas que están buenísimas...

—¡Pues pídete más!

—Okey, después te las pido...

—No, después me traerán la pizza...

—Y ¿qué diferencia hay? ¡Todo va al mismo sitio! —Luego se acuerda—. Y ¿no se han dicho nada?

—Nos hemos saludado.

—¿Ha visto que ibas con esta chava buena? —Señala a María mientras se come la bomba.

—No, estaba un poco apartada...

—Ah, y ¿ella con quién iba?

—Con sus amigas.

—¿Y ya está? —Se queda sorprendido por la respuesta.

—Sí, ¿por qué?

—No, no, por nada... —Justo en ese momento llegan las pizzas.

—¿Margarita?

—¡Para ella!

—¿Diavola?

—Para mí, gracias.

El mesero deja las pizzas sobre la mesa y se aleja.

—Mmm... —Miro a María y huelo la pizza que tengo delante—. ¡Creo que *questa* pizza va a estar *incredibile*!

Ella me sonríe.

—¡Seguro! —Y corta un pedazo de la suya con cuchillo y tenedor. Casi no he acabado de cortar la mía cuando Gio se sirve.

—¡Mmm, qué rica, la Diavola! Tiene un aroma estupendo, debe de estar fantástica, ¿puedo?

—Si ya la tienes en la mano...

—¡Dicho así suena mal! Lástima que se hayan ido esas dos... —Se ríe y le da un bocado a la pizza—. ¡Mmm, mucho, mucho *buona*! —Después le pregunta a Paula—: ¿Tú quieres?

—Sí, *grazie*.

Le corta un pedazo de pizza, pero cuando Paula intenta agarrarlo Gio se lo aleja.

—Manos, no... Con la *bocca*. —Y entonces ella lo mira maliciosa mientras Gio levanta las cejas con voluptuosidad.

Paula se acerca para morderla, pero Gio se lleva el pedazo de pizza cada vez más atrás hasta situarlo cerca de su boca. Entonces Paula le da un beso en los labios y después ya puede darle un buen bocado a la pizza, imitando a un tigre:

—Grrrrrrr...

Gio quita la mano haciendo ver que está asustado, como si hubiera podido morderlo.

—*Ti piace?* ¡Es pizza y *salamino*! Ya sé que *ti piace*... —Está a punto de levantar de nuevo las cejas, pero recibe un bolsazo en plena cara—. ¡Ay, carajo! Pero ¿quién es? ¿Qué mierda haces?

Se vuelve y justo entonces ve que es Beatrice.

—Eso es, muy bien dicho. A mí me gustaría saber qué carajos he estado haciendo todo este tiempo.

Gio se levanta.

—Pero, Bea, no, te equivocas...

—¿En qué me equivoco? Te he llamado y me has dicho que ibas a jugar al póquer, esta mano te ha ido mal, mis amigas y yo... —Las señala. Efectivamente, son dos chicas realmente tristes que nos miran muy serias y diría que desaprobando, incluso, la pizza que hemos escogido— hemos decidido dar una vuelta. Sabías que estaba cenando en Gusto, ¿no? ¡Aun así, has querido arriesgarte y has perdido!

—Pero venga, Bea, no digas eso. —Intenta agarrarla, pero ella le aparta la mano del cuello.

—No me toques.

—Vamos, no te pongas así, no te he dicho nada para no ponerte celosa... Hemos salido con estas dos extranjeras sólo porque Nicco estaba hecho pedazos...

Entonces Beatrice me mira. Tengo la boca llena pero intento sonreír, ella no hace la más mínima intención.

Gio la mira a ella y después a mí.

—Díselo, Nicco, díselo...

—¿Qué?

—¿Cómo que qué? ¡Que estabas hecho pedazos!

—Sí, es cierto, estaba hecho pedazos...

Mientras tanto, algunas personas de las otras mesas nos miran, unos que pasaban se han detenido a mirar la escena, algunos parece que se lo pasen francamente bien. Gio no pierde la esperanza, al contrario, cree que después de mi conformidad podría darle un giro a la situación. Gio decide que va por el buen camino e insiste con Beatrice.

—Ya te lo dije, ¿no?, que Nicco había cortado con Alessia...

Parte de la gente que asiste a la escena se vuelve con curiosidad hacia mí, veo que una chica le dice algo al oído a su amiga, después la otra asiente como si estuvieran de acuerdo: sí, ya lo entiendo, pero ¿en qué? Y, además, ¿quiénes son? Pero ¿qué está pasando? Carajo, Gio y sus líos... Y ¿por qué siempre tiene que acabar hablando de mí y de mi historia? María se come la pizza como si nada, Paula se sirve agua, tal vez está intentando por todos los medios aparentar indiferencia.

—¡De modo que es verdad!

Oigo esa voz y no lo puedo creer, pero Gio palidece y comprendo que todo es real. A nuestra espalda aparece Deborah, la otra novia de Gio acompañada de un amigo suyo, creo, y otra chica. Nos mira a nosotros sentados a la mesa. Después mira a Gio.

—¿Y bien? ¿Qué tal va esa partida de póquer? ¡No veo fichas..., sólo veo colas!

Bueno..., al menos ésta es más simpática.

—Me han llamado unos amigos míos que pasaban por aquí y te han visto cenando, pero yo no lo quería creer...

Gio me mira, yo me encojo de hombros. Deborah echa un vistazo al chico y a la chica que la acompañan.

—Sin embargo, es completamente verdad, ¿lo ven? ¡Aquí está!

Beatrice la mira, después mira a Gio.

—Perdona, y ¿ésta quién es?

Deborah se queda atónita.

—No, perdona..., ¿quién diablos eres tú?

Beatrice sonríe.

—¡Da la casualidad de que soy su novia!

Deborah mira a Gio, que se ha hundido literalmente en la silla.

—¿Cómo? Qué raro, hace más de un año que *yo* soy su novia..., ¿verdad, Gio?

—¿Cómo, cómo? —Beatrice se acerca a Gio—. ¿Qué historia es ésta, eh? ¿Qué pasa?, anda, cuéntamelo.

La gente de alrededor ya ha formado un grupo. Por otra parte, ¿quién se va a perder una escena como ésta si te la encuentras delante?

Gio se levanta.

—¿Qué quieres que te cuente?

Pero Deborah carga las municiones.

—No, no, cuenta, cuenta, cuéntamelo a mí también, ya que estamos...

—Chicas, aquí las palabras no sirven de nada. Me he enamorado, *mi sono innamorato!* —Y toma a Paula de la mano y la hace levantar para irse. Después me dice en voz baja—: Ocúpate tú de todo esto, Nicco...

Pero no le da tiempo a terminar la frase, alguien agarra la cerveza que tengo delante y se la tira por encima.

—¡Idiota! —Ha sido Beatrice.

—¡Eh, no! ¡Oye, mi cerveza!

Deborah, en cambio, agarra la de Gio y le tira la copa dándole de refilón.

—¡Sí, la verdad es que sólo eres un imbécil!

—¡Ay! ¿Se han vuelto locas...?

La gente de alrededor empieza a aplaudir y a hacer ruido.

—¡Bien hechooo!

—¡Muy bien, Gio! Eres nuestro ídolo.

Los hombres toman partido por él, mientras que las mujeres pegan a sus novios y se produce una falsa pelea de chicos contra chicas mientras que Gio, menos desgarbado de lo habitual, desaparece por el fondo del callejón arrastrando consigo a la última mujer que le queda, Paula.

Mientras pido la cuenta, veo que Beatrice y Deborah se lo están contando todo y más sobre Gio.

—No, no puedo creerlo... ¿De verdad? Y ¿cuándo?

—Este verano.

Y niega con la cabeza.

—Ah, ya veo por qué...

Viene el mesero a traerme la cuenta.

—La copa rota no te la he cobrado. Al fin y al cabo, tu amigo nos ha hecho un montón de publicidad.

—Ah, sí...

De modo que pago y me alejo con María. Camino en silencio, y la verdad es que no sé por dónde empezar. Después ella me toma del brazo y me salva de mi incomodidad.

—*Il tuo amico* es *carino*, ¿de verdad está *innamorato* de Paula? ¿O sólo lo ha dicho porque esas dos *ragazze* estaban *molto arrabbiate*?

La miro y le sonrío.

—No, yo *credo* que es *verità*, Paula es muy *bella*...

Ella me sonríe y me estrecha con más fuerza el brazo. Seguimos caminando en silencio.

—Yo también he visto a *l'altra ragazza* en el concierto... ¿Tú también tienes tantas *donne* como Gio?

—No, no tantas. —Y esta vez también me gustaría decir algo más o algo distinto, pero quizá tengo la excusa del idioma.

41

Es por la mañana temprano, vamos en un tren que corre veloz, pero no demasiado. Hemos charlado un rato después de todo el lío de anoche entre Gio, sus mujeres y Paula, de modo que al final, en cierto modo, he podido tranquilizarla. Pero no ha sido fácil.

—Yo *non sono* como Gio, *ora* estoy solo.

Entonces ella ha sonreído. Qué raro, por un instante parecía que iba a echarse a llorar. Ha bajado la cabeza, se ha quedado en silencio. Le veía temblar la barbilla, después, de repente, una lágrima le ha resbalado, lentamente, por la mejilla izquierda y yo la he detenido. He puesto el índice de la mano derecha en su mejilla, como si fuera una pequeña pestaña, allí, en medio, con dulzura, y la he sentido llegar. Me he quedado en silencio, con el dedo mojado, y se me ha ocurrido una idea tonta.

«Es una lágrima española, la primera que veo en mi vida.»

Después he puesto la mano bajo su barbilla y con dulzura le he levantado el rostro. Entonces ella ha mantenido los ojos cerrados durante un rato, pero cuando los ha abierto ha sido un espectáculo. Verde agua con un poco de café, pero húmedos por el llanto, profundos, delicados, sensibles, ingenuos, con toda una vida por delante y todo el deseo de ser amados. Así los he visto. Dentro de ellos he encontrado todo eso, un viaje de amor infinito. ¿Es posible que una simple mirada pueda decirte todo eso? ¿O soy yo quien ha querido verlo?

Recuerdo que una vez Alessia y yo fuimos a una exposición en la Scuderia del Quirinale. Se llamaba *Metafisica*. Había muchísimos cuadros y ella me dijo:

—Los han traído directamente del MoMA, el museo de Nueva York. Hay artistas italianos y extranjeros, del dadaísmo al surrealismo, incluso expresionistas abstractos americanos.

Estuvimos mucho rato visitando todas aquellas salas y al final ella me preguntó:

—¿Cuál te ha gustado más?

—Éste.

—Pues claro, porque te recuerda al anuncio... ¡de la gasolina!

—Que no, Magritte me gusta porque cuestiona la realidad.

Y una profesora que estaba allí cerca con un grupo de alumnos se me acercó sorprendida:

—¿Dónde lo has leído?

—No lo he leído.

—Y ¿entonces cómo lo sabes?

—Lo he pensado.

Y ella se fue no del todo convencida.

—¿En serio lo has pensado?

—Sí, pero ¿qué tiene de raro?, cada cuadro, cada cosa te hace pensar, si piensas.

Y Alessia me sonrió, tampoco ella convencida del todo. Y me acuerdo de que por la noche le mandé un mensaje con el celular. «"Ser feliz no es una suerte, es arte en estado puro", René Magritte. Ésta sí que la he leído. Pero no estoy de acuerdo. Yo te encontré por casualidad.»

Sin embargo, ni la frase de Magritte ni la mía fueron suficientes: tal vez ella ya había tomado una decisión, porque aquella noche no me contestó.

Miro a María, tengo su cara entre las manos y es como si sus ojos buscaran en mí alguna respuesta, una frase, cualquier cosa que pueda hacerla sentir más segura. Pero sólo consigo decir que yo soy distinto de Gio, y después la beso y sus labios son suaves y están mojados y saben a alguna lágrima ya pasada, y todavía tiemblan y se pierden en los míos. Después María me abraza con fuerza como si tuviera miedo de que pudiera salir corriendo o de que me perdiera, o como queriendo decirme algo. Y, sin embargo, es un beso distinto de los otros, lo noto. Es como si contuviera desesperación o un mensaje secreto, pero tan secreto que no lo entiendo. Después se aparta de mí, me mira fijamente a los ojos, sorbe un poco por la nariz y al final sonríe.

—*Domani* me gustaría ir a ver *il mare*.

Y aquí estamos. Quiso que fuéramos en tren, después de haber consultado su *Lonely Planet*.

—*Fa* quince viajes *al giorno* y sólo se tarda una hora. —Después sonrió y eligió el lugar—. Me gustaría *andare a...* Anzio.

Y sentí que se me encogía el corazón, de repente había sido ella quien había descubierto quién sabe qué secreto mío.

—¿Por qué Anzio?...

—Quiero ver *questo posto* porque me interesa la *storia* y aquí se produjo una de las batallas más largas de la Segunda Guerra Mundial y además porque... ¡Estoy segura de que es *bello*! ¿Tú lo conoces?

—Sí, fui muchas veces allí con mi *famiglia* cuando *ero piccolo*... —Y no digo nada más.

Ahora el tren marcha a más velocidad. Estamos callados, uno frente al otro, ella está leyendo algo en su guía. Yo llevo puestos los lentes de sol. El viento entra por la ventanilla y siento el aroma del mar que se va acercando. Miro hacia afuera. Nunca he ido a Anzio en tren, siempre íbamos en coche, todos juntos por la autopista Pontina. Mi padre cantaba y nosotros con él, como he visto a menudo en algunas películas americanas cuando quieren mostrar a una verdadera familia. Pero nosotros lo hacíamos en serio. Entonces el tren se para. Los frenos chirrían en las ruedas oxidadas, sin duda por las zapatas llenas de sal. Sí, desde la ventanilla se ve el mar, no está tan lejos. Después miro hacia adelante y veo una bandera azul con un sol amarillo en el centro y un faro no muy alejado. No puedo creerlo, es aquí.

—*Andiamo!* —Tomo nuestras mochilas del portaequipajes—. ¡Vamos a bajar!

—¿Ya hemos *arrivato*?

Pero no le contesto, la tomo de la mano y ella corre conmigo por el pasillo hasta la puerta.

—¡Vamos, vamos!

Y la ayudo a bajar justo a tiempo. La puerta vuelve a cerrarse con un ruido seco y todos esos engranajes se ponen de nuevo en marcha con un gran esfuerzo. Vemos alejarse el tren poco a poco, después acelera antes de desaparecer detrás de la curva.

—*Dove siamo?*

—Es uno *dei posti più belli* de Anzio. Ven *con me...*

Y salgo de la estación con ella tomada de la mano y en seguida estamos en los prados que llevan al espigón. A lo lejos se ve el faro, se lo señalo.

—*Questo* es Capo d'Anzio... —Seguimos caminando—. Y ésta es la Grotta di Nerone... —Bajamos una escalera y nos encontramos en la playa—. ¡La *leggenda* dice que Nerón podía *scappare* con su barco y... —señalo algunas cuevas bajo el acantilado— llegar a la *incredibile* Villa de Nerón!

De este modo paseamos por la playa, el mar está agitado, algunas olas rompen en la orilla, hace viento y no hay nadie. Está lleno de piedras, redondas, triangulares, cuadradas, pequeñas, grandes, y también de cristales, trozos de botella, y todo está suavizado por el mar, todo es redondo, nada tiene aristas. Y le cuento en mi español imperfecto que de pequeño siempre venía aquí con mi padre, que él coleccionaba esas piedras, las guardaba en un gran recipiente rojo y cada verano, al volver a Roma, ponía las nuevas. Y no sé cómo pero le digo que extraño sus grandes y cálidas manos que de vez en cuando me acariciaban o me tomaba toda la cara aunque sólo fuera por fastidiar, para reír y bromear. Y, mientras le cuento todo eso, me doy cuenta de que estoy llorando sentado sobre una pequeña roca. Y ella me abraza con fuerza y me acaricia el pelo, mientras yo escucho el mar escondido entre sus brazos. Después noto su perfume, empiezo a acariciarla, tomo sus manos y las beso y le muerdo la muñeca, y ella se ríe y nos apartamos un poco más allá, detrás de las rocas, ocultos de todo y de todos. Abro la mochila y pongo la toalla grande sobre una roca plana y ella se tiende encima, después saco el celular, le conecto un altavoz y pongo *She*, la música con la que nos conocimos la primera noche y que después se ha convertido un poco en nuestra canción. Ella niega con la cabeza, la esconde ruborizada entre las manos, después levanta las piernas y las mueve de prisa pedaleando hacia el cielo en un arrebato de felicidad. Yo estoy junto a ella y la miro. Al final se para, dobla las piernas y las apoya en la roca. Yo las acaricio, las siento desnudas entre mis manos, y ella, aún con la cabeza escondida entre las suyas, enseña un ojo y me mira maliciosa. Yo voy subiendo, cada vez más arriba, y noto sus calzones y acaricio el pequeño resorte, y luego me meto dentro y veo que ella echa la cabeza hacia atrás y se queda así, respirando el mar, y yo la vivo, entre mis dedos, y estoy pendiente de cualquier pequeña muestra de placer. Se muerde el labio inferior y la siento más caliente y sigo jugando con ella, con mis dedos. Ella mueve la espalda y casi se arquea, entonces, con ambas manos le bajo los calzones y ella se queda sobre la toalla con las piernas abiertas y la falda levantada y con su pubis rizado y claro abandonado al cielo y acariciado por un viento ligero. Le levanto más la falda, le beso la panza, plana y suave, y luego el ombligo, y voy bajando más y me la como respirando el mar. La canción se ha terminado y empieza otra al azar. *Sailing*, de Christopher Cross. Gio y sus listas. Pero tiene algo mágico, ahora las olas parece que vayan al compás. María abre los ojos, veo reflejado el cielo y las nubes en ellos, y le levanto las piernas mientras la hago mía. Me abraza fuerte, más fuerte, y la veo estrecharme cada vez más hasta que llega al clímax. Y nos quedamos así, abrazados, estoy tendido sobre ella y miro el mar y escucho la música y el rumor de las olas y el latido de su corazón, que poco a poco se hace más lento. Después me embarga un sentimiento de extraña melancolía, nunca habría imaginado que un día volvería a esta playa para vivir todo esto. Miro al cielo, tan azul en lontananza, y las pocas nubes encima de mí, y no sé explicar lo que siento. He estado muchas veces de pequeño en esta playa con mi padre y ni siquiera pensaba que fuera capaz de encontrarla y, sin embargo, aquí estoy, con María, una chica extranjera... Busco desesperadamente una explicación a todo esto y me ayudo con la canción *Un senso*, del «Komandante» Vasco Rossi, en la que quiere encontrar el porqué de esta vida.

Pero todo esto también querrá decir algo, este cielo y este mar han sido los mismos espectadores de mi infancia, de aquellos momentos, de los paseos, de aquel amor y, por tanto, ellos saben lo que he perdido, saben que no puedo recuperarlo, tal vez me han dado la posibilidad de regresar aquí, de encontrar hoy este lugar para decirme algo, que María no es una casualidad, que por algo que pierdes, algo encuentras después... Y este pensamiento, esta dulce ilusión, me regala una sonrisa y otro instante de felicidad.

Un poco más tarde, atolondrados y medio desnudos, nos metemos en el agua.

—¡Grrrrrr, está *molto fredda*! —Ella se ríe, pero al final nos da todo igual, nos quitamos el resto de la ropa y nos zambullimos. Y nos quedamos así, en aguas del Arco Muto.

Ahora el mar está en calma, el viento ha amainado, flotamos el uno delante del otro mientras el sol se vuelve rojo y lentamente se va poniendo. Sí, éste es uno de esos momentos que sin duda formarán parte de nuestros recuerdos más bellos.

Un rato después nos secamos, y yo le fricciono con fuerza las piernas y los brazos antes de que se vista. Su pelo se seca con el último sol, pero le queda un poco enmarañado y ella se echa a reír mientras intenta peinarse.

—Eh, mira... La he encontrado. *Ti piace?*

—Oh..., *moltissimo.*

Le paso la piedra y ella la aprieta fuerte y se la pone encima del corazón y parpadea fingiendo una divertida imitación.

—Oh... Es *il mio cuore...*

—No, *è mio*, y tú lo has robado.

Ella me mira divertida, después lo besa y se lo mete en la bolsa. Es una piedra de color azul con forma de corazón perfectamente redondeada, por lo bien que ha quedado casi parece una escultura.

Al cabo de un rato estamos cenando en Romolo, en el Porto.

—¡Eh, me ha llamado Gio y se ha asegurado de que los iba a tratar bien! ¡Pero lo habría hecho de todos modos!

Es simpático, este Walter, que dirige el establecimiento junto a su hermano. Nos da a probar una serie de pequeñas entradas.

—Éstos eran los fríos, ahora les traigo los calientes...

Y casi se divierte haciéndonos probar una sucesión de platos exquisitos.

—Bueno, esto son anchoas rellenas de mozzarella, aquí hay unos pulpitos a la luciana, guisados con jitomate, y esto es milhojas de papa y bacalao con queso *primosale...* Luego pidan más... —Llena la copa de María y después la mía—. Éste está exquisito, un auténtico vino con denominación de origen. —Y mientras tanto siguen llegando platos—. Bueno, esto es una menestra de pescado, y esto son espaguetis con almejas y crema de brócoli. —E inmediatamente después llega toda la serie de degustaciones de los segundos—. Rape con jitomate y cebolla y dorada con verduras crujientes... Sí, y con los segundos, en cambio, tienen que probar esto... Gewürztraminer Sanct Valentine. —Y en seguida nos pone otras dos copas y las llena. Entonces, de pronto, se detiene—. Eh, pero ¿cómo han venido?

—¡En tren!

—Ah, perfecto. —Y llena las copas—. Después de esta cena sólo tienes que preocuparte por no convertirte en papá... —Y mira a María sonriéndole—. Aunque, bueno... —Y se aleja divertido.

María me mira con curiosidad.

—¿Qué *cosa* ha dicho?

—Nada..., *niente*. ¡Le encanta la *famiglia*!

—Ah... —Me sonríe no del todo convencida, después brinda conmigo y de un trago se acaba todo el blanco—. ¡Rico! *Molto buono!*

—Sí. *É vero...* —Y sonrío secándome la boca y pensando en lo que me ha dicho Walter.

Después probamos unos excelentes postres: tarta de pera cocida en aguardiente con chocolate y almendras picadas, y un semifrío de turrón y pistachos con ron de quince años. Al final Walter dice:

—Esto tienen que probarlo, son unos sorbetes de limón que hacemos nosotros...

Y de este modo nos comemos esa última delicia con un sabor disfrazado de vodka helado.

María se lo acaba casi en seguida, después continúa excavando el fondo con una larga cucharita.

—Te *è piaciuto*, ¿eh?

—¡Un montón! —Lame por última vez la cuchara cerrando los ojos—. ¡Fantástico!

Miramos las barcas que ondean amarradas al puerto delante de nosotros, las jarcias golpetean acariciadas por el viento, después de repente siento la mano de María sobre la mía, la miro mientras me acaricia sin mirarme siquiera.

—*Grazie*, Nicco... —Luego se voltea hacia mí, tiene los ojos brillantes de felicidad—. *Per tutto*...

Después empieza a hablar más de prisa y no entiendo bien lo que me dice.

—Me gustaría que estuvieras realmente *innamorato di me*, que esta *settimana* no terminara *mai*, que yo no fuera la típica *straniera*, una chica *bella* que sólo sirve para una aventura de una *notte*... —Después me sonríe y por mi cara debería intuir que no he entendido gran cosa—. Oh..., no es importante. ¿Podríamos *pagare* a medias?

—¡No!

Eso lo he entendido.

—*Scusi*... Eh, o sea, perdone, ¿puede traer la cuenta?

Walter viene a la mesa.

—¿Han estado a gusto?

—Muchísimo, realmente excepcional, estaba todo riquísimo, gracias.

—Muy bien, me alegro, entonces está todo arreglado, Gio se ocupa.

Me quedo sorprendido.

—Pero no, pero ¿cómo?

—Tenemos una relación especial, ese desgraciado y yo... —Walter me sonríe apartando la silla—. Ha llamado por teléfono mientras estaban cenando, me lo ha pedido encarecidamente doscientas veces, ya sabes cómo es, ¿no?

—¡Ah! ¡Por supuesto, es una gota malaya!

—Eso es, ha dicho que paga él, que tiene que hacerse perdonar algo de anoche, ¡vaya a saber la que habrá organizado ese conflictivo!

—Ah, ya...

Me despido también del hermano de Walter y de su madre Luisa en la cocina.

—Adiós, señora, y gracias, ¡estaba todo realmente riquísimo!

Y nos despedimos todos juntos en la puerta del restaurante junto a la tía Franca, que se ocupa personalmente de los postres.

Tomamos al vuelo el tren de las 22.56 hacia Roma y, tal vez por la cena, o por el cansancio de todo el día o por la belleza de la velada, nos encontramos delante de su hotel casi sin darnos cuenta.

—Bueno... —Me paro no muy lejos de la entrada—. Nos vemos *domani*. Tengo que *lavorare*, pero si tú quieres *possiamo mangiare* juntos..., quizá una hora y después en la noche... *sempre* si tú quieres...

Ella baja la mirada, después vuelve a levantarla y abre los ojos como si quisiera decirme algo, pero entonces parece arrepentirse y me dice algo extraño.

—Vi *un film* que se llamaba *Serendipity*. Siempre he *pensato* que era *vero*...

Me da un beso en los labios y se va corriendo. Y yo no lo entiendo y me quedo allí mirándola mientras toma las llaves en recepción y sube corriendo por la escalera sin volverse siquiera. Y vuelvo a pensar en ese beso tan fugaz, en esa especie de huida, como para evitar las lágrimas. Tal vez debería haber intuido algo.

42

—Ya estoy aquí, ya estoy aquí... Estabas impaciente, ¿eh?

Hago el cambio de turno con mi tío en el quiosco y estoy muy contento, hay días en que el tiempo parece que no pasa nunca.

—Se nota, ¿eh?

—¿Ibas a irte a pesar de que no hubiera llegado?

—No lo haría nunca...

Me sonríe y deja la chamarra dentro.

—Oye, tío, *Il Tempo* se ha terminado, también *Di Più* se ha vendido todo, y he puesto los otros *Porta Portese* debajo de la caja...

Tío Carlo mira allí abajo y los ve.

—De acuerdo. Sé puntual mañana por la mañana...

—Siempre...

—Sí, sí, siempre, siempre...

No he tenido tiempo ni de salir cuando Gio llega como un clavo delante del quiosco. Subo a su coche y naturalmente arranca a dos mil por hora, pero no hago mucho caso porque siento demasiada curiosidad.

—¿Y bien?

—¿Y bien qué?

—Bueno, antes de nada, gracias por la cena en Romolo, fue fantástica, y ahora cuéntame...

—¿Qué?

—¿Después de todo el lío de anteayer no me vas a contar nada?

—¿Qué quieres que te cuente?

—¿Qué se dijeron Beatrice y Deborah?

—Y yo qué sé, ¿tú crees que me lo van a decir a mí? ¡Las dos me enviaron una serie de mensajes de una violencia alucinante y dos correos que sólo leyendo las primeras líneas ya te daba un síncope!

Me echo a reír.

—Bueno, te lo has buscado.

—Bueno, al menos cuando llegué al hotel me dejaron subir a la habitación de Paula, aunque la tensión de pensar en el mal rato que las dos estaban pasando allí, después de un año de tenerlo todo perfectamente organizado..., total, que no fue bien.

—¡No me lo puedo creer! Tú, Gio, la leyenda, que contaba cosas increíbles con Beatrice e inmediatamente después con Deborah la misma noche... ¿Hiciste un papelón? Pero ¿qué dirán las extranjeras de nosotros? Tenemos que llevar el pabellón italiano bien alto...

—¡Sí, y no sólo eso!

—¡Idiota!

—Eh, total, si no lo decía yo ibas a decirlo tú...

—Ya ves...

—Aunque es extraño... He intentado llamar a Paula esta mañana, pero su teléfono está apagado.

—¿Cuál?

—El italiano, yo sólo tengo ése, le di una tarjeta sim que tenía, ¡si no, con el *roaming* le chupaban la sangre!

—Ah, claro...

Llegamos frente al hotel y Gio encuentra estacionamiento, de modo que bajamos juntos.

—Buenas.

—Oh, buenos días.

Roberto, el simpático portero, viene a nuestro encuentro. Reconoce a Gio y le sonríe..., quizá hasta le pasó dinero para poder subir a la habitación. Nos quedamos un momento en silencio, Roberto nos mira. Gio se queda algo sorprendido y, al ver que el hombre no hace absolutamente nada, interviene.

—¿Las puedes llamar, por favor?

—¿A quiénes?

—A las dos extranjeras, las españolas.

—No puedo.

—¿Han salido ya?

—Sí, esta mañana temprano.

Gio me mira sorprendido.

—Pero si Paula no me dijo nada.

—Bueno, ahora volverán...

—No, no han salido, se han ido.

—¿Se han ido?

Nos miramos los dos sorprendidos.

—¿Cómo que se han marchado? Y ¿adónde han ido? —Se lo pregunto tranquilo. Tal vez se equivoca o tal vez hayan ido a alguna parte y él no lo ha entendido bien.

—Han regresado a España. Tenían el vuelo esta mañana a las doce.

Y nos quedamos de piedra, sin palabras.

—Ah, gracias...

Salimos.

—Y ahora he perdido también a Paula... Bueno, menuda temporadita llevo.

—¿Seguro que no lo sabías?

—No, no me dijo nada, ni siquiera me lo imaginaba.

—Y ¿no puede ser que el portero se equivoque?

—No, incluso ha mirado el registro. Se han ido...

403

—¿Pero así, sin despedirse?

—Sí..., es lo que parece.

Me quedo sorprendido y me embarga una sensación extraña, repentina, muy fuerte, una especie de pánico. Y por un instante me falta la respiración y el corazón me palpita con fuerza, pero después consigo controlarme, me tranquilizo un poco. A mí me gustaba María. Mucho. Pero no es sólo eso, es su marcha repentina, es como perder a alguien, sin una explicación, sin un porqué, sin un último adiós siquiera.

—Gio, ¿podemos pedirle un favor?

—¿Qué?

—Si podemos subir un momento a su habitación...

Y Gio lo consigue, naturalmente. Nos acompaña una señora de la limpieza, abre la puerta de la habitación con una tarjeta y nos deja allí, en el umbral, mientras ella continúa limpiando al fondo del pasillo. Me quedo un segundo en la puerta, después entro.

La habitación está en desorden, la ventana abierta, las camas sin hacer, las toallas tiradas por allí. Tomo una, todavía está húmeda. No sé si es la suya o la de Paula. Doy una mirada por la habitación. Hay dos camas, una completamente deshecha, la otra más arreglada. Esta última debe de ser la de María. Me acerco, tomo la almohada y la aspiro. Sí, noto su perfume. Entonces cierro los ojos, me la imagino, revivo algunos momentos, los más bonitos, los más íntimos, el habernos conocido tan bien, el haberla vivido por unos segundos tan hasta el fondo, mía, sólo mía, y ahora ya no tengo nada. Aprieto la almohada con fuerza, después la dejo en la cama y en la parte más alta veo un largo cabello castaño. Sonrío. Quizá todavía sabe a mar. Los cajones están cerrados, los abro para ver si se han dejado algo. En el primero no hay nada, también el segundo está vacío, pero cuando voy a cerrarlo noto que algo se mueve. Entonces vuelvo a abrirlo, meto la mano y lo encuentro. Y me parece una señal. No podía olvidárselo.

—Eh, Gio..., ¿te da miedo volar?

—Muchísimo, ¿por qué?

—Tienes que superarlo. Por tierra el viaje es eterno.

—¿Cómo? Nooo, ni hablar. Pero ¿a ti se te va la cabeza o qué? Has estado tocándome los huevos todos los días porque Alessia te había dejado, y ahora que no pasas ni una semana con esa chica..., que sí, muy guapa, preciosa, no lo pongo en duda..., ¿quieres encerrarme en un avión? Nooo, olvídalo, quítatelo de la cabeza...

—Gio, es importante.

—¿Importante? Mi vida es importante, las tres horas de terror que pasaría en ese avión son importantes, el hecho de que esté estupendamente en Roma, que me encante Roma, que no me movería nunca de Roma, por ninguna razón en el mundo, es importante... —Ve que su discurso no me convence lo más mínimo—. No, ¿eh?

—No.

—Perfecto, pues entonces explícame bien por qué tú y yo deberíamos ir a España.

—María ha olvidado esto.

Y le muestro el corazón de piedra que encontramos en las Grotte di Nerone.

—O sea, ¿vamos a ir hasta España porque María se ha olvidado una piedra?

—Es un corazón.

—¡Okey, lo que sea!

Y entonces empiezo a hablar y le cuento en lo que yo creo... Que las cosas no suceden por casualidad, que María también podría no haber olvidado ese corazón, o esa piedra, como dice él, y, sin embargo, ha ocurrido y tal vez, a su manera, sea una señal. Que nunca hemos estado en España y que tal vez aún tendrían que pasar no sé cuántos años para ir y quizá no iríamos nunca. Y que la vida hay que vivirla y que tenemos que mirar más allá del Olimpico, más allá del Tíber, y con la mirada llegar al menos hasta la Salaria y después a Orte, y una vez allí seguir avanzando. Porque todo eso podría hacernos cambiar, crecer, tener una intuición, ojalá, como las de su amigo Zuckerberg, y hacernos razonar de una manera distinta y comprender que todo lo que ha sido la vida de todos los días no siempre es la vida de todos los días.

Y al cabo de un rato, él ya no replica, no habla de sus miedos, está allí escuchándome, y yo no me detengo y le digo otras muchas cosas porque sé que quizá ya lo tengo, y si me detuviera lo perdería y no quiero. Pero la realidad es que necesito un sueño, necesito desesperadamente un sueño, porque todo lo que me rodea ahora no lo es, he perdido algo que me ha hecho dejar de soñar, y de una cosa estoy seguro: sin un sueño no se va a ninguna parte.

Ese instante de felicidad..., cuando ha estado lloviendo hasta hace un momento, tienes que salir y decides no tomar el paraguas. Y en cuanto estás fuera aparece el arco iris y justo después el sol. Y de golpe comprendes lo que es la confianza.

Ese instante de felicidad..., cuando hablas por teléfono y le estás contando cómo te ha ido el día. Ella te pregunta: «¿Dónde estás ahora?», y mientras tú se lo estás diciendo llega en el coche y te sonríe.

Ese instante de felicidad..., cuando estás en la cola del supermercado y no tienes prisa, pero el de delante, no se sabe por qué, te mira, ve que llevas muchas menos cosas que él y decide dejarte pasar. Tú dices que no importa, faltaría más, y sonríes. Sientes que tienes un amigo para siempre. Aunque no volverás a verlo.

Ese instante de felicidad..., cuando esperas que te llegue un mensaje, ese mensaje, y miras el celular mil veces, pero nada, no llega. Después te despistas un momento... ¡y ahí está! Entonces lo abres y dice exactamente lo que tú deseabas.

Ese instante de felicidad..., cuando, después de estar meses pensando qué regalo hacer, te paras y comprendes que es el día lo que tiene que convertirse en un regalo. Y entonces lo programas todo, de la mañana a la noche, para que cada instante sea una sorpresa irrepetible. Y esperas que ella pueda amarte todavía más.

Ese instante de felicidad..., cuando has acabado una tarea pendiente y quizá te ha costado un gran esfuerzo y no estabas seguro de lograrlo. Pero sí, lo has conseguido. Y te sientes un campeón, pero uno de esos que ganan en secreto, corriendo de noche en una pista desierta, sin público.

Ese instante de felicidad..., cuando se te cae algo del bolsillo y no te das cuenta y alguien te llama porque lo ha recogido y quiere devolvértelo. Por un instante no lo entiendes y casi desconfías, pero luego lo miras a los ojos y ves que es sincero. Aunque sólo sean veinte céntimos, te parece que te han devuelto un tesoro.

Ese instante de felicidad..., cuando por fin, después de haber perdido un montón de pases, pescas uno bien, te acercas a portería, no lo piensas, chutas y marcas gol. Se te tiran todos encima, te estrujan, te ahogan, y te parece que has ganado el Mundial aunque vayan 4 a 0 a favor de los otros...

Ese instante de felicidad..., cuando, después de esperar todo un día sin dejar de controlar el icono de las notificaciones de Facebook para ver aparecer un «1» en los mensajes, por fin llega. Ella lo ha visualizado. Y ha contestado, ha escrito algo que hace que te sientas superimportante.

Ese instante de felicidad..., cuando te queda poca batería en el celular pero ella te llama y tú esperas que la carga aguante ese poco que basta para que ella pueda decirte «Te quiero». Y sucede, y te dice «Te quiero», y después de sólo un instante el celular se muere, y tal vez te habría gustado decir tú también alguna palabra de amor, pero en cambio te quedas allí, con tu sonrisa bobalicona...

AGRADECIMIENTOS

En una ocasión, en los agradecimientos de su libro, un autor escribió que ésos iban a ser los últimos, que ya no daría las gracias a nadie. Ahora no sé si al final lo hizo realmente, pero me impresionó mucho. Pensé en cómo debieron de sentirse todos aquellos a los que acababa de darles las gracias y, sobre todo, qué lo había empujado a tomar esa decisión. Creo que las cosas hay que hacerlas con toda la libertad posible, y sobre todo que casi debería ser un placer egoísta, como cuando compras un regalo para un amigo o, mejor aún, para la persona a la que amas. Yo creo que detrás de cada página, de una manera o de otra, hay un mundo de personas que nos han sugerido algo. Es más, en cierto sentido, un libro a menudo permite al escritor poner en su sitio algunas cosas que no tenía claras, pedir perdón a algunas personas aunque éstas ya no estén o no formen parte de su vida.

Prescindiendo de todas estas consideraciones, tengo mucho gusto en dar las gracias a unas cuantas personas que han hecho algo por mí.

Antonio Riccardi. Una vez charlaba con él sobre un autor y unos días después me hizo llegar una preciosa sorpresa. Ésta es una de las cosas por las que quiero darte las gracias, pero es la más pequeña.

Un agradecimiento particular a Gabriella Ungarelli porque me convenció y me divirtió con su pasión y su generosidad. Y a

Chiara Scaglioni, por todo el trabajo que ha hecho y por cómo se entusiasmó con la idea de la *gricia*, esperando que no quede decepcionada, y con mis relatos, que le juro que eran ciertos.

Gracias a Andrea Delmonte, por su gran visión y precisión, y porque siempre hace que las cosas difíciles parezcan fáciles.

Gracias a Marta Treves, por su excelente intuición y, en consecuencia, quiero dar las gracias a Giacomo Callo, ¡y especialmente a Susanna Tosatti por su paciencia y por el resultado de este «mar»!

Gracias a Roberta Scarabelli y a todos aquellos que han corregido las pruebas, ¡incluso hasta altas horas de la madrugada!

Un agradecimiento a Giovanni Dutto, por su convincente planificación; a Emanuela Russo, por el entusiasmo y la alegría que pone en todo lo que hace.

Un agradecimiento a todo el departamento de comunicación: a la oficina de prensa, Francesca Gariazzo, Chiara Giorcelli, Mara Samaritani, Camilla Sica, Cristiana Renda ¡y a Valeria de Benedictis, siempre dispuesta y amable, que me ayudó con el «correo Roma-Milano», junto a la esmerada Eva Evangelista! ¡También gracias a Federica Saleri y a Raffaella Roncato, por el resto de comunicaciones tan modernas!

Gracias a Nadia Focile y a Nancy Sonsino, por nuestro primer evento y por todos los posteriores.

Gracias a Valerio Giuntini, a la sensación de seguridad que me transmitió en nuestro primer encuentro, a Dario de Giacomo, que con su camiseta hizo que no fuera demasiado serio, a Giancarlo Guidani, que por desgracia se había hecho daño pero que ahora está mejor, y luego a Luisa Brembilla, con la que me disculpo por no haber podido terminar nuestra charla. Gracias a Vito Leone, a Goffredo Battelli y a todo el departamento de ventas que conocí en Pietrasanta, fueron todos muy simpáticos y me hicieron sentir como un amigo.

Y un agradecimiento especial:

Gracias a Kylee *Ked*, italoextranjera con denominación de origen, que con Laura y Anna me siguen en cada una de mis aventuras, tanto en Italia como en el extranjero.

Ah, también me gustaría dar las gracias a un muchacho del que, sin embargo, no sé el nombre. Estaba en la orilla del Tíber en la moto que conducía mi amigo Mimmo, se acercó en un semáforo y me dijo: «Oye, se te ha caído esto...» Me lo dio y después se fue sin que tuviera tiempo de darle las gracias. Pues bien, seas quien seas, te lo agradezco ahora.

Y también quisiera dar las gracias a todos lo que de una manera o de otra, incluso sin saberlo, han contribuido a darme algo bueno para este libro. Yo creo que el placer de escribir es directamente proporcional a lo que te sucede en la vida: encuentros, desencuentros, injusticias, acontecimientos, desilusiones, sorpresas, alegrías, amores, instantes de felicidad. Sólo a quien no le sucede nada no tiene nada de qué escribir.

Gracias a mi amigo Giuseppe, que siempre consigue sorprenderme y que ha estado a mi lado en este libro y que naturalmente me ha hecho sonreír.

Gracias a Luce, Fabiana y Valentina, que siempre han hecho compañía a Nicco ¡y también a tía Annamaria!

Y después, un último gracias lleno de amor a Giulia, porque me ha hecho dos regalos preciosos: Alessandro y Maria Luna, ese instante de felicidad que es para siempre.

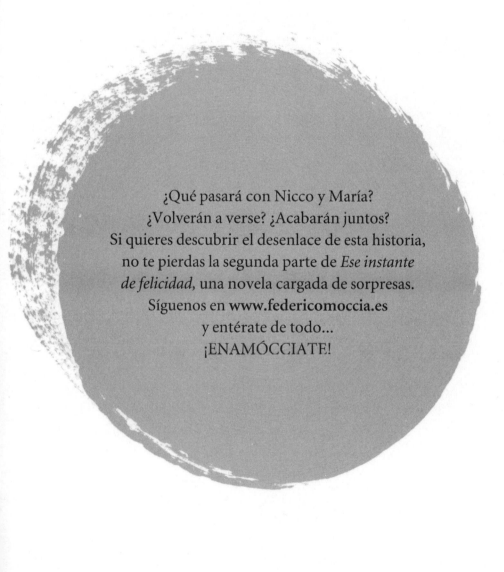

¿Qué pasará con Nicco y María?
¿Volverán a verse? ¿Acabarán juntos?
Si quieres descubrir el desenlace de esta historia,
no te pierdas la segunda parte de *Ese instante
de felicidad,* una novela cargada de sorpresas.
Síguenos en **www.federicomoccia.es**
y entérate de todo...
¡ENAMÓCCIATE!